重焕文艺的理想之光

龚政文 著

湖南文艺出版社

图书在版编目（CIP）数据

重焕文艺的理想之光 / 龚政文著. -- 长沙 : 湖南文艺出版社，2023.4
ISBN 978-7-5726-0894-0

Ⅰ. ①重… Ⅱ. ①龚… Ⅲ. ①文艺评论-文集 Ⅳ. ①I06-53

中国版本图书馆CIP数据核字（2022）第194510号

重焕文艺的理想之光
CHONGHUAN WENYI DE LIXIANG ZHI GUANG

作　　者：龚政文
出 版 人：陈新文
责任编辑：徐小芳　刘　敏
项目统筹：肖　旻　徐小芳
装帧设计：文　俊 | 1204设计工作室（北京）
内文排版：楚为科技
出版发行：湖南文艺出版社
（长沙市雨花区东二环一段508号　邮编：410014）
印　　刷：长沙超峰印刷有限公司
开　　本：710 mm × 1000 mm　1/16
印　　张：30
字　　数：320千字
版　　次：2023年4月第1版
印　　次：2023年4月第1次印刷
书　　号：ISBN 978-7-5726-0894-0
定　　价：78.00元

CONTENTS

目 录

01 第一辑

02 第二辑

03 第三辑

01 第一辑

论艺术直觉

小引

1984 年之后的中国文艺界，发生了剧烈的分化，这种分化是美学意义上的：各种美学风格迥异的作品和主张，像车轮的辐条一样向四面八方放射开去，同时又旋转着，碾过当代中国的精神领域。其中一根辐条，似乎呈现出纯感性的、本能的，又是夸张的、荒诞的面貌，但它又以深厚的意味、新异的美学形式和更接近世界与人性本来面目的品格，刺激了不少接受者和批评家。这一派，我们称之为“直觉主义”派，包括莫言、残雪、何立伟的小说，实验诗，新生代绘画尤其是西藏艺术家群体的带神秘色彩的作品，以及第五代导演的某些影片如《黄土地》《红高粱》等。这里，既可看出西方现代派对中国文艺的影响已由形式走向了本体体验，又可看出中国古代“顿悟”美学传统的当代复活。

当然，呈现这一倾向的作品并不都是值得称道的，如同其他美学流向一样，这里活跃着不少“假洋鬼子”“假名士”：伪直觉的、纯属模仿的、陈陈相因的东西随处可见，相当多的作品依然只是局部的直觉爆发，还够不上完全的直觉主义。但无论如何，这总是文学上一股新的潮流，面对创作上的这种突破，文艺理论界显得准备不足。主体性的讨论还只是近两年的事，而且，在有些论者那里，所谓主体性依然是传统的集体理性，是儒化了的人本主义和个性主义。如同西方那样反叛既往几千年理性传统的直觉主义理论似乎还没有产生，理论上对直觉的探讨也显得畏首畏尾、顾虑重重，而我们认为，缺乏对直觉——创作心理关键性环节的研究，所谓主体论就是一句空话。

本文试图理清艺术直觉这个混乱的领域，同时希望这不是一篇经院式文章，而是意味着一种渴望与提倡，一种对当代艺术精神的领悟与张扬。

一、历史描述与术语界定

艺术直觉从来就是一个危险而众说纷纭的领域，在我国，更显得十分混乱。[①]这种现象，固然与心理学、脑科学、神经生理学的发展还不足以揭示直觉的全部心理生理机制有关，更多的时候则是由概念运用的随意性引起的。因此，先对艺术直觉及相关的一些术

①汤国铣：《艺术直觉：潜意识向显意识的审美报告》，《贵州社会科学（文史哲版）》，1987 年第 12 期。

语作出界定与辨析，并鸟瞰西方直觉理论的历史，就十分必要了。

《简明不列颠百科全书》对直觉是这样解释的：

> 直观（直觉）intuition　在哲学中，指既不靠推理或观察，也不靠理性或经验而可获得知识的能力。人们认为它是原始的、独立的知识来源，因为它是用来解释其他知识来源所不能提供的那种知识。必然真理的知识与道德原理的知识就是用这种方式来解释的……这里简单地提一下直观这个词的两种较为专门性的含意。第一种意义来自康德，它指不以观察为根据，也不能由观察证实的一切实际知识的来源。第二种意义是由斯宾诺莎和H.柏格森提出的，在这里直觉指作为相互联系的总体的世界的具体知识，有别于由科学和一般观察所得到的零碎的和“抽象的”知识。[①]

这个解释是纯粹哲学意义上的，基本上总结了近现代西方哲学对直觉的观点。它强调直觉与真理（无论是哲学的还是道德的）的直接贯通，认为直觉是自明之理，是元原因，是先验的甚至超验的东西。唯理主义者笛卡儿首创“自明真理说”，以解释那些不可解释的事物，如数学公理和宗教真理，这一原则为后代哲学家所遵守。斯宾诺莎和莱布尼茨提出“理性直观说”，认为直觉是高于推

①中国大百科全书出版社《简明不列颠百科全书》编辑部编：《简明不列颠百科全书》第9卷，北京：中国大百科全书出版社，1986年。

理并完成推理的理智能力。康德的“先天原则”“先天综合判断”实际上就是理性直观，他还提出感性直观的概念，用二律背反来解释美与美感，他的这种努力由于不可克服的矛盾而为费希特所放弃，费希特重新区别了感性直观与理性直观。进入现代西方哲学，直觉理论更有了突飞猛进的发展。

哲学家们的这些解释大多从先验的理论体系出发，迷失在思辨的迷津和概念的陷阱中，无法说明审美观照和艺术创作中的直觉现象。相反，一批美学家和涉足美学的哲学家倒对艺术直觉现象作了虽然模糊但十分准确的描述。西方美学的开山祖师柏拉图，素以“灵感—迷狂”说著称，但他在说下面一段话时，显然就是指的美感直觉了：“这时他凭临美的汪洋大海，凝神观照，心中起无限欣喜，于是孕育无数量的优美崇高的思想语言，得到丰富的哲学收获。”[①]当最高哲学家（即“他”）的这种美感直觉转向创作领域时，就转化为灵感（其实柏拉图认为哲学家是只观照不创作的）。柏氏的这一理论影响深远，从柏拉图到托马斯·阿奎那再到马里坦，达几千年之久。黑格尔不曾用过直觉这个词，但他称之为“敏感”的那种东西，跟直觉十分接近：

> “敏感”这个词是很奇妙的，它用作两种相反的意义。第一，它指直接感受的器官；第二，它也指意义、思想、事物的普遍性。所以“敏感”一方面涉及存在的直接的外在的方面，

①转引自朱光潜：《西方美学史》，北京：人民文学出版社，1963 年。

另一方面也涉及存在的内在本质。充满敏感的观照并不能把这两方面分别开来，而是把对立的方面包括在一个方面里，在感性直接观照里同时了解到本质和概念。但是因为这种观照统摄这两方面的性质于尚未分裂的统一体，所以它还不能使概念作为概念而呈现于意识，只能产生一种概念的朦胧预感。[①]

这段话和黑格尔的美学观念是一致的，他说明的实际上也就是美——理念的感性显现，或者是在用他的美的定义来推演“敏感”，强调敏感既以感性观照的形式呈现出来，又是感性与理性的统一体，这无疑过于宽泛了。艺术直觉当然表现为美，美却不单单是直觉。被说明的事物的内涵小于说明语句的内涵，因而见不出它的特殊的质的规定性。

巴尔扎克也曾谈到过直觉这种精神现象：“在真正是思想家的诗人或作家身上出现一种不可解释的、非常的、连科学也难以明辨的精神现象。这是一种透视力，它帮助他们在任何可能出现的情况下测知真相；或者说得更确切些，是一种难以明言的、将他们送到他们应去或想去的地方的力量。”[②]杜勃罗留波夫说过同样意思的话。

上述三人的共同点是认为直觉与理性并不是对立的，直觉在感性的外衣下包裹着理性的内核，同时一致肯定这种包裹是不能明

---

①[德] 黑格尔著；朱光潜译：《美学》，北京：商务印书馆，1979 年。

②[法] 巴尔扎克著；梁均译：《驴皮记》，序，北京：人民文学出版社，1982 年。

言、不可解释的。这仍然是一种理性主义的直觉观。

我们可以对艺术直觉下如此一个定义：艺术直觉就是对审美客体的瞬间的、自发的、直接的把握，是在感性观照之中迅速洞察对象的审美意义。在那一瞬间，人类自由自觉的本质冉冉升腾，向深邃神秘的审美王国奔去，而对象也脱去了粗糙的自然外衣，笼罩着美的光环向主体精神走来：这是热烈的拥抱，完美的交融，是最辉煌的“天人合一”，主体与对象都像潮水一样退走了，剩下在沙滩上闪烁发光的审美意象的五彩贝壳。艺术直觉具有审美性、瞬间性、自动性、意象性四大品格。它是几千年来人类历史所养育出来的、为人所独具的能力，它也跟个人的天资禀赋、后天习得、生活经历及艺术素养有密切关系。它是人类观照美、创造美的最高能力，集中反映了一个人的审美水平与一个艺术家的创造天赋。它是浑整的审美统一体，既是感觉的、本能的，又不是反理性的，理智化的语言对它无能为力。

艺术直觉是直觉大家族的一员，另外两个成员是：科学直觉和哲学（含宗教）直觉。几乎 20 世纪的所有科学家都谈到直觉对科学发现的作用，爱因斯坦、彭加勒等直接把创造性思维等同于直觉和灵感。但科学直觉不同于艺术直觉，它没有审美性、意象性的品格。它一般是思维的某种神秘预感（如居里夫人发现镭四年之前就预感到它的存在）或突然启悟（物理学家德·波罗意曾说“直觉则是在与烦琐的三段论法没有任何共同之处的某种内在的豁然顿悟之中，突然给我们点破”[1])。有时它也可能是由感性对象中引发出来的，即所谓同形同构和类比推理，如门捷列夫受到国际象棋排阵的启发而发现元素周期表。但感性对象仅起点火的作用，思维必须摆脱它往深处走去，以严密的逻辑推理承接直觉的瞬间爆发，否则不可能作出科学发现。艺术直觉则不然，永远把握具体，执着于感性。至于哲学直觉，我们只要想想尼采的哲学就可以了。现代天主教哲学家马里坦倡导的与永恒真理合一的直觉也是一种哲学直觉。

艺术直觉本身可以分为创作直觉和欣赏直觉两种。创作过程中的直觉包括对审美意象的把握和对语言的敏感能力。欣赏过程中的直觉包括对自然美的观照和对艺术美的感悟。读者对作品的直觉跟艺术家创作时的直觉肯定不会是完全一样的，高超的欣赏能力不仅仅是把握作家所要倾吐的，还意味着发现作家所没有意识到的。苏珊·朗格把艺术直觉仅仅限定在读者身上：“艺术直觉是指人们对艺术品的含义的直接把握和评价，是借助符号对人类感情的直接判断。”[2]则未免过于狭窄。

直觉有时被等同于感觉。艺术直觉与艺术感觉确实没有什么太大的区别。但感觉这个词的含义显然比直觉要广泛得多。感觉，在心理学和哲学意义上只是对事物个别特性的反映，而在美学意义上却指对世界的整体感受，它实际上是艺术知觉，有时还不止于此。

---

①[苏] 凯德洛夫著；周义澄译：《论直觉——凯德洛夫答〈科学与宗教〉杂志问》，《哲学译丛》，1980 年第 6 期。

②[美] 苏珊·朗格著；刘大基，傅志强译：《情感与形式》，北京：中国社会科学出版社，1986 年。

把美感命名为第六感觉、内在感觉，即融合了观察与判断、经验与思考、观照与领会、感应与选择。而直觉，如上所说，只是主体对客体美学意义的瞬间把握，这种把握始终不脱离感性对象。

更多的时候，是把直觉与灵感等同起来。例如，有这么一种说法："这种一下子使问题澄清的顿悟，开始还没有得到严格的逻辑证明，人们称之为'直觉'，而这种'直觉'的产生就是所谓'灵感'。"[①]钱学森所倡导的灵感思维里，包含着大量直觉现象。这种混淆带来了很严重的后果：因为灵感历来是一个难解之谜，而直觉则可望获得心理学的恰当解释，一旦混淆，谁也得不到合理的解释。在我们看来，灵感与直觉至少有下列区别：

（一）灵感只是一种特殊的精神状态，直觉却是一种常见的心理现象。

（二）灵感是一种只在创造活动中出现的思维现象，它常常出现在思维对象不在眼前的时候，直觉则可于欣赏中产生。我直觉到这片风景或这部小说美，就完全不是灵感。

（三）灵感是一种智力的飞跃，是在长期劳心苦思后的一朝爆发，直觉却是心理的恒态，是对象与主体的短促交合。在艺术创作中，灵感是一种创造的激情和速度，直觉却是对意象的感悟与对语言的敏察。灵感无直觉不成其为灵感，直觉却可以脱离灵感，虽然灵感状态中的直觉可能是最优秀的直觉。

还有必要提一下直觉与直观的关系问题。这两个词本来源于西

---

①转引自鲁枢元：《创作心理研究》，济南：黄河文艺出版社，1985年。

文中的同一个词——intuition，汉译里有时译作“直观”，有时译作“直觉”。在 20 世纪以前的西方哲学著作的汉译中多取前者，20 世纪的多取后者。就中文意义来看，直观只“观”，不含判断；直觉却能“觉”，含判断。马克思《关于费尔巴哈的提纲》中所批判的“直观”，则指只从感性的角度而不从实践的角度去理解事物，意指感性直观。到现在，在直觉的意义上，一般不再用“直观”一词。

二、直觉主义：克罗齐与柏格森

克罗齐与柏格森是西方哲学史上只能称之为直觉主义者而不能称为别的什么主义者的两个人。他们是现代西方哲学的中坚，是现代派的直接精神导师。他们受到艺术家们的热烈欢迎，却遭到某些理论家的攻击，无论是欢迎还是攻击，都有许多误解的成分，因此有必要加以探讨。

克罗齐首先把知识分为两种：逻辑的知识与直觉的知识。由逻辑的知识而成概念，由直觉的知识而成直觉品。“直觉给我们的是这世界，是现象；概念给我们的是本体，是心灵。”[①]直觉与逻辑是一种双度关系。到底什么是直觉呢？朱光潜先生曾作了一个精确的解释：

> 见到一个事物，心中只领会那事物的形象或意象，不假思

---

①［意］克罗齐著；朱光潜等译：《美学原理　美学纲要》，北京：外国文学出版社，1983 年。

索，不生分别，不审意义，不立名言，这是知的最初阶段的活动，叫做直觉。[①]

这里隐含着一个矛盾：既然直觉只领会意象，不审意义，不立名言，何以又是“知”呢？倘若只觉得对象美，而其他则茫无所知，就不能说已开始“知”的活动了。克罗齐试图给直觉一个美学定义，却又想拉到哲学体系中，因而产生矛盾，在克罗齐的体系里，直觉是一种特殊的心理活动，它处于感觉之后，知觉之前。它既感知对象的整体形象，又毫不知觉它是什么，只是一种原始的直观。克罗齐把直觉分为实在的直觉和非实在的直觉两种。实在的直觉是对象置于眼前的直觉，实际上就是传统哲学中的感性直观；非实在的直觉，是对象不在眼前的直觉，相当于心理学中的表象。艺术创作中这两种直觉都是存在的。除此之外，克罗齐不承认其他直觉。他反对“理性直观说”，认为直觉与概念是认识活动的两度，两者不可调和。直觉是美学的研究对象，概念是逻辑的研究对象。与认识活动相对立的是实践活动，实践也有两度（效用→经济），认识与实践又构成一种双度关系。后面一度以前面一度为基础，前面的却不如此。例如概念的知识要以语言为基础，而语言即直觉（这与直觉不立名言又是矛盾的），故概念不能离直觉而存在。克罗齐认为，除了这四度外，“心灵没有第五度（让我们复述一遍）或一个

①［意］克罗齐著；朱光潜等译：《美学原理　美学纲要》，北京：外国文学出版社，1983 年。

最高的机能，无论是认识的，实践兼认识的，想象兼理智的，理智兼想象的，或是其他我们可能想象到的任何一种机能”[①]。这就把理性直观排除在外了。只看到认识是由低到高的，而看不到高一度的心灵活动作为历史成果可以凝定到低一度的心灵活动中，这是一种线性因果的思维方式，也是一种二分思维。这种思维方式困扰了几乎所有理性主义者。

克罗齐哲学的特点与其说是使直觉反理性主义化（如克罗齐的许多批判者所认为的），不如说是使直觉普泛化。在他那里，直觉是人人皆具、时时可现的心灵活动。因此，艺术天才与一般天才相比较，只有量的多寡。“诗人是天生的”这句话应改为“人是天生的诗人”，只不过有些人天生成大诗人，有些人天生成小诗人。克罗齐在美学上表现出来的平民主义倾向是意义重大的。

但是，克罗齐似乎又隐隐觉得实际情况与他的理论并不相符。并不是人人都能欣赏美，也不是人人都能做艺术家。区别在哪里呢？问题是艺术家的直觉是审美的而常人却不如此，克罗齐没有认识到这一点。他的办法是悄悄地开始一次位移：强调语言。艺术家善于表现，对语言高度敏感，常人则缺乏语言直觉力，不懂得如何用有力的、美好的语言表达他们的感受。“欲辨已忘言”，于是直觉消失了，留下一片令人遗憾的空白。克罗齐看到了这一点，不过他先把它弱化而后才强化。克罗齐认为直觉是非意志性的，不是非意

①［意］克罗齐著；朱光潜等译：《美学原理　美学纲要》，北京：外国文学出版社，1983年。

识性的，“直觉的或艺术的天才，像人类的每一种活动一样总是有意识的，否则它就成为盲目的机械动作了”[①]。可见，克罗齐根本不是一个反理性主义者。

克罗齐极端地强调形式和语言，认为“诗的素材可以存在于一切人的心灵，只有表现，这就是说，只有形式，才使诗人成其为诗人。……在把内容看成等于概念时，艺术不但不在内容，而且根本没有内容”。又说：“审美的事实就是形式，而且只是形式。”[②]基于这一点，他反对典型理论，反对文学作品中的任何观念议论。

由是，克罗齐完成了这样一个连等式：直觉=印象=语言=表现=形式=艺术=美。

在某种意义上，柏格森比克罗齐更像一个现代主义哲学家。克罗齐的理论过于条分缕析，理智主义痕迹很重。柏格森则周身流荡着一股创造的激情，请看他对直觉的描述：

> 所谓直觉就是那种理智的体验，它使我们置身于对象内部，以便与对象中那个独一无二、不可言传的东西相契合。
>
> 直觉就是心灵本身，在一定意义上就是生命本身。[③]
>
> 我所说的直觉是这样一种本能，它已经成为无偏见的、能

①[意] 克罗齐著；朱光潜等译：《美学原理　美学纲要》，北京：外国文学出版社，1983 年。

②[意] 克罗齐著；朱光潜等译：《美学原理　美学纲要》，北京：外国文学出版社，1983 年。

③转引自周荫祖，金元浦：《论柏格森直觉主义及其美学意义》，《青海师范大学学报（社会科学版）》，1987 年第 4 期。

静思自己的对象并能把对象无限地扩展的自我意识。[①]

柏格森哲学的核心概念是“绵延”，绵延是生命本身的一种流动。直觉通过本能把握对象整体，具有一种单一性、不可分性。直觉把握的时间就是绵延，它是鲜活流动的、激情勃发的；数学时间则是分裂的、机械的，无法避免芝诺“飞矢不动”和“阿基里斯追不上乌龟”的悖论。直觉通过主客体在神秘的内心体验中完全消融为一而直接达于绝对，它和理智对立并且高于理智：“直觉沿着生命本身的方向前进；理智则在相反的方向行进。”[②]理智只环绕在事物的周围，直觉则深入事物的核心、生命的深处。理智是相对的，直觉是绝对的。艺术和宗教的终极真理建立在直觉上，也就是说，建立在通过想象把自己放进事物核心的能力上。

柏格森把理智和直觉的位置完全倒了过来，他的直觉完全不能用传统的哲学术语来把握。感性直观？可它一点也不肤浅；理性直观？可它恰恰是和理智对立的生命本身。克罗齐仅仅把直觉看成低于概念的知，就已经带来一场革命，柏格森崇扬直觉到极端，更是惊世骇俗。正因如此，几乎人人都把他看成反理性主义者。唯独法国哲学史家约瑟夫·祁雅理（Joseph Chiari）不同意这种看法。他认为持这种观点的人忽视了以下一个事实：“理性包括使人类心灵

---

①转引自［英］罗素著；何兆武，李约瑟译：《西方哲学史》，北京：商务印书馆，1963年。

②转引自周荫祖，金元浦：《论柏格森直觉主义及其美学意义》，《青海师范大学学报（社会科学版）》，1987年第4期。

认识和把握现象世界及其自身真正本质的一切能力。理性是使人成为人的东西，但不能把它归结为它的组成要素之一。”“可以说柏格森是一个反唯理智论者，但却不是反理性主义者。他像怀特海（Whitehead）一样，憎恶后者所谓的‘一只眼的理性’，但却总是坚持包括直觉或想象在内的完整理性的重要性。”[①]大多数人忽视这个区别，恰恰因为他们把理性看成和直觉、想象对立的人的组成要素之一，而不是人的全部。祁雅理则认为理性的反面是动物性，而这对于一个健全的人来说是不可思议的。因此，可以说，叔本华、尼采、弗洛伊德、萨特……这些现代哲学家，都不是反理性主义者，而只是反理智主义者。理智把生命分割成了抽象符号，必须以直觉来使人重新把握生命。祁雅理也不认为神秘主义是无理性，而把它看作理性的补充，是“理性中未经探测过的方面的一部分，它是人类超越其个体化本质，使它同存在的本质或生命创造力联系起来的手段的一部分”[②]。世上所有伟大宗教都产生于伟大的神秘主义者，它们是神秘经验的结果，是心灵在荒山野外的许多不眠之夜或长期暗中冥想的结果。

祁雅理在他的《二十世纪法国思潮》中，把柏格森和诗人瓦莱里（Valéry）像双轨一样呈现给读者。他似乎想表明，柏格森通过哲学语言，瓦莱里通过直觉意象，共同把握了绵延、创造、绝对、

①[法] 约瑟夫 · 祁雅理著；吴永泉，陈京璇，尹大贻译：《二十世纪法国思潮》，北京：商务印书馆，1987 年。

②[法] 约瑟夫 · 祁雅理著；吴永泉，陈京璇，尹大贻译：《二十世纪法国思潮》，北京：商务印书馆，1987 年。

人类之爱这样一些东西。从某种意义上说，这是现代哲学和现代艺术的缩影。

三、直觉与意象：两种传统

对直觉的探索从经验描述的角度进行，苏联心理学家尼季伏洛娃总结了直觉过程的下列特点："（1）它们的直接性；（2）没有推论；（3）不存在某种努力和困难，过程似乎是自己进行的；（4）过程伴随着对直觉结果的正确性的坚信感；（5）这一过程的理智性，它使直觉有别于冲动性行动；（6）直觉过程同解决新任务的联系，这使它有别于习惯和熟练；（7）快速性，在某些场合直觉过程进行的瞬间性，这种瞬间性在评价被感知的对象（如风格感等）时特别引人注目。"[①]这里谈的既有科学直觉，又有艺术直觉。我国有人认为艺术直觉具有六大特征，多义性、模糊性、非理性、整体性、不可言传性、审美的愉悦性。这些确实说明了直觉的部分特点，但总使人有隔靴搔痒之感。我们则认为艺术直觉具有四大品格，在无力进一步分析它的结构及诸要素的特点的情况下，我们想着重探讨艺术直觉的意象性。

艺术直觉之所以与意象分不开，乃是因为它具有直接感知的特点，是主体对对象的瞬间审美把握，把握的结果，眼中之竹变成了心中之竹，形象变成了意象，纯粹感性的自然打上了文化的、审美

①[苏] О. И. 尼季伏洛娃著；魏庆安译：《文艺创作心理学》，兰州：甘肃人民出版社，1984 年。

的意义。直觉与概念无缘，而意象之意，恰是朦胧的、模糊的、只可意会不可言传的。当意象可以名言时，即向寓言发展，审美的直接性消失了，开始进入概念的领域，直觉思维转化为理性思维。艺术家是直觉的，批评家是直觉+概念的，理论家是概念的。意象可以是意境的，也可以是象征的，只要超越的寓意和感性形象确实妙合无间，并非外加。意境与象征，确实是东西方不同直觉—意象传统的不同追求。

意象本是中国古典美学中的一个概念，它最早见于《文心雕龙》，指自然物象与主体情志的融合无间，它跟庄老禅结合起来，又带有虚静、恬淡、模糊、空灵、飘逸的美学意味。“采菊东篱下，悠然见南山”里的菊花、南山，“独坐幽篁里，弹琴复长啸”里的幽篁、弹琴者，“江上柳如烟，雁飞残月天”里的江、柳、雁、月，还有人人熟悉的“枯藤老树昏鸦，小桥流水人家，古道西风瘦马，夕阳西下，断肠人在天涯”里的全部名词，都是这样的意象。这些意象确乎不能靠劳心苦思而得，它们的创造者和欣赏者都必须具备一种宝贵的素质——直觉。这一类直觉就是严羽所说的妙悟：“大抵禅道惟在妙悟，诗道亦在妙悟。”它的特点，正如袁枚《续诗品·神悟》所云：“鸟啼花落，皆与神通。人不能悟，付之飘风。”司空图的《诗品》正是以妙悟论诗的代表，二十四种美学风格大都以虚静为特色，表现了一种静到极致的美。禅的故事中也有很多令人心醉的直觉例子。

这种直觉意象以压抑本能生命的冲动为代价，求得内在神思的极度展开（“精骛八极，心游万仞”）和心灵的宁静，在一种同化于自然、冥合于宇宙的“天人合一”中消解纷繁的“有”，达于绝对的“无”。它的本质特征是带有消极性的自我欣赏、自我麻醉，以虚幻的美遏制生命的挥发和对物欲的追求。这种回归化、内省式的直觉意象长期局限在禅道美学的狭小格局中，于是重复性就不可避免地要产生，这个传统在五四新文化运动中受到冲击，逐渐弱化以至中断，到近年来的阿城、何立伟等人，才开始了一次全面的复活。何立伟自称“素不擅思辨”，只重“感觉”与“情愫”。他的《白色鸟》《一夕三逝》把古典直觉推向极致，略带野味的意象以集群的态势向读者袭来，这确实令读惯了枯燥的理念文学的读者耳目一新。人们沉浸在不可言说的美的享受中，纷扰的现实在月光照耀下显得如此宁静柔和，梦的花瓣纷纷飘落，紧张的心灵也渐渐舒平……这表明，中国古典直觉传统既有其存在的合理性，又欠缺当代意识，它的未来命运依然显得扑朔迷离。

西方文艺总的来说不以营求意象为主要目的，它们总是充满生命的激情、创造的驱动力、本能的冲动和深刻的冲突，以狂风暴雨、电闪雷鸣的悲剧风格震撼世俗读者的心灵。但是激情、想象与冲突不能总以赤裸裸的抒发或理念的说明的形式来完成，它也必须结合客观物象，成为一种意象。不过这全然不是东方的那种意象，它闪动、跳跃、受苦、分裂，有时还变形、夸张、扭曲、荒诞，决不给你虚静的内省，而是生命力的高昂。它往往变成象征。凡·高的向日葵哪能在中国古典绘画中找到？达利《内战的预兆》中那个令人恐怖的形象中哪有工笔花鸟的影子？表现主义者的画布上斑斑点点的一团却叫某某小镇，这与《清明上河图》形成了多么鲜明的对比！康定斯基和蒙德里安的彩色几何构图几乎没告诉你任何东西，然而在那些似乎是随意画上去的三角形和方框面前，你不会感到受到了轻微的电击吗？

英国艺术史家赫伯特·里德（Herbert Read）在评述现代绘画时说："他面对自然时热情洋溢，他蔑视艺术中的一切非个人直觉的东西。这里所谓直觉是根本的，是不带一切先入为主的学院派观点的直觉。"[①]这段话概括了从凡·高到毕加索的所有现代派画家的创作心理和美学追求。

现代派文学同样表现了这一直觉传统。卡夫卡、乔伊斯、伍尔夫的小说，荒诞派戏剧，存在主义文学（尤其是萨特的作品），黑色幽默，魔幻现实主义……其中都可看到富于创造性的直觉表现。卡夫卡那梦魇一般的作品，几乎都可看作直觉的产物。《乡村医生》里那匹神奇的马，《地洞》中惶惶不可终日的老鼠，《变形记》里悲惨的大甲虫，《在流放地》里那架残酷的刑具……只能看作黯淡心情下的神经质创造。《苍蝇》（萨特）、《等待戈多》（贝克特）、《椅子》（尤奈斯库）这一类戏剧象征意味尤强，直觉肯定起了重要作用。至于魔幻现实主义，马尔克斯在回答"具备什么条件才能动手写一本书"的采访时说的话似可视为代表："一个目睹的形象，我认为，别的作家有了一个想法，一种观念，就能写出一本书来。我

①［英］赫伯特·里德著；刘萍君译：《现代绘画简史》，上海：上海人民美术出版社，1979年。

总是先得有一个形象。"[1]这个形象虽云目睹，但完全不必坐实，当作家看到它时，也许就变形、扭曲、魔幻了，并且他立刻领悟到：这个形象中浓缩着拉美动荡的百年史，寓含着复杂的现实生活。

现代派文学和艺术对中国产生了越来越本体性的冲击。在这种情况下，滋生了许多伪直觉、伪现代派的东西，但也养育了真正的中国传人，其中一个就是莫言。莫言具有一个艺术天才所应具有的许多优秀素质：敏锐的艺术直觉力，长期真正的底层生活带来的对世间人事的深切体验，稳步提高的文化素养，对西方现代派的创造性移植能力。他的全部作品成功的关键在于独特的直觉意象，这话并非主观臆断。莫言曾就《透明的红萝卜》作过这么一段说明：

> 有一天凌晨，我梦见一块红萝卜地，阳光灿烂，照着萝卜地里一个弯腰劳动的老头；又来了一个手持鱼叉的姑娘，她叉出一个红萝卜，举起来，迎着阳光走去。红萝卜在阳光下闪烁着奇异的光彩。我觉得这个场面特别美，很像一段电影。那种色彩、那种神秘的情调，使我感到很振奋。其他的人物、情节都是由此生酵出来的。[2]

小说中的红萝卜，置于大铁砧上，在微微跳荡的炉火照耀下，

---

①转引自李万钧：《试论莫言小说的借鉴特色和独创性》，《当代文艺探索》，1987年第6期。

②莫言等：《有追求才有特色——关于〈透明的红萝卜〉的对话》，《中国作家》，1985年第2期。

通体透明，流动着活泼的银色液体，读这一段时人人无不怦然心跳。那色彩、那形象、那意境、那气氛，深蕴悠长、醒人耳目，使人忆起了遥远的儿时的某些神秘体验（平时是想回忆也回忆不起来的），沉甸甸的失落感与暗悠悠的渴望油然浮上心头，莫名的惆怅像傍晚的荒原一样无穷无尽地延伸开去……这就是高超的直觉意象带给我们的审美体验，弥漫着的是一股无言之美。

进一步考察，我们发现莫言的几乎全部小说都是由意象生酵出来的。这些意象从篇名上即可看出：《金发婴儿》《球状闪电》《白狗秋千架》《红高粱》《红蝗》《大风》《枯河》《老枪》《断手》……莫言的世界是沸腾的感觉世界，是爆炸的意象集群，是繁复的色彩交响曲，是神秘的超感知觉。感性生命极度展开，经验和理性则被挤得七零八落。说莫言是一个纯粹的现代主义者也许是不确切的，他同样成功地吸收了中国古代美学的营养，但这是吸收而不是同化：透明的红萝卜画了一道漂亮的弧线被扔到水里，从此无影无踪；秋千架上的嬉戏导致美丽女子眼睛被刺瞎；红高粱固然灿烂辉煌，然而奶奶却被日本人的机枪洞穿了生命……

莫言的创作具有重要的美学意义，他的巨大成功表明直觉意象（形象）在文学创作和审美感知中确实占有最重要的地位。这一点也为残雪的小说所证明。残雪的写作似乎是下意识的，她只写人性的畸形、生活的丑恶、世界的肮脏，与理性的伪善，以一种纯意识流的叙述方式，不厌其烦地推出腐鼠、死猫、虱子、浓痰、响屁、癞疮、狐臭、污水与粪便！游荡着的是些干瘦的肉体、丑陋的怪癖、无止境的猜疑与迫害。这是一个典型的疯子世界，一幅世界末日图。她的作品有一种热辣辣的魔力，读不懂是常事，然而阅读过程中感性生命的接纳、共振、拒斥、逃避等反应表明读者其实得到了很多东西，而这便是这些作品的使命。

四、艺术直觉的历史形成

由于机械的二分思维（就是把事物永远划分成价值对立的正反二极，认为对象或者处于价值的某一极上，或者是二重组合），人们对认识的理解长期局限在感性认识→理性认识这一模式中，对艺术直觉也否定多于肯定，即使肯定，也对它的神秘力量和复杂机制无法解释，从而不得不把它置于一个极为可怜的位置，让明晰的理智来统治它，这实际上取消了艺术直觉。

近些年来，感性认识→理性认识的模式实际上已经轰毁，攻击的力量来自马克思《1844 年经济学哲学手稿》（以下简称《手稿》）、“积淀”说、认知心理学、条件反应理论等等。这些理论的一个共同目的就是要历史地和心理地说明所谓感性认识中实际上已包含理性认识的成分，即感性认识的理性化趋向。

马克思早就十分重视感觉的作用。在早年着重研究美学的时候，他曾赋予感觉以很高的地位。他说：“感觉通过自己的实践直接变成了理论家。”“人不仅通过思维，而且以全部感觉在对象世界中肯定自己。”[①]马克思《手稿》的使命就是要说明“五官感觉的形

---

①［德］马克思，恩格斯：《马克思恩格斯全集》第四十二卷，北京：人民出版社，1979 年。

成是以往全部世界历史的产物”[①]，从而美感、美的对象也只能是世界史——人类劳动实践史——的成果。直觉，这种如此独特、如此高级的感觉—心灵力量，也只能是它的成果。这就是为什么祁雅理把直觉看成人类理性的一部分而断然否认它是非理性的原因。马克思批判费尔巴哈的粗陋直观方式，但他所谓感觉，显然包含有直觉的成分。马克思《手稿》的美学思想一直延续到了《〈政治经济学批判〉导言》和《资本论》中，在《导言》里，马克思首次提出了把握世界的四种方式理论，并且详细解释了理论把握的方式——从抽象上升到具体，即从抽象的、基本的理论要素上升到具体的、整体的对象考察，但对艺术的、宗教的、实践—精神的方式却没有论述。我们认为，所谓艺术地把握世界的方式也就是审美体验的方式，是执着地抓住感性个体，在对对象的感性把握中同时把握最深刻的意义。说得更具体一点，就是感觉的方式、直觉的方式，但我们无意于把马克思看作一个直觉主义者。从逻辑上看，感性形式和理性意味有先后之分，从时间上看却没有。其原因正在于前面那句话："感觉通过自己的实践直接变成了理论家。"这个思想来源于歌德、黑格尔。歌德曾把他的创作方式描述为：现象→观念→形象，应该说这里并不一定存在严格的物理时序，只是可以这么分析罢了。黑格尔认为美是理念的感性显现，理念是先天的、本原的、绝对的，但所谓理念在先也只是逻辑上的而非时空上的。把理念改造

① ［德］马克思，恩格斯：《马克思恩格斯全集》第四十二卷，北京：人民出版社，1979 年。

为历史实践，黑格尔就变成了马克思。这些思想本来是极其宝贵的，但由于用的是传统哲学的术语，加上马克思的主要精力不放在美学上，所以一时未能产生更大的影响。柏格森正是为了避免新思维和传统术语的矛盾，才创造了“绵延”概念。绵延是生命之流，是历史已经走完几千年的现在的人类生命，感性与理智已纠缠于一团，根本不能加以机械的分析或作物理时间上的先后排列。

认知心理学也许是“感性认识的理性化趋向”说的最有力的支持者。无所不在的心理定势宣告纯粹的感觉是不存在的，活生生的人的感觉和知觉中从来就包含着复杂的理性因素，具体地说有如下几点：

（一）知觉对知觉常性（包括颜色常性、大小常性、定位常性）的依赖。即使明度、形状、距离等发生变化，众人也会由于这些常性的作用而并不改变原来的视知觉。一个三岁的幼儿从公路上方一个瞭望点看汽车，可能把汽车看成小模型车，甚至企图把它当作玩具来占有。引申开来说，莫言眼中的城市人“被酱油腌透了”，叶赛宁笔下的小母马远胜过隆隆的火车，即由于文化环境、价值观念转化为常性，从而影响感觉。

（二）知觉是有选择性的，它是一种主动的、受前后左右关系和过去经验影响的检验假设过程。“知觉系统不是感觉被动地输入，而是寻找与感觉信息最一致的知觉印象。”[①]知觉的选择结果即为注

①[美] E. R. 希尔加德，R. L. 阿特金森，R. C. 阿特金森著；周先庚等译：《心理学导论》，北京：北京大学出版社，1987 年。

意，通过注意我们能集中到所选择的刺激上，并不受分心刺激的影响。假设市场上一对买主和卖主正在讨价还价，旁边站着一个家庭主妇，一个生意新手和一个艺术家。家庭主妇会注意到货物价格的高低并思考哪一个价格对买主有利；生意新手注意到卖主是如何用他的如簧巧舌欺骗顾客的，并暗暗想着要尽快学会这一招；而艺术家则会兴趣盎然地观察两人的面部表情、手势、语言，归纳他们的美型特点和个性特点。注意有时是自觉的，有时是不自觉的。

（三）言语，其中包括词义、概念对于感觉活动的介入。"直觉即语言。"

（四）认知图式（心理定势）的存在。人类心理结构中存在着相对稳定的认识结构或认知图式，这已为心理学所证明，它部分得之于遗传，主要得之于学习。

对艺术直觉的心理学解释，与马克思从审美的历史发展角度得出的结论是一致的："对于没有音乐感的耳朵说来，最美的音乐也毫无意义。"①

理性认识的感性化，是"积淀"说的核心内容。理性积淀于感性，社会积淀于个人，历史积淀于现在，文化积淀于本能。数千年文明史早已淘漉尽感官的粗糙性。如今的儿童，出生 6 个月后即具有深度知觉能力。我们总爱把原始人比作儿童，殊不知二者在进化速度上有天壤之别。原始人经过几百万年才由动物转化为人，又经

---

①［德］马克思，恩格斯：《马克思恩格斯全集》第四十二卷，北京：人民出版社，1979 年。

过几千年才积聚起今天的文明，而儿童早已是文明的产儿。生物学上的全息现象虽表明受精卵会重演人类的全部进化史，但一日长于百年，重演的速度哪里是原始人比得上的呢？人性的“白板”是不存在的，上面早已打上文明的印迹，碾过历史的履痕，刻下理性的呼唤。不但生理特点可以遗传，心理因素、文化因素皆可以变成遗传密码为细胞卵所传载。积淀说和荣格的“集体无意识原型”说皆建立在此基础上。

感性与理性的关系，一方面表现为积淀，另一方面表现为对抗：“纯粹”本能的生命冲动对抗理性的枷锁，渴求自由自在地发泄。无论哪一种形态，都表明是感性和理性的共同作用构成了历史的发展。其实本能并不纯粹，只不过是一种形态的理性对抗另一种形态的理性。人无法摆脱历史，现在可用过去说明。西方现代主义文学是反理性主义文学，然而，反理性依然是理性，人不能成为非人。对直觉也须作如是观。

五、直觉的反叛与调整：　种创作现象

用艺术直觉理论来解释文艺创作中作品发展违背作家意志的现象，就比较有力。艺术直觉是审美王国的立法者，是一个自在的精灵，它并不听命于作家的理智命令、主观意志（我们该记得克罗齐是反对直觉中含意志因素观点的）和先验构思，它按照自己的逻辑——直觉逻辑——行事，形成一套美的创造的自动操作系统，具有自我命令、自我调节、自我比较、自我完成的特点。直觉的对应物是意象，直觉的自动操作体现为意象的自我运动，即形象的发展

和形象体系的结构运动可以违背作家的事先安排，自我生发，自我确立，自我检验，自我修正。托尔斯泰对《安娜·卡列尼娜》的修改是一个典型例子：

> 关于渥伦斯基在和安娜的丈夫会面后怎么扮演他的角色的一章，我早已写好了。我开始修改，可是，渥伦斯基完全出乎我的意料之外，毫不迟疑地开枪了。现在呢，对进一步的发展看来，这却是必然的了（着重号为引者所加）。[1]

既出乎“意料之外”，又恰恰是小说发展的“必然”，这种奇妙现象正是直觉暗中操作的结果。对这种现象，以前人们曾提出各种各样的解释，“迷狂”说（柏拉图）可算一种，“对象主体”说（刘再复）也是一种。可是这两种说法有一个共同的缺点：把艺术创作看成是无意识的。在“迷狂”的状态中，作家的意识消失了，代之而起的是神灵的凭附，疯子的呓语；当对象主体发生作用时，创作主体也消失了，成为客体，成为单纯的记录工具。它们都无法解释这一点：艺术家在创作时并未变成疯子和工具，而只是他的理智和常识弱化以至消失了，所有世俗社会的戒律、约束、小心翼翼、患得患失全不存在了，他进入了审美的自由王国，只听命于美的召唤，而这召唤实际上是他自己发出的！他凭直觉创作，而直觉绝不是无意识的东西，克罗齐和尼季伏洛娃都曾指出这一点。直觉过程恰恰

---

①转引自陶伯华，朱亚燕：《灵感学引论》，沈阳：辽宁人民出版社，1987 年。

伴随着对形象美学意味的意识，伴随着对直觉结果的正确性的坚信感。换言之，创作主体和对象主体的说法是自相矛盾的，主体永远只有一个——在实践中的人。文学创作中的主体就是作家，对象主体（形象体系）并不是外在于创作主体的神秘力量，它本身是创作主体的一部分；形象体系的把握和表现者——直觉，并不是反理性的，而是理性的一部分，是作家艺术天才的一部分。起作用的永远只是创作主体，只不过有时直觉和理智联袂而起，交互作用，有时直觉坚决反叛理智，自行其是，义无反顾。结果，形象以完全出乎意料（出乎理智和意志之料）的方式呈现出来。

对创作过程作出合理的、科学的描述和解释，并不是要否认无意识、非自觉性的存在和作用。事实上，直觉和无意识、非自觉性密切相关。潜意识、无意识、下意识作为心理结构，其存在的合理性是无可怀疑的。创作过程中无意识显然正以“冰山原理”在看不见的深处积极地活动着；但当意象诞生并运动时，无意识就上升到意识的水平上来了，没有一个艺术家敢对上帝发誓说正在创作时不知笔下写（画）的是什么，清晰也罢，模糊也罢，艺术家对自己的产儿总是有审美意识的。红萝卜象征什么，莫言并不知道，但这个意象一开始就扰动着他敏感的心灵，他观照它、描绘它、神经质地展开它，他知道这是一个独一无二的、美到令人心颤的意象。能够这么做已经够了。分析它不是他的事，他把这个任务交给了读者。尼季伏洛娃认为直觉始终具有两种有意识的成分：“创作的任务

（这一过程的开端）和有意识的解决（这一过程的终结）。”[1]也许这一说法过于明确，但意象的流动、语言的运用总是由有意识的人所发出的，即意识与无意识在自由的创作境界中拓通了，自觉性和非自觉性拓通了，二者可以自由流动，自由升降。按巴甫洛夫的理论，这一拓通可以表述为下面的图式：生理的——无意识水平⇌第一信号的——形象的水平⇌第二信号的——有意识的水平。[2]

超现实主义画家们曾广泛寻求催眠状态来创作绘画，激进的理论家推崇酒后撒疯、梦中呓语、疯子独白，称之为最伟大的艺术。但这是言过其实的。即使它们再富于意味，也只有通过清醒的人的加工改造才成为艺术。例如，梦中经历只有于醒后复述才具有审美意义，达利《内战的预兆》是梦，但加上这个标题，就不纯粹是梦了。同样，一个无意识地向画布上砸油彩的人是不能叫做画家的，幸亏现代派艺术主流并未走到这一步。

（本文系与董学文合作完成）

（《天津社会科学》1988 年第 5 期）

---

①[苏] О. И. 尼季伏洛娃著；魏庆安译：《文艺创作心理学》，兰州：甘肃人民出版社，1984 年。

②[苏] О. И. 尼季伏洛娃著；魏庆安译：《文艺创作心理学》，兰州：甘肃人民出版社，1984 年。

中国古典美学研究的新水平

——读敏泽《中国美学思想史》

敏泽同志的近著，由齐鲁书社出版的《中国美学思想史》（第一卷），是一部资料翔实、论述谨严、体大思精、纵横捭阖的力作。作者学识广博，对文物考古、史料典籍以至西方美学著作烂熟于心，又不趋世附俗，而是一切经过研究，敢于坚持己见、己路，表现了一种对科学、对历史、对读者负责的精神。近年来，国内中国美学史研究成果迭出、佳作不断，在这种情况下，本书以其博识和精审，恢宏开阔的历史意识和扎实过人的材料功夫独树一格，标志着我国古典美学研究又达到了一个新的水准。

该书分为三卷，第一卷自史前到南北朝，第二卷从隋唐至明代，第三卷从清代至近代。目前我们看到的只是第一卷，仅从这一卷已感其魄力雄健，理论分量很重，许多问题，作者在充分吸收已有成果的基础上，有自己的突破和创见。待三卷全部付梓之后，我们相信，该书当是一部具有相当高学术水平的皇皇巨著。

这里，我们谈谈读第一卷的感受。

一、三个层次

本书的内在结构，可以分为三个层次：

第一层次：对中华民族各个时期（自史前至南北朝）文化精神、美学体系的特点和流变的把握。敏泽认为，“美学思想史研究的对象，最根本的一点，就是要研究我们这个伟大民族的审美意识、观念、审美活动的本质和特点发展的历史”[①]，而文化气候，美学价值观念的宏观把握，又是其关键。通观全书，这确是作者花了相当气力，而其结论也令人相当满意的地方。

作者的考察从史前时期开始，以出土文物、史料典籍为基础，以马克思主义的美学和唯物史观为指导，清理了繁茂芜杂的上古文化之林，分别论述了工具使用、图腾崇拜、原始神话、龙凤崇拜、巫术礼仪、纹彩陶盆与原始审美意识萌芽、发展的关系，强调了血缘宗法制的深刻影响。过渡到商周时期，其特点是：殷道亲亲，周道尊尊，春秋战国，人的觉醒。作者指出，随着民族间大融合的进行和完成，中国古代美学思想体系也形成了，其构成是：“南方楚地发展起来的阴阳学说，东方或北方殷人的‘五行’思想，以及周文化中的‘中行’思想及伦理道德观念的融合，这些思想的产生同各自的原始宗教直接联系着。”另一个更简明的说法是：“以法自然

---

①敏泽：《中国美学思想史》第一卷，济南：齐鲁书社，1987 年。下文引自此书者，不再一一注释。

的人与天调为基础，以‘中和之美’为核心，以宗法制的伦理道德为特色。”这一融合在战国后期已基本完成，到了汉代，三大文化体系终于完全融而为一，“构成了中国文化和美学的最基本的民族特色”。这种融合取两条路线：《吕氏春秋》《淮南子》是一种情况——以道家思想为核心，“兼儒墨，合名法”；《易传》《春秋繁露》《礼记·乐记》则是另一种情况——以儒家思想为核心，兼采阴阳五行学说。中国美学史研究中另有一派学者持“四大要素”说（老庄、儒家、屈原、佛禅），敏泽不同意这种观点，而提出“三大构成”说，认为道法自然，老庄代表阴阳学派，老庄、屈原同属主阴阳的楚文化体系；儒家的阴阳思想是后来吸收进去的；佛禅只是从某些方面补充发展了民族基本的美学思想体系，并未从根本上动摇中国型的文化特色——这是作者爱用的词语。比之“四大要素”说，“三大构成”说采用了另外的视角，即不着眼于某一流派或某一哲学家，而投视于中国大文化体系下的不同亚文化体系的生长融合，更富于文化学的意义，而且对中国美学史研究的总体意图也有新的拓展。

对魏晋南北朝时期，作者用了四章作绪论，介绍这一时期精神文化和美学思想的特点。这便是玄学兴起，佛教隆盛，儒释道三家进一步融会，由此开创了美学史的一个新时代。山水成为自觉的审美对象，个性觉醒，情感受到进一步的重视。美学思想的总特征是人化的审美评价，具体表现为一系列新的美学观念的诞生和形成。这一宏观审视既承继前两部分所描述的轨迹，又标明了新的特点。

第二层次：对各文艺美学著作（包括文学、音乐、书画、舞蹈、建筑）基本问题的纵向考察和横向比较。如美的主观性与客观性、美的多样性和差异性、美与真与善、文艺与情感、文艺与伦理政治、文与质、形与神、古与今等等。这些基本问题贯穿全书始终，是最扎实最丰富的部分，成为第一层次的墙基。这里没有泛泛之论，没有欺世之谈，而是凭借对材料的熟谙和理解（敏泽同志曾著《中国文学理论批评史》），该考据时考据，该引申时引申，该比较时比较，补苴罅漏，张皇幽眇，兼揽众长，努力将中国美学思想及审美观念的发展还原为一种多面的完整形态。

第三层次：对各特定概念、范畴、理论、提法的分析探讨，以之为第二层次的深化与补充。如孔子之“智者乐水，仁者乐山”，孟子之“以意逆志”“知人论世”，《易传》之“阳刚”与“阴柔”，《诗经》之“情结”“为忧造艺”，王充之“补世”“实诚”与“文墨”，顾恺之的“以形写神”与“迁想妙得”，宗炳之“澄怀味象”，谢赫之“六法”，卫夫人之“骨与肉”“意与笔”，萧衍之“肥瘦相和”，嵇康之“声无哀乐”……不论其著名还是冷僻，已有确诂还是聚讼纷纭，只要作者认为有价值，有创见，皆予以评述。阐幽发微、爬梳剔抉，见他人之所未见，颇见作者功力。

三个层次的交错，使史前至南北朝美学思想方面的几乎全部著作、问题、范畴都被覆盖了。阅读本书，如同进入大观园，既山高水阔，又曲径通幽，诸般景色，靡不毕现；又如谛听交响乐，既有急管繁弦，又有慢板咏叹。庞杂繁复的中国美学史长廊，敏泽同志堪称一杰出导游。

二、两种方法

两种方法指的是历史方法和比较方法。作者具有宏阔的历史意识，注重对诸美学问题历史线索的清理，高屋建瓴，脉络分明，且体现了历史和逻辑的相统一。例如论证《乐记》之晚出于荀子《乐论》就很精彩，但这只是历史方法一个方面的含义，另一方面的含义，是指运用马克思主义社会历史方法，以历史唯物主义为核心，考察美学与社会政治的关系。对这一方法，近来颇有一些人不以为然，这既是一种历史的演进与丰富，但也包含历史的误解和分歧。有些问题，看来单用美学的、文化学的观点是无法解释清楚的。譬如，嵇康既树帜"声无哀乐"，又承认"夫内有悲痛之心，则激切哀言，言比成诗，声比成音……心动于和声，情感于苦言。嗟叹未绝，而泣涕流涟矣。"（《声无哀乐论》）这种自相矛盾的现象固然可以从老庄与孔孟乐论的不同影响来解释，但总有些勉强。而作者联系到当时的社会政治现实，借鉴鲁迅的类似论述，指出："他之所以要力辩'声无哀乐'，以至不顾自己有时不能自圆其说，原因很简单，就是在嵇康看来，司马氏政权所制定的礼乐，所倡导的'名教'，实际上都不过是掩盖他们屠戮异己、篡窃神器的幌子，是牛首其门，而狗肉其内……这一切都是针对司马氏政权的言行异轨而发的，正是当时司马氏政权的所作所为，使他得出了这样的结论：'心之于声''于物'，并不是一回事，他们是言在此而意则彼，言在'马'而意在'鹿'，不可以循声以求情，察言而揆实，观形而揆心。"

基于同一意识，作者对王充作了更多的肯定，而对董仲舒作了更多的批判。

至于比较方法，更是本书一个基本的、卓有成效的方法。它不是附庸，不是点缀，而构成了全书的一个有机部分。比较分两种：纵向的（影响研究）、横向的（平行研究）。前者自是本书必不可少的，否则何以称史？后者主要是中西之间的，比较的基点是美学的当代意识，即既不是华夏为尊，又不是“欧洲中心论”，体现了作者在序言中所称东西方美学史“各极其胜、各臻其妙，不可强分轩轾”的观点。论及中西精神文化和审美意识的差异时，作者分析了原因，认为中国古代社会脱胎于血缘宗法的氏族公社，古希腊则建立于城市经济和对外贸易高度发达的城邦制基础上。谈到“同”与“和”的关系时，作者提出了中西的共同之处：强调寓杂多于整一，从不协调中创立协调，并引大量的中西古代著述为证；又分析了二者侧重点的不同：“古希腊所说的一与杂多的统一，主要是偏重于形式方面（声音、色彩等方面的比例）的和谐。”而我国则“在重视形式和谐的同时，重视内容及情与理方面的和谐”。

书中两种比较犬牙交错地综合在一起。最典型的例子莫过于论述孔子的仁学——人文主义——思想时所作的比较。作者指出，孔子的思想在欧洲启蒙主义运动兴起时，曾成为理性之旗，成为反对非人道的、异化的封建思想的武器（伏尔泰、休谟），老庄却受到冷落。因为孔子重群体社会，老庄尚个人自然；孔子肯定人之所以为人的特点，老庄则泯物我、齐生死、等是非，贬抑人的现实创造性。又如，论及陆机《文赋》“离方遁圆”的思想时，作者根据上下文，纠正李善注《文选》所谓“言文章在有方圆规矩也”的错误解释，而认为这是讲要敢于打破常规，无法中求有法，穷形而尽相。接着引西方学者布阿洛、庞贝、马佐尼的类似论述以作比较，并引苏轼、魏禧、叶燮、刘熙载的言论以为参证，分析可谓淋漓尽致，令人信服。作者在书中多处征引钱锺书《管锥编》的论述，钱先生学识过人，上下驰骋，信手拈来，娓娓而谈，而作者也深得个中三昧。

三、几点创见

敏泽同志长期从事中国古代文论史、美学史的研究工作，本书的观点多有新人耳目之处，对某些重大问题他有自己独特的见解，还提出了一些纯属他个人的概念和术语。

关于“中和之美”。作为中国艺术精神及美学体系的核心，“中行”“中声”及“中和之美”，在本书中得到着重论述。作者详考其源流，从《周易》到季札，从季札到医和，从医和到伶州鸠，从伶州鸠到孔子，中原的美学思想一直以“中行”为核心。“中”“和”“中声”“中和”，名异而实同，常包含着几个方面的含义：事物构成的、音律本身的、道德伦理的、政治社会的（包括宗教观念的“神”）等等，多层次的含义又常是互相融合在一起的。而其基本含义，则无非是美学上的与道德伦理上的。作者指出：“《乐记》所重视的‘和乐’，即中和之音，虽有积极合理的方面，但其消极影响也是不可低估的，它常常成为抹煞和反对表现激烈矛盾冲突的口实，我国后世艺术中很少悲剧，而大团圆思想广泛流行，和这一美学思想的影响，可以说是分不开的。”这一见解，将朱光潜等美学前辈的意见系统化了。

关于“天人合一”。作者指出，子产讲法自然与遵人伦的结合，即已包含萌芽状态的天人合一思想；《管子》《荀子》则是先秦时这一思想的代表。至于董仲舒，作者既肯定了他认为“天地之精所以生物者，莫贵于人”的积极面，也指出了“君人者，国之本也，夫为国莫大于崇本，崇本则君化若神”中“人神合一”的本来面目，他把自然意义上的“天”神化了，也把“天”在地上的代言人——君主神化了。“他所反复论证的‘天地之美’，在基本上并非自然意义的，而是神学意义的。”在当代学人言必称“天人合一”的现在，保持如此清醒的批判意识，实属难能可贵。

关于“人化的审美评价”。这是作者独创的术语，以之概括人的觉醒、个性发现对美学思想的影响十分贴切。作者解释道：“……我国审美评价的一个最鲜明的民族特点：人化的美学评价，常常把作为审美对象的艺术品，看作是具有生机勃勃的人来要求。”以此为基点阐释魏晋南北朝时期出现的一系列美学术语，如“气韵”“神似”，如“风骨”“象外”，如“境界”“神力”，如“媚趣”“肥瘦相和”，虽并无字琢句磨的考证，但这些术语独特的文化意义与美学内涵，已经十分清澈。学术研究常常出现这种情况：对术语、概念作语言学、训诂学的繁琐分析与考证，反不如换一种视角作画龙点睛似的说明来得简洁明了。

此外，关于阴阳五行、审美心理虚静说等重要问题，作者也机杼独出，多有新解。

总之，《中国美学思想史》（第一卷）一书，可谓“六经注我”和“我注六经”相结合的成功实践。微观与宏观、历史性与当代性、历时性与共时性、文字考据与纵横比较、收拢来与荡开去都得到了较完美的统一，不愧是一部思致宏博、文质俱美的大著。

我们急切地期待着阅读下二卷。

（本文系与董学文合作完成）

（《文艺理论与批评》1988年第6期）

倾向性理论与“意蕴”说

一

诗人舒婷说：“没有倾向的作品算不得伟大的作品。”[①]

不是所有人都赞同这句话，然而它道出了一个事实。从屈原到曹雪芹，从荷马到巴尔扎克，中外文学史一再重复了这个事实。

然而，什么是“有倾向的作品”？文艺作品该有怎样的倾向性？如何表现这种倾向性？

《辞海·文学分册》“倾向性”条说：

倾向性：人们的阶级立场和政治思想在言论、行动上的具体体现。文艺作品的倾向性，是作家、艺术家的阶级立场和政治思想在作品中的体现，也就是作者的社会思想和对于现实生活爱憎态度的

①老木编：《青年诗人谈诗》，北京：北京大学五四文学社，1985年。

反映。各个阶级的作家、艺术家从观察生活、选择题材到提炼主题、塑造人物形象，都表现对现实的认识和评价，反映一定阶级的观点和政治倾向。无产阶级要求文艺作品把政治倾向性通过艺术形象的真实描绘自然地体现出来，达到革命的政治倾向性同艺术的真实性相统一。

这就是说，倾向性即等于政治（阶级）倾向性。倾向性无所不在，且贯穿于创作过程的始终。无产阶级要求革命的政治倾向性同艺术真实性相统一。这代表了前些年我国文艺理论界对文艺倾向性问题的普遍看法。笔者认为，这种貌似全面的流行解释是片面的、狭隘功利主义的，它反映了“左”的文艺思潮的残余影响。应该通过对西方美学史和马克思主义文艺理论的研究，澄清这个曾经被搞得极为混乱而现在还远未澄清的问题。

二

在西方文艺理论史上，人们对文艺倾向性问题的探讨是比较晚的。尽管古代的大作家、大文艺理论家本身都有各自的倾向性，但他们很少涉及这个问题。相反，文艺倾向性问题的提出一开始便伴随着小资产阶级的主观主义和浅薄的政治功利主义的浓重阴影。

1830 年法国“七月革命”后的一个时期，德国曾出现所谓“倾向文学”。后来恩格斯在《德国的革命和反革命》中说：“1830 年的事件把整个欧洲都投进了政治骚动中，德国文学也受到这种骚动的影响。当时几乎所有的作家都大谈其不成熟的立宪主义或更加不成熟的共和主义。在这批人中间，特别是在低等文人中间，逐渐形成了一种习惯，他们用一些能够引起公众注意的政治暗喻来弥补他们作品中才华的不足。在诗歌、小说、评论、戏剧中，在一切文学作品中，都充满所谓的‘倾向’，即反政府情绪的畏首畏尾的流露。”[①]当时的“青年德意志派”就是这种“倾向文学”的代表。大诗人歌德当时尚在世，曾对这种创作倾向提出严肃批评。以后在20世纪80年代的一部分小资产阶级社会主义作家中，仍表现出类似的创作倾向。

马克思主义经典作家第一次对文艺倾向性问题给予了高度重视。马克思主义的倾向性理论是在批判各式各样的小资产阶级倾向文学中建立起来的。在这一点上，恩格斯作出了巨大的贡献。

在恩格斯那里，“倾向性”一词主要是被当作“思想性”来使用的，不仅仅是政治倾向性。在给拉萨尔的信中，恩格斯说：“您的《济金根》完全是在正路上；主要人物是一定的阶级和倾向的代表，因而也是他们时代的一定思想的代表……”[②]他在批评敏·考茨基时说：“显而易见，您认为需要在这本书里公开表明您的立场，在全世界面前证明您的信念。这您已经做了，已经是过去的事了，您用不着再以这种形式重复了。”[③]显然，恩格斯所理解的倾向是思想、立场、信念一类的东西。实际上，如果我们不局限于字面的

①北京大学中文系文艺理论教研室编：《马克思、恩格斯、列宁、斯大林论文艺》，北京：人民文学出版社，1980年。

②北京大学中文系文艺理论教研室编：《马克思、恩格斯、列宁、斯大林论文艺》，北京：人民文学出版社，1980年。

③北京大学中文系文艺理论教研室编：《马克思、恩格斯、列宁、斯大林论文艺》，北京：人民文学出版社，1980年。

话，那么马克思所提出的“时代精神”，恩格斯所阐述的“较大的思想深度和意识到的历史内容”“观念的东西”都是指倾向性。当然，马克思、恩格斯从不讳言他们的政治目的，他们的“倾向性”决不是抽象的，而是有实践的历史的内容的，因而政治性便成为倾向性的重要组成部分。

值得注意的是，由于德国小资产阶级倾向文学的恶劣影响，恩格斯不但很少正面肯定倾向性，而且唯恐别人认为他提倡倾向性。他在致玛·哈克奈斯的信中说：“我决不是责备您没有写出一部直截了当的社会主义的小说，一部象我们德国人所说的‘倾向小说’，来鼓吹作者的社会观点和政治观点。我的意思决不是这样。”[①]恩格斯对“倾向小说”十分厌恶，他虽从事着社会主义运动，但并不要求作家写“直截了当的社会主义的小说”，显然是认为直截了当的倾向性会导致抽象化、概念化，导致作品的政治内容膨胀而艺术性萎缩；特别是对那些才气不足的作家更是这样。恩格斯不反对倾向诗本身。他认为“悲剧之父埃斯库罗斯和喜剧之父阿里斯托芬都是有强烈倾向的诗人，但丁和塞万提斯也不逊色；而席勒的《阴谋与爱情》的主要价值就在于它是德国第一部有政治倾向的戏剧。现代的那些写出优秀小说的俄国人和挪威人全是有倾向的作家”[②]。但恩格斯反对把倾向置于一切之上，也反对倾向的赤裸裸的揭示，好

①北京大学中文系文艺理论教研室编：《马克思、恩格斯、列宁、斯大林论文艺》，北京：人民文学出版社，1980年。

②北京大学中文系文艺理论教研室编：《马克思、恩格斯、列宁、斯大林论文艺》，北京：人民文学出版社，1980年。

像唯恐别人不知道他的思想倾向似的。“我认为倾向应当从场面和情节中自然而然地流露出来，而不应当特别把它指点出来；同时我认为作家不必要把他所描写的社会冲突的历史的未来的解决办法硬塞给读者。”[①]倾向性须与情节的生动性和丰富性结合起来。“作者的见解愈隐蔽，对艺术作品来说就愈好。”[②]论证性的辩论则完全是不必要的东西。

什么才是具有社会主义倾向的小说呢？恩格斯认为，它是“通过对现实关系的真实描写，来打破关于这些关系的流行的传统幻想，动摇资产阶级世界的乐观主义，不可避免地引起对于现存事物的永世长存的怀疑”，如果它达到了这些目的，“那末，即使作者没有直接提出任何解决办法，甚至作者有时并没有明确地表明自己的立场，但我认为这部小说也完全完成了自己的使命。”[③]可以这样说，恩格斯眼中的社会主义倾向文学也就是资本主义衰落时代的现实主义文学。在谈到文学艺术时，马克思、恩格斯都把现实主义置于世界观、政治倾向之上。在现实主义面前，倾向性成了多余的、不必要的东西。因此，考察马、恩的全部论述，可以认为他们所提倡的倾向是无倾向的倾向，是因现实主义而自然而然地体现出来的倾向。现实主义的使命和目的并不在表现倾向上，倾向却会自然而

---

①北京大学中文系文艺理论教研室编：《马克思、恩格斯、列宁、斯大林论文艺》，北京：人民文学出版社，1980年。

②北京大学中文系文艺理论教研室编：《马克思、恩格斯、列宁、斯大林论文艺》，北京：人民文学出版社，1980年。

③北京大学中文系文艺理论教研室编：《马克思、恩格斯、列宁、斯大林论文艺》，北京：人民文学出版社，1980年。

然地流露出来，这是个矛盾，也是个难点，解决这个矛盾和难点的办法便是对现实关系的真实描写和个性化。违背了这两个原则，即使倾向再正确、再鲜明，也只能使人生厌。文学毕竟不同于哲学，它有自己的表述方式和审美规律。马克思批评拉萨尔的最大缺点是“席勒式地把个人变成时代精神的单纯的传声筒”，济金根“被描写得太抽象了”，“在性格的描写方面看不到什么特出的东西”[①]。恩格斯也告诫拉萨尔“不应该为了观念的东西而忘掉现实主义的东西，为了席勒而忘掉莎士比亚”，他还批评敏·考茨基让阿尔诺德的个性“更多地消融到原则里去了”[②]。

更进一步，恩格斯认为“现实主义甚至可以违背作者的见解而表露出来”[③]。这和《辞海》对倾向性的解释明显矛盾。一般人把这句话理解为世界观与创作方法的矛盾，我们认为不如理解成政治和文学的矛盾更为恰当。恩格斯这里所说的见解即政治见解，是作家的政治身份；现实主义则是作家的艺术人格。毫无疑问，这两者是可以矛盾而且经常矛盾的。作为艺术本质的现实主义经常克服他的政治偏见。这样，作家、艺术家的阶级立场和政治见解就不一定原封不动地反映到作品中来；也就是说，文艺倾向性不等于行为倾向性、阶级倾向性。这二者倒是经常冲突并以前者的胜利告终，从

①北京大学中文系文艺理论教研室编：《马克思、恩格斯、列宁、斯大林论文艺》，北京：人民文学出版社，1980年。

②北京大学中文系文艺理论教研室编：《马克思、恩格斯、列宁、斯大林论文艺》，北京：人民文学出版社，1980年。

③北京大学中文系文艺理论教研室编：《马克思、恩格斯、列宁、斯大林论文艺》，北京：人民文学出版社，1980年。

而使艺术家有时对自己的描写大为吃惊，怀疑究竟是不是自己所作。巴尔扎克是一个例子，在托尔斯泰身上也出现过类似情况。

现实主义何以竟有如此之大的魔力，可以挣脱世界观和阶级偏见的束缚，恩格斯没有解释原因。我以为，这表明文艺并不是政治的附庸，它有自己的相对独立性，表明艺术本质和创作方法在某种程度上是超乎作者的阶级利益和政治立场之上的，也表明了具有一定普遍性的艺术传统和文化教养的强大反作用——它们一旦积淀下来就可能转化成物质性的力量，强有力的政治意识、阶级利益在它面前也无可奈何。这正是在政治的阶级斗争起主导作用的情况下，人们还呼唤爱、良心、人性的原因。当然我们不能抽象地谈论作家作品，我们仅仅想指出一个在某种条件下可能存在的事实。恩格斯的分析提醒我们不要从表面看问题：充满矛盾的现实主义作品恰恰有着强烈的进步倾向，违背现实主义创作原则、急于表现倾向的作品不过是伪艺术品。

三

倾向性理论跟“意蕴”说有密切关系。

意蕴（Das Bedeutet）是德国古典美学中的重要概念，它最先由歌德使用。黑格尔继承了歌德的说法，把它明确化、系统化。意蕴的德文原意是“有所指”或“含有用意”，作为美学概念，它的含义十分丰富。

（一）它是理性、一般的，但紧紧地依附于感性、个别。什么是意蕴？黑格尔说：“因为一种可以指引到某一意蕴的现象并不只是代表它自己，不只是代表那外在形状，而是代表另一种东西，就象符号那样，或则说得更清楚一点，就象寓言那样，其中所含的教训就是意蕴。”[①]这种意蕴绝不是抽象的、无所依凭的，它是从自然事物或文艺作品中抽绎出来的。感性因素的价值就在于它蕴含意蕴，指引意蕴。黑格尔认为：“遇到一件艺术作品，我们首先见到的是它直接呈现给我们的东西，然后再追究它的意蕴或内容。前一个因素——即外在的因素——对于我们之所以有价值，并非由于它所直接呈现的……那外在形状的用处就在指引到这意蕴。”[②]审美的对象无论是自然，还是艺术作品，对人来说，理性的东西总要高于感性的东西。对象实质性的美，并不在于它的纯自然性或摹仿性，而是因为它含有意蕴。歌德在谈到欣赏时说：“我们要求回到个别的东西进行完满的欣赏，同时不抛弃有意蕴的或崇高的东西。”[③]从这里可以看出歌德和黑格尔的侧重点有所不同。但黑格尔并非一个绝对的唯心主义者，他一般把意蕴称作“实体性的内容”。黑格尔所说的内容是理性内容（Gehelt），和感性形式相对；与今天意义上的内容（Inhalt）含义不同（前者略近于主题、思想，后者还包括题材）。虽然意蕴是理性的，但以“实体性”作定语，表明它离不开感性实体。

（二）意蕴既是主观的，又是客观的。意蕴到底从哪里来？歌德和黑格尔有很多论述。歌德曾说：“艺术并非直接摹仿人凭眼睛

①[德] 黑格尔著；朱光潜译：《美学》，北京：商务印书馆，1979 年。
②[德] 黑格尔著；朱光潜译：《美学》，北京：商务印书馆，1979 年。
③转引自朱光潜：《西方美学史》，北京：人民文学出版社，1963 年。

看到的东西，而是要追溯到自然所由组成的以及作为它的活动依据的那种理性的东西。”[1]这种理性的东西就是意蕴，它既是自然的活动依据，当然是客观的（但不同于客观规律）。然而歌德又说：“艺术要通过一种完整体向世界说话。但这种完整体不是他在自然中所能找到的，而是他自己的心智的果实，或者说，是一种丰产的神圣的精神灌注生气的结果。”[2]这样，意蕴似乎又成了主观性的东西。那么，意蕴的这种主观性和客观性如何统一呢？歌德凭借他丰富的艺术实践得出了和马克思相近的观点：“艺术家在把握住对象那一顷刻中就是在创造出那个对象，因为他从那对象中取得了具有意蕴、显出特征、引人入胜的东西，使那对象具有更高的价值。”[3]这是在马克思以前对通过实践人化自然、人的本质力量对象化因而产生美、创造美的规律的最好论述。意蕴虽有客观基础，但自然本身并不能意识和把握到意蕴。能够这样做的只有人，人把握住意蕴，创造了艺术。艺术永远不是纯客观的自然的再现，它是第二自然。歌德还说过：“意蕴只有在实践中须和它打交道的人才能找到。”[4]黑格尔也曾举小孩通过石子击起涟漪欣赏到美的例子说明美在实践中的产生。虽然他们所说的实践终究只是静观的、思维性的，还不是马克思所说的社会历史实践，但已包含着马克思主义实践观点的萌芽。

①转引自朱光潜：《西方美学史》，北京：人民文学出版社，1963 年。
②[德] 爱克曼辑录；朱光潜译：《歌德谈话录》，北京：人民文学出版社，1978 年。
③转引自朱光潜：《西方美学史》，北京：人民文学出版社，1963 年。
④转引自［德］黑格尔著；朱光潜译：《美学》，北京：商务印书馆，1979 年。

（三）意蕴一般是美的对象，丑的东西称不上意蕴。黑格尔说："丑总是一种歪曲。"[①]歌德也认为自然发展的顶峰是美的，意蕴总体现在健康的、完整的、充满生气的自然之中。例如橡树，如果它生长在密林之中，或低洼、肥沃、潮湿的地方，或土少石多的高山坡上，它都不可能美，不可能体现橡树的意蕴；唯有生长在保证了足够的空间的沙土或夹沙土的橡树才能真正具有意蕴。

把丑看作一种歪曲，这正是古典（理性）主义者的特点。在他们看来，世界是上帝的伟大创造，是"一切可能有的世界中最好的世界"（莱布尼兹语）；自然是上帝合目的的安排，它既真又善且美。他们无法想象上帝会创造一个肮脏丑陋的世界，如同所有现代主义者那样认为的。在他们眼里，上帝=理性=自然=艺术=美。西方近代的审美理想，从文克尔曼的"高贵的单纯，静穆的伟大"到希尔特的"特征"，到歌德的"意蕴"，再到黑格尔的"理念的感性显现"，内容虽有发展，上述古典主义的信念却是没变的。

（四）意蕴是可感的，但又不可穷尽。歌德曾说："观念在形象里总是永无止境地发挥作用而又不可捉摸，纵然用一切语言来表现它，它仍然是不可表现的。"[②]有理由认为这里的观念（Idee，原意为感觉印象）与意蕴相近。意蕴通过感性形象起作用，但又永远不可穷尽。感性的语言是无法完全把握和表现理性化的意蕴的（言不尽意）。不同的读者通过形象找到不同的意蕴，这正是"一千个读

①[德] 黑格尔著；朱光潜译：《美学》，北京：商务印书馆，1979 年。
②转引自朱光潜：《西方美学史》，北京：人民文学出版社，1963 年。

者有一千个哈姆雷特”的原因。同时，意蕴虽然远较感性重要，但它既然永远不能明说，必须通过感性个别起作用，那么，“谁若是生动地把握住这特殊，谁就会同时获得一般而当时却意识不到，或只是到事后才意识到”[①]。

总之，意蕴是个极为重要又有点神秘的概念。黑格尔曾用一句极为精当的话来概括它：“艺术作品……要显现出一种内在的生气、情感、灵魂、风骨和精神，这就是我们所说的艺术作品的意蕴。”[②]意蕴的含义如此丰富，以致与我们所说的主题（母题）或内容比较起来，后者简直黯然失色了。它是中国古代文论中的“理”“情”“意”三个方面的综合。

但是，意蕴说也有严重的局限性。如前所说，歌德、黑格尔虽然窥见了意蕴的实践，但仅限于局部的、思维性的实践，他们也没有把实践观点贯彻到底。歌德有时把意蕴看成上帝安排的一种目的，只有天才才能把握。黑格尔则认为艺术是心灵内在内容（意蕴）外在化的结果，美的理念是概念自我生发的结果。从而意蕴便显得模糊、神秘而不可捉摸，成为一种直觉性、灵感性的东西，这点和中国古代美学相似。

意蕴的含义虽然丰富，但无论在歌德那里还是黑格尔那里，都不含丝毫政治的意味。黑格尔把普鲁士看成绝对精神发展的顶峰，歌德也曾热烈称颂魏玛公爵，他们都在政治上安于现状，身上有浓

---

①转引自朱光潜：《西方美学史》，北京：人民文学出版社，1963 年。

②[德] 黑格尔著；朱光潜译：《美学》，北京：商务印书馆，1979 年。

重的德国市民的庸俗气味。歌德一生厌恶政治，也厌恶政治诗。他极力为自己在德法战争期间不写政治诗辩护；当法国七月革命的消息传来时，他却兴高采烈地同爱克曼探讨一场终于爆发的科学方法论之争。

正因为有这些局限性，马克思、恩格斯才终于抛弃了意蕴这个词。但这并不意味着他们和歌德、黑格尔一刀两断了。作为德意志的优秀儿子，马克思、恩格斯、歌德、黑格尔都是古典主义者、理性主义者，有着共同的审美爱好和文艺趣味，崇尚古希腊神话和悲剧、但丁、莎士比亚、莫里哀……但他们之间却有一条巨大的鸿沟，这条鸿沟划分了两种思想体系，也标志着两个时代。因此，与其说马克思、恩格斯抛弃了“意蕴”说，不如说他们用历史唯物主义的观点改造了“意蕴”说，建立了自己的美学体系。倾向性理论便是这个美学体系的重要组成部分。

应该承认，由于马克思、恩格斯既不是文学家，又不是专门的文艺理论家，倾向性是一个远较意蕴粗糙的概念。它克服了意蕴的模糊性、神秘性，但又太明确了，没有余味，在实践中容易导致公式化、概念化；它虽明确了实践基础，其对象却萎缩到文学之中（自然美中有意蕴，但无倾向性）；它舍弃了意蕴中情和意的部分，重点发展了理的部分；它克服了意蕴的不确定性，但政治内容的加入，又潜伏了使文学变成政治小册子的危险。因此，必须使倾向在更高的层次上向意蕴回归，使倾向性理论和“意蕴”说融合、统一起来。

四

列宁、毛泽东对文艺倾向性问题也有论述。

列宁把恩格斯的倾向性直接发展为党性，提出了党的文学的原则。他指出："文学应当成为党的文学"，"文学事业应当成为无产阶级总的事业的一部分"，他公开号召"打倒无党性的文学家，打倒超人的文学家！"[①]列宁把这个原则贯彻到了对托尔斯泰的分析之中。正是从农民和无产阶级的解放事业的角度出发，列宁称托尔斯泰为"强烈的抗议者、愤怒的揭发者和伟大的批评家"，"反映出革命的某些本质的方面"，是"俄国革命的一面镜子"[②]；同时尖锐批评了托尔斯泰的农民资产阶级思想。毛泽东则提出了文艺的政治性原则。他认为"文艺是从属于政治的，但又反转来给予伟大的影响于政治"，并引用列宁的观点阐明文学应该是"整个革命机器中的'齿轮和螺丝钉'"[③]。他认为文学批评的标准第一是政治标准，第二才是艺术标准。

怎样看待列宁和毛泽东的这些论述？

不能过分狭隘地理解列宁的"党性"和毛泽东的"政治性"。列宁在把文学比喻为齿轮和螺丝钉后马上引用谚语："任何比方都

---

①北京大学中文系文艺理论教研室编：《马克思、恩格斯、列宁、斯大林论文艺》，北京：人民文学出版社，1980 年。

②北京大学中文系文艺理论教研室编：《马克思、恩格斯、列宁、斯大林论文艺》，北京：人民文学出版社，1980 年。

③毛泽东：《毛泽东选集》第三卷，北京：人民出版社，1991 年。

是有缺陷的”，接着他以极为强调的口吻说：“无可争论，文学事业最不能作机械的平均、划一，少数服从多数。无可争论，在这个事业中，绝对必须保证有个人创造性和个人爱好的广阔天地，有思想和幻想、形式和内容的广阔天地。”他并没有因托尔斯泰主义的反动性而否定托翁，反而称赞他的作品“在世界文学中占有第一流的地位”[①]。列宁对文化遗产问题的论述也有助于我们理解这个问题。同样，毛泽东在具体运用政治标准时说：“一切利于抗日和团结的，鼓励群众同心同德的，反对倒退、促成进步的东西，便都是好的……”[②]非社会主义现实主义的东西也在好的作品之列。可见，毛泽东的政治标准是较宽泛的，对于“标语口号式”的作品他也是坚决反对的。

可惜，在相当长一个时期内，我们并没有认识到这一点。加上其他众所周知的原因，“左”的文艺思想像洪水一样泛滥开来，机械的反映论、浅薄的功利主义、庸俗的政治标准论盛行一时，从而产生了一系列千人一面的、“标语口号式”的作品。

近些年来，由于逆反心理的作用，社会上普遍存在着对马克思主义的漠视。一些作家自以为把马克思主义束之高阁就能创作出好作品，殊不知他们恰恰犯了马克思、恩格斯以及歌德、黑格尔所批评的许多错误。文学中过分强烈的政治性和阶级性是减弱了，但出现了过分强烈的道德性、宗教性、神秘性。这依然是观念的宣泄和

---

①北京大学中文系文艺理论教研室编：《马克思、恩格斯、列宁、斯大林论文艺》，北京：人民文学出版社，1980 年。

②毛泽东：《毛泽东选集》第三卷，北京：人民出版社，1991 年。

倾向的直接指点，依然是原则消融个性，依然是“公开表明立场，在全世界面前证明自己的信念”，不过是换了一种内容而已。有些作家的作品如一堆文字的无规则组合，艰深到需要破译的程度，没有倾向，没有意蕴，也没有个性，以此掩盖自己的拙劣无能。这不仅降低了对自己的要求，而且这种无倾向不就是一种倾向吗？还有些作家赶时髦，知青、改革、寻根、魔幻、性、早恋、实验、新写实……哪种题材时髦写哪种题材，哪种观念吃香表现哪种观念。这些现象反映出文艺的极左思潮及劣根性还远远未消除。

前面已说，倾向性是一个比较粗糙的、很少被恩格斯正面肯定的概念，它必须在更高的层次上向意蕴回归；马克思主义的倾向性理论也必须在更高的层次上向“意蕴”说回归。马克思、恩格斯、列宁、毛泽东语焉不详的地方恰恰是歌德、黑格尔着重论述的。例如关于感性、个别对表达意蕴和倾向的重要作用。黑格尔说：“理想就是从一大堆个别偶然的东西之中所拣回来的现实”，“一幅画像之所以为画像，就因为它抓住了某一个别特性”[①]。歌德说得更明确：“总之，作为诗人，我的方式并不是企图要体现某种抽象的东西……作为诗人，我所要做的事不过是用艺术方式把这些观照和印象融会贯通起来，加以润色，然后用生动的描绘把它们提供给听众或观众，使他们接受的印象和我自己原先所接受的相同。”[②]

关于概念和倾向不能赤裸裸地表达出来，歌德对这一点谈得最

①[德] 黑格尔著；朱光潜译：《美学》，北京：商务印书馆，1979 年。
②[德] 爱克曼辑录；朱光潜译：《歌德谈话录》，北京：人民文学出版社，1978 年。

多。作为一个自然科学家和文学大师，歌德热爱自然，热爱生活，反对席勒式的哲学思辨。他一再劝人们走到大自然中去，遵守自然、研究自然。他用充满诗意的语言说："世界是那样广阔丰富，生活是那样丰富多彩，你不会缺乏作诗的动因。"对于观念和倾向的直接表达，他一向深恶痛绝："观念？我似乎不知道什么是观念！""我倒是认为把一种丰富多彩的生活展现在眼前，这本身就有些价值。用不着有什么明确说出的倾向，倾向毕竟是诉诸概念的。"[①]

关于文学与政治的关系。歌德并不完全是一个不关心政治的人，他的作品也并不是没有进步的政治倾向。他对政治有自己的见解，而这是值得我们借鉴的。他认为"一个诗人只要能毕生和有害的偏见进行斗争，排斥狭隘观点，启发人民的心智，使他们有纯洁的鉴赏力和高尚的思想情感，此外他还能做出什么呢？"[②]歌德是这么说的，也是这么做的，而且我们应该承认，歌德这样做的贡献要比他当一个政治战士的贡献大得多。歌德认为政治诗不应是某一党派的喉舌，而应是一国人民的喉舌。他反对某些人所谓政治就是诗的看法。此外，歌德反对诗人搞政治活动、参加政党（这自然有其狭隘性），认为政治在某种程度上妨碍诗，"作为政治家的乌兰（法国诗人——引者注）终会把作为诗人的乌兰吞噬掉"[③]，这是不无道理的。

歌德和黑格尔有价值的文艺思想和美学思想举不胜举，他们蔚

---

①[德] 爱克曼辑录；朱光潜译：《歌德谈话录》，北京：人民文学出版社，1978 年。
②[德] 爱克曼辑录；朱光潜译：《歌德谈话录》，北京：人民文学出版社，1978 年。
③[德] 爱克曼辑录；朱光潜译：《歌德谈话录》，北京：人民文学出版社，1978 年。

为大观的著作是马克思主义文艺理论的重要来源。掌握“意蕴”说是理解倾向性理论的关键。前些年的倾向性理论既是对马克思、恩格斯倾向性理论的片面理解，相对于“意蕴”说更是粗陋不堪，理应加以批判。笔者最后想说明的一点是，即使倾向性理论和“意蕴”说融为一体，也不是全部的文艺理论，更无权强迫作家接受并执行。正如黑格尔所说：“其实艺术哲学没有任务要替艺术家开方剂，而是要阐明美一般说来究竟是什么，它如何体现在实际艺术作品里，却没有意思要定出方剂式的规则。”①

（1989年）

①［德］黑格尔著；朱光潜译：《美学》，北京：商务印书馆，1979年。

毛泽东文论中的人民性思想

在毛泽东的文艺学说中，有三个重要命题，均出现于《在延安文艺座谈会上的讲话》：其一，“作为观念形态的文艺作品，都是一定的社会生活在人类头脑中的反映的产物”；其二，“一切文化或文学艺术都是属于一定的阶级，属于一定的政治路线的”，或者说“文艺服从于政治”；其三，“我们的文学艺术都是为人民大众的，首先是为工农兵的，为工农兵而创作，为工农兵所利用的”。第一个命题是（能动）反映论的经典表述，第二个命题体现了一种革命功利主义的文艺观，而第三个命题，我将它视为一种人民性文艺思想。这三个命题，是毛泽东文艺学说的三个基本原则，它们各自生发，互为掎角，连同其他重要观点，构成一个完整的文艺理论体系。

本文主要讨论第三个命题。

一

要探讨毛泽东文艺学说中的人民性思想，首先必须弄清它与欧洲文学中“人民性”概念的联系与区别。“人民性”作为一个特定术语，有其特殊含义，它主要是19世纪中叶俄国文学中的一种主张和追求。在此之前，欧洲文学中已经萌动着人民群众的愿望和呼声。18世纪末，随着贵族阶级的没落和下层（市民）阶级地位的上升，启蒙主义思想家狄德罗、卢梭等人纷纷要求文学表现“第三等级”的生活。与此同时，德国的赫尔德提出了“人民诗歌”的概念。后来，意大利哲学家维柯也说：“诗的崇高……永远是和人民结合在一起的。”①法国大革命的胜利造就了浪漫主义文学和批判现实主义文学。如果说浪漫主义文学还有相当一部分是为逝去的时光唱挽歌，因而仍带有浓厚的贵族色彩和沙龙色彩的话，那么，批判现实主义文学则已深深浸染了平民意识。当西欧的风拂过久冻的俄罗斯大地时，“人民性”概念便应运而生。这一概念在“十二月党人”时代就已产生，但真正大规模运用并不遗余力地加以提倡的却是别林斯基。在他那里，“人民性”经常等同于“民族性”，要求文学描绘俄罗斯的生活画面，体现俄罗斯的特殊精神和倾向。另一个革命民主主义者杜勃罗留波夫将“人民性”理论往前推进了一大步，把它由民族文学的概念转换为人民文学的概念。他说：“我们把人民性了解为一种描写当地自然的美丽，运用从民众那里听到的

---

①转引自吴元迈：《略论文艺的人民性》，《文学评论》，1979年第2期。

鞭辟入里的语汇，忠实地表现其仪式、风习等等的本领……可是要真正成为人民的诗人，还需要更多的东西：必须渗透着人民的精神，体验他们的生活，跟他们站在同一的水平，丢弃阶级的一切偏见，丢弃脱离实际的学识等等，去感受人民所拥有的一切质朴的感情。”[①]真正具有人民性思想的作家，必须表现人民的生活、愿望和感情。

俄国革命民主主义者的人民性思想还只是朴素的抽象的。无产阶级革命导师马克思和恩格斯创立了唯物史观，认为历史活动是群众的事业，劳动阶级是社会存在和发展的基础，因此，要求文学艺术描写广阔的社会生活，塑造劳动阶级的形象。马克思和恩格斯在致拉萨尔的信中，不约而同地批评他在其历史悲剧《济金根》的创作中过分醉心于对贵族的表现，而忽视了对农民和城市革命分子的描绘，并且没有刻画那时五光十色的平民社会，因而不正确地反映了贵族的国民运动，未能揭示出济金根命运中的真正悲剧的因素，导致了剧本的失败。与此相对，恩格斯赞扬了欧仁·苏的《巴黎的秘密》，因为这部小说以鲜明的笔调描写了大城市的“下层阶级”所遭受的贫困和道德败坏。在资本主义社会中，下层阶级主要是工人阶级，因此，恩格斯满含感情地呼吁：“工人阶级对他们四周的压迫环境所进行的叛逆的反抗，他们为恢复自己做人的地位所作的剧烈的努力——半自觉的或自觉的，都属于历史，因而也应当在现

①上海师范学院中文系文艺理论教研室编：《文学理论争鸣辑要》，上海：上海文艺出版社，1983 年。

实主义领域内占有自己的地位。”[①]恩格斯还明确要求作家歌颂“倔强的、叱咤风云的和革命的无产者”[②]，取代那种津津乐道于小市民的琐碎生活的庸俗做法。不仅如此，马克思和恩格斯还要求资产阶级、小资产阶级分子努力改造世界观，以适应革命事业的需要。1879 年，在两人合写的一封致奥·倍倍尔的信中，他们指出：“如果其他阶级中的这种人参加无产阶级运动，那末首先就要要求他们不要把资产阶级、小资产阶级等等的偏见的任何残余带进来，而要无条件地掌握无产阶级世界观。”[③]这样，马克思和恩格斯就将文艺的人民性思想具体化、自觉化、理性化了。

列宁既继承了俄国文学中的“人民性”传统，又贯彻马克思、恩格斯历史唯物主义的美学观点，提出了文学的党性原则，要求为党的事业服务，充当无产阶级革命事业这部机器上的“齿轮和螺丝钉”。文学的对象不是饱食终日的贵妇人，也不是百无聊赖、胖得发愁的所谓“上等人”，而是千千万万劳动人民。他认为：“工人和农民确实应该享受比马戏更好的东西。他们有权利享受真正的、伟大的艺术。”[④]

---

①[德] 马克思，恩格斯著；陆梅林辑注：《马克思恩格斯论文学与艺术》，北京：人民文学出版社，1982 年。

②[德] 马克思，恩格斯著；陆梅林辑注：《马克思恩格斯论文学与艺术》，北京：人民文学出版社，1982 年。

③[德] 马克思，恩格斯著；陆梅林辑注：《马克思恩格斯论文学与艺术》，北京：人民文学出版社，1982 年。

④中国社会科学院文学研究所文艺理论研究室编：《列宁论文学与艺术》，北京：人民文学出版社，1983 年。

只有在这样的背景下，我们才能深刻理解毛泽东的人民性文艺思想。

二

毛泽东的人民性文艺思想是马克思主义文艺理论与中国革命实际相结合的产物，它产生于现实革命斗争的需要，具有极强的针对性和目的性，但是，它也建基于对下层阶级的认同和为之流血奋斗的恒久热情。它既是毛泽东的基本思想在文艺问题上的逻辑展开，又结合了他的欣赏个性和美学趣味。它也是对中国文学几千年发展历史中一种贵族主义倾向的反拨。因而，绝不能把毛泽东关于文艺的人民性的宝贵论述仅仅看成工具论、权宜之计或纯粹的功利主义。

《在延安文艺座谈会上的讲话》将文艺为什么人的问题当作革命文艺的首要问题，认为只有解决了这个问题，其他问题和争论才能解决，这是与一切循规蹈矩的学院式文艺理论截然不同的。对这个问题，毛泽东的答案是"人民大众"。"人民"是一个历史范畴，必须作具体分析和阶级区分。毛泽东的"人民"概念包括四个阶层：工人、农民、兵士和城市小资产阶级，其主体是工农兵。毛泽东明确指出："文艺作品在根据地的接受者，是工农兵以及革命的干部。"[①]作出这点说明并不是无关紧要的，它表明，毛泽东的人民性文艺思想彻底抛弃了别林斯基们残存的贵族趣味，而彻底地向下

①毛泽东：《毛泽东论文艺》，北京：人民文学出版社，1983年。

层阶级——中国革命的主体——倾斜。在延安文艺座谈会以后的若干文章和讲话中，例如《文化工作中的统一战线》(1944)、《对晋绥日报编辑人员的谈话》(1948)、《在中国共产党全国宣传工作会议上的讲话》(1957)，他都坚持这一思想。

这一思想有三个基本要求。

首先，它要求文艺作品描写人民的生活、苦难，反映轰轰烈烈的人民革命战争，即要求以工农兵的生活、斗争为创作题材。在毛泽东那里，不但存在一个怎么写的问题，而且存在写什么的问题。这个问题是由写给谁看即文艺为什么人的问题决定的。既然文学艺术是为工农兵而创作、而利用的，文艺作品就必须描写他们所熟悉的人物与生活，必须时时以工农兵为本位。

在题材上对革命文艺作品提出严格要求，是毛泽东一以贯之的文艺思想。早在青年时期，他即为中国古代那么多文学作品竟无一部描写真正的农民而惊讶并愤愤不平。对《水浒传》这样的准农民小说，他十分喜爱，反复阅读。《讲话》以后，作家纷纷下乡，描写工农兵的优秀小说（如《小二黑结婚》）、诗歌（如《王贵与李香香》）、戏剧（如《兄妹开荒》）纷纷涌现，成为毛泽东文艺思想哺育的最初果实。1945 年 1 月，毛泽东观看了平剧（京剧）《逼上梁山》后，兴奋不已，连夜提笔给该剧编导写了那封著名的关于平剧改革的信：

> 历史是人民创造的，但在旧戏舞台上（在一切离开人民的旧文学旧艺术上）人民却成了渣滓，由老爷太太少爷小姐们统

治着舞台，这种历史的颠倒，现在由你们再颠倒过来，恢复了历史的面目，从此旧剧开了新生面……[1]

毛泽东所不满和所欣喜的，一目了然。这段话凸现出来的人民主体（人民本位）观和强烈的平民主义感情，是有相当的代表性和感召力的。它也总结出了人民性文艺思想的理论基础——“历史是由人民创造的”，这是唯物史观的一个基本原理。正是在这一环节上，毛泽东和马克思主义创始人达到了高度的一致，甚至连用语也很相似。恩格斯写于1844年的《大陆上的运动》说：“近十年来，在小说的性质方面发生了一个彻底的革命，先前在这类著作中充当主人公的是国王和王子，现在却是穷人和受轻视的阶级了，而构成小说内容的，则是这些人的生活和命运、欢乐和痛苦。”[2]恩格斯还带着极大热情详细描述了许布纳尔所作的一幅以工人给工厂主交纳亚麻布为题材的画。列宁则更激昂地呼唤具有党性的文学“为千千万万劳动人民，为这些国家的精华、国家的力量、国家的未来服务”[3]。列宁特别厌恶沙皇宫廷的风气和做派，厌恶贵族和资产阶级的趣味。在这点上，毛泽东和他尤为相似。只有这样才可理解毛泽东对电影《武训传》的愤怒反应。他正是从唯物史观的角度判定

---

①毛泽东著；中共中央文献研究室编：《毛泽东书信选集》，北京：人民出版社，1983年。

②[德] 马克思，恩格斯著；陆梅林辑注：《马克思恩格斯论文学与艺术》，北京：人民文学出版社，1982年。

③中国社会科学院文学研究所文艺理论研究室编：《列宁论文学与艺术》，北京：人民文学出版社，1983年。

武训是一个“狂热地宣传封建文化”,“对反动的封建统治者竭尽奴颜婢膝的能事”的反动人物，根本不配充当新中国电影的主角。新中国电影的当务之急是描绘并歌颂1840年以来风起云涌的人民解放战争。

其次，人民性思想对作家艺术家最根本的要求是改造世界观，转变立场、态度与情感。仅仅描写人民生活远远不够，毛泽东也说过他并不绝对要求文艺作品只写工农兵，而是反复强调“必须站在无产阶级的立场上，而不能站在小资产阶级的立场上”[①]，文艺工作者的思想感情必须和工农兵大众的思想感情打成一片。这自然是马列主义对作家的基本要求，却也体现了毛泽东的情感倾向。终其一生，大概除了早期学生时代，毛泽东对小资产阶级情调都十分厌恶，而表现出一种朴素的农民情感（早年他曾写过“汽笛一声肠已断，从此天涯孤旅”这样颇具婉约之风的词),《讲话》自述了他的情感转变过程。毋庸讳言，毛泽东对知识分子的评价有限，而最欣赏工农兵的智慧和创造力。人民是创造世界历史的动力，群众是真正的英雄，而我们自己则往往是幼稚可笑的。毛泽东将这种评价引入美学领域：“最干净的还是工人农民，尽管他们手是黑的，脚上有牛屎，还是比资产阶级和小资产阶级知识分子都干净。”[②]他对延安许多文艺作品表现出的小资情调和对工农群众的隔膜表示了强烈的不满，批评作家们“在许多时候，对于小资产阶级出身的知识分

①毛泽东：《毛泽东论文艺》，北京：人民文学出版社，1983年。
②毛泽东：《毛泽东论文艺》，北京：人民文学出版社，1983年。

子寄予满腔的同情，连他们的缺点也给以同情甚至鼓吹。对于工农群众，则缺乏接近，缺乏了解，缺乏研究，缺乏知心朋友，不善于描写他们；倘若描写，也是衣服是劳动人民，面孔却是小资产阶级知识分子。”[①]他号召知识分子与热爱工农兵和工农兵出身的干部，爱他们的感情，爱他们的姿态，爱他们萌芽状态的文艺（墙报、壁画、民歌、秧歌、民间故事等）。改造知识分子，使知识分子和工农大众相结合，成为毛泽东毕生追求的目标。

最后，人民性文艺思想对文艺形式也提出了要求，即“新鲜活泼的、为中国老百姓所喜闻乐见的中国作风和中国气派”[②]。这种中国作风和中国气派，其基础是民族民间形式，如章回小说、秧歌、墙报、壁画、民歌、民间故事、活报剧等等。毛泽东始终对民歌保持着浓厚兴趣。1926 年在广州农民运动讲习所时，他就开始收集民歌。1958 年 3 月 22 日在中共中央召开的成都会议上，毛泽东说，中国诗的出路，第一条民歌，第二条古典，在这个基础上产生出新诗来。他认为新诗的形式是民歌的，内容是现实主义和浪漫主义的。这年他发动了“大跃进”民歌运动。1965 年 7 月 21 日在与陈毅谈诗的信中，毛泽东仍认为：“将来趋势，很可能从民歌中吸引养料和形式，发展成为一套吸引广大读者的新体诗歌。”[③]这种看法的根据之一是几十年来白话写诗迄无成功，而“民歌中倒是有一

①毛泽东：《毛泽东论文艺》，北京：人民文学出版社，1983 年。

②毛泽东：《毛泽东选集》第二卷，北京：人民出版社，1991 年。

③毛泽东著；中共中央文献研究室编：《毛泽东书信选集》，北京：人民出版社，1983 年。

些好的”。

这种人民性文艺思想，决定了毛泽东文论中的一系列其他基本观点：其一，在普及与提高的关系问题上，强调先普及后提高，先“雪中送炭”，后“锦上添花”；其二，深入生活，文学家艺术家必须长期地无条件地全心全意地到群众中去；其三，革命主义，革命的文艺应当通过典型化理想化的方式，使人民群众惊醒起来，感奋起来，帮助群众推动历史的前进。

三

延安文艺座谈会以后，被小资产阶级思想所束缚的文艺生产力得到解放，革命文艺工作者纷纷深入抗日战争和解放战争第一线，运用历史唯物主义方法观察生活，以平实朴素的艺术形式，创作了包括《小二黑结婚》《暴风骤雨》《太阳照在桑干河上》在内的大量优秀作品。新中国成立后，文艺工作者继续实践毛泽东同志文艺思想，深入生活蔚然成风，造就了20世纪50、60年代文学艺术的繁荣；同时，艺术为工农兵服务、为人民大众服务的传统代代相传，满足了人民群众的精神需要。在这个过程中，艺术家们的思想感情也得到了净化。实践证明，人民性文艺思想对社会主义文艺的繁荣作出了巨大贡献。

前些年，伴随着对毛泽东文艺思想的全面否定，文艺为人民服务的口号也被抛弃了。“精英”文学的主张、宾馆文学的现象、贵族文学的闲适纷纷出现，大众化被更换为化大众，“人民是文艺工作者的母亲”倒成了陈旧的文学观念。结果，“新潮”迭现，但都是过眼烟云，而一切厚实久远的作品，无不来自对人民的热爱和对生活的执着。

其实，文艺为人民大众服务的思想并非毛泽东的发明，也不是强加在艺术家头上的锁链，而是中国文艺发展的必然结果，是一切严肃的文学艺术家的自觉追求。新文学初始，陈独秀就在《文学革命论》中提出打倒贵族文学，建设国民文学。周作人也高举“人的文学”和“平民文学”的大旗。创造社和“左联”为文艺的大众化进行了不懈的努力。他们鼓吹文学从形式到内容的大众化，开展文学拉丁化运动，并进行着贯彻这一主张的一系列实践：连环图画、通俗歌谣、壁报文学、报告文学、群众朗读剧……抗战开始后，艺术家们又运用墙壁诗、街头剧、特写等艺术形式宣传抗日，发动群众。正是这一系列文艺实践构成了毛泽东的人民性文艺思想的基础。

20世纪上半叶的中国，灾难深重，文盲众多，文化低落，宣扬贵族主张既没有基础，也难以创造优秀的文艺作品。对工农大众的尊重和深切同情，为下层人民服务的意向及不遗余力的实践，永远是一种高贵的、令人肃然起敬的品质。在马克思主义经典作家中，列宁是最具这种品质的。面对着十月革命初期俄罗斯民族是“一个贫穷的民族，一个叫化子一样的民族”的现实，列宁忧心如焚。他领导了苏维埃的各种各样的文化建设：扫除文盲，在城市和农村建立图书馆和阅览室，开设教育课程，上演优良的戏剧作品，举办音乐会，派“教育活报组”和“流动展览会”到全国各地去。在中国，由于长达两千多年的封建社会，士大夫意识和情调根深蒂固；

同时，在资本主义并未充分发展的情况下又移植过来一种资产阶级情调和绅士派头，这对中国的现代化建设是十分不利的。正因如此，在中国从事为民众服务的工作尤其困难重重，所取得的成果也弥足珍贵。从五四时期的平民教育团，20 世纪 30、40 年代的文艺大众化运动和陶行知的平民教育运动，50 年代的扫盲运动和赵树理、柳青的深入生活行动，一直到 80 年代的文化扶贫和“星火计划”，都是有着巨大历史功绩的。

全面评述上述史实逸出了本文的范围，但我们不可忘记贯穿其中的精神内核，这一内核也是毛泽东文艺思想的精髓所在，那就是：为人民服务。

（1990 年）

胡风的现实主义理论初探

胡风是一个被忽视了的理论家。

自从1988年党中央为胡风彻底平反以后，他就重新成了一个引人注目的人物。但是笔者注意到，人们的聚焦点多集中在胡风事件上，真正深入细致地探讨胡风文艺思想得失的，并不多见。本文则力求从理论和学术的角度探索胡风文艺思想的丰富内容和内在结构。

一、关于"力"的现实主义：胡风现实主义理论的根本特征

胡风的美学是现实主义的美学，他坚持现实主义的根本精神和创作方法，始终如一，毫不懈怠，其热诚令人钦佩，其严正使人敬畏。去世的前一年（1984），他对一生的理论道路作了总结性的自述："从我开始评论工作以来，我追求的中心问题是现实主义（社

会主义现实主义）的原则，实践道路和发展过程。”[1]这一说法是毫不夸张的。在这里他把他所追求的现实主义称作社会主义现实主义，早些时候他命名为革命现实主义，更早的时候他把它叫做批判现实主义，但无论是哪一种，都没有标识出他的现实主义理论的根本特征和个性所在，别人也并不承认的。胡风当然是一个真诚的理论家，但他这么做，也不排除为进入甚至取代当时主流文论而作的某种策略上的考虑。

已经有人注意到胡风特别重视作家的主体性，有人将“七月派”的美学特征概括为“体验现实主义”（严家炎）。我认为，胡风的现实主义实际上是一种“力”的现实主义。他是从创作动力学的角度来探讨现实主义的。他把理论焦点对准作为创作主体的作家、作家的艺术实践，考察在现代中国要成为一个合格的现实主义者，该具备什么条件。他得出的结论是作家必须拥有强大的主观力、精神力。他先后论述过感觉力、想象力、表现力、认识力，将它们视作作家必不可少的四种基本能力，他尤其重视感觉力与认识力。此外，胡风还要求作家具备对现实生活的把捉力、拥抱力、突击力，认为只有这样读者才会从作品中体会到如金属碰击般的力感，从而使创作达到力学的深度。在文章中胡风多次使用“力”“力学”“力感”等词。例如，他称赞东平的《滦河上的桥梁》“表现了文学史上前所未有的、体现了人民性的改造世界的**力感**”；批评田间的早

①胡风：《胡风评论集》，北京：人民文学出版社，1984 年。下文引自此书者，不再一一注释。

期诗作“情绪的感觉虽然有余，情绪的意力却尚嫌不够，因而终于没有能够获得应有的深厚和完整”。即使并不用这些词，但那意思是一致的，比如，“主观战斗精神”就是一种昂扬的力。

当然，胡风从未把自己的理论叫做“力”的现实主义，他仅仅在20世纪30年代中期提出过一个与此相近的术语：“动的现实主义”（见《文学修业底一个基本形态》《人民大众向文学要求什么?》），以后就废弃不用了。但是新理论的诞生往往是不自觉的。许多人都感到传统的现实主义概念很难规范胡风文艺思想的丰富内容，那原因就在于胡风现实主义理论的根本特征和传统现实主义——客观的、冷静的现实主义是不一样的。

二、关于文艺的源泉、主体与客体

“力”从何处来？从主观与客观的融合，主体与客体的搏斗而来。“诗人的力量最后要归结到他和他所要歌唱的对象的完全融合。”这实际上就是胡风对文艺的本质和源泉的看法。胡风是持反映论的，但他的反映论是有发展和变化的。在写于1936年的小册子《文学与生活》中，胡风仅止于重复一些历史唯物主义的基本观点：文艺起源于劳动，文艺是反映社会生活的，等等，见不出什么独创性。以后胡风再没写过这类文章。他仍然承认现实生活是文学的唯一源泉，但在这里，现实生活不只是客体，而是包括了主体和客体两部分，是二者的交互作用，也就是所谓生活实践和创作实践。他在《置身在为民主的斗争里面》将“自我斗争”“自我扩张”看作艺术创造的源泉，而自我斗争、自我扩张的前提是：一方面，对象以血肉的感性表现涌进作家的艺术世界；另一方面，作家的思想要求和对象的感性表现结为一体。讲的仍是主客交融的创作实践。

胡风坚持实践的文艺观，反对机械地、抽象地谈论文艺问题。他认为："现实主义问题，文艺问题，那中心环节是一个实践问题。"对文艺家来说，生活实践和创作实践是统一的，"离开了创作实践，'丰富的生活'顶多只能算一句空话"[①]。他甚至认为二者就是一回事："在现实主义者，创作过程是一个生活过程。"我以为，胡风这是以对创作实践的强调取代了文艺来源于生活的原则；或者说，胡风是给后者加了括号，存而不论，而把人们的注意力吸引到创作实践上来。

在胡风那里，创作主体包括三要素：认识力（思想深度）、感觉力（感受过程）和热情（主观情感）。对于创作客体，胡风有很多说法："具体的生活样相"（《张天翼论》）、"具体的活的形象"（《论民族形式问题》）、"现实的生活过程"（《论现实主义的路》），等等。这些说法有两个共同特征，一是围绕着人，二是感性具体。对于主客体的融合方式，胡风使用了肉搏、搏斗、突入、拥抱这一类极富感性和紧张性的词，似乎散发出一股杀伐之气。《置身在为民主的斗争里面》一文，极为详细地论述了创作中主体和客体双向逆反运动的过程。

在体现过程或克服过程里面，对象的生命被作家的精神世界所

①胡风：《关于解放以来的文艺实践情况的报告》，《新文学史料》，1988年第4期。

拥入，使作家扩张了自己；但在这“拥入”的当中，作家的主观一定要主动地表现出或迎合或选择或抵抗的作用，而对象也要主动地用它的真实性来促成、修改甚至推翻作家的或迎合或选择或抵抗的作用。用图式表示出来，即是：

迎合、选择、抵抗

主体 ⇄ 客体

促成、修改、推翻

胡风又把这一过程叫做“相生相克”。写作过程就是克服过程，你克服着材料，也克服着你本身。他要求作家成为一块磁石，把客观的因素变成主观的所有；成为一口坩埚，把主观的所有变成客观的形体（《写于不安的城》）。

这就是胡风的主体性理论，它可能是模糊的，却是整体的、鲜活的。

三、关于“主观战斗精神”“精神奴役的创伤”

胡风的主体性理论是有深度的。他对主体与客体的内容有独特的发掘，并将这种发掘凝练于两个著名的术语：“主观战斗精神”与“精神奴役的创伤”。

“主观战斗精神”包括两个方面。一是对对象的情绪世界的拥抱，即爱爱仇仇。无热情的文学不是文学。胡风最爱用的一个外文字是 passion，他译为“热情”。他认为鲁迅是有热情的人，“能杀才能生，能憎才能爱，能生与爱，才能文”。鲁迅的这一名言成了他的口头禅。与此相应，他将那种没有主观热情的作品称为“去了势的文学”。他一贯反对“冷情”，反对观照，对林语堂、周作人和朱光潜、沈从文等人先后提倡的“趣味之文”和“冷静美学”多有批判（《林语堂论》《关于抽骨留皮的文学论》）；针对张天翼的观照态度，他下了一个有力的断语：“冷情就必然虚伪!”（《张天翼论》）到晚年他仍不无自豪地坚持这一看法。主观战斗精神的另一面是对对象的思想立场的把握，即主观精神要求。

要而言之，主观战斗精神就是主观突入客观、克服客观的力量。主观突入客观的过程是一个搏斗过程，一个“你死我活的实践斗争”过程（《论现实主义的路》），一个“自我扩张、自我斗争”的过程，一个“一下鞭子一个抽搐；一个步子一印血痕”的过程（《青春底诗》），一个主体高度“痉挛性”的过程（《论现实主义的路》）。

“主观战斗精神”的思想受到尼采的“超人”哲学、柏格森的生命哲学和厨川白村的《苦闷的象征》的影响是显而易见的。它毫无例外地要求极高的强度、浓度和极强烈的表现形式，要求生命力的赤裸裸的高扬，这显然是过于唯我独尊了。其实，主观战斗精神是有各种不同的表现形式的。

“精神奴役的创伤”最早出现于《置身在为民主的斗争里面》：“他们（指人民——引者注）底精神要求虽然伸向着解放，但随时随地都潜伏着和扩展着几千年的精神奴役底创伤。”这一术语的出现跟胡风一贯坚持文学是人学，坚持文学的客观对象是“具体的活的形象”是有关系的。文艺的人民性思想将文学的描写对象和服务对象集中到了人民身上，而人民并不是抽象的概念，是活生生的感性存在。胡风的这一思想受到理论界的批判，作为回答，胡风又在《论现实主义的路》和《关于解放以来的文艺实践情况的报告》中作了更详尽的论述。“精神奴役的创伤”的提出，直接继承了鲁迅“改造国民灵魂”的精神，使“批判国民性”的火炬继续燃烧，也使“主观战斗精神”的对象变得明确、具体而实在，标志着胡风本人文艺思想的深化和成熟。

胡风的理论根据是马克思的下述命题：“统治阶级的思想在每一时代都是占统治地位的思想。”由此出发，胡风具体分析了处在反帝反封建斗争中的中国人民的情况：他们中占绝大多数的农民都是小私有者，是在封建主义的几千年的支配下面生活了过来的。中国农民善良、优美、坚强、健康，但这些“同时又是以封建主义底各种各样的安命精神为内容的”。他们身上的这两个不同的侧面产生了不同的精神状态，前一侧面产生了创造历史的解放要求，后一侧面却又把这一要求禁锢、麻痹甚至闷死在“自在的”状态里面。

甚至在作家身上，也用着另外的或相反的色度粘附着这样的创伤（当代文学史证明了这一结论的正确性）。作家的任务，就是深入揭露这些精神奴役的创伤。“七月派”的作家，大都是这样做的，取得了很高成就的是路翎，他的《财主底儿女们》《饥饿的郭素娥》和《卸煤台下》，就以各种方式展示了小资产阶级、农民、工人身上的精神奴役的创伤以及他们为朝向解放而克服这些创伤的艰苦努力。而高悬在作家前面作为精神之父的是鲁迅。《阿 Q 正传》对老一辈中国农民的精神奴役的创伤的揭示是锥心刺骨的。胡风特别欣赏阿 Q 被处决前跪在地下画圆圈而终于没能画圆的细节描写，认为这是“精神奴役的创伤底活生生的一鳞波动，是封建主义旧中国全部存在的一个力点”（着重号引者加）。这一力点具有高度的美学意义：

> 在这个力点上面，封建主义旧中国底万钧重量，压到了阿Q底身上，也就是说压到了作家鲁迅底身上；不同的是，阿Q向着这个旧中国立志、羞愧，作家鲁迅却从烈火焚心的战斗要求出发，热泪横流地向这个旧中国发出了痛烈的控诉。这个精神奴役的创伤所凝成的力点，就正是能够冲出，而且确实冲出了波涛汹涌的反封建斗争的汪洋大海底一个源头。

这一段血泪凝成的文字，熔铸着胡风一颗真诚而痛苦的心，是胡风文艺理论中的一个力点，是“力”的现实主义批评的代表作。

四、关于主观公式主义、客观主义

正面立论之外，胡风给自己规定了一个终身任务：反对“主观公式主义”和“客观主义”。

对主观公式主义的集中而猛烈的批判是《论现实主义的路》，在这以前，胡风先后批判的“标语口号文学”（《林语堂论》）、“和尚主义”（《为初执笔者的创作谈》）、“哲理小说”（同上）、“概念化”（《文艺笔谈·第三次排字后记》）、“公式主义”（《M.高尔基断片》）、“公式化”（《民族革命战争与文艺》）……实际上都是主观公式主义的别称。其共同特征是：缺乏生活的实感和具体的形象，宣泄主观情感，展露思想立场，以文学代政治，以形象作宣传。如此，生活成了死板的模型、干燥的图案，作家则成了留声机。

反对客观主义基于“主观战斗精神”的要求。“观照”的态度、“冷静”的美学，是客观主义；“都不过如此，都应该如此”的历史命定论是客观主义，奴从现实，只作冷淡的细描的“繁琐化”倾向也是客观主义。在胡风的早期论著中，客观主义和自然主义没有区别（《文学与生活》），在《论现实主义的路》中，他将二者作了区分：自然主义以生物学为基础，客观主义则是历史宿命论在文学上的反映。

胡风之所以坚持不懈地批判主观公式主义和客观主义，是因为他执着于主客观的融合。主观公式主义是离开了客观的主观，客观主义是离开了主观的客观，各是主客分离的一种表现。因此，胡风在论述主观公式主义和客观主义时，从来是将它们放在一起的。从新文艺的历史来看，这两种偏向恰如孪生姊妹，经常性地同时存在于创作实践中，而且“互相交往，彼此帮忙”。具体表现在：有时主观公式主义完全通过“客观的”描写，用技巧和材料去演绎思想；有时客观主义在人物身上贴上一些思想标志或在后面载上一条光明的尾巴，靠它表明思想立场，等等（《论现实主义的路》）。

不仅如此，胡风还认为，主观公式主义和客观主义还可互相转化：“如果战斗热情虽然衰落了，但由于所谓理智上的不能忘怀或追随风气的打算，依据一种理念去造出内容或主题，那么，客观主义就化装成了一种主观主义，成功了一种非驴非马的东西。”

主观公式主义和客观主义，作为本质上违反现实主义的两种偏向，在其历史发展中，并不总是平分秋色的，因此胡风的批判也是有侧重的。20 世纪 30 年代中叶，张天翼崛起，林语堂活跃，胡风主要反对客观主义。抗战爆发，全民热情高涨，进步阵营思想上有右倾苗头，文学上则空洞呼喊之作泛滥，胡风遂着力清算主观主义。至“皖南事变”后，反动气焰嚣张，气氛压抑，悲观失望情绪有所滋长，客观主义盛行，胡风自觉地将反对客观主义当作自己的主要任务。到了人民革命战争接近胜利时，由于普遍的乐观情绪，由于对美好前景的夸张性想象，部分作家放弃了或减弱了对封建主义的批判和对国民性的揭露，主观公式主义又有抬头，因而胡风的批判重点又转向了主观公式主义。此外，胡风从事理论活动之始，便对“革命+恋爱”的作品、“标语口号”的作品进行过批判。

大致说来，当胡风批判主观公式主义时，他总是正确的；但当矛头指向客观主义时，就有值得商榷之处了。对张天翼的批评，对抗战中后期文学的批评，对茅盾、沙汀的指责，都有失之过苛的地方。胡风的主观色彩是过于强烈了一点。

更根本的问题是，用主观精神和客观精神的离合这一黑格尔式的固定模式来总结丰富复杂的文学史现象，是否总那么恰当？能否允许别的模式？胡风是对别人的模式不屑一顾的。裂痕由此扩大。他的《文艺工作底发展及其努力方向》之所以引起广泛争议，原因正在于模式的单一性和排他性。

五、关于“到处都有人民”“到处都有生活”

胡风的美学是体验论的、描述性的美学，它除了具有重实践、重主体、重感性、重具体、重现时这样几个其实内涵基本一致的特点外，还有一个重要特点是重整体。胡风坚持生活有机统一论，反对分割生活，给题材定等级。由此，胡风提出了“到处都有人民，到处都有生活”的口号，并坚决反对“题材决定论”。胡风说：“因为，历史是统一的，任谁的生活环境都是历史底一面，这一面连着另一面，那就任谁都有可能走进历史底深处。因为，历史是统一而又矛盾的，另一面向这一面伸入，这一面向另一面发展，那就任谁都有可能走在历史底前面。哪里有人民，哪里就有历史。哪里有生活，哪里就有斗争，有生活有斗争的地方，就应该也能够有诗。”生活和斗争总要从此时此地前进，把前进从此时此地割去，遥遥放在彼岸，使彼岸孤立，回转头来用彼岸的名义抹杀此时此地的生活与斗争，这在客观上是一种对于具体斗争的鄙视和对于历史大潮的玩弄，是懒汉、投机分子和教条主义者的取巧办法（《给为人民而歌的歌手们》）。这段话表明，强调整体（空间）和强调现时（时间）是结合在一起的。这是一种现代时空观。胡风的体验性描述常和最具现代性的思想暗合。因此，胡风确实是一个充满矛盾、很难定性的人物。他独尊现实主义的做法使他像一个 19 世纪的固执的形而上学家，而他思想中随处可见的闪烁着现代性的哲学、美学观念又使他充当了 20 世纪后半期中国文艺界的先知和预言家。

胡风认为，一个真正的现实主义作家，永远不会出现创作源泉枯竭、生活单调贫乏的情况，如果出现了这种情况，那只能说明他还不是一个合格的现实主义者。一个伟大的现实主义者，即使在最停滞的生活角落和最平凡的事件里面，也能够一点一滴地开辟出不是哗众取宠而是集流成川的人民的道路。他们有这个本领，他们的“人格力量”和“战斗要求”为之提供了保证（《文艺工作底发展及其努力方向》）。

胡风不无尖刻地嘲笑那些唯题材论者：“在诗人底态度上，没有比‘找题材’这句话更能表白诗人自己底非诗人的气质，而在诗论上，以‘题材’论诗的观点常常会弄成搬家忘记了老婆的笑话。”

胡风反对题材决定论，但你若以为他赞成坐在书斋里悠悠然抓到一点什么就写，那就错了。胡风从来反对沉湎于身边琐事，他的现实主义理论趋向着伟大的历史运动和血色丰碑似的典型人物。他引用了高尔基的《给初学写作者的一封信》来说明他的观点：“青年作家要牢牢地记着，作品的社会意味越有价值，作品中的主人公越发典型，则其在客观的现实上要越发普遍，把握当代人们的特征越发确切。”胡风派的大多数作家是这样做的，胡风本人也是这样做的。他的长诗《时间开始了!》直接歌颂中国革命，歌颂毛泽东；报告集《和新人物在一起》是采访英雄模范人物后写的，也是时事性政治性极强的题材。

这一切其实不难理解：“力”的现实主义理论要求胡风在文坛流于琐碎平庸时，高扬主观战斗精神的大旗；而在千人一面趋赴某种题材时，便发出“到处都有生活”的呐喊。

（《天津社会科学》1990年第5期）

电影的误区

德国美学家莱辛在他的名著《拉奥孔》中曾说过，造形艺术家最好不要描绘激情顶点的顷刻，表现痛苦时要避免出现丑的因素。所以拉奥孔在雕刻里不哀号，而只显得在轻微地叹息，尽管他们父子三人在巨蟒的缠绕下痛苦挣扎。道理何在？莱辛指出了两点：一是造形艺术的最高原则是美，而激情顶点的顷刻常会使形体扭曲，令人恶心；二是艺术品要能让人反复玩味，就必须选取能产生最大效果的那一顷刻及角度，最能产生效果的只能是可以让想象自由活动的那一顷刻。如果激情达到顶点，一览无余，自由想象的翅膀就不可能飞腾起来，效果也无从产生。[①]

莱辛是针对造形艺术而言的，但我认为，这一美学原则也同样适用于电影艺术。电影是一门综合艺术，不过在它所综合的各单门

---

① ［德］莱辛著；朱光潜译：《拉奥孔》，北京：人民文学出版社，1979 年。

艺术中，造形艺术的比重较大而语言艺术的比重较小；而音响效果的美学原理跟造形艺术是接近的。以前电影中常出现号啕大哭的场景（尤其是死人的时候），哭得倒是痛快淋漓，但观众却并没有被感动，只觉得不舒服，甚至可笑。

近年来的中国电影，多远远地偏离了莱辛的美学原则。它们摒弃美而寻觅丑，竭力表现达到顶点的激情和生理本能，一味追求表现人物的痛苦性、痉挛性、疯狂性，存心刺激观众的感官与神经，让你恶心、别扭、窒息。好像你越是不舒服，电影就越是达到了预期效果，导演就越心满意足。且不说那些粗制滥造的末流影片，即使是一些被认为优秀的影片，也或多或少地存在这种情况。《晚钟》里的许多镜头很美，但在表现那个单独外出的奄奄一息的日本士兵时，就用了极其自然主义的手法描绘他的饥饿状态：嘴角的神经质的颤动。也许导演会得意于这一细节刻画，我却觉得它过于漫长，难以忍受。《红高粱》将各种电影手段（音乐、色彩、造形）的艺术功能发挥得很充分，这一点得到了广泛好评。但我以为，正是对电影手段的过分迷恋，损害了电影的美学深度。总的说来，这部影片形式上轰轰烈烈，却欠缺深厚内涵。这跟《黄土地》《孩子王》不大一样。《黄土地》在形式上注意节制、含蓄，意蕴较深厚绵长，每看一遍还能咂摸出一点新东西来。

艺术还是要讲究含蓄深沉，不能过分酣畅淋漓。靠感官效应打动人的东西毕竟不能长久。就算是表现中国人生命中的“酒神精神”吧，也不一定非得往酒缸里撒尿。小说可以这么写，那是语言艺术，电影就不必赤裸裸地展示出来。再举一个例子，《顽主》里给“作家”宝康颁奖那段，让女模特、交警、土财主、红卫兵、农民老大爷、健美运动员等同台演出，够热闹、够刺激了，但也够混乱、够浅的。

以上说的是对人物情感和本能的表现，在景物的描绘和风俗的展露上道理相同。近年来，导演们似乎偏爱狰狞、粗粝、荒凉、阴暗的景色和原始的情调，好像它们是青铜器，越是锈迹斑斑，奇形怪状，艺术价值越高。可是看看《印度之行》和《走出非洲》，它们也表现了粗糙的自然和偏远的风俗，却圆熟得多，美得多，丝毫不给人剑拔弩张之感。

我将上述现象称作电影的“极致化”，作为一种美学追求，其出现有许多原因。西方现代派艺术和“丑学”的影响是一方面，迎合观众的心理是另一方面；但更主要的，恐怕是对中国传统美学的一种反拨。传统美学讲究“乐而不淫，哀而不伤”“中庸之美”；半个世纪以来的文艺理论要求以歌颂为主，暴露为辅；几十年来的电影以明朗、乐观为基调，洋溢着一片肤浅的喜气洋洋的气氛，这一切都跟现实相去甚远。贫困现象仍然存在，陈规陋习戕害生命，愚昧无知扼杀性灵……对此，有责任感的艺术家不可能熟视无睹。反拨是必要的。

但是矫枉何必过正。反拨不能违背基本的美学原则，它应该在一种心平气和的状态中进行。长期偏执一端，只会变得越来越小家子气，重新变得肤浅。鉴于此，我觉得中国的电影艺术家们有必要培养一种成熟、健全的创造心态和审美心态。

（《文艺报》1990 年 4 月 7 日）

艰苦的，可贵的成果

——读董学文《走向当代形态的文艺学》

摆在我们面前的这本《走向当代形态的文艺学》（高等教育出版社，1989 年第一版），是一本充满激情、思想丰富但也不无矛盾的书。作者董学文同志是这样一个人：对他来说，马克思主义已经融进了血液之中，他无法容忍对马克思主义的污蔑和糟蹋。但他也清醒地看到马克思主义面临着挑战，“马克思主义文艺学确已走到了需要重新梳理和重新建构的阶段”[①]，他发誓要通过自己的努力使马克思主义文艺学“年轻起来，漂亮起来，充满朝气，充满魅力，充满当代意识”。这种努力表现在：反复呼吁建设马克思主义文艺学的当代形态，探索马克思主义文艺学由经典形态走向当代形态的可能性及其途径。

---

①董学文：《走向当代形态的文艺学》，北京：高等教育出版社，1989 年。下文引自此书者，不再一一注释。

在国内，本书作者是第一个提出“经典形态”和“当代形态”这两个概念的人。根据他一系列论文和本书的解释，所谓“经典形态”或“原初形态”“历史形态”，指马克思主义经典作家对美学、文艺学的原初表述及后人对此作的传统的解释与说明，其核心是一系列原则、方法和经典命题。作者认为，经典形态的这些原则、方法仍具有巨大的指导意义，那些基本命题也仍是科学的；不过光有这些还不够，马克思主义文艺学亟须调整自己、丰富自己、发展自己，使自己跃进到一个新水平，即“当代形态”。请看他的表述：“一个理论上有继承又有所突破，在形式上具有更系统的范畴体系结构，既具有民族特色，又富于时代风采，既保持了马克思主义的精髓，又体现了20世纪以来美学科学的成果，这就是我们所企望的当代形态的马克思主义美学体系的面貌。”

或许是受《资本论》的启发，作者认为，建设马克思主义文艺学的当代形态，需要找一个逻辑起点。经典形态的逻辑起点是“人的生产活动”，那么当代形态呢？作者认为，当代形态的逻辑起点仍应是“人的生产活动”。他说：“这种‘生产’包括着‘物质的生产’和‘生命的生产’。这是一个相当抽象的规定。但是它蕴含着逻辑起点的两个基本方面，即它的简单性和可推演性。”“简单性”指它的“元素”特性，整个美学框架的躯体可由它来确立；“可推演性”则指它的生发力量，它可以成为体系运演的结构动力。这是一个重要思想。作者认为，马克思主义创始人正是从这个抽象的规定出发，“在他们的理论思维行程中，导致了关于美和美感的本质、自然美和社会美的认识、审美感的历史发展、艺术的本质，以及各个时代人类审美特征描述的具体的再现”。

作者的思路无疑是正确的，这段论述也的确抓住了马克思主义美学的精髓。不过严格说来，“人的生产活动”是马克思主义哲学的逻辑起点，也是历史唯物主义的核心，是马克思主义各分支学科的共同母题，简单地把它当作当代形态文艺学的逻辑起点，似不能见出文艺学区别于其他学科的特殊性。对此作者有所察觉，事实上，他在这个问题上也有矛盾与犹豫之处。第一章和第十一章他两次肯定逻辑起点必须是“人的生产活动”，第二章却又说，“主体、实践主体，特别是生产实践主体，这就是马克思主义文艺学的起点”；这一说与前面有些微妙区别：前面强调的是“活动”，这里强调的是“主体”。作者又认为：“文艺学的当代形态是应该建立在当代形态的历史唯物主义基石之上的。”经典唯物史观的核心是对物质生产范畴的充分展开，潜在的意思似乎是，当代形态的历史唯物主义的核心是研究精神生产，如此，精神生产该是当代形态文艺学的逻辑起点。这与前面两种说法又有区别，其内涵更小了。这一现象反映出作者思维的活跃，但确有欠周密之处。

我认为，如果把逻辑起点确定为艺术实践或艺术生产，可能更为准确。学术界已经有人作了尝试（如何国瑞主编的《艺术生产原理》），西方马克思主义者的研究更多一些，如马舍雷、布莱希特、本雅明、伊格尔顿。在国内，作者是最早研究马克思主义艺术生产理论的人之一，并取得了突出成果，不过本书似乎无意以此为重点。

本书的一个引人注目之处是探讨了文艺的非意识形态层面。作者认为："'文学艺术是意识形态'这个看上去象是'颠扑不破'的'真理'，其实是有漏洞和理论空隙的。"为了证明文艺具有非意识形态层面，作者从辩证法、经典作家的论述、语源学、马克思主义语言学、波普尔的"世界3"理论、非理性主义等角度找出了十余条理由，归纳起来则为两大项：一是马克思、恩格斯虽然认为艺术是意识形态的一种形式，但从未说它不具有非意识形态因素；二是从文艺的实际情况来看，它从来就是理性与非理性、观念与本能、意识与下意识的结合物。作者认为："意识形态理论所要说明的是人们的观念、信念和思想与他们的实际的和物质的存在条件是有规律地联结在一起的。"艺术无疑地符合这一理论，只是这种联结并非那么直接、僵死、一一对应，而主要是一种宏观范围和历史范围内的从属关系。

作者很早就注意到了艺术的意识形态属性以外的其他性质，在《马克思与美学问题》一书中他就指出："正确地说明作为'生产'的艺术和作为意识形态的艺术之间的辩证关系，是马克思美学和文艺学研究中面临的重大课题。"[①]到了本书，"非意识形态"理论有了发展，但仍有可以继续开掘之处。例如作者只是笼而统之地谈艺术的非意识形态性，其实它还可再细分为若干层面："生产"层面（包括工艺、技巧及惯例）、非理性层面（包括直觉、灵感、顿悟、情绪、无意识等）、语言层面……当然这种区分仍是粗略的。另外，在文艺的意识形态与非意识形态两种属性中，意识形态性毕竟占主

①董学文：《马克思与美学问题》，北京：北京大学出版社，1983年。

导地位，作者似应更明确强调这一点，虽然他声明“我们不主张文学艺术的‘非意识形态化’”。

本书分为三编：“当代形态的宏观设定”“当代形态的微观展现”和“当代形态的理论依据”。就章节分配而言，在作家、作品、社会、读者四要素中，作者对社会、读者这两个要素着力较小，而对作家、作品二要素花了大工夫，尤以有关作家的五章创见最多。这体现了作者的下述思想：必须重新审视文艺学研究的对象，调整研究结构。作者认为，以往的文艺学，视线过分集中于文艺与现实的关系，现在则要以创作实践主体为中心，进行动态的整体研究；并突出当代广义的诗学建设，研究文艺的审美自律性，研究风格、节奏、体裁、韵律、文体、格式、语言、结构、符号，以及技巧、手法诸问题，积极利用形式主义、结构主义、符号学、语义学以及新批评派的启示。

从这种思想及本书的具体实践中，我感到了作者一种创立体系的欲望，一种整合当代文艺学发展成果的努力。不过在体系问题上，我觉得作者陷入了深刻的矛盾之中：一方面，他认为现在是一个大的分析时期，综合的时机还未到，呼吁不要再造“莫里逊氏丸”；另一方面，他又认为新的理论形态若无体系，难以说是在整体上发展当代文艺学。这种矛盾决定了本书的复杂性质：许多章节具有打深井的性质，彼此是独立的；但组合在一起，又初具体系的规模；若说真是体系，又并没有一个核心概念及围绕它的基本命题。

在某种程度上，本书更像是一部建设马克思主义文艺学当代形态的宣言书和呼吁书，一部深入思考文艺学诸问题的思想汇编。它提出了许多问题，但只解决了一部分；宏大有余，精细不足。未能更多地吸收中国古代文艺思想中的精华，也是它的一个缺憾。不过，要真正将当代形态建立起来，显然非一人之力可以完成。在这个意义上，作为当代形态的开拓性著作，本书已完成了其历史使命，其价值是不容忽视的。

（《文论月刊》1990 年第 6 期）

意识形态与艺术理论

——对“西方马克思主义”的一种考察

在马克思主义创始人的诸多划时代贡献中，意识形态理论无疑是极为突出的一项。当代美国马克思主义批评家弗·杰姆逊认为，意识形态理论是“马克思主义对意识分析和文化分析最有独创性的贡献之一”，它属于19世纪所特有的对意识复杂性的研究成果，它称得上弗洛伊德所说的思想界的“哥白尼式革命”的一个阶段。[①] 马克思和恩格斯将意识形态理论运用到美学和文艺学之中，使这两门学科产生了根本性的变革。正是在这一意义上，马克思主义的批评模式被概括为一种意识形态批评，尽管这种概括并不是人人同意的。

意识形态理论是历史唯物主义理论的一部分。与马克思主义的

---

①[美] 弗雷德里克·杰姆逊讲演；唐小兵译：《后现代主义与文化理论——杰姆逊教授讲演录》，西安：陕西师范大学出版社，1986 年。

其他理论一样，它也留下了尚未开垦的领域和有待解决的问题。它本是一种指导性的研究方法，作为一种批评模式，在创始人那里则只具有一种简略的形式。于是，意识形态理论便成为后世马克思主义文论关注的重点，其中，“西方马克思主义”的研究尤为引人注意。我认为，对意识形态与艺术之关系的广泛而深入的探讨，与“异化”理论、“艺术生产”理论一起，构成了“西方马克思主义”对美学文艺学的三大贡献。尽管如此，话题还远未谈完。伊格尔顿在写于 20 世纪 70 年代的《马克思主义与文学批评》一书中还说，如何理解“文学作为一种意识形态”和“文学作为社会生产的形式”的各自内涵及其复杂关系，是马克思主义文论要获得发展的关键所在。

本文着力考察西方马克思主义对意识形态与艺术之关系的研究，探讨“西方马克思主义”和经典马克思主义的复杂关系。应该指出的是，“西方马克思主义”在本文中是一个宽泛的概念，指苏联、东欧和中国以外的“马克思主义”，既包括法兰克福学派，也包括阿尔都塞的“结构主义马克思主义”和英美的“新左派”。

一、什么是意识形态

“意识形态”一词来自希腊文。最早采用意识形态这一名词的是法国大革命时代一位名叫 A. L. C. 德斯图·德·特拉西（Destutt de Tracy）的哲学家，他著有《意识形态概论》，认为意识形态是考察观念的普遍原则和发生规律的学说。马克思和恩格斯在《德意志意识形态》中采用这一术语，其特殊含义是指 19 世纪初德国条件下出现的一种特殊的哲学思潮，其代表人物是当时在政治经济上十分软弱的资产阶级和小资产阶级思想家。他们把意识、思想同客观物质世界，同政治经济关系割裂开来，认为人类的主要任务是摆脱思想的统治，而不是消灭陈腐的社会政治制度；而其意识、思想又是一种认不清自己的物质基础和阶级背景的抽象物，是一种虚假意识。后来马克思和恩格斯对意识形态概念作了革命性的改造，将之纳入历史唯物主义系统，作为和经济形态、物质条件相对立的一个范畴，作为观念（思想）的上层建筑。尽管如此，他们对意识形态本身并未作出明确定义。[①]

正因为如此，意识形态成为一个众说纷纭的领域。大多数西方马克思主义者仅仅从《德意志意识形态》出发，认定马克思和恩格斯对意识形态的定义就是虚假意识、梦幻、颠倒性反映。阿道尔诺说："意识形态就是不真实——虚假意识、谎言。"[②]阿尔都塞也认为，马克思的意识形态概念意谓纯粹的梦幻，是真实历史的苍白的、空洞的、颠倒的反映；它由产生于充盈的、确定的现实中的"白日之残渣"组成（《列宁与哲学》英文版）。杰姆逊也持大体相同的看法，不过他特别指出：马克思主义关于意识形态局限性的模式并不一定涉及"错误意识"或谬误；它只表明历史和社会的发展给那些甚至是最聪明的人认识现实的能力带来了客观的结构性限

①对于意识形态概念，陆梅林先生作了出色的辨正，见陆梅林：《何谓意识形态——艺术意识形态论一》，《文艺研究》，1990 年第 2 期。

②转引自［美］马丁·杰著；胡湘译：《法兰克福学派的宗师——阿道尔诺》，长沙：湖南人民出版社，1988 年。

制，人们不可能超越他们的社会生活和社会组织结构所发展到的水平去思维。一个力求冷静客观的哲学家仍可能犯错误，这并不是说他受骗了，或他喜欢待在谬误的泥坑中。他能看到的他都看得很清楚，但全部的社会运转过程必然是超出他的视角范围的。这种迷误是确凿的，但又是不自知的、无可奈何的。[①]马克思和恩格斯曾经指出并解释过这种现象："如果在全部意识形态中，人们和他们的关系就像在照相机中一样是倒现着的，那末这种现象也是从人们生活的历史过程中产生的，正如物象在眼网膜上的倒影是直接从人们生活的物理过程中产生的一样。"[②]

在包括阿道尔诺在内的其他西方马克思主义者那里，这种虚假意识只具有肯定性，它维护现存的社会关系，顺应既定的社会存在，是社会的一个严肃而听话的乖孩子。"除了它自身的存在，除了服从于现有状况的支配力量的行为模式，意识形态就什么痕迹也没有留下了。"[③]其所以如此，阿尔都塞认为有两个原因：僧侣与暴君的有意欺骗和异化。第一个原因也就是哈贝马斯的"合法化"和葛兰西的"领导权"概念所揭示的那种原因。一个社会需要暴力，但它不能总是用暴力来维持。除暴力外，统治阶级更需要制造一种理论，使现存社会关系显得是合理的、永恒的；而变革是不必要

---

①[美]弗雷德里克·杰姆逊讲演；唐小兵译：《后现代主义与文化理论——杰姆逊教授讲演录》，西安：陕西师范大学出版社，1986年。

②[德]马克思，恩格斯：《马克思恩格斯全集》第三卷，北京：人民出版社，1960年。

③转引自[美]马丁·杰著；胡湘译：《法兰克福学派的宗师——阿道尔诺》，长沙：湖南人民出版社，1988年。

的，也是徒劳的。这种理论（意识形态）正确与否并不重要，重要的是其功能——让被统治阶级永远自觉自愿地接受统治。而被统治阶级要夺取统治权，也需要制造一种有利于自己的意识形态理论。西方马克思主义的这一思想直接来自马克思的下述命题："统治阶级的思想在每一时代都是占统治地位的思想。"马克思还说过："每一个企图代替旧统治阶级的地位的新阶级，就是为了达到自己的目的而不得不把自己的利益说成是社会全体成员的共同利益，抽象地讲，就是赋予自己的思想以普遍性的形式，把它们描绘成唯一合理的、有普遍意义的思想。"[①]思想的合理性、普遍性仅仅是被描绘成如此，而并不真的就是如此。

至于"异化"，其性质和功能已无须多说。

由于对马克思主义意识形态概念取上述理解，"西方马克思主义"对文艺的意识形态性——他们有时称为纯意识形态性——的正面价值是颇为怀疑的。马尔库塞说："纯意识形态性的艺术概念，正在日益强烈地受到怀疑。"[②]他声称，马克思主义美学的基本概念——艺术互为意识形态，是一个应该批判检验的论题。因为，"意识形态变成了纯意识形态，于是整个主观性领域都被贬低了，不仅包括作为ego cogito（思考的自我）的主体，即理性的主体，连内心、情绪和想象也变得一文不值。个人的主观性、他们的意识和

①[德] 马克思，恩格斯：《马克思恩格斯全集》第三卷，北京：人民出版社，1960年。

②[美] 赫伯特·马尔库塞等著；绿原译：《现代美学析疑》，北京：文化艺术出版社，1987年。

无意识逐渐溶化在阶级意识之中”[①]。阿道尔诺甚至认为“利用一切最微小的机会让意识形态概念苟延残喘”是一种“不能容忍的趋势”[②]。

马尔库塞的指责有一定道理，不过他用不着剑拔弩张，因为包括马克思在内，持纯意识形态性艺术概念的人是极少的，相反许多人却致力于扩大意识形态的内涵。阿尔都塞的努力最有代表性。在《意识形态和意识形态的国家机器》（1969）一文中，阿尔都塞提出了一种新定义：“意识形态是对个体与他们的现实存在条件的想象性关系的表述。”（《列宁与哲学》英文版）这一定义在两点上偏离了或者说延展了意识形态的经典定义。第一点是，在经典作家那里，意识形态是一个集体性概念，它针对阶级、集团而不针对个人。单个人无所谓意识形态，他只是强大的意识形态体系的承受者和体现者。阿尔都塞则将个体和主体概念引入了意识形态。第二，这种意识形态是想象性的，包括个体的幻想、经验、意识甚至下意识，而不仅仅是对社会关系的系统的、自觉的反映。我们也注意到，“想象性”这一概念中仍残存着“虚幻”“谬误”的意义，阿尔都塞说：“一个社会或一个时代的意识形态无非是该社会或该时代的自我意识……而这种自我意识又透过其自身的神话体现着世界的

①[美] 赫伯特·马尔库塞等著；绿原译：《现代美学析疑》，北京：文化艺术出版社，1987 年。

②转引自 [美] 马丁·杰著；胡湘译：《法兰克福学派的宗师——阿道尔诺》，长沙：湖南人民出版社，1988 年。

整体。”[1]要真正认识自己，认识世界，必须破除这种神话，打碎这面镜子。阿尔都塞的意识形态概念得到了西方许多人的认同，马歇雷的“幻觉”，雅克·拉康的“幻想之物”，都意指一种普通的意识形态经验。

在这个意义上，艺术可以被认为是一种意识形态，因为艺术也是一种幻觉。阿尔都塞说：“一件艺术作品能够成为意识形态的一个成分，就是说，它能够被放到构成意识形态、以想象的关系反映‘人们’（在我们的阶级社会中，即社会各阶级的成员）同构成他们‘生存条件’的结构关系保持的关系的关系体系中去。”[2]更多的人仍认为艺术并非意识形态，但可以具有意识形态性，即政治性。西方马克思主义文论的意识形态色彩是很强烈的。马尔库塞猛烈抨击传统的意识形态概念，但他仍强调文学的政治功能，只不过在他看来，这种功能的实现不必靠意识形态观念的直接表达，而靠新的感受力、新的意识的培养，性爱的表现、语言的颠覆和技巧的革命。

阿尔都塞和马尔库塞的努力分别代表了“西方马克思主义”的两种意识形态理论模式，此外尚有其他模式，杰姆逊在他的《意识形态诸理论》一文中概括了七种最重要的模式。

二、艺术与意识形态的中介

意识形态是一种思想体系，艺术则是主体对客体的形象反映与

①陆梅林选编：《西方马克思主义美学文选》，桂林：漓江出版社，1988 年。
②陆梅林选编：《西方马克思主义美学文选》，桂林：漓江出版社，1988 年。

感情表达：显然，无论怎么说，都不能将二者完全等同。事实上，马克思和恩格斯从来没有直接判定艺术就是意识形态，而只是说艺术是一种“社会意识形式”或“意识形态的形式”[①]。即，在艺术和意识形态之间存在着中介因素，这一因素就是“形式”。艺术与一般意识形态不同，它不仅是一种纯粹的精神实体，同时还是一种物化的形态。只有当作家头脑中的审美意象获得一定的物质形式之后，作家的创作活动才告完成。早年马克思和恩格斯有忽视文学中形式因素重要性的倾向，如在《德意志意识形态》中，他们说：“但是，意识本身究竟采取什么形式，这是完全无关紧要的。”[②]众所周知，恩格斯晚年意识到了这一缺陷并作了补救的努力，不过，这种努力只是原则性的。

“西方马克思主义”诸家中，马尔库塞是最强调形式的。他的《美学方面》是一部美学形式的宣言书。“艺术的政治潜能在艺术本身之中，在作为艺术的美学形式之中。”[③]他认为，艺术只是凭借形式，超越了既有现实，在既成社会中反对了既成现实。没有形式，艺术无从实现其社会职能。可以看出，马尔库塞虽然极端强调形式，却也不忽视作品的政治潜能或社会职能，这使他不同于一般的形式主义者。从这种立场出发，马尔库塞对艺术的真实性有一种较

①［德］马克思，恩格斯著：《马克思恩格斯全集》第十三卷，北京：人民出版社，1962 年。

②［德］马克思，恩格斯著：《马克思恩格斯全集》第三卷，北京：人民出版社，1960 年。

③［美］赫伯特·马尔库塞等著；绿原译：《现代美学析疑》，北京：文化艺术出版社，1987 年。

为辩证的、动态的看法。他并不将内容或形式孤立化、抽象化，而是认为：“一件艺术品真实与否，不看它的内容（即社会条件的‘正确’表现），也不看它的‘纯’形式，而要看内容是否已经变成了形式。”[①]

这里有必要对内容与形式这一对立范畴的具体内涵作一下考察。在马克思、恩格斯那里，由于研究对象的不同，内容—形式至少对应于三种结构：基础—上层建筑（历史唯物主义），意识形态—文学（文艺作为意识形态），主题、题材—语言、技巧、韵律（一般诗学）。马克思、恩格斯经常强调的是第一种，即上层建筑被看成是反映经济基础的形式。马尔库塞考察的是第二种，强调文艺的意识形态功能须通过美学形式而实现。在他那里，形式又可称为自主性、主观性、感受力等，因此他这样说：“由于具有美学形式，艺术对于既定社会关系大都是自主的。”[②]他认为，艺术品只有作为自主的作品，才能在政治上达到目的。艺术凭借它的自主性，既反对既定的社会关系，同时又超脱了它们。所以，艺术推翻了流行的意识、普通的经验。马尔库塞的所谓“内容变成形式”，就是指社会内容的个人化，集体意识（意识形态）的主观化，思想观念的感受力化。他认为《人间喜剧》的美学质量及其真实性并不在于它是一幅社会生活图，一部编年史，而在于“社会内容的个人化”。为

①[美]赫伯特·马尔库塞等著；绿原译：《现代美学析疑》，北京：文化艺术出版社，1987年。

②[美]赫伯特·马尔库塞等著；绿原译：《现代美学析疑》，北京：文化艺术出版社，1987年。

莱辛的《艾米莉·迦洛蒂》，歌德的《埃格蒙特》《狂飙与突进》，席勒的《阴谋与爱情》赋形的是个人的命运——不是作为阶级斗争的参加者，而是作为情人、恶棍、傻瓜等的主人公的命运。“个人”相对于单调规范的意识形态，其内容无限丰富，包括意识和无意识、幻想、感受、性爱、死、毁灭、求生意志等“人和自然不可抗拒的错综关系”。确如列宁所说，这是一个可以自由驰骋的广阔天地。马尔库塞认为，这些东西是永恒的，难以想象会出现那么一个社会，将“废除所谓的机缘或命运、歧途的偶遇、情人的邂逅，以及地狱的遭际”。不但如此，马尔库塞还搬出了“人性”的滥调，宣称艺术的本质在于“预想着一个具体的全称命题，即人性，这是任何阶级，即使是马克思称之为‘普遍阶级’的无产阶级也不能体现的”①。

表面看来，“内容变成了形式”是一个颇具新意的命题，实际上它只不过是黑格尔“理念的感性显现”的现代阐释。在法兰克福学派那里，人们常常可以看到黑格尔的影子。只是，黑格尔的“理念”和“感性显现”是和谐统一的，具有一种古典的色彩；马尔库塞的“内容”与“形式”则常常是分裂的、对抗的，这也是几乎整个“西方马克思主义”的形式观的特点。

马尔库塞的“形式”概念在阿尔都塞那里变成了“主体”。阿尔都塞认为，每一件艺术作品，都产生于双重意图：美学的和意识

①［美］赫伯特·马尔库塞等著；绿原译：《现代美学析疑》，北京：文化艺术出版社，1987年。

形态的，而意识形态并不是直接自我实现的，“除非通过并为了主体，不存在意识形态”（《列宁与哲学》英文版）。没有具体的主体，就没有意识形态，只有主体才能使意识形态的目标成为可能。不过，阿尔都塞并未将主体无限膨胀，他对主体的肯定是小心翼翼的。在主体与意识形态的关系中，意识形态毕竟是压倒性的，它质询主体。

马歇雷认为作品中存在着双重的辩证序列：

1	历史进程	（1）
2	思想体系	
3	思想体系	（2）
4	?	

这第四项，就是文学性，不论第一项或第二项，都不能等同于它。“文学性”本是俄国形式主义的概念，马歇雷借用来指文学作品完成其离心结构、实现其否定功能的一种因素，它和“自主性”“主体”是等价的概念。

由于深受现代语言学革命的影响，马尔库塞的“形式”概念也包括语言。感受力的革命同时也是一场语言革命。“规划和指导这种重建工程的新的感受力和新的意识，要求一种新的语言来限定和传达新的‘价值’（包括文字、形象、手势、语调的广义语言）。”[①]语言是文学与意识形态之间的一种极为重要的中介。句法的消灭，

①[美] 赫伯特·马尔库塞等著；绿原译：《现代美学析疑》，北京：文化艺术出版社，1987 年。

词和句的碎裂，普通语言的爆炸性使用，没有乐谱的乐曲，为任何事物都可写的奏鸣曲，都是语言革命。马尔库塞还具体分析了黑人音乐，黑人和白人激烈分子的粗话对现代艺术和文化所造成的变革及其鲜明的意识形态功能。本雅明对机械复制的分析与此相近。机械复制破坏了艺术作品的真确性，消灭了它的韵味，缩短了它与读者的时空距离，使原作和复制品的差别趋于消失。“一旦真确性这个批评标准在艺术生产领域被废止不用了，艺术的全部功能就颠倒过来了，它就不再建立在仪式的基础之上，而开始建立在另一种实践——政治——的基础之上了。”[①]阿道尔诺和杰姆逊则分别分析了文化工业和后现代主义文化。

总的来看，“西方马克思主义”普遍强调并挖掘了艺术的形式因素，想以此补救经典马克思主义的弱项；同时他们又并不走向“为艺术而艺术”或单纯的形式主义，他们仍极为重视艺术的政治功能和意识形态效果，并强调此种功能的实现和此种效果的达到须通过美学形式自主完成。

三、艺术与意识形态的复杂关系

关于艺术，马克思和恩格斯突出地考察了存在于其中的两个现象。物质生产与艺术生产的不平衡，世界观与创作方法的矛盾。他们作出的解释是经典性的。但是“西方马克思主义”却不满足于这一解释，他们全面探索了现代艺术与世界、与意识形态、与自身的

①陆梅林选编：《西方马克思主义美学文选》，桂林：漓江出版社，1988 年。

内在冲突。

如果将意识形态理解为统治阶级的意识，一种“合法化”和“领导权”的工具，愚弄人民的手段，则艺术对意识形态的反应一般有三种模式：第一种是赞成、认同；第二种是避开、拒不发言；第三种是否定、批判。流行的、官方的艺术取第一种态度，“为艺术而艺术”者取第二种态度，真正伟大的作家（不管是现实主义的还是现代主义的）取第三种态度，所有西方马克思主义者毫无例外地倾向于这一模式。费歇尔的下述说法是对这一模式的精辟概括：“对抗意识形态的艺术”（他的一篇重要论文即以此为题）。

大致说来，根据解释方式的不同，可将“西方马克思主义”分为三类：布莱希特、阿尔都塞、马歇雷是一类，着重从结构上探索艺术与意识形态的冲突；法兰克福学派是一类，着重从功能上指出艺术对意识形态的对抗；伊格尔顿是第三类，主要从性质上分析艺术中意识形态的复杂性。

众所周知，布莱希特提出了著名的“间离效果”（陌生化）理论，并根据这一原则创作了一大批既在政治上具有激烈的批判色彩，又在艺术上极为成功的戏剧作品。布莱希特的这一实践是“西方马克思主义”津津乐道的话题。阿尔都塞就此提出了“距离”理论。这一理论的内涵是：一种流行的意识形态进入了作品，却因作品的内在结构和艺术性使之曝光，使它和美学理想之间出现了距离，于是它表现得荒谬乖张。换言之，意识形态在艺术作品中不但没有宣扬自身，反而否定了自身；作品不但没有出现顺世从俗、维护既成社会关系的效果，反而实现了否定流行意识形态，摧毁现存社会关系的功能。意识形态抬起手来狠狠打了自己一个耳光。这一切，无须通过激烈的控诉、理性的批判、思想的展露来实现。阿尔都塞如此解释“间离效果”：传统戏剧讲究感情共鸣，正是以这种方式，流行意识形态进入了观众头脑中。艺术是有待表现与确证的自我意识，演出过程就是一个自我承认过程；观众与剧中人具有一种同一性，我们和剧中人共命运，共鸣效应加强了这种同一性和共命运感。要打破流行的统治阶级幻想，只有驱逐共鸣效应，创造一种新的剧场效果——令人震惊、令人沉思的效果。为此，演员和剧本之间的距离是必要的。阿尔都塞还运用这一理论来解释巴尔扎克的矛盾。他不同意马克思的解释，认为并不存在什么自足的现实主义方法或艺术逻辑使巴尔扎克放弃了他的政治立场，相反，“只是因为他坚持了他的政治上的意识形态，他才能在其中造成这个内部‘距离’，使我们得到对它的批判的‘看法’。”[①]

这一“距离”在一切艺术作品中都存在吗？它是自觉的还是不自觉的？实现这一“距离”的具体机制是什么？阿尔都塞没有作进一步的分析。马歇雷继承了阿尔都塞的理论，并运用来补充列宁对托尔斯泰的批评。“作品确是由它同思想体系的关系来确定的，但是这种关系不是一种类似的关系（像复制那样），它或多或少总是矛盾的。”[②]绝不能把托尔斯泰的作品跟作品中间被搁置到受审判的位置的托尔斯泰主义混为一谈。为什么反动的思想并不妨碍作品深

①陆梅林选编：《西方马克思主义美学文选》，桂林：漓江出版社，1988 年。
②陆梅林选编：《西方马克思主义美学文选》，桂林：漓江出版社，1988 年。

刻地反映现实？因为思想上的潜意识抑制力常常放过了一些它原来所拥有的，而且是它所反对的现实事物，思想的幻觉被它所要抑制的现实渗透了进去，这样就可能出现反动的现实主义，保皇党的现实主义。这是对马克思解释的一种深化的努力。

马歇雷认为，文学扩散着现实，破裂着现实，在一种颠倒的创世运动中构造。如果说文学是一面镜子，那它是一面哈哈镜，一面打碎了的镜子，它并不对它所反映的东西赞成、认同，而是对抗它，否定它。作品的结构永远是离心的，它没有中心的要素，只有含义的不断冲突和歧异。马歇雷比阿尔都塞有所前进的地方是：他认为一部作品的空白和沉默与它已经物化的部分具有同样的表现力。“镜子在它所未反映的东西里，是跟在它所反映出的东西里一样富有表现力的。”①一部作品之与意识形态有关，不是看它说出了什么，而是看它没有说出什么。正是在一部作品的意味深长的沉默中，在它的间隙和空白中，最能确凿地感到意识形态的存在。

相对于阿尔都塞学派，法兰克福学派更强调作品本身的批判功能。这一功能当然不是来自直接的思想表达和情绪宣泄，而是来自“主观性”“自主性”。值得注意的是，马尔库塞的“自主性”概念是针对一切意识形态的，它对资产阶级意识形态和无产阶级意识形态采取了各打五十大板的态度。“自主性”不遵从任何一种意识形态，固执地抵制一切使艺术工具化的企图。它不相信马克思主义具有救世功能。马尔库塞认为，文学的“自主性”表现在它不相信它

---

①陆梅林选编：《西方马克思主义美学文选》，桂林：漓江出版社，1988 年。

所乞灵和控诉的一切都可以通过阶级斗争来解决，因而浸透了强烈的悲剧意识。在无产阶级对革命作决定论的、整体的肯定时，“自主性”的艺术却散发出悲观主义的气息。马尔库塞举例说，毕希纳的《丹东之死》表现了对革命的怀疑，正是这种怀疑使它成为一部不朽佳作，同样的评价适用于雨果的《悲惨世界》。总的说来，马尔库塞是怀疑社会主义文学的。

伊格尔顿特别指出了意识形态的非自觉性。这与那种认为意识形态是一种自觉地、直接地反映经济形态和政治制度的思想体系的观点（如《中国大百科全书·哲学卷》对“意识形态”的解释）不同。“作为一首诗，它（指《荒原》——引者注）当然不知道自己是某种意识形态危机的产物，如果它知道，它就不存在了。它需要将那种危机译成‘普遍的’词语，把它理解为古埃及人到现代人所共有的人类永恒状况的一部分。”[①]意识形态的非自觉性特点有助于更好地揭示艺术中意识形态的复杂性，这种复杂性不仅表现为平面的矛盾，而且表现为立体的冲突。可以说，艺术作品的意识形态性存在两个层次：第一层次是作者在作品中直接或间接表露出来的意识形态，第二层次是这种表露行为本身的意识形态意味。“对抗意识形态”仍然是一种意识形态，意识形态无所不在，无所不包，艺术无法逃脱它的掌握。马克思主义意识形态批评的威力正在于此，它的任务也在于此。

---

①[英] 伊格尔顿著；文宝译：《马克思主义与文学批评》，北京：人民文学出版社，1980 年。

我们试用这一方法来分析艺术对意识形态的回避和批判两种态度的复杂性。首先，回避常常表现出它与意识形态往往是无意识的牵连，并且恰恰是在“为艺术而艺术”的那种高雅情趣、贵族派头和文学空想中暴露出它的优越感、贵族意识和个人主义。换言之，超意识形态的“纯”艺术本身是一个艺术上的神话。其次，一个作者置身于某社会内而批判其意识形态，有时恰恰表现出一种正面的、肯定的价值。他的不满和反抗被整合掉，促使统治阶级改进他们的意识形态，使其对社会的支配和控制越发牢固而持久。阿道尔诺对流行音乐、文化工业的分析揭示了这一点，激进的、颓废的摇滚乐看似在对抗主流意识形态，然而它以身体的剧烈扭动和情绪的高度亢奋，在一个特定的时空背景下，将愤怒和不满宣泄出来，使人们重新变得心平气和，彬彬有礼，对现实感到满足，对根本变革感到迷惘、恐惧甚至坚决的反对。这一切都有利于现存制度的永世长存。在某种程度上，对 20 世纪 60 年代美国的反主流文化也可作如是观。

如何补救？伊格尔顿提出了“自由思想洞察力”的概念，在此基础上，极端保守主义艺术与革命艺术殊途同归：这又回到了法兰克福学派的模式。

（《文艺研究》1990 年第 6 期）

马克思的主体观与艺术问题

对马克思的美学与艺术思想，可以从多种视角进行考察。从历史唯物主义的总观点来看，马克思认为艺术是一种上层建筑，也是意识形态的一个部门，受经济基础的制约；具体到政治经济学的视角，马克思提出了一种艺术生产理论；就文学精神与创作方法而言，马克思偏爱现实主义艺术……那么从主客体关系的视角来看，马克思认为艺术是一种什么东西呢？艺术家的地位又如何确定呢？

这是个长期为我国理论界所忽视的问题。前些年“文学主体性”理论的提出，在一定程度上打开了马克思艺术理论的这一层面，引发了文艺理论领域中一场规模不小的讨论。但是，当时的文学主体性理论本身存在着严重的缺陷，对文学的人本主义解释使它的非文学意义远远大于文学意义，随之而来的讨论又并未使人们更多地把眼光投向马克思主义的主体理论。许多人都称引马克思主义经典作家的论述，作为自己的论据与支持。但这些引述往往是不全面的，常常出现“六经注我”似的随意，从中难以见出马克思主义主体观的完整面貌。本文的努力方向，是全面梳理马克思的主体思想，并从这一视角重新开掘、整合马克思的美学观点与艺术观点，探讨一种文学主体性理论是如何产生的，它的内容是什么，它与反映论有什么关系。

一、主体性概念的含义及其美学延伸

探讨马克思主义的主体性理论，首先要解决的问题是：主体性因何而设立？

顾名思义，主体性即主体的根本特性，它是相对于客体性而言的。主客体范畴既是一对实体范畴，更是一对关系范畴，离开了客体，就无所谓主体，反之，离开了主体，客体也不复存在，主体和客体是互相依存、互相设立的。所以，要确立主体性，必须联系到主客体关系、主客结构。所谓主体性，即指人在认识活动和实践活动中既指向对象，又高于对象的性质；也就是说，为人类所独有，并足以傲视对象的品格，才是人的主体性。这样，主体就不是指自然性、社会性这样一些性质。自然性（生物性）作为人的一般特性、社会性作为人的本质特性，不仅为主体的人所拥有，作为客体的人也同样具有，自然性、社会性只是人的特性，是主体存在的现实基础，却不是主体性。

因此，需要对人与主体作出区分。人并不就是主体。人既可作主体，又可成为客体。当马克思说“人始终是主体”时，他是把人看作了人类。人类在自然面前，当然永远是主体。这样，问题就转化为：人类的品格究竟和自然的品格有什么区别?

这个问题的答案首先要到德国古典哲学中去寻求。德国古典哲学提出了“自在”与“自为”的概念，认为自然是自在的，只有人才是自为的。康德的“自在之物”（“物自体”）还是指不可认识的对象，到了黑格尔，所谓自在之物，就是指纯粹的自然。黑格尔的“绝对精神”，是一种人格化的实体，是一种纯粹的否定性，是自为的。自为性也就是否定性和现实性。从这一点出发，黑格尔对精神（主体）作了高度的礼赞：“精神是最高贵的概念，是新时代及其宗教的概念。唯有精神的东西才是现实的；精神的东西是本质或自在而存在着的东西，——自身关系着的和规定了的东西，他在和自为存在——并且它是在这种规定性中或在它的他在性（Auβersichsein）中仍然停留于其自身的东西；——或者说，它是自在而自为——但它首先只对我们而言或自在地是这个自在而自为的存在，它是精神的实体。”[①]“自在而自为”的德文原文是 Für sich und in sich，自在的含义是“存在于自身之中”，自为的含义是“为自己而存在”，一个是受动的，一个是主动的。

但是，主体的“自为”性不只是一种主动性，它还是一种“为我性”，它可以取消客体的独立性，使客体由“自在之物”向“为我之物”转化。黑格尔在讨论知识时说：

---

①[德] 黑格尔著；贺麟，王玖兴译：《精神现象学》上卷，北京：商务印书馆，1979 年。

> 如果我们现在来研究知识的真理，这就好象我们要研究知识的自在存在。可是在这种研究里，知识是我们的对象，它是为我们的存在；而这样一来，知识的自在毋宁就成了知识的为我们的存在了；我们所认为是它的本质的东西，毋宁就会不是它的真理而仅仅是我们关于它的知识了。本质或尺度就将存在于我们这里……[①]

黑格尔在这里经典性地指出了客体与主体的本质区别：客体是为我们的存在，主体是自为的存在，是客体的本质或尺度。“人是万物的尺度”这一古老的命题复活了。

进一步，黑格尔研究了人的意识，提出了认识的三阶段原理，这三个阶段是：自在（第一对象）——自在的为意识的存在（第二对象）——认识。

> 我们看到，意识现在有了两种对象，一种对象是第一个自在，另一种是这个自在的为意识的存在。后者初看起来好象只是意识对其自身的反映，不是一种关于对象的表象，而是一种关于意识对前一种对象的知识的表象。但是如同我们前面所指出的那样，前一种对象在运动中改变了自己；它不复是自在，

①[德] 黑格尔著；贺麟，王玖兴译：《精神现象学》上卷，北京：商务印书馆，1979年。

它已被意识到它是一种只为意识的自在；而这样一来，这个自在的为意识的存在就是真实的东西，但这又等于说，这个自在的为意识的存在就是本质，或者说，就是意识的对象。这个新的对象包含着对第一种对象的否定；新对象乃是关于第一种对象的经验。[1]

这种对认识过程的看法上承康德，下启现象学。纯然的自在实际上就是康德所谓“自在之物”，如果将它加括号，存而不论，所谓对象就只是为意识的存在，它已不单纯是客体，而打上了主观的烙印，并指向主体。杜夫海纳在阐释胡塞尔的“意向性”概念时说：“在表现这个自己的世界时，审美对象超越自身以趋向它的意义，并且肯定自身为自律的。因此，它既是为我们的又是自在的。用胡塞尔的术语来说，它既是被构成的，又是被看见的。这一点就概括了意向性的矛盾性：现象的含糊不清的却又不可驳斥的存在，证实了作为目的的主体和作为现象的客体既互相区别而又互相关联，因为客体既通过主体存在，同时又在主体面前存在。”“客体的显现总是与针对客体的意向密切相关的。”[2]黑格尔和胡塞尔都肯定了认识的指向性。

在《德意志意识形态》中，马克思明确提出了“为我”概念：

---

①［德］黑格尔著；贺麟，王玖兴译：《精神现象学》上卷，北京：商务印书馆，1979年。

②［法］杜夫海纳著；孙非译：《美学与哲学》，北京：中国社会科学出版社，1985年。

“凡是有某种关系存在的地方，这种关系都是为我而存在的；动物不对什么东西发生‘关系’，而且根本没有‘关系’；对于动物说来，它对他物的关系不是作为关系存在的。”[①]“为我”中的“我”(mich)，在德国古典哲学中，是一个复数用法，指“我们”“人”。客体对主体的“为我”关系，实际上是指“为人”关系或属人关系。也就是说，经过长期的物质实践，自然已经失去了独立性的外观，它的存在完全是被动的；作为客体，它完全是主体设立的。恩格斯是一个典型的辩证唯物主义者，但是他也说：“在我们的视野的范围之外，存在甚至完全是一个悬而未决的问题。”[②]

马克思的“为我”概念是从黑格尔那里来的。这一脉相承的概念，其精神实质是高扬人的主体性。传统的哲学本体论，尤其是旧唯物主义的本体论，于人之外设立一个事物为本体（或为上帝，或为自然），使得精神性的人成为这一事物的奴仆。主体围绕客体而旋转。主体自身的力量湮没无闻。为我性思想确立了主体的中心地位，使客体围绕主体而旋转，这就将主体的人堂堂正正地立在天地之间。

马克思对客体的“为我”关系和属人关系进行了深入的探讨。在《1844年经济学哲学手稿》中，马克思提出了“对象化”和“属人的”两个关键性概念，阐述了著名的人化自然理论，这就进入了

①[德] 马克思，恩格斯：《马克思恩格斯全集》第三卷，北京：人民出版社，1960年。

②[德] 马克思，恩格斯：《马克思恩格斯选集》第三卷，北京：人民出版社，1972年。

美学文艺学领域。

所谓对象，在马克思那里等同于客体（这也是费尔巴哈的特点）。人懂得怎样“处处都把内在的尺度运用到对象上去”，人“不仅通过思维，而且以全部感觉在对象世界中肯定自己”[①]。所谓对象化，指的是主体的活动转化为对象性形式，能动的活动转变为静止的特性。对象化就是使主体的活动、主体的本质力量凝聚和体现在作为活动产品的对象上，也就是人的本质力量的外化或自然的人化。对象化和人类劳动密不可分。马克思说：“劳动的产品就是固定在某个对象中、物化为对象的劳动，这就是劳动的对象化。劳动的实现就是劳动的对象化。”[②]对象化活动就是主体改造客体并获得成功的活动。

由于人类的对象化劳动，人类和对象建立了一种对象性关系，客体具有了人的性质，成为属人的存在物。相对于为我之物，属人的存在物在人化的程度上又进了一层。为我之物还仅仅只是主体认识和实践的对象，只是意向性活动的指向所在，属人的存在物则已深深打上主体的烙印，凝结了主体的力量和情感，到最后，成为主客体完全融合的产物，分不清哪部分是主体，哪部分是客体了。对此，马克思有精彩的表述：“随着对象性的现实在社会中对人说来到处成为人的本质力量的现实，成为人的现实，因而成为人自己的

①［德］马克思，恩格斯：《马克思恩格斯全集》第四十二卷，北京：人民出版社，1979年。

②［德］马克思，恩格斯：《马克思恩格斯全集》第四十二卷，北京：人民出版社，1979年。

本质力量的现实，一切对象对他说来也就成为他自身的对象化，成为确证和实现他的个性的对象，成为他的对象，而这就是说，对象成了他自身。”①

对象成了人本身，客体成了主体，这是为我关系的极致，也正是审美活动和艺术创作所追求的境界。

艺术创作以审美体验为中介，打破客体的纯自然状态，使主体和客体互相交融、互相拥抱，使客观之竹转化为艺术家胸中之竹，最后物化为艺术之竹。这一过程，是艺术家本质力量对象化的过程。艺术之竹，已经不是作为自然物的竹子，但也并不是艺术家的主观意念，而成为意蕴与感性的交合。朱光潜先生在论美时说："依我们看，美不完全在外物，也不完全在人心，它是心物婚媾后所产生的婴儿。美感起于形象的直觉。形象属物而却不完全属于物，因为无我即无由见出形象；直觉属我却又不完全属于我，因为无物则直觉无从活动。”②

对象性关系使客体的价值依赖于主体的确立，只有绘画才能培养人的形式感，只有音乐才能激起人的音乐感；而另一方面，对于没有音乐感的耳朵来说，最美的音乐也毫无意义，不是对象，因为我的对象只能是我的一种本质力量的确证。人的本质力量，作为一种主体能力，如未能生成，则客体没有意义。“没有音乐感的人”——“音乐”不构成一种主客体关系。当音乐为一个深通音律

---

①[德] 马克思，恩格斯：《马克思恩格斯全集》第四十二卷，北京：人民出版社，1979 年。

②朱光潜：《朱光潜美学文集》第一卷，上海：上海文艺出版社，1982 年。

的人所欣赏时，它马上变成了真正的客体；另一方面，如果那没有音乐感的人能欣赏绘画，他在一幅画作面前就会成为主体：这两种情况，都构成对象性关系。

在马克思看来，对象性关系总是独特的，眼睛对对象的感觉不同于耳朵，眼睛的对象不同于耳朵的对象。对象如何对他说来成为他的对象，这取决于对象的性质以及与之相适应的本质力量的独特的本质。每一种本质力量的独特性，恰好就是这种本质力量的性质，因而也是它的对象化的独特方式。那么，这种独特的本质力量如何生成，客体对主体的属人关系如何成立？马克思的回答是：对象化活动。他认为，为了使人的感觉成为人的，为了创造同人的本质和自然界的本质的全部丰富性相适应的人的感觉，无论从理论方面还是实践方面来说，人的本质力量的对象化都是必要的。

这种对象化活动，在马克思那里，就是工业，是生产，是物质改造活动。他认为："全部人的活动迄今都是劳动，也就是工业……"[①]工业的历史也就是人的本质力量的对象化的历史，只是在人类的前史阶段，工业是通过异化的方式进行的，人的对象化的本质力量是"以感性的、异己的、有用的对象的形式，以异化的形式呈现在我们面前"[②]。对象化的目的，乃是逐步培养人的审美感觉和审美意识。

---

①[德] 马克思，恩格斯：《马克思恩格斯全集》第四十二卷，北京：人民出版社，1979 年。

②[德] 马克思，恩格斯：《马克思恩格斯全集》第四十二卷，北京：人民出版社，1979 年。

如上所述，人类现有的审美能力是自原始社会以来人类全部实践活动的结果，而且也不是人人都掌握了这些能力。美感和美意识的诞生，是漫长而艰难的。但是，对于今天的个体来说，由于各门艺术的产生和艺术规律的揭示，由于美育活动的充分展开，已经可以使人在由儿童成长为成人的短短的十几年内，通过审美的熏陶，获得审美能力，而不必再重复审美生成时人类的全部实践活动了；他还可以通过专门的训练而掌握某种艺术样式，不必重复该门艺术的全部形成过程。但是，一种健全的物质条件和社会环境，一种人类实践史的缩微（全息）性重演，仍是必要的。

至此，我们已经可以总结马克思的主体性理论了。这种主体性理论，以德国古典哲学对自在（自然）与自为（人）的区分为基础，提出了“为我”概念，并将之发展为“对象性”（就主体而言）与“属人的”（就客体而言）两个重要概念，最后综合为对象化理论，即人化自然理论，从而由哲学走向美学文艺学。我认为，这才是马克思主体性理论的精髓。

在此基础上，可以将主体性进行层次分析和现代心理学探讨，将主体性理论推向前进。

二、两种主体观与能动反映论

文学反映论的历史命运，已成为一个引人关注的问题。“文学主体性”原则的倡导者及后来的“主体论文艺学”论者中的一些人，在某种程度上都把反映论文艺学和主体论文艺学看成是马克思主义文艺学内部的两种不同阐释体系，潜在的意思是：用后者取代前者已是历史的必然。[1]当然，也有许多人不同意这种“反映论过时论”。

那么，马克思本人对待反映论的态度又如何呢？

一个有意思的现象是，在马克思的著作中，很少出现“反映”一词，他也从未说过文学艺术是对社会生活的反映这样的话。文艺理论教科书中这一奠基性的原理，是由恩格斯发端、列宁与毛泽东完成的。列宁在《唯物主义和经验批判主义》一书中明确提出了反映论原理，并通过对托尔斯泰的评论出色地运用到文学领域中。毛泽东的《在延安文艺座谈会上的讲话》则正式肯定反映论为一种文学原则。作为对文学本质的一种看法，反映论有着悠久的历史。亚里士多德的“摹仿”说，达·芬奇、莎士比亚的“镜子”说及别林斯基、车尔尼雪夫斯基的“再现”说，是它的源头，自文艺复兴以来现实主义艺术的巨大成就是它的创作佐证。

当马克思谈到人类意识形式与社会生活的关系时，他使用的不是“反映”，而是另外一些词，如“适应”（社会意识形式须与社会经济结构相适应）、“决定”（不是意识决定存在，而是存在决定意识）、“解释”（“不是从观念出发来解释实践，而是从物质实践出发来解释观念的东西”“几乎整个意识形态不是曲解人类史，就是完全排除人类史”[2]），或者直接就用“意识”（意识形态的形式，如法律、政治、宗教、艺术和哲学，可以意识到社会的冲突并力求

---

①九歌：《主体论文艺学》，北京：中国社会科学出版社，1989 年。

②[德] 马克思，恩格斯：《马克思恩格斯选集》第一卷，北京：人民出版社，1972 年。

把它克服）这样的字眼，马克思所使用的最接近反映的字眼是“移入”：“观念的东西不外是移入人的头脑并在人的头脑中改造过的物质的东西而已。”

在马克思主义经典作家中，恩格斯第一个明确使用“反映”概念。写于1876—1878年的《反杜林论》和1886年的《路德维希·费尔巴哈和德国古典哲学的终结》两书中多次出现这一概念：“事物及其在思想上的反映，即概念”①，“我们重新唯物地把我们头脑中的概念看作现实事物的反映，而不是把现实事物看作绝对概念的某一阶段的反映”，“概念的辩证法本身就变成只是现实世界的辩证运动的自觉的反映，从而黑格尔的辩证法就被倒转过来了”②，等等。从这里可以看出马克思和恩格斯在使用概念上的细微差异。在对黑格尔辩证法的理解上，马克思认为黑格尔是把思维过程（观念）看作现实事物的“创造主”，恩格斯认为黑格尔是把现实事物看作绝对概念的“反映”。但这种差异不是本质性的，当恩格斯说头脑的辩证法只是现实世界（自然界和历史）的运动形式的反映时，他并没有忽视头脑的能动作用。当马克思认为必须把移入人的头脑中的物质的东西进行改造时，他也经常强调人类意识的物质基础。马克思经常和恩格斯讨论科学问题，并且往往对恩格斯的意见表示赞同，他还肯定了恩格斯的自然辩证法的思想。所有这些都表

①[德] 马克思，恩格斯：《马克思恩格斯全集》第二十卷，北京：人民出版社，1971年。

②[德] 马克思，恩格斯：《马克思恩格斯全集》第二十一卷，北京：人民出版社，1965年。

明，哲学反映论虽是恩格斯首先提出来的，但其哲学基础，在马克思和恩格斯那里却是共同的，反映论的提出，是马克思主义的辩证唯物主义立场的必然结果。西方学者制造的马克思和恩格斯的对立，“两个列宁”的对立，完全是人为的。

那么，从文学层面来看，西方学者所制造的对立又如何呢？马克思是否真是一个和文学反映论格格不入的人？

从马克思对文学现象的分析和他的文学趣味来看，上述观点便明显与事实不符。马克思偏爱现实主义文学，喜爱荷马、但丁、莎士比亚、狄更斯、歌德和巴尔扎克，除了因为这些大师的作品都尊重现实生活，拒斥对现实的唯心主义、浪漫主义怪想以外，也因为从这些作品中可看到生动的社会画面，了解丰富的现实生活。他希望在《济金根》中看到农民运动，称赞狄更斯的小说是对英国现状的真实描绘，欣赏巴尔扎克提供给人们的百科全书式的社会图景，多次在自己的著作中引用莎士比亚和巴尔扎克作品中的情节说明某一历史现象，例如引用莎士比亚《李尔王》中关于黄金的议论说明货币，引述巴尔扎克对高利贷者的描绘说明资本主义社会的某些特征：所有这些，都证明马克思有时甚至是把小说当“信史”读的。可以说，马克思虽未提出文学反映的概念，在根本上，却是认同文学反映论的。

这一现象的答案只能到马克思的主体思想中去寻找。能动反映论的思想，正好对应着两种主体观——本体论模式的主体观与认识论模式的主体观。

能动反映论文艺学的基本原理是：文学艺术是对社会生活的反

映，社会生活是文学艺术的唯一源泉。这种本原与派生、源泉与反映的关系，正是本体论的主客体关系。从本体论的主体观来看，现实事物是主体，而社会生活又是现实事物的核心，它决定着客体即作家的活动。创作活动，和自然科学研究还不一样，后者揭示的是自然规律，而创作则无时无刻不在和社会生活打交道。作家笔下的艺术世界，不管是对现实生活的真实摹写，还是对感情世界的浪漫呈示，抑或是本能冲动的胡涂乱抹，都可以在社会生活中找到解释。社会生活支配着、影响着艺术家的想象、情感、意识。本体论的主体观，充分说明了作家的受动性、不自由性。如果说马克思是个反映论者的话，只有从上述角度去理解，才是准确的。这种意义上的反映论，是为无数事实证明了的颠扑不破的真理。

而且，马克思主义的反映论，从来不是机械的，而是能动的。倡导反映论最有力的列宁，在《唯物主义和经验批判主义》中就提醒人们："反映可能是对被反映者的近似正确的复写，可是如果说它们是同一的，那就荒谬了。"①在《哲学笔记》中他进一步指出："自然界在人的思想中的反映，应当了解为不是'僵死的'，不是'抽象的'，不是没有运动的，不是没有矛盾的，而是处在运动的永恒过程中，处在矛盾的产生和解决的永恒过程中的。"②毛泽东更是把反映论称为"能动的革命的反映论"，认为"自觉的能动性"是人类的特点。

①[苏]列宁：《列宁全集》第十八卷，北京：人民出版社，1988年。

②[苏]列宁：《列宁全集》第三十八卷，北京：人民出版社，1986年。

反映论的这种能动性，其哲学基础是马克思主体观中的认识论视角。根据这一视角，当人把自然界、社会生活，他人或自身当作认识和实践的对象时，他是一种主体。他是自为的，能动的。艺术活动正是这样一种情况，当艺术家在体验生活、收集素材时，他是从主体的需要出发，去观察、体验、分析文学艺术的原始材料的；一旦进入创作阶段，这种主体性就更加强烈。

艺术活动中的主体性（能动性），大致包括以下三个方面：

（一）主观性。主观性是一个一贯遭受误解的概念，其实，主体具有主观性乃是天经地义的。主观性的内容十分丰富，人们的理解也不一致。极端的主观性理论夸大主观心灵的作用，把自我摆在一个不恰当的位置，走向了主观主义和唯我论，这是应该抛弃的。但是，正确发挥人的主观性，肯定主体心灵和情感的作用，充分发挥作家的想象能力，使作品具有鲜明的个性和主体人格力量，却是十分必要的。别林斯基认为，果戈理《死魂灵》最大的成功之处就在于，从小说中到处可以感受到作者的主观性渗透了出来。他进一步指出："我们这里所说的主观性，不是那由于自己的局限性或片面性而把诗人所描写的对象的客观现实加以歪曲的主观性，而是深刻的、包罗万象的、富于人性的主观性，它使艺术家成为一个有热情的心灵、有同情的灵魂、在精神和人格上都能独立的人，——也就是这样一种主观性，它不允许艺术家对所描写的外在世界抱着冷漠的态度，而要他在自己活跃的心灵上感受外在世界的现象，从而使那些现象也呼吸着他的心灵的气息。”[1]

主观性是艺术家的一种整体人格力量，它包括入世的态度、热烈的情感、高尚的心灵和广博的胸怀等方面，它使艺术家有一种把握对象、驾驭客体的自信和勇气。艺术家一旦拥有这种主观性，在创作时就不会无动于衷，也不会抛弃广阔的世界，只抒发一己的情感，这种主观性的烙印，就只会更加动人，而不会走向公式化、概念化，这种主观性，也就是胡风所极力弘扬的“主观战斗精神”。

（二）选择性。个体的生命总是有限的，个体的精力、视野、才能也是有限的，即使艺术家把大部分时间花在体验生活上，也不可能穷尽一切生活，硬要艺术家反映他所不熟悉的生活，无疑是对艺术的损害。而且，艺术家的才能趋向、个性风格也不一样，不能用统一的创作模式要求所有艺术家，这是从消极的方面说的。从积极的方面来说，反映本身就是有选择性的。卢卡契说：“人不是简单地让现实的印象在自身起作用，人对现实的反映往往是瞬息的、自发的、不容思考或不容对感官印象进行想象或概念性说明。结果在知觉水平上，在意识对现实的反映中就进行了一种决定人与周围环境之间相互关系的选择。也就是说，某些作为基本的要素得到了强调，而其余的则完全或至少部分地被忽视、被排斥到背景中去。”[2]这是反映选择性的心理学基础，这基本上是一种被动的选

---

①[俄] 别林斯基著；别列金娜选辑；梁真译：《别林斯基论文学》，上海：新文艺出版社，1958 年。

②[匈] 乔治 · 卢卡契著；徐恒醇译：《审美特性》第一卷，北京：中国社会科学出版社，1986 年。

择，在社会生活中，人在掌握客观规律的基础上，根据自己的需要，可以主动选择某种行为。卢卡契认为，选择的主观原则建立在人的基本生活利益和兴趣上，这种兴趣不是自发地起作用，而往往是思考、经验积累和条件反射固定的结果。他还认为，正是通过将本质的与非本质的东西区别开来并加以选择，才能更正确地反映特定的事实。

就文学反映而言，艺术家有权从自己的需求和倾向出发，选择反映的对象和反映的方式。渴望探索世界的人，可以反映客观生活；有所郁结渴望宣泄的人，可以再现内心生活和感情世界；他可以创作波澜壮阔的历史长卷，也可以吟咏隐秘难言的心理波动。革命历史斗争的现实主义描写和身边琐碎生活的写实主义呈露，都是应该允许的。这样的反映论是一种开放的反映论，这样的现实主义也是一种开放的现实主义。

（三）创造性。艺术创造能力是检验艺术家主观能动性的最重要的标准。它包括创造性的形象思维能力、对形式的天才把握和对深度的追求，之所以强调创造性，是因为归根结底，艺术反映不是对现实的机械照相复制，而是创造性的艺术再现。德国古典哲学所提出的“自为”概念之“为”，就是行为之为，也就是创造。人类和自然的区别，就在于自然无所作为，人则能主动行动，改造世界。艺术家的创造性，首先是一种强大的精神能力，也就是黑格尔所称赞的那种“敢于承当死亡并在死亡中得以自存”的力量。法国美学家乔治·勃拉克说：“感官消灭形式，精神创造形式，只有精神在创作中起决定性的作用。”[1]但是，光有精神还不够，敏锐的感受力、天才的直觉力和高超的技巧水平，都是创造性的艺术作品的重要前提。

艺术活动中的主体性，还包括其他一些方面，如一定程度的超越性、自由性等，但在谈论这些时，不能忘记社会主体的制约。

历史上的反映论，作为支配西方文论界两千余年的文艺理论，自有其合理性。同时，它也随着文艺实践的发展和敌对观点的挑战而不断完善。反映论有着深厚的哲学根基，在19世纪以前，这种哲学根基主要是朴素唯物主义。朴素唯物主义强调客观世界对主观感觉、主观意识的决定性作用，认为主观的东西是客观的东西刻在人身上的烙印。亚里士多德的“白纸”说和洛克的“白板”说都把人心看成空白一片，是接触外物产生感觉，深化为意识，才填满人心。但随着哲学的进步，朴素唯物主义越来越显出其粗糙之处，对主体能动作用的忽视是它的致命弱点。马克思建立了认识论（实践论）的主体论，将主体的有意识的活动（自为活动）看作一种物质性力量，就从根本上改变了反映论的粗糙状况。主体的认识和审美活动，一方面要以感觉接受事物的刺激，产生主观信息，这仍然是一种反映；另一方面，主体的心理结构和需求意识也在实践活动中改变着客体的纯自然性质，建立起多种属人的、为我的属性，使反映变成能动的、为我的反映。

---

①文艺美学丛书编辑委员会编；宗白华译：《宗白华美学文学译文选》，北京：北京大学出版社，1982年。

在这种意义上，能动反映论这一概念综合了马克思的本体论主体观和认识论主体观，克服了以往哲学中任何一种的片面性，完整地描述了作家的地位，从而和“主体论”达到了统一。能动反映论和正确的主体论，虽然侧重点稍有不同（前者毕竟更强调反映的一面，而后者以探索主体结构为己任），但都兼顾了社会生活和创作主体两个方面，其理论源头（马克思哲学）也是同一的，不存在以主体论取代能动反映论，或以能动反映论压倒主体论的问题。它们应该相互补充、相互丰富，成为马克思主义文艺学不可或缺的组成部分。

（《求索》1992 年第 6 期）

马克思对艺术主体活动的理论探索

——从感性活动论到艺术生产论

在西方哲学史上，对主体的探索有着悠久的历史。主体问题，随哲学的产生而产生，并与哲学一起发展。在长期的探索过程中，主体（Subjekt）范畴形成了两种基本模式：本体论模式和认识论模式。相应地，主体一词也形成了两种基本含义，即相对于谓词（宾词）（Prädikat）的主体（主词）和相对于客体（Objekt）的主体，前者指某种本体性、生发性的东西，后者一般指人。我们日常谈论主体，都取后一意义，但是，前一种模式的主体范畴，对于解决某些艺术问题，却是至关重要的。

马克思的主体观，继承了西方哲学史上的这两种模式。在本体论意义上，马克思认为："物体、存在、实体是同一种实在的观念。决不可以把思维同那思维着的物质分开。物质是一切变化的主体。”[①]这同亚里士多德、费尔巴哈一脉相承。事实上，马克思以费尔巴哈的实证批判为中介，颠倒了黑格尔“绝对主体”观念中的主谓关系，他把黑格尔的主词当作谓词，而把谓词当作主词。在认识论意义上，马克思的论述也很丰富：“主体是人，客体是自然”[②]“人始终是主体”[③]，等等。

但是，马克思对主体的这两种模式都进行了改造。主体的本体论模式，在费尔巴哈那里，仅指自然、感性、爱；马克思将之规定为“现实事物”，并提出了“现实主体”概念。现实主体，也就是社会历史主体。在改造本体论主体观的同时，马克思也对认识论的主体观进行了改造，把作为主体的人，由康德的单纯认知主体，变为实践的主体、活动的主体、生产的主体。马克思在《德意志意识形态》中指出：“我们的出发点是从事实际活动的人。”[④]恩格斯也说：“要从费尔巴哈的抽象的人转到现实的、活生生的人，就必须把这些人当作在历史中行动的人去研究。”[⑤]这样的人才算是活生生的主体。

---

①[德] 马克思，恩格斯：《马克思恩格斯全集》第二卷，北京：人民出版社，1957 年。

②[德] 马克思，恩格斯：《马克思恩格斯全集》第十二卷，北京：人民出版社，1962 年。

③[德] 马克思，恩格斯：《马克思恩格斯全集》第四十二卷，北京：人民出版社，1979 年。

④[德] 马克思，恩格斯：《马克思恩格斯全集》第三卷，北京：人民出版社，1960 年。

⑤[德] 马克思，恩格斯：《马克思恩格斯全集》第二十一卷，北京：人民出版社，1965 年。

马克思对艺术主体活动的探索，伴随着对实践活动、生产活动的研究，最初是为了引入认识论视角的主体观，以改造黑格尔的唯心主义主体观，到后来，随着对生产结构层次的研究，马克思创建了历史唯物主义，把认识论视角与改造了的本体论视角结合起来，从而科学地确定了一般主体的地位。相应地，艺术主体活动的特征，也在两重视角中得到准确的界定。

马克思对艺术主体活动特征的论述，有一个发展过程。《1844年经济学哲学手稿》时期，马克思深受费尔巴哈影响，强调艺术创作的感性活动性，同时也隐约提出了“艺术生产”的问题；经过《德意志意识形态》和《共产党宣言》，“艺术生产”理论日臻成熟，到了《〈政治经济学批判〉导言》，明确提出了“艺术生产”概念。在《资本论》等著作中，这一概念得到了充分展开。感性活动论主要是一种认识论的主体论。艺术生产论中则既含有认识论的主体论，也包括本体论的主体论。

艺术的感性活动论直接来源于费尔巴哈，而费尔巴哈则是对黑格尔的颠倒。黑格尔认为，美是理念的感性显现，艺术是深厚意蕴的形式化。理念是主体，感性是客体；内容有一种自为的力量，形式不过是内容的外化，是内容自我运演的结果。这是一种非感性论。费尔巴哈抛弃了“理念”概念，推崇自然，标举感性。他说：“新哲学是转变为理智的心情。心情不要任何抽象的、任何形而上学的、任何神学的对象和实体；它要实在的、感性的对象和实体。”[①]新哲学是一种光明正大的感性哲学，只有感性的实体，才是真正的、现实的实体，只有通过感觉，一个对象才能在真实的意义之下存在。

诚如马克思后来所批判的，费尔巴哈的感性哲学具有直观唯物主义的特点，但是，在那个理性主义传统和宗教风气十分浓厚的时代，标举人的感性是有着重大现实意义的。在黑格尔哲学中，人是绝对概念的客体；在基督教中，人是上帝的客体。只有在费尔巴哈的感性哲学中，人才开始成为主体。马克思也承认，在异化社会的条件下，吃、喝、性行为（纯感觉的、纯本能的活动）等动物的东西反而成了人的东西，因为人只有在吃、喝和性行为中才感觉到自己是人，才有主体意识；而在他从事人的活动（工业生产）时，他反而变成了动物，成了地地道道的客体，因为他从事的是一种否定人的本质力量的、机械的异化劳动。异化劳动中，工人只是机器，是资本家的奴仆，他无法确证自己为主体。这就是马克思在《1844年经济学哲学手稿》中说“动物的东西成为人的东西，而人的东西成为动物的东西”[②]的深刻性所在。

一般感觉对确立主体尚且有如此重要的意义，艺术感觉和艺术直观的意义就更大了。费尔巴哈认为，艺术感觉首先是一种客体，使主体得以成立。“艺术的对象乃是——在叙述艺术中间接地是，

①[德] 路德维希·费尔巴哈著；荣震华，李金山等译：《费尔巴哈哲学著作选集》上卷，北京：商务印书馆，1984 年。

②[德] 马克思，恩格斯：《马克思恩格斯全集》第四十二卷，北京：人民出版社，1979 年。

在造型艺术中则直接地是——视觉、听觉、触觉的对象……感觉乃是绝对的官能。”[①]其次，感觉还是主客体关系的中介：“主体和对象的同一性，在自我意识之中只是抽象的思想，只有在人对人的感性直观之中，才是真理和实在。”[②]

以感觉为中介确立主客体关系的思想，在马克思那里得到了丰富和发展：

> 人以一种全面的方式，也就是说，作为一个完整的人，占有自己的全面的本质。人同世界的任何一种人的关系——视觉、听觉、嗅觉、味觉、触觉、思维、直观、感觉、愿望、活动、爱，——总之，他的个体的一切器官，正象在形式上直接是社会的器官的那些器官一样，通过自己的对象性关系，即通过自己同对象的关系而占有对象。对人的现实性的占有，它同对象的关系，是人的现实性的实现，是人的能动和人的受动……[③]

这里，所谓“占有对象”“对人的现实性的占有”“人的现实性的实现”，都是主体对客体的掌握，也就是马克思后来在《〈政治经济学批判〉导言》中所说的人对世界的掌握。主体对客体的掌握

①［德］路德维希·费尔巴哈著；荣震华，李金山等译：北京：商务印书馆，1984年。

②［德］路德维希·费尔巴哈著；荣震华，李金山等译：北京：商务印书馆，1984年。

③［德］马克思，恩格斯：《马克思恩格斯全集》第四十二卷，北京：人民出版社，1979年。

方式是多种多样的，有理论的方式、宗教的方式、实践—精神的方式，也有艺术的方式。在这段话中，马克思归纳了十一种方式。这种归纳主要是从感性角度归纳的。除了“思维”“活动”外，其余基本上是感觉。而感觉的方式，主要就是艺术的方式。

审美感觉，既是完成主客体关系的中介，同时它本身又是人类长期以来主客体活动的结果。马克思肯定“已经产生的社会……创造着具有丰富的、全面而深刻的感觉的人作为这个社会的恒久的现实”。认为工业的历史和工业的已经产生的对象性的存在，“是一本打开了的关于人的本质力量的书，是感性地摆在我们面前的人的心理学”[①]。只是由于人的本质的对象化活动，主体的、人的感性的丰富性，如有音乐感的耳朵、能感受形式美的眼睛，这些确证自己是人的本质力量，即确证主体的感觉，才一部分发展起来，一部分产生出来。

但是，马克思并没有像费尔巴哈那样变成一个感觉主义者，他对感觉的重视是有限度的。且不说他后来对费尔巴哈的“感性”和黑格尔的抽象的精神劳动观都进行了批判，就是在《1844年经济学哲学手稿》中，马克思也并不认为艺术就是一种全面的感觉，或是人的本质力量的全部实现，作为感性活动的艺术，并不足以建立整个人类的主体。相反，马克思只是把艺术看作工业的一个特殊部门，生产的一种特殊方式：“这种物质的、直接感性的私有财产，

①[德] 马克思，恩格斯：《马克思恩格斯全集》第四十二卷，北京：人民出版社，1979年。

是异化了的、人的生命的物质的、感性的表现。私有财产的运动——生产和消费——是以往全部生产的运动的感性表现，也就是说，是人的实现或现实。宗教、家庭、国家、法、道德、科学、艺术等等，都不过是生产的一些特殊的方式，并且受生产的普遍规律的支配。因此，私有财产的积极的扬弃，作为对人的生命的占有，是一切异化的积极的扬弃，从而是人从宗教、家庭、国家等等向自己的人的即社会的存在的复归。"[①]这段话明白无误地表明，在私有制条件下，艺术的存在往往不是"人的存在""社会的存在"。艺术是异化的一种表现方式，是私有财产的产物。艺术生产作为一种实践活动，确立了艺术家主体，但它的异化性质在某种程度上又使艺术家沦为客体。只有当私有财产消灭后，艺术向美复归即向人的社会的存在复归时，它才消灭了自己的狭隘性质，把艺术和宗教、家庭、国家、法、道德、科学等等并列，后来导向了历史唯物主义的一个基本原理：宗教、法、道德、艺术等都只是意识形态的一个部类，只是本体论主客体关系中的一种客体。

在马克思看来，共产主义是一种消灭了分工的社会。在那个社会里，人完全可以自由活动，全面生产，上午打猎，下午捕鱼，晚饭后从事批判，从而实现自己的全面的本质，这样一种图景，不同于异化社会的任何狭隘生产。但是，既往的生产，虽然是片面的，却通过异化的方式，逐步实现着人的本质力量，完成着建设人类主

①［德］马克思，恩格斯：《马克思恩格斯全集》第四十二卷，北京：人民出版社，1979 年。

体的重任，并向共产主义社会逼近。而其中的艺术生产，更是一种比其他生产更少肉体需要和外在尺度支配的生产，体现出对社会主体制约性的某种超越性；并且，艺术生产在一定的时期或单个的作家身上还可以完全摆脱这种支配，近代工业社会出现以前，艺术创作主要是以闲暇、兴趣和天才为条件，还很少沦为金钱的奴隶。马克思指出，像弥尔顿这样的诗人，出于春蚕吐丝一样的必要进行创作，他的劳动就不是生产劳动，而是一种非生产性劳动，在他头上没有雇主，也没有金钱，他的《失乐园》只卖了五英镑，并且当初完全不是为卖而创作的。莎士比亚的创作，荷马、但丁的创作，以及中国古代诗人的创作，都是这种非生产性劳动。稿费制度的实行，还只是近代的事，它是随着资本主义生产制度而出现的。而稿费作为作家劳动的报酬，通常要比雇佣他写作的书商或出版他作品的出版商从作品中所获得的利润要少，其中的差额，即剩余价值。正是在这个意义上，马克思把为老板唱歌的歌女、使书商发财的作家的劳动都看作是生产劳动，即看作是直接同资本结合在一起的异化劳动，这是资本主义社会剩余价值规律对“自由的精神生产”[①]（即全面的生产）的侵蚀，它使这种生产变成片面的生产。资本家所允许的生产，仅此而已。马克思总结道：

…………

①[德] 马克思，恩格斯：《马克思恩格斯全集》第二十六卷，北京：人民出版社，1972年。

（3）一切职能都是为资本家服务，为资本家谋“福利”；

（4）连最高的精神生产，也只是由于被描绘为、被错误地解释为物质财富的直接生产者，才得到承认，在资产者眼中才成为可以原谅的。

…………[①]

所以，马克思断然认为，资本主义生产同某些精神生产部门如艺术和诗歌是相敌对的。无产阶级的使命，便是要消灭一切敌对状况，解放自己的物质能力和精神能力。

我们看到，在艺术主体活动的特征问题上，马克思已经由感性创造论转向了艺术生产论，感性在马克思那里本来就指感性活动，而感性活动并不是单纯的感觉活动，它是工业的代名词。工业就是生产。马克思批判费尔巴哈的人本主义感觉理论，也正是从此处着眼，这种活动—实践—生产—工业—劳动的理论，在马克思哲学中占有核心的地位，也是理解马克思主义主体观的关键。

马克思的艺术生产理论，其实质是一种艺术社会学。艺术生产，在其自身范围内，受艺术传统和工艺技术水平的制约，使艺术家表现出某种程度的客体性。而且，艺术生产不是孤立的，作为精神生产的一种形式，它总是受到物质生产的制约。虽说艺术生产和物质生产之间存在着一种不平衡关系，但在最终意义上，作为艺术

①[德] 马克思，恩格斯：《马克思恩格斯全集》第二十六卷，北京：人民出版社，1972 年。

生产之主体的艺术家，还是要受到“现实主体”的限制。

这样，马克思对生产的研究，就没有像黑格尔论述劳动，费尔巴哈研究感性那样陷入普泛化。马克思指出，全部人的活动迄今都是生产劳动。他在这基础上改造了传统的认识论。同时，生产又是有层次的，广义的生产是第一层次，物质生产和精神生产是第二层次，精神生产中的艺术生产和宗教、法律等等生产是第三层次，艺术生产中的生产性劳动和非生产性劳动是第四层次。层层深入，充分揭示出艺术生产（尤其是生产性劳动的艺术生产）的受制约性。从早期的异化理论，到后来的艺术生产理论，马克思将一切审美救世主义的理论、艺术万能的理论，都彻底摧毁了。而这些，都可纳入本体论主体观的视野之中。

综上所述，马克思的主体观，内容十分丰富。经过革命性改造的本体论主体模式和认识论主体模式，在马克思哲学中呈现出交叉和融合的形态，是理解马克思哲学和艺术理论的一把钥匙。双重主体观视角下的马克思艺术理论，呈现出极大的辩证性和全面性，也表现出与以往研究不同的一些新特点，因此，深入探讨马克思的主体思想，对于研究马克思主义文艺理论，对于当代中国的文艺学建设，都具有重大意义。

（《艺海》1993 年第 1 期）

02 第二辑

重塑湘楚文化精神

当我们回望近年来湖南文学风景线的时候，除了个别作家和个别作品，我们不能不感受到一种整体性的失落。也许我们能为这种失落找出各种各样的原因，但我认为最根本的，还是精神的迷失。我不愿意把这种迷失了的精神简单地说成是人文精神，我更愿意用这个词——湘楚精神。

在湖南这块土地上，我们的先人曾经创造了辉煌的文化景观。作为一种地域文化，湖湘文化在中华文化中占有重要地位。湖湘文化的代代承传，和湖南这片土地的山川奇气、民风民俗相结合，便孕育成了湘楚精神。要准确地界定湘楚精神是十分困难的。以屈原为代表的湘楚浪漫情怀和独立人格意识，以岳麓书院为代表的严谨朴素、积极入世的务实风范，从王夫之、曾国藩一脉承袭下来的经世致用的实学思想和力行践履的道德修养，从谭嗣同、陈天华到毛泽东、蔡和森的忧患牺牲精神和血脉偾张的人生意志：这些似乎都构成湘楚文化精神的各个方面。湘楚文化精神的张扬，使湖南人在近现代中国构成一种极为独特的文化群落。“惟楚有材，于斯为盛”也好，“无湘不成军”也好，“若道中华国果亡，除非湖南人尽死”也好，“湖南人最能吃辣椒最能革命”也好，都生动地标识了湖南人在中国的文化版图和精神版图上所处的特殊位置。

不幸的是，近年来，湘楚文化那种耀眼的光芒似乎渐渐黯淡了，而湘楚精神也在一天天萎缩。在全国的整体文化格局中，我们已经不那么显赫和举足轻重了。当北京作为文化中心的地位日益巩固，当上海找回昔日的感觉，当广东以新型的商业文化崛起，当吴越、齐鲁、楚汉故地浮出海面时，我们却落伍了。这种状况以文学为甚。在近年来的文学潮流中，竟很少听到湖南文坛的声音。文化总是有起有伏、有兴有衰，这不足为奇。令人忧虑的是我们在一天天落伍而不自知，或自知而无所谓。昔日曾经辉煌，祖宗曾经阔过，于是便心安理得。在湖南，我们很少听到一种真正的、彻底的自我反省和自我批判。面对文学的滑坡和精神的低迷，我们听到的是一片沉默。湖南人的那些宝贵的品质，比如“有心杀贼，无力回天，死得其所，快哉快哉”的慷慨，比如“自信人生二百年，会当水击三千里”的豪情，比如“湖南骡子”的执着和好勇斗狠的不服输精神，似乎已经从精神文化领域消失了。在这块封闭的内陆里，为了金钱而浮躁不安，或者因无所作为而平心静气，成了两种显著的人生态度。只要到市井阡陌中去走一走，到滚滚红尘中去听一听，我们就能痛切地感受到湘楚文化精神的迷失到了什么程度。思想的保守和行为的放纵奇妙地纠合在一起。没有人关心精神，关心生活的意义、存在的价值。拜金主义的狂潮呼啸而至，有几人能独立潮头？在物欲的泥潭中，人们身不由己，遭受灭顶之灾。

在这样的时候，正需要作家、需要精神的力量来匡救时弊，引导人心。遗憾的是，我们的作家也许自感力不从心，退避了，逃遁了。当社会不把文学当一回事，作家也不把自己当一回事。人类灵魂工程师的桂冠被遗忘在一边，甘愿将自己混同于市民俗众。没有思想，没有灵魂，随风飘荡，随潮起伏。有几人能沉潜到生活的最底层，感受泥土的脉动和人生的风景？有几人能以“早晨从中午开始”的精神，发愤为这个时代画像？有几人能不受报纸周末版和消遣性专栏的诱惑，拒绝写风花雪月和无聊琐事？抛弃文学并且痛悔曾经热爱文学，将笔打磨得十分油滑并且为此而沾沾自喜。当全部的生命拥抱的不是文学而是金钱或别的什么时，我们当然很难看到超拔的人格、高远的境界、献身的热情和终极的关怀。

当人文精神的讨论在全国如火如荼时，湖南的文学界、思想界却无动于衷；当张承志以笔为旗将精神的大纛挥舞得猎猎作响时，我们没有人与他站在一起；当韩少功在海角天涯射出一支支闪烁着智慧之光的思想利箭时，我们有谁与他接招？我们不缺少才子而缺少大师，不缺少美文而缺少警世之作。我们的文学太需要思想和热情了。

荒芜杂乱的大众精神状况很难养育出伟大的作家；同样，媚俗从众的作家精神状况也难以高扬精神的旗帜，塑造健全的人格。当我们讨论湖南文学缺什么时，我们不能不正视这一现实。要重振文学湘军雄风，首先要解决的也是这个问题。

我不同意那种所谓湖南的经济不发达所以无法推出优秀的作品

的观点。不，不是经济的不发达制约了文学艺术发展这么简单。妨碍我们发展的更深层次的原因恐怕还是湘楚文化精神的丧失。一定社会的文艺并不一定和它的经济成正比，经济发达并不意味着文化一定发达，经济落后也不见得在精神文化领域就无所作为。19世纪经济落后的德国却在哲学和音乐上演奏着欧洲的第一提琴；在湖湘文化笑傲群雄的几百年中，湖南的经济在全国最多只是中游水平。我这么说绝不是认为经济无关紧要，我只是觉得，比起经济的落后来，精神的迷失是更为可怕的。文化的发展以经济为后盾，而以精神为内核。唯有思想使人充实，唯有精神可以支撑起一个国家、一个民族。

几天前我读到一篇题为《平阳的落日》的文章，描述曾为尧都的山西临汾（古称平阳）如何沦落成一座平庸的毫无生气的小县城。我又想到了古埃及文化、巴比伦文化、玛雅文化的衰落。如果一种文化的精神迷失了，那么这种文化即使再辉煌，也注定会衰败。现在，在建设有中国特色社会主义文化的整体格局中，当湘楚文化精神还有一脉余香时，能否通过思想界和文学界的努力，把它发扬光大，从而使湖南的文化和文学得以全面地振兴呢？人们在期待着。

（《湖南文学》1995年第6期）

关于近年来湖南戏剧创作的思考

一、近年来湖南戏剧创作的整体估价

近年来湖南的戏剧创作，在低潮中奋起，在艰难中前进。凭借主管部门的不懈努力和从业人员的敬业精神，戏剧在日益困窘的外部环境中仍然保持着顽强的生命力。在诸多艺术门类中，戏剧是环境、条件最为艰苦而创作成就又较大的一个门类。这时常使我想起加缪在《西西弗神话》中所描述的那个推石上山的老人：石头似乎注定要往山下滚去，老人却顽强地要把它推上去；推上去又落下来，落下来又推上去……这种悲壮的努力令人肃然起敬。

从 1991 年至今，我省共有 8 台剧目获文华新剧目奖（《从前有座山》《马桑树》《琵琶记》《桃花汛》《火云鸟》《甲申祭》《布衣毛润之》《筒车谣》），15 个文化单项奖，3 台剧目获“五个一工程”奖（《桃花汛》《将军谣》《世纪风》），5 人获中国戏剧梅花奖

（王永光、刘赵黔、贺小汉、陈少云、张富光），2 人获梅兰芳金奖大赛提名奖（陈少云、闵玲娣），两个剧本获曹禺戏剧文学奖（《水下村庄》《甲申祭》），1 个获提名奖（《布衣毛润之》），两个节目获全国杂技比赛金、银奖（《技巧造型》《抖杠》）。获奖并不代表一切，但上述获奖剧本、演员、剧（节）目，大部分是经得起时间考验的。这样的成绩，无论是比较全国兄弟省市，还是湖南 80 年代的状况，都是比较突出的。与此同时，映山红民间戏剧节已成功举办两届，在全国产生很大影响，以骄人的成绩开辟出戏剧的另一块天地。湖南的戏剧工作者，用自己的汗水和心血，捍卫了戏剧大省的声誉，赢得了全国同行的尊敬。

人们不会忘记，1994 年秋，湖南省文化厅举办的全省新剧（节）目会演，规模空前，声势浩大。来自全省 14 个地市州和 6 个省直院团、涵盖十余个剧种的 29 台剧（节）目会聚长沙，参演的演员和工作人员达 1600 人。会演中涌现出一批优秀剧（节）目，像《世纪风》、《翠翠》（《边城》）、《筒车谣》、《乾隆判婚》、《四季花儿开》等都给人耳目一新的感觉。这些剧目可以不断演出和加工提高，成为湖南戏剧界的宝贵财富。有人认为，凭这次会演的优秀剧目，我们三年之内不愁没有好剧目。

高水平的创作演出使湖南的戏剧生态环境得到改善，戏剧市场有所启动，戏剧观众人数不再下降。一些剧种重新赢得了观众，从而一些剧团得以走出生存危机。例如，几年前处于相对涣散状态的省歌舞团，由于新领导班子的团结奋战，也由于《三湘杜鹃红》《长岛人歌》《边城》等一系列优秀作品的推出，而在三湘文艺界声名鹊起，备受注目。省话剧团、省杂技团的情况与此类似。

但是，对近年来戏剧创作的这种正面估价并不意味着我们就可以对存在的问题视而不见。相反，面对仍在困境中挣扎的戏剧，我们的忧虑日甚一日。戏剧文学创作后劲不足，一些知名的剧作家在原来的水平上徘徊不前甚至有所倒退；舞台体现格局狭小，缺乏足够的生命力；表演人才流失，后备力量不足；由于评奖的拉动而使戏剧产生了脱离观众的倾向；等等。戏剧，繁荣之中孕育着危机，辉煌的背后掩盖着困顿。面对危机，戏剧界还缺乏健康而成熟的心态，有时的奔突不免盲目，有时的沉默又不免令人灰心。这种戏剧综合征在 1995 年走到了较为严重的程度：上半年几乎拿不出一个像样的剧本，全年只有个别的新剧目上演。相对 1994 年的红火，1995 年是一片沉寂。

如此，湖南的戏剧创作还缺些什么，面对这些缺陷，我们该怎么做，便成为一个不能不加以探究的问题。

二、戏剧文学走出封闭

湖南的剧本创作，在全国一向享有较高声誉，人才济济，佳作迭出，在数届全国剧本奖和曹禺戏剧文学奖评选中均榜上有名。湖南戏剧界的半壁江山是靠这些编剧高手支撑的。但是，剧本创作的强劲势头在近年来有所衰减，编剧出现了自我重复和灵感枯竭的现象，使戏剧文学创作在整体上裹足不前。1995 年揭晓的第二届曹禺戏剧文学奖，湖南榜上无名。

近年剧本创作中所反映的问题主要是：

（一）剧作家生活阅历匮乏

缺乏生活阅历已成为湖南编剧界的通病。一般说来，湖南剧作家的艺术素养和艺术技巧是可以让人放心的，当前最迫切的问题就是对现实生活的隔膜。而没有生活基础，是不可能创作出一个完整的鲜活的剧本的。这也可能解释为什么近年来湖南历史剧的创作比较繁盛而优秀的现代戏较少。没有对剧烈变动的现实生活的切身感受，剧作家们自然只好穿着古人的衣冠，编演佳人的离合与历史的悲欢，抒发内心隐秘的情感。

其实我们并不是一向如此，并不是天生不会现代戏的创作。20世纪60年代的《打铜锣》《补锅》，70年代的《园丁之歌》，80年代的《喜脉案》《八品官》以及90年代的《桃花汛》《世纪风》，不都是现实题材的佳作吗？那时我们的剧作家是有生活的，是积极拥抱生活并且渴望表现生活的。只是近年来，随着生活环境的改变，创作个体化趋势的加强，剧作家们越来越难以深入生活了。生活离我们远去，我们却无动于衷。有的剧作家，至今仍靠几年甚至十几年前的生活积累创作，浑然不知那些积累是会陈旧并且终将用尽的；有的剧作家只对身边琐碎的生活感兴趣，拒绝走进真实而广阔的生活天地，于是笔下出现的只是一些零碎的生活图景和纯粹个人化的生活印象；有的剧作家由于一年中的大部分时候与外界生活绝缘，偶一为之的深入生活只能形成粗略的感受而无法构成鲜活的故事。巧妇难为无米之炊，面对如稿纸一样空白的生活库存，有人只好干脆掷笔不写，有人则翻出多年前的旧作加以润色。这些使我们的现代戏创作不仅数量少，而且质量低。1995年的状况就是如此。

缺乏生活阅历其实是大多数人都意识到了的一个问题。这几年，戏剧主管部门也组织了几次小规模的深入生活实践，但或许是时间太短，或许是过于急功近利，效果不太明显。我认为，在深入生活的问题上，宣传文化部门应采取更为有力的措施，这是毫无疑问的；但归根结底，积累生活素材，增加生活体验，不应该是政府行为，而应该是剧作家们自觉的、长期的个人行为。只有这样，才会有好作品出现。

（二）戏剧思想力贫弱

戏剧的灵魂是思想，是立意，思想贫乏、立意浅薄的作品，不管舞台如何辉煌，终究不能使人满足。近年来湖南的戏剧，除《甲申祭》《水下村庄》《世纪风》等少数几部外，思想力贫弱是一个普遍的问题。

思想力是一个综合指标，它与剧作家的哲学素养、文化感悟以及对生活的抽象概括能力有关。一个思想深刻、立意高远的剧作家，总是坚持独立的文化品格，不断深化自己的理性思维能力，勤于观察生活又敏于感悟生活的。这不是说他要有多么高深的理论功底和多么完整的理论体系，关键是超乎流俗的人格力量和洞幽烛微的穿透能力。特别是在这样一个生活纷扰、物欲弥漫而心灵日益逼仄的时代，保持这种人格力量和穿透能力尤为重要。在这方面，我们的剧作家显得格外不足，这使他们中的许多人难以从戏剧工匠上升为戏剧大师。

谈到思想力，我们不能不以崇敬的心情写下谷雨戏剧文学社社长陈健秋先生的名字。陈健秋正是我们所希望的那种坚持独立的文化品格、勤于观察生活和剖析生活的戏剧大家。他在近年来创作的《今天星期七》《水下村庄》《水上饭店》等一系列话剧中，始终以人民代言人和文化守灵人自许，鞭挞丑恶现象，歌颂美好情感；不媚俗，不欺世。他整体上认同生活的变革，又对变革带来的价值失落和人格畸变深化忧虑，企望以文化人的良知进行改造与拯救。从陈健秋身上，我们深深感到真正的现实主义的魅力。

思想力与主旋律是不矛盾的。一个真正有思想的作家是会对当前所进行的伟大的变革、对这场变革中的伟大的人民持肯定态度的；而真正的主旋律也绝不能拒绝对生活中的卑琐与丑陋的批判。在这一点上，无论是戏剧的创作者们，还是戏剧的主管部门，都还需要解放思想，放开手脚。

（三）戏剧形式感的迟钝

有了丰厚的生活素材与深刻的思想力，对一部剧作来说，至关重要的就是对戏剧形式的把握了。这里所说的形式，不仅仅是指戏剧的语言、结构、程式这些一般性的东西，更主要的是戏剧的样式与风格。形式感攸关着戏剧的成败。是喜剧、悲剧、正剧，还是荒诞剧、滑稽剧、杂剧；是往轻松欢快的路子上走，还是往沉郁凝重的路子上走；是侧重于生活场景的展示，还是侧重于文化感悟的传达；是着力于民俗、仪式的摹状，还是决意于新戏剧语言的探索；是坚持现实主义的方向，还是在浪漫清奇或象征寓言上下功夫……需要剧作家根据不同的情况作出自己的选择。

我们经常看到，由于不能赋予戏剧一个恰当的形式，而使许多剧本弄得非驴非马，令人难受。明明是一部轻松愉快的戏，非要在那儿玩深沉；明明是朴实的生活故事，非要拼命搞探索。反过来，一个非常富有震撼力的悲剧故事，却常常被一些惯有的程式和无聊的插科打诨给淡化、消解了；一些思想的火花，淹没在刀光剑影的情节交代之中。

特别值得注意的是，近来戏剧理论界有种偏向：可能是出于对理论的偏好，忽视戏剧美视、美听、赏心悦志的本性，一味要求每部戏剧都表达“深刻”的文化思辨，致使某些戏剧不堪负载，痛苦万分。在这点上，我欣赏余秋雨先生的理论：戏剧应该是简明的、朴素的，而不应该人为地把简单的东西弄复杂。

依据故事的主题模式、生活底色与人物类型，采用与之相称的戏剧样式与语言风格，使全剧流畅自然，成为“有意味的形式”，这应成为剧本创作的一个基本原则。

三、二度创作：呼唤大气

人们传统上认为，湖南戏剧的一度创作强而二度创作弱。其实并不尽然。我们拥有一批优秀导演，余谱成、陶先露、胡湘光等都是全国一流的导演，他们执导的戏并不逊色于外省导演的作品；我们的尖子演员也都具有全国水平，获梅花奖的演员在全国来说是比较多的；我们的音乐、舞美频频获奖。但是，通过反思近几年来的湖南戏剧，我们也深切地感到，湖南戏剧的二度创作存在诸多忧患，需要有一个大的提高。

（一）导演观念亟须更新

如前所述，湖南戏剧导演力量并不算弱，中年一代导演经验丰富，青年一代正努力拼搏。但是，我认为中年导演存在一个观念更新的问题，这不但包括他们的思想观念、文化观念、审美观念，也包括戏剧观念。时代的演进，使戏剧作为一种艺术样式和文化消费对象在人们精神生活中的位置发生了变化，戏剧与观众发生联系的方式也应有所变化。戏剧如何在保有自身特性的同时，适应时代的变化，应成为导演思考的一个课题。我认为，作为一种综合艺术，戏剧不宜把自己弄得纯而又纯，漠视观众多样化的审美需求。事实上，人们更为欣赏的是一种糅合了戏曲程式、话剧表演与歌舞演唱的综合艺术表演形式。因此，我们那些熟稔戏曲表演程式的导演们，需要从新型话剧、从蓬勃兴起的夜总会文化中吸取营养，也可以借鉴电影、电视剧的某些导演手法。话剧的严谨逻辑、歌舞表演动感形态和交流形式、电视对场面与气氛的营造、影视蒙太奇与剪辑艺术的妙用，甚至文学的意识流手法，都对丰富戏曲的表现形式、拓展戏曲的表演空间很有好处（李学忠就是一个善于运用影视手法的戏曲导演）。当然，话剧、舞剧导演也可以借鉴戏曲的假定性手法。另外，近年来京沪一些前卫导演对戏剧本体的重新审视和对戏剧形式的革新，虽说有时走得太远，但对当代戏剧的发展来说，仍不无启发意义。我们当然反对为探索而探索，但我们的导演不可一概拒绝前卫导演的探索成果。

在中年导演观念更新的同时，青年导演则需进一步熟悉舞台规律，掌握大众审美心理，维护艺术的完整性。近年来，湖南的青年导演很多是从京沪等地进修回来，艺术观念比较新，但不能很好地将新的艺术观念与深厚的戏剧传统结合起来。一味追求探索，忽视舞台审美规律，使他们导演的某些戏剧成了新潮观念的简单图解和新潮理论的试验。这些戏在某些场次是令人兴奋的，但作为一台完整的戏剧，却支离破碎。从整体上看，湖南的青年导演不够成熟和稳定。

（二）表演后继乏人

这一现象于今已相当严重。从年龄层次上分析，45～55 岁这一年龄层集中了湖南戏剧界最优秀的演员，他们功底扎实，经验丰富，成为湖南戏剧表演的中坚力量。近年来，几乎所有获梅花奖的演员都进入了这一年龄层（有几个属搭末班车性质，刚好在 45 岁这一期限折桂）。几乎所有大型剧目和重要演出都由这批人挑梁。30～40 岁的优秀演员虽不能说没有，但数量严重不足，从各个剧种看，都还无法在演出中担纲。30 岁以下的青年演员陆续培养了几批，但功底不太扎实，且许多人忙于到歌舞厅、夜总会跑场，无暇练功，演技日益荒疏。

从 80 年代后期开始的戏剧萧条和商品大潮，使一大批表演潜质较好的青年演员“心有旁骛”，或者改行，或者下海，至今仍专注于舞台的不多，这是造成戏剧舞台青黄不接的主要原因。

更重要的是，由于商品大潮的冲击，许多青年演员，还有一部分中年演员，不能严格要求自己，文化素养较差，理解能力不强。我们经常看到，一些青年演员扮相、身材都不错，演技也过得去，但就是不能准确地把握角色的性格、心理和内在情感，这样他们塑造的形象就是苍白的，经不起咀嚼的。这是阻碍湖南戏剧表演整体水平提高的一个严重的问题。

可喜的是，从戏剧主管部门到各剧团，都已意识到表演后继乏人的严重性，正采取多种措施解决这一问题。湘剧、花鼓、京剧、歌舞等剧种都培养了几批年轻学员，且已陆续进入剧团。各剧团也努力加强对他们的管理，强化后续培训，创造演出机会，使他们在实践中不断提高演技和理解力。省湘剧院建立了青年团，实行封闭式训练，排演传统剧目；省花鼓戏剧院在新剧目排演中大胆使用年轻演员；省歌舞团的青年演员进步更快，已基本挑起表演的大梁。

值得提醒的是，各剧团在大力培养年轻演员的同时，仍需继续发挥中年骨干的作用，使各个年龄层次的演员的积极性都能调动起来。

（三）舞美、灯光与音乐等软硬件建设都需加强

在湖南戏剧二度创作的诸多部类中，舞美、灯光是比较薄弱的。首先是优秀的舞美与灯光设计人才不多。除谢惠钧外，具有大家之气和创造性思维的不多。一些设计还只是停留在道具的水平，而不能成为具有独特功能的艺术要素。

近年来的舞美设计，兴起了一股堆砌平台之风。特别是历史剧，动辄以大面积的高平台出现，使舞台变成了一堆木材，表演的空间越来越小，从而严重妨碍了演员的发挥。一些戏剧的舞美需要几卡车装运，移动起来颇为费力，客观上造成了剧团下乡的困难。平台之风的盛行，使越来越多的有识之士深感不安，以致有人喊出了“打倒平台”的口号。至于灯光设计，相当一部分还停留在照明的阶段，还不能用灯光“说话”，或者艺术地“说话”。灯光设计是一个以前相当被忽视的行当，而京沪等地的优秀剧目，灯光在其中

起的作用是非常大的，例如上海淮剧团的《金龙与蜉蝣》，灯光设计的大气就令人惊叹。我省的《甲申祭》《边城》等剧目的灯光也是不错的。但总的来说，我们优秀的灯光设计还太少。

制约湖南戏剧二度创作的因素不仅仅是人才的缺乏，还有器材、设备的严重老化与不足。几乎所有剧团的音响、灯光都是不完备和不那么先进的，经常出现无米下锅的窘境，很难达到高水平的音响、灯光设计的要求。例如，湖南的音乐创作水平还是比较高的，但低档次的音响设备使我们无法欣赏到美好的音乐。造成这种状况的原因，主要是投入不够。由于艺术经费的短缺，剧团首要的是解决吃饭问题，工资拨款之外，用于器材、设备更新的经费严重不足。许多陈旧的器材一直在超龄服役，只能凑合用于一般剧目的演出。因而，要提高湖南的舞美、灯光等二度创作水平，需要同时加强软硬件建设。

四、戏剧与观众：铲除隔膜

考察近年来湖南的戏剧创作，我们发现，在戏剧与观众的关系问题上，我们的戏剧工作者有时处理失当，从而造成很多的隔膜。

首先是信心不足。戏剧需要观众，这是毫无疑问的，那么观众需要戏剧吗？在这个问题上，许多人持悲观态度。他们被戏剧观众越来越少、戏剧市场不断萎缩这样一些现象所困扰，认为戏剧这一古老的艺术形式难以抵挡电影、电视等新的艺术形式和歌舞厅、夜总会等新的娱乐场所的冲击，而行将消亡。许多人就是在这样的悲观心理的支配下抛弃戏剧的。的确，戏剧面临观众锐减的困境，但这并不意味着戏剧舞台下面会永远空空荡荡。戏剧作为积淀了民族的古老情感、浓缩着民族的生命密码的艺术形式，对于人民大众永远有一种亲和力。戏剧这种假定性极强的舞台演出形式，有着电影、电视无法替代的魅力，这在西方已被证明。在我国，戏曲在一些大中城市部分失去了观众，但在中小城市以及广大乡村，仍有大批痴迷者。从剧种上看，话剧难以进入乡村，但在城市白领和大中学生中很有影响；花鼓戏仍是城乡大多数普通百姓喜爱的剧种，可谓凡有井水饮处，即能唱花鼓；湘剧、京剧也各有自己的影响地域和观众群。从戏曲规模上看，老年人喜爱整本大戏，一些剧场则用折子戏加歌舞表演的方式赢得了观众，而小戏、戏曲小品、小剧场戏剧在一些歌舞娱乐场所大受欢迎，有的甚至成了夜总会必不可少的节目。所有这些都说明，虽然戏剧不像20世纪60年代那样独领风骚，但它仍然拥有观众。关键是如何充分发挥剧种优势，张扬剧场艺术的本性，以戏剧独有的魅力赢得属于自己的那一部分观众。

其次，在近年来的戏剧创作中，出现了一种漠视普通观众的倾向。为了繁荣戏剧，近年来各级宣传文化部门设立了不少奖项，其目的是调动戏剧工作者的积极性，促进更多戏剧精品的出现。几年来的实践证明，这些奖项基本上达到了上述目的。但在具体操作中，有时出现了适得其反的情况。由于各种奖项的评委大多是宣传文化部门的领导和专家，没有普通观众，而领导、专家的口味与要求跟普通观众并不完全一致，这就产生了审美需求上的距离。评委满意的戏观众并不买账，观众喜欢的戏似乎又不入流，此即所谓叫好不叫座，叫座不叫好。这种情况时有发生，在1994年的全省新剧（节）目会演中就出现过。

为了引起重视，获得资助，一些戏创作的初衷主要是奔会演、评奖而去的。在创作、排演过程中，主创人员主要根据领导与专家的意图来修改，很少考虑一般观众的要求。有时这就造成了一种怪现象：越是获奖的戏越没有观众，经常是晋京演出一两场或参加一次会演就完了，根本无法进行商业演出。应该说，这样的戏是没有生命力的，这样的戏剧繁荣也只是虚假的繁荣。从长远来看，它于我们的戏剧事业并无好处。与此相反，另一种情况是，一些戏自知与会演、获奖无缘，于是干脆往低俗的方向发展，以满足低层次的观众的需求为能事，毫无艺术品位可言。戏剧对观众的这种要么疏离、要么媚合的状态是不正常的。

戏剧与观众应互相接近，共同提升。从戏剧这方面来说，一台优秀的戏剧，当然应该具有较好的思想立意，应该在艺术上有所创造，同时，它也应充分尊重观众的审美心理和欣赏水平，调动歌、舞、音等艺术手段，增强观赏性。上述诸方面，应该并行不悖，而不应相互排斥，更不应人为地对立起来，我们所倡导的，是那些思想立意高、艺术表现精湛、为观众所喜闻乐见的作品，而不是脱离观众的说教和深宅大院中的病态美人，当然也不是粗陋无文的杂耍。

值得庆幸的是，近年来，一些清醒的戏剧工作者已越来越强烈地意识到戏剧与观众的不可分性，他们为戏剧赢得观众的信任作出了持续不断的努力；另一方面，文化主管部门也采取了不少措施，鼓励戏剧多演出，如在戏剧评奖中加进演出场次这一要素作为先决条件。但总的来看，这方面的工作还不能令人满意。在评奖中，一些剧目的演出场次含有水分，而评委仍习惯于以思想性和艺术性为首要标准，将是否受观众欢迎放在次要位置。所有这些都说明，戏剧与观众之间的藩篱，还需要我们用更大的努力去拆除。

湖南的戏剧创作，在经过了 20 世纪 90 年代前期的爬坡之后，必将步入一个更加成熟而辉煌的时期，对此我深信不疑。

（《艺海》1995 年第 4 期）

论冷战后西方对发展中国家的文化渗透及我们的对策

1995 年以来，关于文化殖民主义（或曰文化帝国主义、文化霸权主义）的讨论成为国内知识界和新闻界的一个热门话题。这一方面反映出改革开放以来以美国为代表的西方国家对中国的文化渗透到了越来越严重的程度，另一方面，也表明国内思想文化界对这种状态已经有了较为清醒的认识，有了文化的危机感和保护民族文化的自觉要求。江泽民同志在 1996 年全国宣传部部长会议期间，向宣传思想战线郑重提出“三个如何”的课题，其中一个即是：“在改革开放、发展社会主义市场经济的条件下……如何积极吸收世界优秀文明成果，同时有效地抵御国际敌对势力对我国进行‘西化’‘分化’的政治图谋。”因此，探讨冷战后西方对中国以及广大发展中国家的文化与意识形态渗透，分析应对这种渗透的有效对策，便是一个非常富有现实意义的课题。

一、文化在冷战后国际关系中的作用

文化在国际关系中一直占有重要的地位。在资本主义国家对第三世界国家的殖民征服和奴役中，文化充当着急先锋的角色，发挥着麻醉剂的功用。在第二次世界大战以前，伴随着英、美、法等帝国主义列强的舰艇和大炮的暴力征服，是福音书、传教士和教堂等所进行的精神麻醉。在这种文质彬彬的征服中，传教士们被描绘成上帝的使者、文明的福音，进行的是貌似文化传播实为文化殖民的工作。它理所当然地要引起被征服民族剧烈的文化反弹。在近代中国，几乎每一次大的事变都是因教案而引起，就是例证。在冷战时期，资本主义国家对社会主义国家的渗透和颠覆主要是以文化和意识形态为手段，军事手段退居次要地位。正如前些年一位美国政要所吐露的："一座电台，比一个 B-52 战略轰炸机中队更能有效地对某个国家施加压力。"资本主义意识形态对苏联和东欧的和平演变，已经是人所共知的了。这方面的资料不断地有所披露。不久前，英国电视四频道播出了一部介绍现代艺术的电视系列片《隐蔽的手：现代主义的另一部历史》，其制片人法朗西斯·桑德尔斯在电视片中展示了在冷战最激烈的时候，美国中央情报局如何人为地在世界舆论中掀起一股吹捧波洛克、德·库宁和罗思科等抽象表现主义创始人的浪潮，以更为"艺术"化的方式进行冷战。[①]这一时期，是社会主义意识形态和资本主义意识形态较量最激烈的时期，也是两

①崔维本：《美国利用现代艺术搞文化冷战》，《美术》，1996 年第 7 期。

种文化各显身手、持续对峙的时期，各自的文化都打上了鲜明的意识形态烙印。

冷战后，由于苏联的解体、东欧的演变，美国等西方国家自身经济实力的衰减，东亚的迅速崛起，世界向多极化方向发展，两个超级大国主宰世界的局面一去不返。国与国之间的竞争主要是经济实力和综合国力的竞争，意识形态的激烈对抗有所缓和，几乎每个国家的外交重点都由政治和军事转向经济。在外交原则中，维护意识形态的纯洁性已经让位于国家利益，而维护国家利益最重要的手段便是如何在国际经济竞争中谋求有利的地位，获取更多的利益。除美国以外，一些资本主义国家或是力不从心，或是出于经贸利益，越来越接受了价值和文化多样性的观念，不再在价值观上对其他国家喋喋不休地说三道四。各个国家根据本国国情选择自己的社会模式、发展道路、价值观念和文化形态的权利逐步得到尊重。最近两年这一趋势尤为明显。德国和法国在美国对中国挥舞人权大棒时照常和中国开展庞大的经贸合作，欧盟和加拿大强烈抨击美国旨在搞垮古巴的赫尔姆斯-伯顿法，就是鲜明的例证。

但是，如果我们就此认为天下已经大同，那就错了。冷战后的世界不是一个大家欢欢喜喜共同发财的世界。冷战虽已结束，天下并不太平。在这样一个世界上，仍然有对抗，有阴谋，有唇枪舌剑，有赤裸裸的强权和静悄悄的演变，有根深蒂固的偏见和无法弥补的鸿沟。

首先，在意识形态上，欧洲的社会主义阵营虽已不再存在，但中国、越南、古巴、朝鲜等国仍然坚持社会主义制度，坚持马克思主义意识形态，这就成为美国等西方国家的眼中钉、肉中刺，必欲“变”之而后快。当冷战刚刚结束时，许多西方政治家无不欢欣鼓舞地断言共产主义已经崩溃，马克思主义意识形态作为人类走过的一段“弯路”已经终结，社会主义制度从此将从地球上消失（见布热津斯基《大失败：二十世纪共产主义的兴亡》和弗朗西斯·福山《历史的终结》）。但是，与这种浅识的得意忘形的预言相反的是，中国仍在坚持走社会主义道路，而且有中国特色的社会主义越来越显示出强大的生机与活力。这未免使西方顽固的反共政治家们大为不快，他们对中国的敌意也就越发明显。在东欧和俄罗斯，由于转向后带来的并不是繁荣的资本主义天堂，而是经济衰退和社会动乱，因而，马克思主义的社会主义理想和道德学说经过一段时间的沉寂后重新流行起来，出现了回潮现象：一些国家的共产党和左翼政党重新活跃于政治舞台，政治生活与意识形态开始向左转。这使全球范围内社会主义和资本主义意识形态的对立重新尖锐起来。

其次，在人权问题上，以美国为代表的西方人权观和以中国、马来西亚、新加坡等为代表的亚洲人权观之间存在着根本的对立。西方人权观强调个人的绝对权利，强调公民不受限制的言论自由、新闻自由；亚洲人权观首先重视的是民族的生存权和发展权，强调个人服从集体，少数服从多数，认为权利与责任、自由与纪律必须结合起来。这种人权观的不同是由各自长期的文化传统和经济政治发展水平所决定的，不可能在短期内调和。美国等西方国家无视这一事实，经常在人权问题上对亚洲国家指手画脚，粗暴干涉别国内政，而亚洲国家也不甘示弱，每每奋起反击。这使东西方人权问题上的对立和斗争成为冷战后国际关系中的一个重要方面。

最后，有迹象表明，不同文明之间的冲突已越来越突出。美国学者亨廷顿在其《文明的冲突》一书中，认为冷战结束后，文明的冲突已经成为当今世界的主要矛盾，以中国为代表的儒教文明和以阿拉伯国家为代表的伊斯兰文明，将对西方的基督教文明产生严重威胁。此说一出，全球舆论一片哗然。人们认为亨廷顿不是言过其实，就是别有用心。然而，客观地看，亨廷顿的学说揭示出了一种现象——全球文化多元化的现象，一种心理——西方人对日益崛起和复兴的亚洲国家和阿拉伯国家的恐惧心理。在某些别有用心的政客的煽惑下，部分西方人得出了这样一种印象：伊朗等伊斯兰国家的宗教激进主义将制造世界“末日”，而日益强大的中国似乎已成为 21 世纪西方的主要威胁。在这种心理背景下，有着质的区别的几大文明之间的冲突当然不可避免。

二、冷战后西方文化渗透的方式及表现

西方对发展中国家愈演愈烈的文化渗透主要表现为以下几种方式：

（一）赤裸裸的意识形态颠覆活动。这主要是针对中国、古巴等社会主义国家的。它是一种冷战思维的继续，其特点是把先进的传媒当成意识形态的工具，对社会主义国家进行最后的演变与颠覆活动。美国为了搞垮古巴，建立了专门对古巴播出的马蒂电台和马蒂电视台。以古巴民族英雄命名的这座电台、电视台，从事的却是宣扬美国、攻击古巴的活动。1993 年 6 月，克林顿政府为了节约经

费，将一些对外广播的电台合并，唯独马蒂电台和马蒂电视台继续保留。对中国，几年来美国除了继续“美国之音”的造谣活动外，还资助过所谓的“民主女神”号，策动反共宣传。应该说，这种丑恶的霸权主义行径已经引起世界上越来越多的正义之士的抨击，处于日益孤立的境地。

（二）利用广告和先进产品全面推销美国式的生活方式。近年来，美国广告与产品蜂拥而进入中国。广告推销的不只是美国产品，还是一种美国式的生活方式。广告是生产国的消费观念、生活方式、价值取向的综合表现，是打开意识形态缺口的有效手段。美国人指出：“在移居新大陆、扩张经济和建设美国生活水平方面，广告一直属于美国文明的主流。”①一方面，广告刺激了消费主义在第三世界的膨胀，激发了人们的物欲，使人成为消费的奴隶；另一方面，广告以富有诱惑力的画面，使人远离现实，进入梦幻世界。人们都还记得万宝路和XO马爹利在中国的广告画面：俊男靓女，辽阔的荒原，奔驰的骏马，优雅的晚宴，豪华的游艇，倾心的交谈……这一切营造的的确是一种天堂般的幻境。这些广告“千篇一律地把白皮肤金发蓝眼的男男女女描绘为美好生活的创造者与享受者。这种‘白皙就是美丽’的广告不可避免地加强了人们的自卑感，这就是殖民地心态的实质”②。类似的广告在近年来大举进入

---

①[美] 梅尔·L. 德弗勒，埃弗雷特·E. 丹尼斯著；颜建军等译：《大众传播通论》，北京：华夏出版社，1989年。

②[美] 斯塔夫里亚诺斯著；迟越，王红生等译：《全球分裂：第三世界的历史进程》，北京：商务印书馆，1993年。

中国，对中国人的生活方式和价值观念产生了重要影响，造成了对进口产品的迷信和洋店名、洋招牌、洋商标的泛滥，客观上刺激了文化殖民主义的流行。

在俄罗斯，情况更为严重。莫斯科的高尔基大街已被外国广告弄得面目全非。这条已被更名为特维尔大街的街道原是著名的文化街，全市一大半有名的剧院和许多博物馆都集中在这条街附近。如今，这条大街已被琳琅满目的外国广告所遮蔽，共有 60 多块外国厂商广告牌。一路上，你会见到 10 余次可口可乐广告，10 次百事可乐广告，10 次德国和奥地利啤酒或云斯顿香烟广告，5 次万宝路广告，2 次健牌广告，而且全是英文。街上招牌只有一块是纯正的国货：莫斯科建筑总局。在这条街的食品店里，可供购买的几乎全是洋货：瑞士巧克力、西班牙水果糖、芬兰咖啡、丹麦蛋糕、波兰猪肉、法国火腿、克罗地亚维夫饼干……高尔基大街的变迁实际上就是俄罗斯变迁的一个缩影。在短短的几年内，俄罗斯已彻底西方化。难怪连法国前文化部长杜邦都说：“可口可乐、麦当劳和迪士尼乐园，三位一体地构成了一整套生活方式。”这种生活方式的西方化所产生的后果是极为严重的。英国记者保罗·哈里森在其《第三世界——苦难、曲折、希望》一书中指出：“第三世界一味追求西方生活方式，已经使争取发展的努力走上歧途，并且把传播文化中不管好的和坏的一股脑儿摧毁了，就像把孩子和洗澡水一起泼掉一样。在人类历史上，这是那种被历史学家称为文化扩散现象的渗透性最为彻底的例子。”[①]

（三）进行大规模的文化倾销。冷战后，大规模的文化倾销和全球性的文化轰炸成为西方国家进行文化渗透最主要的手段。在这方面，美国无疑是最为成功的例子。从20世纪80年代开始，美国的报纸、杂志、图书、广播、电视和电影的绝大多数已被50家大公司所垄断，世界上几乎所有国家都有这50家公司的海外投资。仅哥伦比亚广播公司就在从阿根廷到南非的34个国家设有子公司，其节目在100多个国家和地区播放。《读者文摘》在101个国家出版，国外总发行量达1150万册。1989年底，《花花公子》杂志仅在匈牙利就发行6.5万份。《夏威夷5-0》用6种语言制作，覆盖47个国家。其《发财》节目多至60多个国家收看，每星期约有3.5亿观众。美国电影的生产量只占世界总量的6%～7%，却占据世界总放映时间的一半以上。美国电影不但征服了发展中国家，连欧洲也无法抵挡。1993年，美国影视片对欧共体12国的出口额是37亿美元，成为第二大出口商品，而欧共体影视片对美国的出口额仅3亿美元。目前，美国电影占法国影院票房收入的60%以上，而法国电影只占美国市场的0.5%。美国文化如恐龙一般把利爪伸向世界各国。

美国文化的这种铺天盖地的倾销，改变了其他国家人民的文化趣味，破坏了文化的多样性和独特性。在中国，由于近年来美国

①[英]保罗·哈里森著；钟菲译：《第三世界——苦难·曲折·希望》，北京：新华出版社，1984年。

“大片”的进口，民族电影受到冲击。据最近对中国大学生文化偏向的一项调查，在回答“你最喜欢的电影”的人当中，喜欢美国电影的占 91.6%，喜欢港台和大陆电影的分别只占 3.4% 和 5%。大片的进口，已使国产电影的观众流失殆尽。在法国，前文化部长杜邦忧心忡忡地指出：“来自美国的文化潮流，正在威胁法国的电影和音乐行业，以至整个法国的文化生活。”人们大声疾呼：“如此下去，我们的子孙将不再是欧洲人。”在墨西哥，人们惊呼：“外国公司对墨西哥处于底层的一半人民的思想的影响，毫无疑问，比墨西哥政府和墨西哥教育制度的影响更为持久。”[①]

（四）利用高科技手段抢占阵地，进行渗透。美国文化对其他国家的渗透，所凭借的手段有两个，一是雄厚的经济实力，二是高科技。好莱坞电影之所以能渗透到世界的每一个角落，除了其美国式的英雄主义模式迎合了观众的心理外，另一个重要的原因就是其电影高科技和电影特技。巨额的投资，以及电影特技加入所造成的匪夷所思的场景，保证了这些电影能有宏大的场面、逼真的特技、立体的音响，从而使观众如醉如痴，欲罢不能。好莱坞被称为一个巨大的梦幻工厂，生产出一批麻醉剂一样的影视产品，使人远离现实。自 20 世纪 90 年代以来，这种趋势更为明显，如《侏罗纪公园》《真实的谎言》《断箭》等。

当今美国利用高科技进行文化渗透的另一个重要媒介是电脑互

---

①［美］斯塔夫里亚诺斯著；迟越，王红生等译：《全球分裂：第三世界的历史进程》，北京：商务印书馆，1993 年。

联网络（Internet），即信息高速公路。还在美国的信息高速公路刚刚筹办时，副总统就急不可待地说，美国将“利用信息高速公路的手段”强化美国在全世界的领导地位。电脑互联网络的诞生，使电脑信息的“网络资本主义”的新的“世界霸权”得以建立，通过电脑信息的世界联网，美国不仅更加没有限制地把那些最低级、最露骨的色情、凶杀、腐朽、反动的精神产品向世界大量散布，而且导致了广大第三世界国家“信息主权”的丧失，对这些国家的独立、主权和国家安全构成了严重威胁。

三、抵制文化渗透的对策分析

面对汹涌而来的西方文化潮流，我们既不能惊慌失措，自乱阵脚，又不能无动于衷，坐视不管。要积极采取有效措施，抵制西方国家对我国进行的文化渗透。

（一）加快有中国特色社会主义建设，增强综合国力。根据历史唯物主义原理，一定的文化总是从属于一定的经济和一定的政治。文化的地位取决于经济发展的程度，文化的形象源自国家的实力。虽然经济发达并不必然意味着文化的先进，但没有雄厚的经济实力，要维持文化的中心地位是不可能的。汉唐时代，中国国力强盛，中华文化曾远播海外，成为周边国家的主导文化；宋元明和清朝乾嘉以前，中国的繁荣和文明的活力也曾使西欧各国心向往之。但是，进入近代，中国积贫积弱，国势日颓，文化日益没落，逐渐丧失了中心话语的位置。而资本主义世界却蒸蒸日上，资产阶级的坚船利炮将资本主义的价值观念和文化模式带到世界各地，使许多古老文明遭到毁灭性打击。马克思、恩格斯在《共产党宣言》中一针见血地指出："资产阶级，由于开拓了世界市场，使一切国家的生产和消费都成为世界性的了。""它使未开化和半开化的国家从属于文明的国家，使农民的民族从属于资产阶级的民族，使东方从属于西方。"[①]总结历史的经验教训，我们只有把经济建设搞上去，增强综合国力，才能重振中华文化的雄风，从根本上抵制文化殖民主义的传播。

（二）以立为本，加强有中国特色社会主义文化建设。当今时代，已是一个信息时代，没有一个国家能在闭关锁国的状态下发展自己。在对外开放的背景下，只有加强主体的文化建设，建立起富有生机和活力的有中国特色社会主义文化体系，才能打破西方的文化霸权，肃清文化殖民主义的影响。如果我们有足够多的为中国老百姓喜闻乐见的文学作品、影视作品、音乐作品、美术作品，我们就不会惧怕美国的全球文化轰炸。正是出于这种考虑，这些年宣传文化部门深入开展"五个一工程"，实施精品战略，千方百计繁荣文化艺术事业，并且取得了可喜的成果。但是，从如何想方设法满足人民群众需求，从而把迷恋于西方文化的青年一代拉回来的要求来看，我们还有许多事情要做。我们的戏剧缺乏观众，我们的影视上座率、收视率不高，我们的艺术样式还不够丰富多彩，在中外文化竞争中常常处于劣势，这是亟待解决的问题。

---

①[德] 马克思，恩格斯：《马克思恩格斯全集》第四卷，北京：人民出版社，1958 年。

有中国特色社会主义文化，必须是以马克思主义、毛泽东思想和邓小平理论为指导，以民族的深厚文化传统为根基，以中国人民的现实生活为主要表现内容的文化，必须是一种民族的、科学的、大众的文化。这样一种文化，比之充斥着颓废、暴力、色情的西方后现代主义文化，理应有更为强大的生命力，对此我们深信不疑。但要真正建构起成熟的有中国特色社会主义文化，还任重道远。

（三）大力加强对民族文化的保护。正如当代世界经济和贸易领域的竞争是不平等的一样，文化之间的竞争同样存在着不平等现象。以雄厚的经济实力为后盾、以高科技手段为依托的现代西方文化和经济、科技水平相对低下的发展中国家的文化之间的竞争，不在同一起跑线上。因此，加强对民族文化的保护，是极为重要的。

在这一点上，许多深受殖民文化之害的国家所采取的措施，对我们不无借鉴作用。

新加坡　新加坡是一个高度开放、经济发展极为迅速的国家，在许多人眼里，它似乎是西方国家在亚洲的桥头堡。但事实上，新加坡对西方腐朽文化的抵制是非常坚决的。新加坡响亮地提出了“现代化不等于西方化”的口号，对外国影视、声像制品，凡认为是不洁的镜头，一律剪除；进口电影在电影院分级放映。在新闻传媒方面，新加坡要求在其国土内发行的外国报刊必须同当地传媒遵守同一规则，如果这些报刊发表了批评新加坡的言论，它必须刊登新加坡政府的反驳声明，如果拒登，就坚决压缩其在新加坡的发行量，最少可压缩到300份。针对外国传媒所标榜的绝对的新闻自由，新加坡提出了“有责任的新闻自由”的原则。对外国报刊不负责任的言辞，新加坡政府甚至运用法律武器与之对抗，坚决制止极端自由主义的泛滥。

马来西亚　1992年2月，马来西亚宣布，吸毒的演员不准上镜头，禁止长发男性在电视上演出，以此抵制西方流行文化的影响。求索和双翼两个摇滚乐队的知名度因此大受影响，他们被迫找到政府新闻部长，同意剪去长发，保证不戴耳环，不穿破衣烂衫，不文身。马来西亚总理马哈蒂尔还经常在各种各样的场合抨击西方的人权观和文化霸权主义，发出自己独立的声音。

印度　1993年8月3日，印度政府建议议会通过一项法律，对收看西方卫星电视进行限制，因为西方电视节目对印度文化构成了威胁。新闻和广播国务部长辛格·德奥说：“鉴于已察觉到外国电视网进行文化侵略的威胁，我们必须制止其任意地发展和对社会带来的危险。”（据美联社报道）

伊朗　1993年5月5日，伊朗国家领导人哈梅内伊发表讲话，要求伊朗人“挫败西方的双管齐下的攻势：利用色情文化腐蚀青年和通过罢工破坏伊朗的工业”。他说：“敌人花钱拍摄色情照片和电视片吸引伊朗青年，有时甚至免费向他们提供这些东西。”“现在对那些引诱成千上万无辜青年腐化和沉迷于色情的人应当怎么处置？我认为这种人应受最严厉的处罚。”（路透社）

缅甸　1993年1月，缅甸成立了一个审查委员会，负责检查缅甸的流行音乐，确保它符合缅甸文化，因为“西方文化正在破坏民族精神，外国音乐被一些人当作我们自己的音乐来接受”；同时缅甸政府下令禁止出售印有西方重金属摇滚乐队画像和性感男女画像的T恤衫，也禁止出售印有外国国旗的，尤其是美国星条旗和英国米字旗的服装。

韩国　1993年8月，韩国文化部作出决定，拒绝美国摇滚歌星迈克尔·杰克逊入境。理由是“担心会给青少年带来不良影响”。

不但亚洲和广大发展中国家在越来越自觉地保护民族文化，就是加拿大和欧共体诸国也在竭力保护民族文化不受美国文化的侵害。加拿大作家山姆·索莱基早在20世纪80年代初就提出要“在文化殖民主义面前寻找自己的声音”，尽量发现并描述“真正属于我们自己的东西”，以确立加拿大文学的加拿大特性。1992—1993年，加拿大掀起了针对美国电视暴力内容的限制。法国、德国等欧共体国家则在关贸总协定乌拉圭回合的谈判中，提出了“文化例外”的主张，认为“不能像对待牙刷那样”来对待文化和精神产品，拒绝对文化产品实行自由贸易，拒绝取消对影视产品的政府补贴，从而与美国展开了一场文化大战。经过激烈的斗争，谈判以欧共体的胜利而告结束，各方均同意把视听产品排除在贸易自由化之外，以便结束乌拉圭回合谈判。

既然处于所谓“强势文明”集团之中的加拿大和欧洲各国都要如此坚决地维护本民族的文化传统，那么，中国就更有必要加大对民族文化保护的力度了。

加强民族文化保护，有许多具体的工作要做。首先是要限制西方文化在中国无节制的倾销，确立中华文化的主体地位。包括限制外国影视、音像产品的进口数量，各级电视台黄金时间以播出国产影视作品为主，禁止外国影视公司在中国开设独资机构，在贸易谈判中坚持文化例外原则，坚决杜绝含有凶杀、暴力、色情、颓废内容与色彩的外国文化产品的进口，等等。当然，这样一些措施，不应理解为文化上的闭关锁国，不应理解为要来一次文化上的“义和团运动”。在对待外来文化的态度上，我们仍然要提倡鲁迅的“拿来主义”，积极吸收外国优秀文明成果。

加强民族文化保护，更重要的一点是要唤醒国人的本土文化意识。由于中国目前经济还不发达，人们容易对西方文化产生认同感，容易轻视本民族文化，导致前些年文化殖民主义的盛行：洋店名、洋招牌、洋商标成风，说话以带洋味为时髦，服饰西方化，快餐肯德基，头发要染成亚麻色；美国电影使人们流连忘返，西方流行音乐席卷大江南北；甚至在学术界，也有人大搞国外新名词、新术语轰炸……文化殖民主义盛行的同时，是本土文化意识的淡薄。而实际上，泱泱五千年的中华文明，是一个丰富的母体，是中华民族的血脉和根基，是中国的立国之本。中华文化有许多优秀的因子，具有强大的生命力，改革开放和社会主义现代化建设只会更加激发它的活力，而绝不会使它消亡。

近年来，通过从上到下的持续努力，国人的本土文化意识渐渐苏醒，人们已经从盲目崇洋和文化虚无主义的误区中走了出来。江泽民同志反复强调要弘扬民族艺术，振奋民族精神。各地普遍开展爱国主义教育，使京剧、昆剧等古老剧种开始焕发生机，国学重新成为显学，民族音乐受到推崇；学术界关于文化殖民主义的讨论使清除洋店名、洋招牌成为一种政府行为；等等。但是，对民族文化的弘扬还可加大力度，国人的本土文化意识还需强化，以真正地构成抵制西方文化渗透的精神防线。

（《学习导报》1997 年第 3 期）

后殖民主义与当代中国文艺

后殖民主义是近年来流行于西方的一种文化——意识形态理论，其主要代表爱德华·萨伊德（Edward Said）是一个阿拉伯裔的美国学者，出生于巴勒斯坦，现为美国哥伦比亚大学英文系、比较文学系终身教授，他著述甚多，以《东方主义》（1978）、《文化与帝国主义》（1993）影响最大。

后殖民主义作为一个理论概念，意指欧美资本主义于二战之后在冷战和后冷战时期对发展中国家和不发达国家的一种文化殖民性侵略。这种后殖民主义的文化侵略，不同于资本主义原始积累时期的那种殖民主义侵略。殖民主义侵略主要是用军事、政治和经济的侵略手段对东方落后民族和落后国家所进行的海盗式劫掠和欺诈性贸易。而后殖民主义的文化侵略，则是在东西方文化友好而温情脉脉的交流和西方文化在世界各地无孔不入的渗透中表现出的一种文化霸权主义和文化帝国主义。如果说殖民主义时代的文化侵略是伴随着军舰和大炮进行的话，那么后殖民主义时代的文化侵略则是通过各种各样的基金会、艺术节、文化交流、访问讲学和国际性文艺评奖来实现的。它打着国际化、多元化的旗号，进行着貌似友好、客观、公正、对等而实际上并不友好、并不客观、并不公正、并不对等的文化交流。为什么会这样呢？因为无可否认，在世界范围内，当今西方国家处于一种强势文明时代，而第三世界国家暂时还处于弱势文明时期。由于西方国家凭借其发达的经济而形成了在国际关系中的强势力量，使它们无须采取军事征服的手段而仅仅以其经济、政治、文化的渗透和诱惑就可影响甚至控制发展中国家和不发达国家。一方面，西方的文明可以轻而易举地大规模进入第三世界国家；另一方面，第三世界国家想在西方世界面前表达自己独立的声音、独特的文化和价值观却极其困难，遇到的常常是傲慢、冷漠和根深蒂固的偏见（人权问题就是一个典型的例子）。即使西方偶尔表示出愿意倾听东方的声音，也往往只是从一种猎奇的角度，以一种悲天悯人的情怀、居高临下的姿态来进行。其结果，不是证明东方文化的伟大，而只能更加证明西方人的宽容、大度、有修养、善于理解这些“优秀”品质。因此，在目前，所谓的国际化实际上仍是西方化，所谓的多元化实际上仍是西方文明的一元化。

后殖民主义有着深刻的历史根源和文化心理背景，这就是欧洲（西方）中心主义。欧洲中心主义产生于欧洲的中世纪，这种思潮把欧洲看成世界的中心，把欧洲人看成上帝唯一合法的子民，把非基督徒看成邪恶的异教徒。哥伦布的地理大发现虽然在地理上破除了欧洲中心主义，但在心理上，由于文艺复兴带来西方文明的突飞猛进，而与此同时世界其他许多地区却停滞不前，加上殖民主义的节节胜利，欧洲中心主义不但没有消失，反而变本加厉。二战以后，欧洲中心主义演变为西方中心主义。由于冷战的结束是以苏联解体、东欧剧变、社会主义遭受重大挫折为标志的，因此，冷战后西方中心主义达到了顶峰。在这种政治和心理的背景下，后殖民主义的兴盛一时就不足为怪了。

后殖民主义有两个互相关联的方面：体现在西方社会是在文化交流和对东方文化艺术的批评中所表现出的文化霸权意识，体现在部分发展中国家和不发达国家人民那里则是一种委曲求全、曲意奉承的迎合心态，一种民族虚无主义和西方崇拜的倾向。由于我们高举马克思主义和爱国主义的旗帜，总的来说，后殖民主义对中国文化的侵蚀不如对某些中小国家那么严重，但是，它也给当代中国文艺打上了一定的烙印，从而造成了当代中国文艺某种程度上的扭曲和误区。下面我们分别从电影、文学和文艺理论与批评三个方面进行分析。

一、电影：频频获奖的背后

中国电影从20世纪80年代后期以来频频在各种国际电影节上获奖，一时间，国际影坛掀起了一股中国电影热，张艺谋、陈凯歌、巩俐等成了国际影坛的红人。这一格局的形成，首先当然是因为中国电影水平的提高。80年代后期以来，中国电影进入了一个活跃和繁荣的时期，出现了一大批优秀影片。但是，除此之外，还有更为复杂的原因。一些电影的获奖，主要不是因为自身艺术和制作水平的出类拔萃，而是这些电影自觉或不自觉地趋附和迎合各种国际电影节口味的结果。

由于经济支持的乏力和制作水平的低下，当代中国电影不可避免地表现出对西方世界一定程度上的依附性和趋从性：在投资上，中国电影需要从海外获得相对于本土投资更为雄厚的制作经费，以达到能与世界电影发展相适应的制作水平；在市场上，中国电影需要开发比本土市场更具回收潜力的海外市场，从有限的发行收入中获取利润；在途径上，中国电影不得不依靠各种国际性电影节来获得世界的认可；在制作上，中国电影不得不按照一种所谓世界性的标准，来进行意识形态的和美学的包装，以获得国际电影节的接纳，然后得到西方电影观众的认可。正因为这些复杂难言的因素，我们看到，部分获国际电影大奖的影片，不是积极而创造性地表现中国人民的现实生活，不是大力弘扬中华优秀传统文化和中华民族的优秀品质，而是把镜头对准那些蛮荒的、畸形的、丑陋的、发了霉的生活，刻意描写中国人的肮脏、顽劣、愚昧、落后，甚至不惜歪曲事实，丑化中国人。在这些影片中，故事场景通常是深宅大院、荒原古堡、戏台妓院；人物类型通常是威严、专制、蛮横的家长，剽悍、沉默、倔强的汉子和年轻漂亮、桀骜不驯的女性；人物关系则不外是通奸、乱伦、争宠和仇杀。这些电影中的民俗无一不具有东方神秘的情调，或者是传统中落后的东西，或者干脆就是异想天开的伪民俗；其艺术手法则追求凝固、对称、静态的造型风格。

这样一些电影，前些年无一例外地获得了西方电影节评委和电影观众的青睐。因为从这些电影中，西方观众可以从千篇一律的好莱坞电影中解脱出来，换了口味，猎了奇；而且因为影片描写对象的愚昧落后反衬了西方的文明进步，西方人获得了文化上甚至人种上的优越感。这些电影由于迎合了西方观众的口味而获奖，反过来，它们的获奖又启发和鼓励了更多的电影从业人员更自觉地去揣摸和迎合西方世界的口味，以致《菊豆》式的电影一度泛滥成灾。尽管中国的电影主管部门、大部分老百姓，以及海外华人对这些影片并不感兴趣，但是只要在国际电影节上获奖，就意味着鲜花和掌声、荣誉和地位，可以出入西方的上流社会，并且获得可观的投资回报，这样一来，本土观众的不感兴趣又有什么关系呢？

但是有一点可能是这类影片的制作者们没有想到的，那就是，西方人的口味也是变化的，就像他们吃惯了西餐大菜偶尔想尝一点东方小吃一样，他们不可能顿顿都是东方小吃。近年来，西方评委对接踵而至的张艺谋式电影也厌倦了，使那些想靠这类影片获得成功的导演大失所望。如陈凯歌的《风月》、刘苗苗的《家丑》、周晓文的《秦颂》等都在国际电影节上铩羽而归。

我们不能说西方评委和西方观众都带有偏见，但他们只能接受他们喜欢、理解、欣赏的电影，这一点是毫无疑问的，更何况一些电影节还带有自己的政治立场！要不为什么西方电影节只能接受《菊豆》《霸王别姬》，而对《凤凰琴》《孔繁森》《鸦片战争》《边走边唱》这样的优秀中国电影不屑一顾呢？

中国电影靠迎合西方人的口味并不能建立民族电影的尊严和自信，只有吸取民族优秀文化的精华，深深植根于中国人民的现实生活，塑造中国人的魂魄和脊梁，拍出中国老百姓喜闻乐见的电影，才能真正造就中国电影的繁荣。

二、文学:“走向世界”和诺贝尔奖情结

新时期以来，随着国门的打开，中国文学界喊出了“走向世界”的口号，这一口号极大地促进了中国文学的发展，促进了中外文学的交流。但是，这一口号由于其潜在的后殖民主义背景，也带来了一些负面影响。因为，“走向世界”这一提法本身就意味着，自己处在世界之外，或者更准确地说，是处在世界的主流或中心之外。这就意味着，由于本身是弱势的、无足轻重的、不为人所注意的，只好向本身之外的世界去寻求出路。“走向世界”是单向度的。文学界的所谓走向世界，某种程度上就是走向西方，就是企图获得西方社会的认可和接纳。因此，这一口号实际上含有几分自卑、几分焦躁、几分无奈。

其实，真正的世界是由各个国家、各个民族、各种文化共同组成的，真正的世界文学是由各个国家、各个民族的文学共同组成的。在世界文学这一旗号下，各个民族的文学是平等的，只有成就的大小和作品的多少不同，而没有等级的差别。马克思和恩格斯是这样界定“世界文学”的:“资产阶级，由于开拓了世界市场，使一切国家的生产和消费都成为世界性的了。……过去那种地方和民族的自给自足和闭关自守状态，被各民族的各方面的互相往来和各方面的互相依赖所代替了。物质的生产是如此，精神的生产也是如此。各民族的精神产品成了公共的财产。民族的片面性和局限性日

益成为不可能，于是由许多种民族的和地方的文学形成了一种世界的文学。”（《共产党宣言》）这一定义，包含着对各个民族文学和地域文学的充分尊重，马克思、恩格斯并未把欧洲文学等同于世界文学。

由于过分热切地希望走向世界，而所谓世界又只是西方世界，因而个别中国作家不断地向西方抛出橄榄枝，希望自己的作品能进入西方汉学家的视野，能为西方文学所翻译，为西方的文学杂志和出版社发表和出版；希望自己能参加西方的各种写作计划和作家村，为此而绞尽脑汁者有之，低声下气者有之。最典型的，莫过于中国作家的诺贝尔奖情结了。

诺贝尔文学奖作为世界最有影响的文学评奖，自有它的权威性，它所评出的获奖作家大部分确有较高的文学成就，它对世界文学的发展也起了一定的促进作用。然而，尽管诺贝尔文学奖标榜自己面向全世界，绝对的公正无私，不受政治影响，说到底，它只是一个由西方人充当评委的、以西方主要语言为参评语言的、深深打上了西方意识形态烙印的文学评奖。决定一个作家能否获诺贝尔奖，除了其文学成就的大小外，瑞典科学院评委的口味、眼光、学识更是直接起作用的。此外，作家的政治立场和意识形态倾向也有重要影响。二战以后，受冷战思维的影响，诺贝尔奖评委对社会主义国家怀有敌意，他们首先是把奖大量授予西方的作家，对社会主义国家中的作家，他们最感兴趣的是那些持不同政见者，或远离政治的人，如苏联的索尔仁尼琴、帕斯捷尔纳克，而对那些与共产党、与政府关系密切的作家，即使其文学成就再高，他们也是不会授奖的。由此可见，诺贝尔文学奖并不是一个纯文学的、与政治无关的、公正对待世界各国作家的奖。中国文学界大可不必把它涂上神圣的光环，对它孜孜以求，更不能由此认为，获得了诺贝尔文学奖的国家其文学就走向了世界，未获诺贝尔文学奖的国家其文学就没有走向世界。

部分中国作家的诺贝尔奖情结有一度表现得相当强烈。一些人愤愤不平：为什么中国那么多优秀作家没有获奖，而日本却已有两位作家获奖？另一些人则多方打听诺贝尔文学奖评委的名单、情况，千方百计推销自己，迎合诺贝尔文学奖评委中唯一负责华人文学的汉学家马悦然的口味，把马悦然的片言只语奉为圭臬。

可喜的是，近年来，中国文化界和文学界的有识之士都渐渐认识到了诺贝尔文学奖的本质，从热衷中清醒过来，能够以较为平和的心态对待每年的评奖了。季羡林先生在一次对北京外国语大学学生的演讲中，就认为诺贝尔文学奖评出的作家有的并不怎么样，如写《大地》的美国作家赛珍珠。而且，针对马悦然说中国之所以没有获奖是因为中国文学翻译得不好的说法，季先生也大不以为然，他质问，为什么中国文学作品非得翻译成别的语言才能参加评奖？季先生呼吁，中国的文学界对诺贝尔奖要降温，中国的出版社和学术界，"用不着大声疾呼来宣传诺贝尔奖"[①]。

---

①季羡林：《西方不亮，东方亮——季羡林在北京外国语大学中文学院的演讲》，《中国文化研究》，1995 年第 4 期。

三、文艺理论与批评：术语贩卖和名词轰炸

新时期以来，中国的文艺理论与批评进入了一个繁荣的时期，尤其是1985年关于新方法论的讨论以后，文艺理论与批评更是呈现出空前活跃的状态。但是，活跃的表象下是单调，繁荣的背后是危机。1985年以来中国文艺理论与批评界很大一部分进行的是西方文艺理论与批评方法的引进、炒卖与操作。在短短几年里，我们的学术界把西方从古典主义到新现实主义，从现代主义到后现代主义，从结构主义到解构主义，从历史主义到新历史主义，从系统论到新批评的所有文艺理论思潮通通引进来，并投入批评实践中。近几年更是争“新”恐“后”，花样百出。这其中当然不乏严肃的介绍和“拿来”，对当代中国文艺理论的发展起了一定的促进作用；但也有相当多的人是以一种饥不择食和奉若神明的心态来炒卖西方文艺思潮的。由于炒卖者本身对这些文艺思潮也只略知皮毛，又不考虑这些文艺批评方法适不适应中国的创作实际，不与中国传统的美学原则进行创造性的嫁接，因而经常是生吞活剥、生搬硬套，其结果是新名词新术语的轰炸，批评的隔靴搔痒和雾里看花。这些理论批评文章，不仅一般读者看不懂，就是一些作家艺术家也难以把握，至于对文艺创作实际的影响，就更微乎其微了。

由于过分迷恋于当代西方的文艺思潮，马克思主义文艺理论和中国古典文艺美学被搁置在一边。在一部分人那里，马克思主义的文艺理论被认为是只探讨了文艺的外部规律而受到诘难，而中国古典文艺美学则被视为古董而束之高阁。这种对西方新潮的迷恋和对

本土传统的轻视，实际上也是后殖民主义文化心态的一种反映。

中国的文艺理论与批评需要借鉴西方的文艺思潮，但更重要的，还是要以马克思主义的文艺观和美学观为指导，吸收中国古典文艺美学的营养，进行创造性的建构和转换。因为，中国当代的文艺创作植根于中国的现实生活，浸淫于中国博大深厚的文化传统之中，这样的文艺创作怎么可能完全用西方的文艺理论来解释呢？

总之，中国当代的文学艺术要健康地发展，既需要学习和借鉴世界其他国家的优秀文艺成果，兼收并蓄，博采众长；又要清除一定程度上的后殖民主义心态，立足本土，自尊自信。正如江泽民同志在全国第六次文代会和第五次作代会上的讲话中所指出的："国家要独立，不仅政治上、经济上要独立，思想文化上也要独立"，"只有首先赢得中国人民的喜爱，具有中国风格、中国气派，才能堂堂正正地走向世界和屹立于世界文化之林"。这应该成为指导当代中国文艺创作和理论研究的重要原则。

（本文采用了《当代电影》1996 年第 6 期《国际化语境中的当前中国电影》一文中的部分资料，特此说明。）

（《理论与创作》1998 年第 1 期）

略论文化全球化导致的后果及我们的对策

经济全球化是20世纪80、90年代以来国际社会的一个重要现象。所谓“全球化”（Globalization），首先是一个经济和金融现象。最近十余年来，主要由于自由市场经济的盛行、世界贸易组织的成立、信息时代的来临及其他高科技的发展，使得资本的全球性流动和工业品的全球性生产成为可能。过去仅仅在一个或少数几个国家活动的金融资本和工业生产现在可以遍及全球各个角落。索罗斯的金融帝国影响着从俄罗斯到东南亚、从英格兰到南美洲的股市和汇市，波音公司的飞机在世界几十个国家生产零部件，就是经济全球化的典型例证。

全球化不仅是一个经济和金融现象，同时也是一个文化现象。全球化不仅极大地影响着各国的经济发展和金融形势，同时也深刻地影响着社会的思想、文化、艺术等各个方面，使各国特别是第三世界国家的文化建设和人文、社会科学研究受到巨大的冲击。经济全球化必然带来文化全球化。早在一百多年前，马克思就预言过，随着资本主义大工业时代的来临，在文化方面，民族的局限日益成为不可能，“民族的片面性和局限性日益成为不可能，于是由许多种民族的和地方的文学形成了一种世界的文学”（《共产党宣言》）。如今，随着全球化浪潮的出现，马克思的这一预言终于成为确凿无疑的现实。

就中国而言，文化全球化导致的后果主要有以下几个方面：

一、西方文化的渗透

这是全球化带来的最主要的后果之一。自 19 世纪以来，西方资本主义国家即凭借其雄厚的军事、经济实力向殖民地国家扩张其文化和价值观念，那时的途径主要是传教士、福音书和文化使团。而今，西方文化的渗透和传播主要是依靠先进的传媒和高科技手段。进入 20 世纪 90 年代，信息革命的浪潮正以汹涌澎湃之势冲击着世界，国际信息高速公路的建设把政治、经济、科技、文化、艺术等各类信息传输囊括在一起，成为未来世界一体化的形象缩影。一个全新的“网络社会”正在形成。60 年代末建成于美国的国际互联网（Internet）到 80 年代已经成形，并发展为全球最大的计算机网络。到 1996 年，已有 186 个国家和地区的 1200 万台电脑入网，互联网用户已达 6000 万人，并正以每月 12%的速度飞快发展。全球 200 多家大型电子信息服务中心向全世界各国提供商业服务。据国际商用机器公司估计，到 2000 年，将有 1 亿台电脑入网，互联网用户将达到 5 亿。面对世界高科技的发展，西方主要发达国家作出了积极的反应，并开始调整其对外文化政策。它们在对外文化交流中广泛应用信息技术，以计算机网络作为传媒手段，在国际社会树立自己的形象，力求其文化政策鲜明地出现在信息网络中，并为其外交政策和国家利益服务。他们的目的是不仅要使其经济、科技在 21 世纪站在世界的前沿，而且要使其政治、文化成为全球公认的标准。以美国为例，美国政府决定在 1993 年至 2013 年投入 2000 亿～4000 亿美元，建成覆盖全球、联通世界的信息高速公路。美国新闻总署在国际互联网上建立了该署的主网页，经常推出美国新闻总署及其所属机构介绍、文化和教育交流项目等信息，包括独立检察官斯塔尔关于克林顿的调查报告及美国政府的其他重要信息都是在互联网上公布的。1994 年 1 月，“美国之音”广播电台节目上网，每周网上访问者达 20 万之多，节目听众人数也持续增加。可以看出，美国政府在很大程度上把传播美国文化、建立美国在世界的文化霸主地位的希望寄托在信息技术的应用上。

在这场冲击世界的信息革命浪潮中，包括中国在内的发展中国家虽奋起应战，但仍基本处于被动防守的态势。互联网在中国发展很快，但我们主要是充当网上访客，建立自己的主网页仅仅是最近两年的事（包括新华社、中央电视台、《人民日报》、《光明日报》等国内主要新闻媒体已陆续上网），而且数量不多，对互联网的利用也不够。大投资高科技使好莱坞推出一部又一部大片，占领了中国影院半数以上的票房。《龙卷风》的呼啸刚刚过去，《泰坦尼克号》巨轮又隆隆驶来。中国电影在总体上显然无法与之抗衡。从更广泛的范围来看，当今中国人的消费文化，从视听产品到饮食文化，从服饰时尚到沙滩排球，从沙龙谈资到酒吧狂欢，都或多或少地打上了西方文化的烙印。

二、消费文化的盛行

根据美国的西方马克思主义学者弗雷德里克·詹姆逊对全球化现象的最新理论描述，全球化的三大特征之一就是后现代社会的消费文化。这是与市场经济密切相关的。经济的发展造成了物质的极大丰富，形成了消费主义的狂潮，而这也波及了文化方面。

文化消费主义在其消费内容、对象、方式和品格上都与传统的文化消费截然不同。首先，在消费的内容和对象上，传统文化消费的对象是经典文学和经典艺术，它们在各阶层人们的心目中都占据着中心的和神圣的位置，流行艺术虽然存在，但因不能登大雅之堂而处于边缘位置；而在当今的消费文化中，经典的光环已经消退，神圣已经不复存在，人们青睐的是那些即时的文化快餐：卡拉 OK、音乐电视、各种小报的周末版和副刊。古典音乐被流行风所取代，古典文学和外国文学问津者寡，而地摊上的各种名人传记、影星秘闻、历史掌故、遗闻逸事却大行其道。在中国的任何一个县城，最主要的文化娱乐就是唱卡拉 OK，其他艺术都快被人忘记了。其次，在消费方式上，过去人们主要取一种“你提供我接受”的态度，文化作为一种高雅而特殊的领域，由那些受过良好教育的富于艺术气质的专业人士掌握，文艺创作往往成为一种有意识的政府行为，打上了强烈的意识形态烙印，大众只是被动的接受者。而现在，文化具有越来越重的民间化、商业化色彩，文化消费的参与性越来越强，“你提供我接受”变成了“我消费你提供”。过去是生产主导消费，现在是消费主导生产。大众往往具有双重身份：他（她）既是文化的接受者、消费者，同时也是文化的创造者、参与者。与进入音乐厅聆听古典音乐和到兰心大戏院听梅兰芳唱京剧相比，在《梦想剧场》（中央台）、《快乐大本营》（湖南卫视）、《故事酒吧》（湖南经视）这样的栏目中，观众已经不仅仅是观众，同时也是演员，在那里普通大众得以和那些歌星、影星、笑星及各类流行艺术家同台而坐，同声欢呼，这有助于增强大众的自豪感和文化参与意识。再次，在消费品格上，过去人们讲究的反复摩挲，细细品味，越是经过时间的淘洗，经典的品格越是熠熠闪光；而现在，人们普遍喜欢的是用过即扔、常遇常新的东西，文化作为一种时尚，不具备也无须具备经典的品格。今天让你兴奋不已，明天就兴味索然；今天还万众雀跃，明天就无人问津。过去是各领风骚数百年，如今是各领风骚三五天。传统文化消费的最大特点是有思想有深度，今日文化时尚的本质特征是平面化，是思想的消解和意义的匮乏。

三、个性的消失

由于高科技已深入到人们的日常生活，由于机械复制时代的来临，当今的文化更多地表现为“制造的文化”而非“人的文化”。文化在有时候成为一种异化的产物，不是人生产文化而是文化时尚在左右着人，这就造成了民族文化的危机和文化个性的消失。在世界范围内，由于西方传媒和互联网的无孔不入，处于弱势的第三世界文化越来越难以立足；而在某一个国家（例如中国），由于工业化的批量生产和传媒的造势，文化日益成为时装性的产品，分季节、大批量地突然呈现在你面前，千篇一律，铺天盖地，你不接受也得接受。那些恪守传统学者之道的独立的思想家和独立的艺术家，只能退守书斋，在学院的狭小圈子里活动，而很难对公众产生影响。经过 MTV 的包装和复制，一大批歌星应时而生，尽管他（她）可能五音不全，并不识谱。电脑可以作画，可以写诗，可以生产电影，可以以假乱真地复制任何艺术。这对文化的独创性和艺术的个性化是一个严峻的挑战。既然文化时尚可以通过高科技手段轻而易举地制造出来，而且可以让消费者乐于掏钱购买，有多少人还会挖空心思地突出自己的个性去创造那些只能孤芳自赏的东西呢？在受众方面，情况也是如此。过去品位、兴趣各异的大众被传媒塑造成同喜同悲、同进同退的族类，你很难再听到独立的见解，很难再见到迥异的旨趣。这是因为大众传媒具有极大的控制力，使你欲罢不能，最终被同化。在《幸运九八》《快乐大本营》的那些观众方阵里，我们见到的是统一的服装、动作幅度一致的鼓掌、欢呼、笑脸或叹息，有谁能从他（她）们中看到令你心动的个性吗？

也许以上我们的分析过多地关注了全球化浪潮所带来的令人担忧的一面。事实上，经济和文化的全球化带给我们的也有许多积极的东西。例如，电脑互联网的迅速发展使我们可以花较少的代价实现信息和文化资源的共享；好莱坞高科技巨片的引进可以使我们在电影艺术和技术上得到借鉴和启示，从而更好地改造我们的民族电影；文化从宫廷走向民间，从贵族阶层的特权享受走向大众的平等参与，从专业人士的身份象征变为普通百姓的自身细胞，也标志着社会的进步；市场原则的引进和文化工业的生成也有利于更好地实现文化的经济价值；等等。

全球化浪潮的汹涌澎湃在东西方国家引起了既有关联又并不完全一致的反应。在欧美，虽然一些政客和患有冷战后遗症的人一心想借全球化之机让西方价值观一统天下，但许多政府和大部分学者还是接受了文化多元主义的观念。澳大利亚、加拿大、瑞士都大力推行多元文化政策，使各民族、各社群都能平等地分享和参与社会文化生活；法国实行文化分散政策，以实现城市和乡村、首都和外省文化的均衡发展和文化资源的共享。荷兰学者杜威·佛克马认为，全球化的出现标志着欧洲中心主义的最终解体和多元文化主义与新世界主义的确立，以他为代表的一批西方知识分子一直努力在西方资本主义的中心地带对其文化霸权和语言霸权进行着强有力的削弱和解构，为第一世界的知识分子和民众重新认识第三世界并与之进行交流和对话做了不少工作。在广大第三世界国家，情况则不太一样。如果说前些年对全球化还主要是欢呼和赞颂之辞的话，那么随着东南亚金融危机的爆发，人们开始冷静地反思全球化的利弊。更多人开始提出“第三世界文化”和“本土化”概念与之抗衡。对后殖民主义的愤慨和民族主义的自尊情绪开始强烈起来。例如马来西亚总理马哈蒂尔就一直激烈抨击索罗斯的金融投机和西方传媒的歪曲报道。在印度，自人民党上台执政后，民族主义情绪日益高涨和偏狭。在阿拉伯国家，许多著名学者强烈抨击西方的“卫星轰炸”。甚至在日本这样发达的东方国家，也出现了“脱欧归亚”和弘扬日本民族文化精神的一致呼声。

面对文化全球化浪潮带来的种种冲击，作为有着古老文化传统的中国，应当采取什么样的对策呢?

我认为，我们要辩证地看待经济和文化全球化给我们带来的利与弊、机遇与挑战。一方面，近 20 年来的改革开放使中国的经济腾飞，这在很大程度上得益于资本的全球化，而我们和国外进行的文化学术交流及民族文化的勃兴也得益于文化的全球化；另一方面，文化的全球化、西方文化的渗透也给建设有中国特色社会主义文化造成了一定的困难和挑战。因此，就我们的文化策略而言，以全球化来取代本土化只能导致中国文化自身特征的丧失和民族文化传统的湮灭；反之，过分强调文化的本土化，一味排斥当代外来文化的影响，也容易滋长一种偏狭的民族主义情绪，其结果必然使我们的对外文化学术交流乃至文化建设陷入停滞甚至倒退，进而给我们和平稳定的外部环境蒙上一层阴影。因此，面对文化全球化的潮流，我们的对策首先是熟悉它、顺应它，同时在不损害本民族文化的前提下利用它来扩大中国文化的影响，通过与国际社会的交流和对话使得中国的文化艺术真正与国际（不仅仅是西方）接轨。我们所需要的是既超越狭隘的民族主义局限，以开放的心态容纳百川，同时又不受全球化的限制，以我为主，为我所用。

具体说来，面对汹涌而来的文化全球化潮流，我们应特别注意以下几点：

（一）始终坚持文化的人民性本质。当代中国的文化艺术以“二为”方向为根本指针，以最大限度地满足人民群众日益增长的精神文化需求为根本宗旨，保证广大人民拥有平等享受文化资源，共同参与文化创造的权利。衡量当代中国文化是否健康发展，必须看它是否为当代中国社会各阶层所喜闻乐见。尽管“人民”的概念已经不同于毛泽东《在延安文艺座谈会上的讲话》的界定，但我们仍应将之视为文化工作的出发点和最终归宿。只有不同民族、不同性别、不同界别、不同代别的亿万民众的共同参与和创造，文化的发展才会拥有无尽的源泉和巨大的动力。

（二）紧紧把握文化的民族性品格。文化的民族性品格是一种民族文化的魂魄所在，也是一种民族文化能够生存和发展的关键所在。越是民族的，就越具有独特性，越能在当代世界上生存和发展。全球化既以消灭差别和对立为自己的目标，同时也以承认各民族文化的多样性为前提。当今世界，多样性和多元文化的概念已深入人心，而多样性和多元文化之所以存在，正是因为有多种多样的民族性。所以，不论世界的文化时尚如何，我们仍应坚守文化的本土特色不放，并将之发扬光大。

（三）确立中国文化的开放性气度。自汉唐以来，中国文化即具有广泛的包容性气度。中国文化在坚持民族特色的同时，始终以海纳百川的胸怀和科学的方法，积极面对和吸纳人类一切有益的文化成果。伴随着改革开放的深入发展，当代中国与世界各民族文化的交流和对话更加广泛和频繁，视野更开阔，胸襟更博大。正是弘扬民族优秀传统文化和博采众长的开放气度的双轮驱动，带来了中国文化的丰富性和多样性。

（四）反对文化的低俗化倾向。伴随着文化的全球化潮流，文化的低俗化也成为一种顽症。凶杀、暴力、色情等低俗的文化产品借助卫星电视、互联网等传媒在全球范围内流动，成为扫之不尽、挥之不去的文化垃圾。因此，在充分尊重文化的多样性和自主性的同时，我们应努力倡导一种高雅的、严肃的艺术，以益人心智的健康的文化消费抵御文化垃圾的侵蚀，这不仅仅是政府主管部门的职责，也是知识分子所应承担的义务。

（《理论与创作》1999 年第 6 期）

魂牵梦绕毛泽东

一

仿佛是不约而同，在庆祝中国共产党成立八十周年之际，湖南各影视制作机构同时将目光投向了毛泽东：中共湖南省委与中央文献研究室联合摄制了八集文献纪录片《毛泽东与湖南》（湖南电视台承拍），潇湘电影制片厂拍摄了电影《毛泽东在1925》、电视剧《难忘1925》，湘潭人民广播电台录制了广播剧《红杜鹃》。这些文艺作品，特别是《毛泽东在1925》《毛泽东与湖南》的强力推出，在全国产生了重大影响，而在湖南，则又一次掀起了一股小小的“毛泽东热”。这一现象的出现，反映了一种什么样的社会文化心理呢？

我的回答是：魂牵梦绕的“毛泽东情结”。

要问20世纪以来湖南人最大的骄傲是什么，答案只有一个：毛泽东。

曾经响遍大江南北的歌曲《东方红》唱道："中国出了个毛泽东。"然而对于湖南人来说，毛泽东不但是个中国人，更是个湖南人；首先是湖南出了个毛泽东，然后才是中国出了个毛泽东。

的确，湖南人有理由为之骄傲。尽管湖湘文化源远流长，三湘四水钟灵毓秀，但湖南人在清中叶以前却"罕见史传"（清皮锡瑞语）。青年毛泽东曾颇为不平地写道："四千年历史中，湖南人未尝伸过腰，吐过气。"这种萎靡不振的局面到近代为之一变。从陶澍、魏源、曾国藩、左宗棠，到谭嗣同、陈天华、黄兴、蔡锷、宋教仁，再到毛泽东、刘少奇、任弼时、彭德怀、罗荣桓、贺龙……众多人才喷涌而出，灿若繁星；又如长江黄河，波涛汹涌，波波相接。正如史学家谭其骧所言："清季以来，湖南人才辈出，功业之盛，举世无出其右。"而毛泽东，就是这灿烂夺目的人才群中最为耀眼的一个。生于19世纪末逝于20世纪70年代的毛泽东，其洪亮的声音响彻整个20世纪，其巨大的身影覆盖了整个华夏大地。毛泽东的道德、功业、文章，世罕其匹，流芳千古。古人把"立德""立功""立言"称作人生的"三不朽"，能像毛泽东这样将三个方面完美地集于一身的领导人，观乎现代历史，世界各国也并不多见。

一个不懂得珍惜自己的杰出人物的民族是可悲的。中华民族珍惜着、崇敬着毛泽东，而湖南人更不待言。

二

可以从很多方面来观察毛泽东与湖南的特殊联系。毛泽东受湖湘文化滋养，与湖南有着割舍不断的密切关系，并深深影响着当代湖南人的思想与行为。

系统地阐述湖湘文化对于毛泽东的深厚滋养与巨大影响，不是本文所能完成的，但我们至少可以指出以下方面：湖湘文化忧国忧民、慨然以天下为己任的爱国主义传统铸就了毛泽东“改造中国与世界”的宏大抱负与人生追求；经世致用、力行践履的实学思潮促使毛泽东形成重视调查研究、实事求是的哲学思想；自强不息的奋斗精神在毛泽东那里变成了“与天奋斗，其乐无穷；与地奋斗，其乐无穷；与人奋斗，其乐无穷”的积极进取的人生观；运筹决胜、平治天下的尚武风习哺育了毛泽东博大精深的军事思想；“汗漫九垓，上天入地”的浪漫主义精神催生了毛泽东雄奇瑰丽、汪洋恣肆的辞章。

文化的影响不光是在学术的或显性的层面，它还浸透到语言、风习、趣味、饮食、服饰等各个方面，这些隐性的、私人的、日常化的习性更能反映一个人的文化—心理特征。毛泽东终其一生，不改湘潭口音，爱看湘剧、花鼓戏，喜食辣椒、火焙鱼、臭豆腐，这些都鲜明地标识着他的湖南人身份。引人注目的是，毛泽东对他这些可能会被人认为“乡气”“土气”的爱好与习惯，丝毫不加以掩饰，这无疑更使湖南人感到亲切。

毛泽东对湖南有着深厚的感情，这通过他与大量湘籍人士的交往和多次回故乡可以清楚地看到。毛泽东对徐特立、谢觉哉、章士钊、王季范、周世钊等湘籍贤达优礼有加，经常邀他们参加家宴，谈古论今。毛泽东与韶山毛氏、湘乡文氏、长沙杨氏等乡亲保持着密切的联系，新中国成立后的书信往来更多。据《毛泽东与湖南》

介绍，1937 年，在关山阻隔、烽火连天的岁月里，毛泽东给表兄文运昌写信说：“我为全社会出一些力，是把我十分敬爱的外家及我家乡一切穷苦人包括在内的，我十分眷念我外家诸兄弟子侄，及一切穷苦同乡，但我只能用这种方法帮助你们，大概你们也是已经了解了的。虽然如此，但我想和兄及诸表兄弟子侄们常通书信，我得你们片纸只字都是欢喜的。”很少有人不被这段话打动。这段话的动人之处在于，我们从中既看到了毛泽东胸怀天下、不徇私情的大悲悯大胸怀，又能感受到他不废私谊、不忘旧友的平民情怀。这是伟人毛泽东，是有血有肉、有情有义的毛泽东。

湖南人有句话，叫“脚步为亲”。新中国成立后，毛泽东的脚步多次踏在湖南的土地上。先是由于战争环境的残酷，继而因为国事的繁忙，毛泽东从 1927 年离开韶山到 1959 年回故乡，离别家乡整整 32 年。但从 1959 年开始，毛泽东回湖南的次数越来越多，间隔越来越短，停留的时间越来越长。据统计，新中国成立后，毛泽东共 46 次回湖南，最后一次从 1974 年 10 月 13 日停留到 1975 年 2 月 3 日，长达 114 天之多。每当要作出重大决策，毛泽东总要离开北京到外地出巡，而长沙是其中重要一站。1971 年揭露林彪阴谋和 1974 年长沙决策，是其中最著名的两次。

三

正是因为毛泽东震古烁今的丰功伟绩，加上他的湖南人身份，他对家乡的不能忘怀，湖南人对他有着特殊的热爱和崇敬。毋庸讳言，在那狂热的年代里，湖南人和全国人民一样，对毛泽东的崇拜有着非理性的、盲目的一面。也许可以说，在湖南人身上，这种盲目崇拜的程度更高、时间更长。但是，当尘埃落定，当中国进入改革开放的新时代，当市场经济的大潮席卷而来，湖南人仍然对毛泽东怀有特殊的感情，仍然不断地推出毛泽东题材的文艺作品，这就不能用非理性或惯性来解释了。它必定有更深刻的原因。

首先是毛泽东巨大的个性魅力。谁都不会否认，毛泽东的个性魅力，在中国共产党的第一代领导集体中，是极其突出的，用领袖群伦、卓尔不凡来形容，毫不为过。他的风趣、幽默、睿智，他的豪气干云、挥洒自如、举重若轻，他天然的领袖感、巨大的感召力、无与伦比的自信心，他犀利的洞察力、出神入化的斗争艺术、无所畏惧的英雄气概，他渊博的学识、深厚的古典文化修养、光彩照人的诗词文章……毛泽东不但是伟大的革命家、理论家、思想家、军事家，还是不朽的文学家、批评家、书法家。这一切，使毛泽东成为一个极其丰富、生动、鲜活的个体，长久地活在人们心中。

其次是毛泽东丰富的精神遗产。毛泽东不但是开国领袖，还是百代宗师。在中国共产党的指导思想中，毛泽东思想上承马克思列宁主义，下启邓小平理论，三个方面是一个统一完整、一以贯之的整体，将持久地对中国人的精神世界产生决定性的影响。人们看到，在20世纪各国共产党的领导人中，一些人或由于其著述的缺陷，或由于其行为的过失，其名字与思想已逐渐湮灭无闻。而毛泽东，尽管晚年犯了严重的错误，但他仍然不愧为当代中国人的精神导师。毛泽东的精神遗产，是建设有中国特色社会主义的宝贵精神资源，是在思想日益纷乱的世界上让中国人得以安身立命的人生指南。当今世界的许多价值观念，都可以在他那里找到源头，找到答案。《毛泽东在1925》中，毛泽东深入基层、投身实践的务实风范，让马克思主义生长在乡村土地上的探索精神，全心全意为穷苦人民谋利益的博大情怀，不都是当前所需要的吗？还有他的廉洁，他的自我牺牲，他对道德理想的孜孜追求，难道不具有永恒的价值吗？

最后，对中国人，尤其对湖南人而言，毛泽东还是一个潜力巨大的品牌，一座可以持久开发的富矿。将毛泽东商业化、庸俗化的做法是不可取的，但探索将毛泽东更好地融入当代生活中的方式，却是必要的。让毛泽东在保持其严肃性与完整性的前提下为今人造福，相信毛泽东若地下有知，是不会加以反对的。从20世纪90年代以来，湖南人在打造毛泽东品牌、开发毛泽东题材资源方面做了不少工作。一是创作生产了一批质量上乘、蜚声全国的影视、戏剧、广播剧作品，出版了一批图书，如《毛泽东和他的儿子》《毛泽东和他的乡亲》《亲情》《毛泽东在1925》《毛泽东与湖南》《布衣毛润之》等等，使创作重大革命历史题材特别是毛泽东题材成为湖南文艺、出版的一大优势。二是成立了毛泽东文学院和一批研究机构。毛泽东文学院的功能是多方面的，既是湖南作家之家、中国作协的创作基地，又是培养文学等方面人才的一所教育机构，业已成为长沙市的一个标志性建筑。三是以韶山为代表，开发以毛泽东为品牌的旅游资源，如建设了毛泽东纪念园，修建了毛泽东铜像广场，全面开放滴水洞；开发毛家菜，毛家饭店走向全国一些大中城市；等等。

毛泽东，成为当代人民生活中一个活生生的存在，成为一道引人注目的风景。

四

对毛泽东的怀念与呼唤，在20世纪90年代初曾形成一股“毛泽东热”，毛泽东的画像又贴上墙壁，毛泽东的像章挂满的士车头，歌颂毛泽东的歌曲唱遍大江南北，此后，这股热潮逐渐消退，但毛泽东并未就此消失。毫无疑问，“毛泽东热”中包含一些复杂的因素：对腐败现象和分配不公的不满，对沉渣泛起的丑恶现象的厌恶，固有的怀旧心理，甚至某些“左”的思想残余，都在其中起着作用。这里面既有正常因素，也有不正常现象。时至今日，中国人对毛泽东的认识更为理性，对毛泽东在中国历史上的定位也更为明晰、准确。正如歌曲《走进新时代》所揭示的，毛泽东使中国人民站立起来，邓小平使中国人民富裕起来，江泽民率领中国人民走向强大：这已是全体中国人的共识。一个多世纪以来，党的三代领导核心高举民族复兴的火炬，承前启后，薪火相传，率领中国人民走向现代化，实现民族伟大复兴，构成了一条鲜明的历史主线。

从个人崇拜的迷雾中走出来，从纯粹的乡土情感中走出来，更为成熟而理性地看待毛泽东，将之视为历史链条中的一环，而不使历史停留于毛泽东时代，这是二十余年来中国人民的心路历程。对于湖南人来说，这一历程的走过虽然似乎更为艰难，但走过后的感受也更为深刻。

如今，在湖湘大地上，一心一意搞经济建设，加快社会发展，追赶沿海发达地区，提高人民生活水平，已成为全省各界的主旋律。

五

在中国历史上曾经出现过这种现象：巨人过后，一片荒芜。这是因为人们生活在巨人的阴影下，其创造力大大萎缩，以致长久地不能走出一条新路，开拓出一片新天地。中国共产党已经成功地解决这个问题，既继承毛泽东思想，又丰富和发展毛泽东思想，这才有邓小平理论，这才有社会主义现代化建设的新局面。将毛泽东看作新的奋斗的动力与源泉，创造性地思考，大胆地探索，我们就可以达到更高的境界。

不忘老祖宗，开拓新境界，这既是中国共产党人对待马克思主义的态度，也应是湖南人对待毛泽东的基本原则。

我们欣喜地看到，改革开放以来，经过一段时间的沉寂后，湖南的政治、经济、科技、教育、文化、体育等各个方面都有了长足的进步，特别是社会事业，20世纪90年代以来更有了突破性的发展。文学佳作不断，戏剧湘军享誉全国，电影精品迭出，电视异军突起，出版实力雄厚，科技教育人才辈出，体育健儿披金挂银……湖南的社会事业在并不雄厚的经济基础上跻身全国先进行列，长沙日趋成为区域性文化中心。这一局面来之不易，它生动地体现了湖南人不信邪、不服输、敢为天下先的精神风貌，也说明当代湖南人无愧于“惟楚有材，于斯为盛”的称誉。这也是我们可以告慰于毛泽东的地方。

（2001年）

迎接民族复兴的庄严时刻

新千年翩然而至。对于中国人来说，新世纪、新千年的到来确乎是一件不同寻常的大事，它带给我们几许感慨、无限期待。回首百年，20 世纪的中华民族经历了太多的屈辱与苦难，也一直进行着悲壮的抗争与探索，从 1900 年八国联军的铁蹄在中国的京畿重地肆意践踏，到 1949 年一代伟人庄严宣告一个古老民族的新生，到 2000 年国民生产总值首次突破一万亿美元大关，历史的洪流中澎湃着一股奔腾不息的主潮：国家的现代化和民族的复兴。这二者其实是一回事：国家的现代化是为了民族的复兴；而民族的复兴，唯有走现代化之路。

当新千年的钟声即将敲响之际，江泽民总书记用一个大国领导人沉稳有力的语言向全世界宣布了中华民族在新世纪的三大任务和一个总目标。位居三大任务之首的就是完成现代化大业，而总目标则是实现中华民族的伟大复兴。这是一个民族的宣言。

号角已经吹响，道路已经指明，曙光就在前头。民族复兴正处于关键时期，能否最终实现，全体国民的共同努力至关重要。

在这样的时候，我又一次想起了鲁迅，想起了 20 世纪风雨如磐岁月中那傲岸不屈的民族魂。尽管今天中华民族的生存环境已与那时有天壤之别，然而鲁迅所提倡的“韧”的精神、“历史中间物”的意识和为了放孩子到宽阔光明的地方去而奋力“肩住黑暗的闸门”的人格力量，仍是当代中国人所要汲取的宝贵精神资源。

意识到自己的使命并且努力去完成使命，投身于历史并且努力去创造历史，百折不回，一往无前，这是我们无可回避的选择。

如果我们生来就注定要含辛茹苦，那么我们就要勇敢地去担承，何况比起父辈、祖辈所遭受的磨难，今天的生活已经是他们梦寐以求的了。如果此刻的奋斗与牺牲能换来明天的幸福安宁，那么它就是有价值的。

不要认为个人无足轻重，每个人的努力汇成全民族的合力，现代化的车轮就将滚滚向前。不要认为此刻无关紧要，每一分钟的创造，都将铭刻在历史的丰碑上。

以坚实的努力，迎接民族复兴的庄严时刻，这是我们向新世纪的告白。

（2001 年）

文艺多样化·主流文艺·先进文化

自20世纪80年代以来，我国的文学艺术逐步由单一走向多样，由大一统走向个性化。90年代中后期以来，这种趋势日益加剧。无论是文艺的风格样式、创作姿态还是精神理念、功能指向都不一样。这不仅是一个形式的多样的问题，更意味着对文艺本质、文艺价值的不同理解，形成了不同的文本与话语系统。这种文艺的多样化局面甚至也不是一句简单的“百花齐放”所能概括的。因为传统意义上的百花齐放，是指在文艺的精神内核、本质属性一致的情况下，风格、流派、语言的各不相同。也就是说，百花齐放有个前提，即必须都是鲜花。而当今的多样化，有的是花，有的是草，有的是灌木，有的是稀有植物，有的是天然生成，有的是人工制造，其差异超过了相似性。它们虽然都勉强可归属在文艺的大旗下，但其旨趣的不同、步调的错位甚至有时超过了文艺与哲学、与历史的距离。当今时代文艺多样化的另一个显著特征是：各种不同精神气质和价值追求的创作姿态都毫不隐讳自己的主张，都在建构支撑自己的话语系统。主流文艺固然声势雄壮，另类文艺也旗帜鲜明。标新立异者理直气壮，哗众取宠者乐此不疲，先锋派我行我素，媚俗者招摇过市。旗帜林立，口号震天。总之，文艺确乎已进入了一个众声喧哗的时代，一个花样翻新的时代。

一、文艺多样化格局的表现及原因

如果上述描述过于抽象的话，我们不妨以文学创作的现状为例加以说明。文学的多样化首先表现在作家队伍的多样化。从作家的年龄结构来看，当前四世同堂：第一代是新中国成立前出生、20 世纪 40、50 年代成长起来的作家，第二代是 50 年代出生、经历“文革”、曾经被叫做“老三届”、当过知青（或参过军）的作家，第三代是 60 年代作家群，第四代是 70 年代出生的、一些媒体正大力打造的“70 后”。从作家的身份来看，当前有所谓体制内作家和体制外作家之分。从文学的传播方式来看，有传统的纸上文学，也有网络文学。上述表面看来是形式上的差别，实际上蕴含着巨大的精神差异。例如所谓“70 后”的文学创作就不但与前两代作家有天壤之别，甚至与 60 年代作家群的文学趣味也相去甚远。“体制内”作家不但是一种职业标识，也是一种意识形态认同，即他（她）自觉在主流意识形态框架内活动，而所谓“体制外”作家则和主流意识形态保持一定距离，他（她）可能是一个自由职业者，一个流浪文人，也可能有一份体面的工作。传播方式的不同也常常折射出精神追求的不同。网络文学虽然也可用纸出版，但它的写作路数和交流方式都与传统的纸上文学截然不同。从更广泛的角度看，我们有坚持宏大叙事的文学，有沉溺于私人化写作的文学；有振聋发聩的使命文学，也有风花雪月的休闲文学；有“以笔为旗”的文学，也有“拒绝崇高”的文学；有媚俗的文学，也有媚雅的文学……文学的分化，相当典型地反映了文艺的多样化局面。

文艺的多样化，源自社会生活和社会意识形态的多样化，而社会生活和社会意识形态的多样化，则主要是由我国经济和科技的发展变化引起的。

从经济上看，由于我国实行以公有制为主体、多种所有制共同发展的经济政策，社会主义市场经济逐步确立，使我国经济生活呈现空前复杂和迅速变化的局面。国有经济不断调整、有进有退，私有经济、混合所有制经济发展迅速，带来了社会阶层、利益群体的分化与重组，导致了社会生活和社会意识形态（包括政治诉求、价值观念、欣赏趣味）的空前复杂和多样，因而文艺必然由相对单一的文艺向多样化的文艺转化，由相对稳定的文艺向变动不居的文艺转化。从创作者方面来看，分化剧烈，他（她）们已不能用“人类灵魂工程师”的概念统而论之。由于各自所属阶层不同、生活方式千差万别，对文艺的本质与功能的理解各异，他（她）们的作品当然姿态迥异。例如向本贵的小说与卫慧的“用身体写作”，《生死抉择》与地下电影之间的差别就不可以道里计。从接受者一方来看，不同的阶层对文艺的心理需求、满意程度、接受方式也是不同的。六十岁的农民和十六岁中学生的欣赏对象恐怕完全不同，下岗工人与各网站的 CEO 们恐怕也不会喜欢同一部小说，这就是当代中国的现实。

从科技层面看，信息技术的发展，电脑在城市中的普及，互联网用户的增加，给社会生活带来深刻的影响。但科技的发展及其对社会生活的影响又是不平衡的。在中国这样一个幅员辽阔的国家，科技发展的不平衡造成了社会进程的巨大反差。一些大中城市正在向信息社会迈进，多数地区则还在工业社会中沉浮起伏，至于广大的中西部农村，恐怕更多地带有农业社会的痕迹。这种社会落差不可能不给文艺以巨大影响。

此外，对外开放的扩大、加入 WTO 步伐的加快，世界经济一体化和文化全球化的潮流，也给我国的文艺生活带来很大冲击，推动了文艺多样化局面的形成。

经济与科技的这种变化，反映到政治与意识形态的层面，便是政治民主化进程的不断加快、意识形态控制的日益放松与文艺政策的逐步调整。谁都不会否认，当前我国政治生活的清明与开放是历史上最好的。在文艺政策方面，“弘扬主旋律，提倡多样化”的提出，表明文艺多样化局面正式获得了政策的认可与鼓励。

二、主流文艺的内涵与先进文化的提出

任何一个社会、任何一个国家，都有自己的主流意识形态，也有自己的主流文艺。所谓主流意识形态，是一个国家中占主导地位的，为执政党和政府所信奉、倡导的意识形态。马克思曾经说过：“统治阶级的思想是一切社会的统治思想。”这一论断是在对人类历史进行深刻分析后得出的，它是我们分析主流意识形态的理论前提。不同的社会与国家的主流意识形态可能相同，也可能不同，这

是由每个国家的社会形态、政治制度、法律体制的状况决定的。主流意识形态或隐或显，或公开提倡或悄然存在，但没有一个国家是主流意识形态阙如的。美国、欧洲的情况自不必说，即使以多元文化为基本文化政策的加拿大、澳大利亚，也显然是有自己的主流意识形态的。因为首先，“多元”本身即是一种意识形态策略；其次，加、澳属于西方资本主义价值体系，其主流意识形态仍然是以自由、民主、人权、个人主义等等为话语核心的资本主义意识形态。

有主流意识形态，就有主流文艺。文艺是意识形态的一个部类，即使文艺有时显得离政治比较遥远，它仍然打上了意识形态的深深烙印。主流文艺，以主流意识形态为指导，体现了主流意识形态的意志，并且自觉或不自觉地为主流意识形态服务。主流文艺与主流意识形态的这种关系，在马克思、恩格斯的著作中早已得到说明。

我们说当前我国文艺进入了多样化的时代，杂花生树，群莺齐飞，但这并不意味着现在的文艺就一片混乱，无迹可寻；也不意味着每一种不同的文艺态势没有主次，可以等量齐观。在喧哗与嘈杂中还是有鲜明的主调，在复杂与迷乱中还是有主体的图景。这就是中国当代的主流文艺。这同样是有经济、政治方面的深刻原因的。

我国当前实行的还是以公有制经济为主体的经济制度，国有经济控制着国家的经济命脉；我国的社会制度是社会主义制度，中国共产党是执政党。这样的经济制度和政治制度决定了我国主流意识形态的性质与面貌。马克思列宁主义、毛泽东思想、邓小平理论是全社会的主要指导思想，爱国主义、集体主义、社会主义和民族传统美德是全社会所弘扬的主要价值追求，培养有理想、有道德、有文化、有纪律的社会主义公民是有中国特色社会主义文化的主要目标：这些，构成了我国当前社会的主流意识形态。这一主流意识形态尽管受到一些新兴利益集团的怀疑与挑战，受到一些知识精英的解构和颠覆，受到国外各种思想文化的冲击，阵地似乎在缩小，影响似乎在减弱，但它仍然是我国当前无可置疑的主流意识形态，在社会生活中处于支配地位，还没有任何一种其他思想文化体系能与之平起平坐，分庭抗礼，并且在可以预见的将来也是如此。与此相应，主流文艺在当前文艺多样化的格局中仍然是主要的、决定性的，无论在量上还是质上，主流文艺都是文艺生活中具有支配性的部分，尽管它确实受到了非主流文艺的严重挑战。

在我国 20 世纪 90 年代以来的文艺话语体系中，主流文艺被表述为“主旋律文艺”。主旋律的概念自 1990 年正式提出来（是年在湖南召开了由文艺主管部门发起的“主旋律与多样化”研讨会）之后，迅即成为主流意识形态的关键性话语。“弘扬主旋律，提倡多样化”成为此后国家的基本文艺方针之一。尽管在这一表述中，“主旋律”与“多样化”始终没有一个十分清晰、操作性很强的内涵与关系定位。但它传达的信息是明确的：主流文艺必须弘扬，而多样化也应该允许，并且可以得到发展。为了避免主旋律概念过于狭窄和僵硬的危险，1994 年江泽民同志在全国宣传思想工作会议上正式提出了“四个有利于”作为对它的注脚：一切有利于改革开放和现代化建设的思想和精神，一切有利于发扬爱国主义、集体主义、社会主义的思想和精神，一切有利于民族团结、社会进步、人民幸福的思想和精神，一切有利于诚实劳动争取美好生活的思想和精神。这一定义较为宽泛、灵活，是符合我国当前经济、政治和社会发展实际的。“弘扬主旋律，提倡多样化”的文艺政策既给主流文艺开辟了广阔道路，又极大地促进了文艺的普遍繁荣与发展。

江泽民同志 2000 年在广东高州提出中国共产党要成为中国先进文化前进方向的忠实代表，给当代中国的文化建设提出了一个重大课题。“先进文化”与主流文艺是两个不尽相同的概念。先进文化是就文化的性质而言的，主流文化是就文化的地位而言的，主流文化既可能是先进文化，也可能是没落文化。资本主义勃兴时期的主流文化，就应该说是先进文化，而路易十六时期法国的宫廷文化，虽然是主流的，却是没落腐朽的。与此同时，先进文化既有可能体现于主流文化身上，也有可能体现于非主流文化身上。当一种先进文化处于萌芽状态时，它往往是非主流的，受到轻视与打压。无论是资本主义文化还是社会主义文化，在其初始阶段，都是如此。

社会主义中国的主流文艺，应该代表先进文化的前进方向，这是党领导下的文艺工作的全部使命所在，它也为社会主义文艺的发展史所证明（“文革”时期除外）。但这并不是一个不言自明、不为自成的事实，它需要我们付出艰苦的努力才能达到。

三、主流文艺何以代表先进文化的前进方向

面对当今世界各种思想文化的相互激荡，面对非主流文艺的严峻挑战，主流文艺如何才能始终代表中国先进文化的前进方向，以

永远立于不败之地？

（一）主流文艺必须始终坚持以马克思列宁主义、毛泽东思想、邓小平理论为指导。这是保持主流文艺先进性的关键所在。马克思列宁主义、毛泽东思想、邓小平理论作为一脉相承、不断发展的思想理论体系，已经被反复证明是推动现当代中国社会历史前进的唯一正确的思想体系。在这一思想体系指导下的中国二十世纪文艺，始终保持了其先进性。由于其不断发展、不断完善，它并没有过时，仍然具有比其他思想理论体系先进的特征，能够确保主流文艺继续保持其先进性并不断走向成熟。

（二）主流文艺必须始终坚持走“为人民服务，为社会主义服务”的正确道路。“二为”的核心是为人民服务。当代中国的主流文艺，不是小圈子的文艺，不是贵族文艺，它必须牢记为人民服务的根本宗旨，走大众化的道路。历史证明，一种主流文艺如果只局限在上流社会中，拒斥广大人民的参与，沦为宫廷文艺，它就必然逐步走向保守、没落，最终为时代和人民所唾弃。在毛泽东《在延安文艺座谈会上的讲话》和邓小平《在中国文学艺术工作者第四次代表大会上的祝辞》指导下成长起来的中国特色社会主义文艺，本身就以为最广大人民群众所喜爱、所支持为自己的最大优势，而这也是符合世界文艺发展的潮流的。在当前，当一些非主流文艺在与主流文艺拼命争夺受众、争夺青少年、争夺市场份额的时候，我们不但不能抛弃这一传统优势，相反必须更好地巩固、发扬这一优势。

（三）必须不断提高主流文艺的水平与质量。主流文艺要在与非主流文艺的竞争中赢得优势，归根结底是要提高自身的水平与质量。如果我们的文艺园地中能不断涌现出为人民群众所喜闻乐见的、经得起历史检验的主流文艺作品，我们就不用害怕各种非主流文艺甚至反主流文艺的挑战。主流文艺要成为文艺舞台的绝对主角，就要靠先进性与艺术性的双峰并峙，就要达到思想精深、艺术精湛、制作精致的完美统一。近年来，中宣部所组织的“五个一工程”奖和各种艺术门类的政府奖，其举办目的和努力方向，正是提高主流文艺作品的思想艺术质量，以确保其生命力和竞争力。

（四）必须牢牢占领并不断扩大主流文艺阵地。文艺是通过各种各样的载体和阵地得以存在和传播的。文艺作品的影响，首先取决于它的质量，其次也在很大程度上受到传媒的影响。在资讯高度发达、媒体在公众生活中日益占据重要地位的今天，秘不示人的文艺、藏之名山的作品是不会有任何影响力的。相反，重要媒体的隆重推出，各种传媒人轮番炒作，却可以最大限度地吸引公众的注意力，形成一种“注意力文化”。庞大的文艺阵地，主流文艺不去占领，非主流文艺就会乘虚而入。对于当前我国的主流文艺来说，一个有利条件是绝大部分文艺阵地都掌握在党和政府手中。这是我们的主流阵地。因此，主流文艺必须充分认识到文艺阵地的极端重要性，很好地利用阵地，用高质量的作品去占领阵地，使自己的声音成为各种文艺阵地的主旋律；另一方面，党和政府所掌握的文艺阵地（主流阵地）也必须无条件地为主流文艺服务，成为主流文艺的大本营。各电视频道黄金时间不得播放境外电视剧，就是主流传媒支持主流文艺的一种努力。如何利用互联网这一新型传媒与文艺平台为主流文艺服务，也是一个亟待研究与实践的课题。

（五）必须抱定开放性的文化姿态，海纳百川，与时俱进。主流文艺当它还处在非主流的地位时，总是能够吸取一切新鲜的养分，壮大自己的力量；一旦它从边缘移向中心，成为主流，往往容易变得故步自封，僵化保守。社会主义主流文艺从一开始就以“古为今用、洋为中用”“百花齐放，推陈出新”为自己的基本方针，特别善于吸收古今中外的一切优秀文化成果。它的文化姿态是开放性的。但我们也曾出现过“文革”那样极左的文化政策，使文学艺术一片萧条，濒于枯萎。今天，资本主义文化仍然具有较强的生命力，仍在推出一些高水平的文化产品；而当前我国的一些新兴文化也表现出了极为活跃的态势，这就要求我们的主流文艺继续采取开放的、包容的文化姿态，吸收他质文化的优点，整合各种文化资源，使自己不断得到充实发展。

（六）采取适当的文化策略，限制非主流文艺，打击反主流文艺。在当前多样化的文艺格局中，非主流文艺也较为活跃，它以另类文学、先锋艺术、地下电影、民间语文等等形式出现，在边缘处游走，在夹缝中生存。其中一部分成为主流文艺的有益补充，另一部分也对主流文艺有一种疏离、消解作用。而以激烈的否定性文化姿态出现的反主流文艺，则对主流文艺进行着赤裸裸的颠覆。这种情况值得引起我们警惕。我们的方针是正面引导和开展健康、说理的文艺批评的统一。以正面引导为主；以立为本，重在建设，摒弃“破字当头，立在其中”，拒绝无意义、无休止的争论，是我们反思“文革”极左文化政策后重大的文艺政策宣示，但这并不意味着我们可以放弃原则，马克思列宁主义、毛泽东思想、邓小平理论的指导地位不容挑战；多样性是鼓励的，而多元化是不允许的；可以在社会主义制度和党的领导下活动，而不能反对社会主义制度、否定党的领导：这是主流文艺面对各种非主流文艺所必须坚守的底线。对一切疏离主流文艺的文艺现象必须限制，对公开颠覆主流文艺的思潮和作品则应与之作斗争，而不可听之任之。思想文化领域控制权的斗争，很多时候不会进入法律程序，我们应该运用思想的武器，积极开展健康的、说理的文艺批评，扶正祛邪，激浊扬清。这样，主流文艺必将不断壮大，而多样化也将在良性、有序的状态下得到发展。

（《理论与创作》2001 年第 1 期）

全球化背景下的欧洲电影与视听业

在文化全球化过程中，欧洲文化处于一种非常奇怪的地位。一方面，它作为西方文化的一部分，与美国文化在文化传统、审美观念、精神物质上有很多共同点，凭借其雄厚的经济实力而成为当今世界的一种强势文明，对世界其他地区的文化有很强的渗透和辐射力；另一方面，欧洲文化作为一种有着上千年历史的人文文化，有着一种挥之不去的古典、优雅的气息，与美国的商业文化又有很大的不同，在商业主义泛滥的今天，它处处受到美国文化的冲击和挤压，与美国文化相比，它又处于一种弱势。因此，考察当代欧洲文化的现状，分析其应对美国文化挑战的对策与措施，对我们建设有中国特色社会主义文化不无借鉴、启发意义。本文仅涉及当前欧洲文化中的电影与视听产品这一领域。

一、当今欧洲电影与视听业的现状

当前欧洲电影与视听业处于一种喜忧参半的境况。一方面，由于各国政府的重视和从业人员的努力，英国电影复苏，德国电影兴起，法国电影高涨，意大利电影新生，俄罗斯电影崛起，西班牙电影走红，欧洲电影整体上不断发展，保持了相当的数量和质量，在某种程度上可以和好莱坞电影分庭抗礼。以法国为例，1997 年拍摄影片 163 部（1996 年为 134 部），其中国产片 130 部，合拍片 33 部；总投资 46 亿法郎（1996 年为 33 亿）；观众近 1.5 亿人次，各方面均创历史最好纪录。法国成为西方仅次于美国的电影生产大国。由欧洲国家拍摄的影片《三姐妹》（德、法、意合拍）、《托托小英雄》（法、德、比合拍）、《邮差》（意、法合拍）、《美丽的人生》（意）、《诺丁山》（英）、《我的母亲》（西班牙）等影片都有较高的质量，深受观众欢迎。20 世纪 90 年代以来大幅度滑坡的俄罗斯电影也正在逐步走出低谷，拍片数量逐年递减的趋势基本上得到遏制，影片质量也有了明显提高。1998 年，俄罗斯共摄制各类影片 485 集，其中娱乐片 75 部、非娱乐片 292 部（包括 3 部儿童片），定期放映的电影短片 110 集、动画片 8 部。1998 年共有 136 部国产娱乐影片和新闻纪录片参加了在俄罗斯以外举办的国际电影节、俄罗斯电影周和俄罗斯导演回顾展等 46 个活动。在 1998 年的俄罗斯电影中，《循规蹈矩》《小偷》《战舰回归》等影片都受到好评，《小偷》还获得第 70 届奥斯卡电影节“最佳外语片”提名。

另一方面，由于受到好莱坞电影和美国视听产品的猛烈冲击，欧洲电影节节败退，处于较为被动的状态。首先是市场萎缩，观众人数下降。好莱坞电影不断蚕食欧洲电影市场，目前，俄罗斯电影市场的 90%、德国的 85%、意大利的 70% 都被美国影片占领，就连号称“欧洲最可靠的堡垒”的法国，美国片的占有率也从 20 世纪 70 年代的 37% 上升到 1998 年的 65%。在情况最为严重的俄罗斯，电影院的平均上座率不到 10%，有时一场电影只有五六个观众。其次是经费紧张，举步维艰。俄罗斯曾是公认的电影大国，每年除生产大量的影片外，还举办各类有较大影响的国际电影节，莫斯科国际电影节就是其中之一。该电影节自 1959 年创办以来，每两年举行一次，至今已举办了 20 届，每次均有几十个国家和地区的百余部优秀影片参展。苏联解体后，俄政府对电影节的资助日益减少，组委会只得靠四处拉赞助勉强维持这一俄罗斯电影节的门面。1998 年，由于经费无法落实，莫斯科国际电影节被迫流产，这对于昔日的电影大国俄罗斯的广大观众来说不啻为一个巨大的精神打击，人们彻底认清了整个俄罗斯电影业面临形势的严峻性。当然，并不是所有欧洲国家的电影业都到了这种程度。法国、英国等欧盟国家的情况要好得多。再次，电影的本土文化特色趋于弱化，商业气息越来越浓。传统上，欧洲电影比较讲究艺术性，比较富于人文精神，比较注重弘扬本民族文化传统和保持独立的文化品格，如俄罗斯电影对人的关注、法国影片的浪漫喜剧风格、意大利影片的写实性、英国电影的矜持优雅，都在世界上享有盛誉。但现在，由于受好莱坞的影响和经济利益的驱动，欧洲的电影和广播电视正变得更加国际化，更加好莱坞化，更加商业化，反映欧洲本土文化特色和民族风格的电影和视听产品越来越少。

面对电影和视听业所受到的挑战和所面临的困境，当前欧洲各国纷纷采取措施，协调步伐，积极参与国际市场竞争，同时加强对本国电影和视听业的保护，以使这一重要的文化工业得到更好的发展。

二、欧洲国家保护、发展电影与视听业的政策与做法

主要有三个方面。

（一）在贸易谈判中注意保护电影与视听产品，力求掌握文化市场的自主权。早在二战后，欧洲各国在进行贸易谈判时，就充分意识到文化产品的特殊性，而给予其最大限度的保护。1947 年 10 月签署的《关贸总协定》给予影视业一种特殊的地位，允许欧洲保护其视听产品。20 世纪 80 年代，法国、意大利、西班牙、爱尔兰等许多国家对电影发行坚决实行配额制。而在广播电视领域，绝大多数欧洲国家都按法律实行保护性措施。90 年代，欧美电影大战进入高潮，欧洲电影界人士发出了“欧洲电影到了最危险时刻”的吼声，纷纷起来捍卫欧洲电影的尊严。在 1986 年开始的乌拉圭回合谈判中，针对美国要求将所有商品纳入谈判体系中一视同仁的要求，法国旗帜鲜明地提出“文化例外”的主张，坚持对美国影视产品实行“配额限制”。欧洲国家在贸易谈判中的这种强硬态度，有利于保护在市场上无力同美国竞争的民族电影业和视听业。

（二）实施一系列共同的视听文化政策，抗衡美国文化霸权。20 世纪 80 年代以来，欧盟与欧洲委员会从欧洲的共同利益出发，

协调策划，共同努力，实施了一系列推动欧洲影视业发展的政策，以培养欧洲公民意识，增强欧洲内部的凝聚力，并借以抗衡美国在欧洲视听市场的霸主地位。

1984 年，欧盟发表《无国界电视》黄皮书，拟定行动方针，要求成员国的电视屏幕上，至少有一半节目由欧盟成员国制作。

1989 年，欧洲委员会签署了一项公约，呼吁成员国采取有效措施保证欧洲本土的电影、电视、戏剧、艺术和教育节目得到充分重视，并安排足够的播出、放映时间，以反映欧洲人民的创造能力，促进欧洲多元及文化的发展。

1991 年，欧盟开始实施为期五年，预算约 2.4 亿美元的“欧洲媒体计划”。1996 年又拨款 6.4 亿美元实施又一期五年的“媒体计划 2”，主要资助和扶持欧洲电影的生产、发行和放映，以振兴欧盟成员国的电影业。欧洲委员会也实行了一项支持计划，即建立“欧洲形象基金”，主要用于赞助那些视听工业较落后的欧洲国家。

（三）加大对本国电影业的扶持力度。首先是唤醒国人的民族文化意识，为国产电影营造良好的环境。为重振俄罗斯电影业的辉煌，恢复广大观众对国产影片的兴趣，抵制外国三流影片对本国电影市场的冲击，俄罗斯电影工作者于 1998 年发起了一场名为“去看电影”的运动，期望以此将久违的观众重新请回电影院。其次是鼓励电影文学创作和投资。法国文化部特别重视年轻的电影创作人员，大力资助他们从事电影剧本创作。法国电影创作基金会对于获头等奖的编剧除予以奖励外，还将其推荐给戛纳电影节。法国还规定电视台的电影频道对本国影片有优先认购权，使电影频道支付的定金成为拍摄影片的重要资金来源。俄罗斯国家杜马于1998年12月通过了《国家对俄罗斯联邦电影行业支持法》《对俄罗斯联邦某些税法的若干补充》两个法案，制定了对电影行业的一系列优惠政策。根据这两项法律，俄国产影片的生产、制作和发行将免征增值税，三年内不对用于生产和制作国产影片及建造电影院的资金征收利润税。再次，强化国产影片发行。为扩大法国影片在本国的发行，法国对发行业的管理更趋于集中化，为发行商提供了良好的从业环境。1997年，法国文化部开始实施影片发行择优制，这项政策实际上是对现行的自动资助制的补充。根据此项政策，发行法国影片的商人一般可以得到数额不等的资助。为调动制片人、发行商在暑期、淡季发行法国影片的积极性，法国文化部1998年开始试行“提高票房增生资金”的办法，以少交税、少开支的方式保证淡季不淡。最后，加强电影基础设施建设。近些年来，法国政府斥巨资翻修或新建大量的电影院。1997年，国家电影中心对此追回的各种费用即高达1.4亿法郎。1996年，法国成立了省级电影基础设施委员会，将兴建电影院纳入到国家城市规划与文化发展的范畴。由于国家的大力支持，法国各地兴修、新建的影院数量比90年代初增长了4倍。

此外，法国文化部正在酝酿法国影片进一步走向国际的改革措施。为同美国抗衡，法国将加强与欧洲委员会的合作，简化合拍摄影片的审批手续，直接资助法国影片以及诸如录像带、图书等各类派生产品（后电影产品）在国外的发行、出版。俄罗斯国家电影委员会也正与有关部门协调，以更好地扶持俄罗斯电影的生产，重振电影大国昔日的辉煌。

三、欧洲电影及视听业发展的全球化趋势

欧洲人一直为拥有悠久而良好的文化传统而自豪，并一直努力保持这种尊严。但现在，要很好地保持文化传统和文化自尊却不是一件容易的事情。过去，左右欧洲电影与广播电视业发展的一直是政治和文化利益，而不是经济利益，所以欧洲各国电影均打上了鲜明的意识形态和文化的烙印。但是，这种情况正在发生本质性的演变。自二战以来，欧洲电影观众数量大幅度下降，电视业勃兴，与电影业展开了激烈的竞争，吸引了愈来愈多的观众。电影业的收入骤减，它越来越依靠向电视台和录像公司出售电影录像片来获取资金。广播电视业最初仅仅作为国家的意识形态工具和一项社会事业而存在，在这个领域强调的是国家意志，而不以营利为目的，因而国营广播电视系统在广播电视业中占有垄断地位。20 世纪 80 年代以后，欧洲各国对传统的广播电视系统不断进行调整，对视听业的技术和工业潜力带给国民经济的积极作用予以更大的关注。国营广播电视系统的垄断地位一去不返。欧洲各国已建成大量的私营电视台，现正在大力发展付费电视和卫星电视，现代信息技术使得商业电视公司可通过电缆接收全球电视节目。而国营广播电视系统也变得更为重视经济效益，播出更多的广告，以提高收入。

由于电视传媒巨大的影响和丰厚的商业利润，欧洲本土的一些原本对视听业发展感兴趣的跨国大公司乘机而入，并逐渐在欧洲视听业中占据重要地位。这些跨国公司之间，及其与美国同类公司之

间都进行了广泛的合作。在当今世界上，信息产品的四分之三都属于 80 个联系密切的跨国大企业，而这些大公司的标志性产业就是商业广播电视系统。这说明，欧洲视听业的全球化趋势正日趋明显。在电影领域，自产自销式的传统的电影生产方式越来越少，由几个国家的大电影公司合拍的电影越来越多，即使是某个国家单独拍摄或独立制作人独立制作的电影，其生产要素也并不单一，往往是法国的编剧、意大利的导演、英国的演员，而出品人可能是德国的。这也正是全球化在电影业中的体现。

全球化趋势给欧洲的电影与视听业带来了互相关联的两个结果。其积极的一面是，市场机制的强化、私人资本的进入、跨国合作的增多，给电影与视听业的发展带来了一定的活力，扩大了它们在社会生活中的影响。但同时，商业利润的追逐、国家作用的减弱也造成了美国文化的铺天盖地、无孔不入，使欧洲本土电影与视听业陷入了生存和精神危机。一方面，跨国大公司进口和播出大量廉价的美国视听产品。1985 年，在欧洲各国播出的电影和连续剧，来源于美国的占 35%～50%，到 1995 年，这个数字已上升到 60%，在一些频道甚至达到 95%。这与电影市场的情况较为相似（平均 76%）。另一方面，跨国大公司本身生产的影视产品的本土文化特色越来越少，而更多地着眼于国际品位，以进入外国市场，特别是美国市场。它们倾向于投资制作英文故事片和连续剧，其题材、剧本和演员的选择都体现了这一国际发展战略。这使欧洲媒体中的文化深深打上了好莱坞的印记。在那些猛男靓女、枪战打斗、电视脱口秀等节目中，欧洲的文化传统又在哪里呢？

欧洲广播电视业的这一本质性变化已危及以公共文化服务为宗旨的欧洲国营广播电视业的生存。为此，在欧洲，就广播电视机构的性质和宗旨问题，围绕传统的精英文化和政治价值与新商业主义之间的矛盾，已经展开了一场激烈的政治辩论。

对欧洲来说，如何在电影与视听业的全球化、商业化、美国化潮流中保持独立的文化品格，弘扬本民族的优秀文化传统，这是一个远未完成的战略性课题。可以说，斗争尚未有穷期。

（2001 年）

“9 · 11”后美国价值观的变与不变

——以布什为例

对于美国人来说，“9 · 11”是他们心中永远的痛。“9 · 11”对美国社会的冲击远远超过珍珠港事件。对许多美国人来说，“9 · 11”之后，生活永远地改变了，从前的日子一去不返。在这次令人震惊的恐怖袭击之后，美国的主流社会，从政治人物到普通公民，对从国家安全、外交政策到价值观念的许多方面，都在进行反思和调整。正如布什总统在2002年1月30日发表的“国情咨文”中所说：“我们中从没有人希望发生‘9 · 11’恐怖袭击，但在美国遇袭之后，我们整个国家仿佛站到了镜子前，更好地看清了自己”，“我们要成为一个追求超越自我目标的国家。我们获得了一个绝无仅有的机会，我们不能让这个时刻从指缝中溜走”。这种重新审视的结果，是美国人对自己的价值观念进行了一定的调整与校正，社会文化出现了一些引人注目的变化。尽管从根本上来说，美国的价值观不会有脱胎换骨的改变。这种变与不变鲜明地体现在“9 · 11”后布什总统的几次重要演说中。本文以此为例进行初步探讨。

一、“9 · 11”后美国价值观的若干变化

变化之一：从一味强调个人、追求财富转而重视家庭与亲情。美国本是一个提倡个人主义的国家，个人的自由成为美国人最基本的追求。同时，作为自由资本主义的典型，美国人对财富的向往、对享乐的追求是其社会发展的基本动力。人们公认，在对个人自由、个人隐私高度尊重的同时，美国社会的人情味是较贫乏的，亲情是淡漠的。由此带来离婚、吸毒、孤独、心理变态等种种社会问题。“9 · 11”事件中，许多家庭失去了亲人，许多人失去了同事和朋友，对进一步袭击的恐惧使人们自然而然从家庭、亲情中寻找慰藉、求取帮助。危急时刻，以自私和冷漠著称的美国人走到了一起。英勇献身的警察和消防队员成为榜样，献血站外排起了长队，捐款者络绎不绝。“9 · 11”之前，宣扬恐怖与暴力的艺术作品不少。“9 · 11”之后，媒体更多播放一些宣扬爱与温馨的文艺节目，怀旧的乡村歌曲和布鲁斯重新成为美国民众的最爱。美国有线电视新闻网（CNN）审时度势，在每晚的新闻中都加播一段美国乡村音乐演唱，使人们在观看了充斥着战争与死亡的新闻节目后，心灵得到些许慰藉。人们仿佛突然发现，一个人离开了他人，他的生活将是不安全的、没有乐趣的。人性中高尚的因子、情感的动机被充分地调动起来了。在纽约和华盛顿举行的纪念“9 · 11”一周年活动，焕发着人性人情的光亮，场面较为感人。这就是布什总结的：“我们意识到，作为公民，我们对彼此、对我们的国家和历史都负有责

任。我们不再看重积累物质财富，而是看重如何积德施善”（国情咨文，2002 年 1 月 30 日）；“父母们不再仅仅想到自己的婚姻，他们开始考虑应该给予子女更多的关爱”（答记者问，2001 年 10 月 12 日）。连布什也承认，这是恐怖事件为美国带来的“意想不到的变化”。布什还趁热打铁，号召美国人从一生中拿出两年的时间（约 3000 个小时），参加社区服务。布什还对中国人重视家庭、学业和荣誉的优良传统既赞且羡。在清华大学的演讲中，他对台下的学生说：“重视个人和家庭责任的古老道德传统将使各位受益匪浅。”

变化之二：为了国家利益可以牺牲个人部分自由。在以往的美国社会，个人自由神圣不可侵犯，人权是他们的核心价值之一。防止公权力对个人私权的侵犯，是许多政界人士和人权组织的奋斗目标。美国的许多影视作品，都对美国的权力部门，例如警察、军队、中央情报局，假借国家利益之名，粗暴践踏个人隐私、个人自由的做法，进行过淋漓尽致的描述和深刻的揭露。一段时期内，这类作品还形成热潮。但是，“9・11”后，这些作品忽然不见了，取而代之的是加强国家权力部门的种种舆论。军方和中央情报局扬眉吐气，乘机扩大自己对社会公共生活的渗透，而美国社会对此也是认可的。安检越来越严格，个人自由受到一定的限制，公民必须配合情报机关的工作。美国司法部部长阿什克罗夫特提出加强对洗钱活动的监控；提议对于未经起诉就予以拘捕的移民，其羁押时间可以延长到 48 小时，在紧急情况下可以更长；对涉嫌支持恐怖活动的外国人，可以随时驱逐出境。布什说：“我们要完善搜集和分享情报的工作，在边境加强巡逻，增强空中安全的防范措施，利用科学技术跟踪每一位来去美国的旅客。”这种“跟踪”在以前是不可想象的。为了安全而牺牲掉一定的自由，美国民众已经接受。在思想领域，保守主义占据了主导地位，而自由主义受到削弱。美国社会的开放性也有一定的减弱。

变化之三：单边主义和双重标准有所收敛。布什在上台之初，表现出一种严重的单边主义倾向，例如拒签《京都议定书》，退出《反导条约》，在许多外交行动上自行其是，甚至不与欧洲盟国保持协调。这种单边主义植根于美国人根深蒂固的优越感和美国利益至上的实用主义考虑。至于双重标准，更是美国价值观的一个显著特征。例如在人权问题上，用放大镜挑别国的人权毛病，而不承认自己糟糕的人权记录；在反恐问题上，拒不承认车臣分裂分子是恐怖势力，同情乃至支持旨在分裂中国的“东突”“藏独”“台独”分子。“9·11”事件的发生，对美国人的文化优越感是一个沉重的打击。正如布什所说：“我本人相信，就像许多美国人相信的一样，这是个美好的国度。正因为这个原因，我无法相信竟然有人仇恨美国。”（国情咨文，2002年1月30日）布什这种“无法相信”，充分反映出美国人的夜郎自大和幼稚可笑。但不管怎么样，美国人开始了或深或浅的反思。单边主义的行动有所收敛。在建立反恐联盟的问题上，美国表现了足够的耐心。直到取得从英国到澳大利亚、从巴基斯坦到埃及等世界绝大多数国家的支持，并主动与中国、俄罗斯等国进行协调且得到联合国授权之后，美国才开始进行反塔利班战争，从而使战争进行得异乎寻常地顺利。“9·11”之后，美国终于承认车臣匪军和“东突”势力为恐怖分子，不再对俄罗斯和中国维护国家统一的行动说三道四。值得注意的是，“9 · 11”后布什在许多场合都开始谈论甚至认可不同的价值观。例如他在 2002 年 1 月 30 日发表的“国情咨文”中表示：“我们并不想将我们的文化、意识强加给别人。”在清华大学发表的演讲中他也承认：“在我们的双边关系中，我们的的确确有一些问题是不能够百分之百地达成一致的意见。但是，当你能够跟一个人相互之间有更多的理解和了解的话，你就可能就这些分歧和问题进行更好的讨论，毕竟我们是人，是有血有肉的人。”这表明美国的价值观中有了更多的宽容与平等意识，不再有那么令人反感的双重标准和高高在上的傲慢姿态。

二、“9 · 11”后美国价值观的不变特性

如果我们认为一个“9 · 11”事件就使美国的价值观发生了根本变化的话，那就大错特错了。实际上，由《独立宣言》奠基、支撑整个美国社会制度与社会意识形态的美国式价值观，是不会因为“9 · 11”而彻底改变的。它虽遭恐怖袭击而不得不有所调整，旋又因为反恐战争的胜利和美国在全球霸主地位的巩固与扩大而变本加厉。它的本质特性不但没有改变，反而更露骨地暴露出来。这体现在如下几个方面：

（一）以“自由”“民主”为核心的价值体系更加彰显

美国的价值观是建立在自由、民主、平等、尊严等核心理念之上的。这肇始于《独立宣言》：“人人生而平等，他们享有造物者赋予的若干不可剥夺的权利：生命的权利、自由的权利和追求幸福的

权利。”布什宣称：“美国将一如既往地、永不妥协地追求人类文明的期待：法制、国家权力的制衡、妇女的权益、保护私有财产、言论自由、平等公正，以及宗教宽容。”（国情咨文，2002 年 1 月 30 日）这是历届美国总统、美国主流媒体所反复宣传的。不仅如此，美国人从来都认为美国是最自由的社会、最自由的制度，是“民主的堡垒”“自由的灯塔”。美国人对美国式民主与自由的自我感觉极其良好，表现出十足的自恋倾向。他们认为美国是国家的楷模，人类的榜样。在清华大学，布什反复强调：“我们国家成为一个希望的灯塔是有原因的，世界各地很多人梦寐以求地来到美国也是有原因的，是因为我们是自由的国度。”在“9・11”后的任何一个场合，布什都在吹嘘美国的自由理念，力图将它推广到全世界。

（二）拯救世界的使命意识更加强烈

美国人的精神中有一种强烈的天定使命观。他们认为美国作为上帝选择的特殊国度，肩负着拯救世界的天定命运，对人类的发展与世界的未来承担着一种特殊的责任。美国是“山巅之城”“希望之乡”，美国人是“上帝的选民”，应该“为世界做出一个民主的榜样”，美国的未来不仅是其自身的未来，也是人类的未来、世界的未来，甚至宇宙的未来。这种源于新教教义的价值观深深影响了美国的历届总统。“9・11”之后，美国人首先想到的是拯救美国、捍卫美国，同时也要拯救世界、捍卫世界。在美国人看来，恐怖分子不但是对美国宣战，也是对世界宣战，对自由世界宣战，对人类的命运与前途宣战。因此，反恐战争不但攸关美国的命运，也关乎人类的前途。请看布什的演讲：“但是，这不仅仅是美国之战。处于危急关头的不仅仅是美国的自由。这是世界之战。这是保卫文明之战。这是一切相信进步和多元主义、相信宽容和自由的人民之战。”（国会演讲，2001 年 9 月 20 日）他坚定地相信：“只要美利坚合众国保持坚定和强大，就不会出现恐怖时代；这将是一个自由时代，不仅在这里，而且在全世界。”（同上）他呼吁美国公民向世界任何一个角落传播美国对人民的同情心和人道关怀，他要求美国“利用反恐战争所呈现的巨大机遇引导世界趋向正确的价值观，以期给全世界带来持久的和平”（国情咨文，2002 年 1 月 30 日）。在自顾不暇、手忙脚乱之际，美国仍然表现出这么强烈的使命意识，在别人看来有些单纯和天真，在美国人那里却是理所当然、义不容辞。

（三）高人一等的偏执心态更为突出

美国人从立国之初，即由于历史地理因素诸方面的影响，形成美国人与众不同的心理，认为美国处处高人一等，形成“我说了算”的霸权心态和美国例外观。正如基辛格所指出的：“再没有其他社会像美国一样，既绝对坚持绝不容许外国干预美国内政，又如此一厢情愿地认定美国的价值观是放诸四海皆准行的。”（《大外交》）20 世纪以来，由于经济、军事实力的强大和几次战争的胜利，美国人的这种心态日渐膨胀。冷战结束后，因苏联解体、东欧剧变而达到顶峰，以至福山宣称这是世界历史的终结。即使在受到恐怖袭击的“9・11”后，美国人的这种心态也未改变，反而更加咄咄逼人。例如布什在 2001 年 9 月 20 日的国会演讲中，居然说出如此傲慢无礼的话：“每个地区的每个国家都要作出抉择。你们不是站在我们这一边，就是站在恐怖主义分子那一边。”这种非此即彼的思维模式是一种典型的冷战思维，与现代观念是格格不入的。

与这种美国中心主义的极度膨胀相应的，是“妖魔化”理论的流行。美国在一定的历史阶段，总要对与自己不同意识形态、不同文化传统、不同社会制度的国家“妖魔化”。如冷战时期对苏联和中国。20 世纪 90 年代前期对中国的“妖魔化”至今仍令人记忆犹新，为此他们不惜歪曲事实，挑起中美之间一次又一次摩擦（如“银河号”货轮事件）。这种强烈夸大敌国的阴谋和危险性的做法正是美国民族心理偏执的一种表征。美国学者霍夫斯塔特认为，美国人总是将“庞大阴谋理论系统化”，总是认为敌对的方向正对本国的政治文化、生活方式等构成巨大威胁。“9・11”为美国人的这种“妖魔化”意识正好提供了一个佐证，使他们越发深信不疑。基地组织当然是实实在在的威胁，然而美国人认为敌人不仅在此。在收拾完塔利班之后，美国将大棒挥向了所谓“邪恶国家”“无赖国家”，并且无需别的理由，一句“支持恐怖活动”的欲加之罪即可。美国曾将伊拉克、朝鲜、伊朗列为三个无赖国家，目前它的矛头主要针对伊拉克。布什在 2002 年 9 月 12 日的联合国大会上谈到伊拉克时说：“我们最担心的是使为非作歹的政权向恐怖主义分子提供进行大规模屠杀的技术，可让恐怖主义分子获得实现他们疯狂野心的捷径。”可以预测，不论伊拉克做出多大努力配合联合国武器核查，美国的“倒萨”决心不会改变，战争终将不可避免，直到伊拉克纳入美国的势力范围为止。

（四）美国利益至上的理念更加深入人心

美国在其不遗余力地输出民主、扩张自由的行动中，表现出一种理想主义的热情。然而另一方面，美国人又是比较务实的。爱国主义深入人心，美国利益高于一切。美国人决不会为了与己无关的事务去流血牺牲。阿富汗战争是因为基地组织威胁到美国的生存、“倒萨”是为了美国的切身利益——中东石油。反之，只要是国家利益所需，美国人很能团结一致，服从号令。这在美国的影视作品中也有充分体现。布什早在2000年12月16日阐述其对外政策时就说：“未来几年的外交政策必须服务于我们在全世界的利益，同时要反映美国的最高主张。”“9·11”之后，布什更在多个场合号召美国民众为了美国的最高利益挺身而出，从事各种公共服务以支援反恐事业。美国人的这种国家观念和国家精神，值得他国借鉴。事实上，正是因为“9·11”后美国人高涨的爱国热情和团结一致的爱国行动，使美国能较快地从恐怖袭击的创伤中恢复，保持了经济的稳定，而其对世界事务的主导力、控制力则愈发强大。

（2002年）

湖南文学：缺席与迷失

几年前，首届鲁迅文学奖评奖，湖南作家几乎全军覆没，引起舆论哗然。媒体曾经发表《湖南作家怎么了》的文章，予以追问和探究。而今，在日前揭晓的第二届鲁迅文学奖评选中，湖南作家再一次榜上无名。

对于一个有着深厚文学传统的省份，对于一个开新时期文学风气之先，在最初几届茅盾文学奖、全国优秀中篇小说奖、短篇小说奖评奖中名列前茅的省份，对于一个 20 世纪 90 年代以来一直矢志重振文学湘军雄风的省份，这样的结局未免令人沮丧。自然，评奖不是一切，凭一届文学评奖也不足以判定一个省份文学创作的全貌——近几年湖南的长篇小说创作就始终保持着一个不错的势头。但是，评奖毕竟是一面镜子，这面镜子清晰地反映出当前湖南文学创作的缺位与迷失。

作家队伍的流散与创作精神的委顿是人们的一个突出印象。90

年代以来，尽管有关部门曾致力于整合作家队伍，重振湘军雄风，文学湘军也形成了几个颇有影响的创作群体，如“60 年代作家群”、女性文学创作群体、少儿文学创作群体，但说到一支阵容整齐、实力雄厚的湘军作家队伍，则始终没有形成。许多很有功底的作家搁笔了，另一些实力派作家也只是在孤立地、阵发性地创作，偶尔掀起一点波澜，之后便无声无息。在这一队伍中，尤其缺乏能举起大纛、引领众人的旗手型人物。

文学期刊与出版的现状也不能令人满意。一份历史悠久的文学期刊最终消失了，一份曾经颇有影响的大型文学期刊迷恋于自我设计而剑走偏锋。商业化潮流铺天盖地，娱乐文化声势浩大，而严肃的文学创作却步履维艰。文艺出版商一再对坚守严肃文学阵地者说不，使其心血只能遭受待字闺中的命运。

文学批评几乎失语。面对令人忧虑的文学现状，批评限于恨铁不成钢的喟叹而无所作为。而对某些迷失的文学现象，批评更是避之唯恐不及。文学批评比文学创作更快地抽身隐退，它又如何能给创作以刺激与提升呢？

期待第二届鲁迅文学奖的评奖能成为给湖南文学创作的一声警钟，把人们从昔日的荣光、自恋的迷梦中敲醒，从而正视自身的缺失，学习他省的长处，跟上时代的潮流，重新在全国文学版图上涂上湖南浓浓的一笔。

（2002 年）

文艺工作如何应对入世的思考

单纯从条款上看，这次公布的入世文件中，我国在文化艺术方面作出的承诺并不多，开放的步子并不很大，市场准入的门槛也比较高，但并不能因此而认定入世对我国的文艺领域或者说对我们的文艺工作冲击不大。实际上，入世并不是一种横空出世的东西，而是我国对外开放20余年的一个必然的结果，是我国打破封闭隔绝状态、融入全球化潮流的一个标志性环节。20世纪80年代以来，伴随着经济全球化，出现了文化全球化，这一过程已经对我国思想文化领域产生了深刻影响，随着我国加入WTO，它必将继续产生更大的影响。

关于入世或文化全球化对我国思想文化领域带来的挑战，已有很多文章进行了透彻、深刻的论述。这里仅从文艺工作的角度探讨一下如何应对这种挑战。

第一，摆正心态。在思想认识上，应对全球化带来的机遇与挑战进行恰当的、准确的评估，保持平和、成熟的心态。既不能无动于衷，掉以轻心；又不必如临大敌，惊慌失措。既不能视之为洪水猛兽，把全球化妖魔化；又不能迷恋、神化全球化，以为它是包治百病的灵丹妙药。既不可盲目乐观，又不能盲目悲观。就电影而言，每年引进 20 部进口分账大片，冲击不可谓不大，但也不必由此就认定国产电影会溃不成军乃至全军覆没。20 世纪 40 年代的上海，几乎所有好莱坞影片都与美国同步上映，但民族电影业依然很兴旺，拍出了《乌鸦与麻雀》《马路天使》等一批深受观众欢迎的经典影片。60、70 年代香港本土电影也是在美国电影同步上映的情况下发展起来的。90 年代后期日本、韩国电影的蓬勃发展也都说明了这一点。从我国目前的电影现状来看，虽然进口大片占到 60% 的电影票房，但《生死抉择》这样的主流电影、冯小刚的贺岁片，以及《洗澡》《我的兄弟姐妹》这样的艺术电影也很受欢迎。《生死抉择》的票房收入过亿元，超过许多进口大片；潇湘电影制片厂拍摄的《那山那人那狗》在日本创造了近 4 亿日元的票房，连带彭见明的小说集也在日本洛阳纸贵，风行一时。这些都说明入世后我国的文化艺术仍然有自己的生存发展空间。

第二，守住底线。我国文化艺术与西方文化艺术的一个根本区别在意识形态上。西方文艺体现的是自由主义的意识形态，我国文化艺术是以马克思列宁主义、毛泽东思想、邓小平理论为指导的，遵循着先进文化的前进方向，这就是我们必须坚守的底线。不论怎么对外开放，我们都必须坚持马克思主义的指导地位，弘扬主旋律，确保主流文化的先进性，牢牢把握意识形态领域的领导权、主导权、控制权。否则，就有丧失根本、造成整体性失控的危险。

第三，培植本土。我们的文化艺术和其他国家的文化艺术还有一个根本区别，这就是：它们是“中国制造”，深深打上了中华民族的烙印。民族化、本土化是我们安身立命之本，中国风格、中国气派是我们与他人一较短长的杀手锏。我们欢迎其他国家、其他民族的优秀文艺作品，我们要积极学习别人的长处，但我们永远是黄皮肤黑眼睛的龙的子孙，决不能丢掉自己的民族特性和本土优势，跟在别人后面亦步亦趋。当今的文化全球化本来就呈现出西强中弱、人强我弱的态势，西方掌握了话语霸权，如果我们还不大力弘扬本土文化，我们就有被别人淹没的危险。对我省来说，还有一个湖湘风格的问题。我们生长在潇湘大地上，浸润着湖湘文化，我们的作品还要有湖湘特色、湖湘风格。当然，民族艺术、本土艺术也还有一个创新的问题。不创新，就会逐渐“化石”化。

第四，放开一片。在守住底线的基础上，我们完全可以放开一片。即放开大众文化、市场文化。西方比较发达、比较能产生经济效益的，也就是它的大众文化、市场文化。我们要真正在市场上、产业上与西方文化相抗衡，还必须大力培育、发展市场文化。主流文化的优势体现在质上，在主导力、控制力上，要说量的优势还是大众文化。大众文化只要不违背四项基本原则，不违背宪法和法律，不违背中华民族基本的道德准则，就应允许并鼓励其发展。当前我国思想文化领域已形成多样化、分层化的格局，因此也必须建立综合的评价体系。不能用要求主旋律作品、主流文化的标准来要求大众文化、市场文化，不能实行舆论一律。应积极研究对市场文化进行体制性松绑、放低社会资金在文化艺术领域准入门槛的办法。当然如何引导、规范精芜并存、泥沙俱下的大众文化，仍然是我们的一个重要任务。在这里，主流的声音不能缺席，不能失声。实际上，西方文化不可能改变我们的主流文化，因为我们毕竟是在中国共产党的领导下，但它对亚文化的影响很大。因此必须加强引导。

第五，加强保护。面对西方流行文化的猛烈冲击，加强对民族文化的保护已迫在眉睫。对主流文化的标志性作品，对民族文化精粹，对博物馆、图书馆、科技馆、青少年宫、重点文物保护单位等关系民族文化根本的公益性文化事业单位，应加强保护，加大投入，提高政府补贴水平。这也是国际通行做法。法国对电影票房征收 11% 的特别税，用以补贴本国电影；对一般性剧团也有 60% 左右的补贴。西方国家对公益性文化艺术机构，政府都保证其拨款并鼓励私人捐赠。我国前些年由于财政短缺，提倡公益性文化单位以文补文，甚至以文养文，带来很多不良后果，如浓厚的商业气息，文化场所、设施被变卖或挪作他用，等等。这种状况现虽有所改变，但还需进一步做好。

第六，发展产业。这里的产业指的是文化产业。应对入世挑战，光保护是不够的。特别是我们的文化产业，如果离开政府扶持就难以生存下去，那它就永远不可能长成参天大树。只有让它在激烈竞争的风雨搏击中成长壮大，才有可能赢得优势，占领中国这片广阔且十分重要的文化市场。只有确立在文化产业、文化市场中的优势地位，才能掌握文化话语的主导权。目前，西方文化资本、文化产品、文化服务进入我国的势头迅猛，对我国文化产业形成较大挑战，我们必须高度重视，起而应战。现在发展文化产业的条件也比较成熟了。一是全社会的产业意识大大增强了，人们再也不把文化单纯看作一种事业。二是出现了一个较为成熟的文化市场，市场需求不断扩大，市场环境不断改善。三是形成了一定的产业基础。影视业、娱乐业、出版业、报业都有较好的基础。加上国外文化产品与服务的良性刺激，我们的文化产业完全可能有一个较大的发展。

第七，调整职能。入世对我国的行政管理体制产生的冲击巨大。我国现行行政管理体制存在一定弊端，行政干预的因素较多，一些行政性法规还人为地造成不平等竞争，违背国民待遇原则、公平竞争原则。加入世贸组织后，我国已清理、修改或废止了几千件法律法规。在文化艺术领域，人们注意到，我们在作出承诺的同时，都坚持一个前提，即不放弃、不损害对内容的审查权（电影、音像），这是必要的，否则我们无法守住底线。但是，为了促进文艺的繁荣和产业的发展，以与西方文化相抗衡，我们在审批制度方面也还有可以改进之处。在文化艺术的管理上，正确的做法是，该党委部门审查把关的，坚决要把好关，负起责（如重大革命历史题材、重大主旋律题材、纪念地管理等）；不该由党委部门审批，而应由政府行政部门依法管理的，放手交给政府行政部门（如文化市场）；既不需要党委部门审批，也不需要政府部门审批的，就不要过多干预。

第八，“走出去”。我国政府在经济领域提出了一个口号：实行

“走出去”战略。在文化艺术领域同样应实施这一战略。这也是弘扬中华文化、提高我国文化竞争力的一个举措。如果说以前的20多年我们主要是打开国门，让外面的风吹进来的话，那么现在是到了我们主动“走出去”，在国际舞台上显示实力、赢得发展的时候了。这几年，湖南的文化艺术加快了“走出去”的步伐，取得了很好的效果。2001年，全省对外文化交流100多批次，其中出去38批次，虽然引进仍比出去多，但已有很大进步。20世纪90年代中期以来，省杂技团在国外的商业合约一年到头不断。2001年，舞剧《边城》出访俄罗斯、奥地利，省花鼓戏剧院出访瑞典、丹麦，都取得了较好的经济效益。潇湘电影制片厂投拍的电视连续剧《盖世太保枪口下的中国女人》全部在比利时拍摄。除了许晴这一个中国演员外，其余全部是外国演员，该剧的浓缩版也有望打入欧洲市场。这些都证明，我们并不缺乏优秀的作品，只要注意包装、注重营销，我省的文化艺术完全可以走出国门，赚取外汇。所以我们要加大实施“走出去”战略的力度。

（《湖南宣传》2006年第6期）

小康社会文化建设的行动纲领

——解读党的十六大报告关于文化建设和文化体制改革的论述

正如学术界和全社会所公认的，江泽民同志在党的十六大上所作的报告，内容丰富，博大精深，是全面建设小康社会、开创中国特色社会主义事业新局面的政治宣言和行动纲领。其中关于文化建设和文化体制改革的论述，虽然文字不长，但提纲挈领，自成体系，包含着党和国家最重要的文化主张和最主要的文化政策，值得宣传思想界特别是文化艺术界认真学习，全面掌握。本文试从八个方面对这一部分进行解读。

一、战略意义

这一部分开宗明义指出“全面建设小康社会，必须大力发展社会主义文化，建设社会主义精神文明”，将文化建设视为全面建设小康社会的一项重要任务。文化是一个民族的精神纽带，是一个民族的历史积淀与身份象征，它的亲和力甚至超过了血缘关系。党从成立的那天起，就十分重视文化建设。党的三代领导集体在领导武装斗争、经济建设和改革开放的同时，也在关注和领导着文化建设。随着党的理论的与时俱进，文化的分量也与日俱增。“三个代表”重要思想的提出，标志着党的文化意识的更大觉醒和文化使命的自觉担承。的确，在当今世界，文化作为经济、政治、文化三维结构中的重要一维，作为物质文明、政治文明、精神文明三个文明建设的重要内容，作用显著，不可或缺，而且它深深地渗透于经济建设和政治进步之中，深刻地影响着物质文明和政治文明的进程。文化的发展和繁荣，是社会全面发展、人的全面进步的重要前提。小康社会的发展目标，其中之一便是“文化更加繁荣”，人民的文化权益得到切实尊重和保障。

从综合国力竞争的角度看，文化也是一个重要的砝码。综合国力的竞争，除了经济实力、科技实力、国防实力外，还有一个重要的方面是文化实力和民族凝聚力。物质并不能代表一切，富裕并不意味着先进，一个物质发达而精神贫乏的民族，很难称得上是优秀的民族；一个富得流油但一盘散沙的国家，也称不上世界强国。因此，在大力提高我们的经济实力、科技水平、国防实力的同时，必须极大地增强我们的文化实力和民族凝聚力。而文化的力量，便深深地熔铸在民族的生命力、创造力和凝聚力之中。加强文化建设，繁荣文化事业，提高全社会的文化水平，增强全民族的精神力量，是增强综合国力、实现中华民族伟大复兴的基础工程。这，便是文化建设的战略意义。

二、基本内涵

小康社会的文化建设，其主题是发展社会主义先进文化，“就是发展面向现代化、面向世界、面向未来的，民族的科学的大众的社会主义文化”。这一表述概括了文化建设的基本内涵。在中国应该建设什么样的文化形态的问题上，中国共产党进行了长期的探索与实践。毛泽东同志在《新民主主义论》中提出“民族的科学的大众的”这一基本的界定，并进行了充分的论述。邓小平同志从改革开放的新的时代特点出发，增加了“三个面向”的内容。20 世纪 90 年代以来，江泽民同志将二者结合起来，形成了对中国特色社会主义文化的清晰勾勒与完整表述。这表明我们的文化建设不是盲目的，而是有着清醒的目标模式与完整的概念体系的。建设民族的科学的大众的文化是迄今尚未完成的任务，“三个面向”是永恒的坐标系。可以断言，关于中国特色社会主义文化内涵的这种表述，将保持长时期的稳定。

三、指导思想

在十六大报告中，关于中国特色社会主义文化建设的指导思想，是这样表述的：“必须坚持马克思列宁主义、毛泽东思想和邓小平理论在意识形态领域的指导地位，用‘三个代表’重要思想统领社会主义文化建设。”从表面上看，对“三个代表”重要思想与马克思列宁主义、毛泽东思想、邓小平理论对文化建设的指导作用的表述略有不同，实际上，我们可以认为，“三个代表”重要思想与马列主义、毛泽东思想、邓小平理论一样是小康社会文化建设的指导思想。因为“三个代表”重要思想已经写进党章，成为党的指导思想的一部分，自然也是文化建设的指导思想的一部分。而且就当前的文化实践来说，“三个代表”重要思想更具有直接的现实的指导意义。“三个代表”是社会主义文化建设的灵魂。在小康社会文化建设的各个方面、各个阶段，都必须贯彻“三个代表”、遵循“三个代表”，只有这样，才能确保文化建设行进在正确的轨道上。

四、方针策略

十六大报告对党在新时期的重要文艺方针作了重新强调，这就是：“二为”方向；“双百”方针；弘扬主旋律，提倡多样化；社会效益放在首位；一手抓繁荣，一手抓管理；深入生活，深入群众；以科学的理论武装人，以正确的舆论引导人，以高尚的精神塑造人，以优秀的作品鼓舞人。

值得注意的是，报告中还特别提出，要“大力发展先进文化，支持健康有益文化，努力改造落后文化，坚决抵制腐朽文化”。这可以说是我们党在现阶段的文化策略，是“弘扬主旋律，提倡多样化”方针的具体化。这一文化策略，切合当前文化界的实际，也是历史经验的总结。党成立以来，其文化策略经历了一个发展演变的过程。从革命时期和五六十年代以革命／反动、香花／毒草、被统治阶级／统治阶级的二元对立模式区分文化，到改革开放以后承认文化的多样性，区分主流／非主流／反主流文化，再到十六大报告对四种文化的划分，可以说我们党对文化的多样性、复杂性的认识越来越明确，建立在这种认识基础上的文化策略也越来越灵活、明智、理性。

先进文化是党和政府所提倡的具有鲜明主旋律特征的文化，是最能体现“三个代表”、反映社会主义文化先进性的文化，必须政府主导，大力发展。健康有益文化是人民群众喜闻乐见、有益于身心健康的益智、休闲、娱乐文化，它们中的一部分就是主旋律文化，一部分可能没有鲜明的主旋律特征，但总体上具有积极的价值取向，能满足人民群众多方面的精神文化需求，因此应该允许和支持。落后文化是存在于社会上的与先进文化要求不相适应或不相协调的那部分文化观念、文化习俗、文化样态，改造它们是我们长期而艰巨的任务。腐朽文化是与社会主义价值观念格格不入的那些反主流文化，如邪教文化、色情文化、狂嫖滥赌、纵情享乐等等，它们是社会的毒瘤，是任何一个健康的社会都要加以限制和抵制的文化；如果任其蔓延滋长，对社会风气、对青少年健康成长都将产生十分有害的影响，必须坚决抵制，予以清除。

大力发展先进文化，支持健康有益文化，努力改造落后文化，坚决抵制腐朽文化，对各种文化分类指导，辨证施治，就能使小康社会的文化建设达到一个比较合理的状态。

五、文化政策

报告明确提出了我国当前的文化政策。它包括两部分。一是文化事业政策。其总的原则是“国家支持和保障文化公益事业，并鼓励它们增强自身发展活力”，明确承诺对文化公益事业予以支持和保障。具体是在“坚持和完善支持文化公益事业发展的政策措施”下的“四个扶持”，即“扶持党和国家重要的新闻媒体和社会科学研究机构，扶持体现民族特色和国家水准的重大文化项目和艺术院团，扶持对重要文化遗产和优秀民间艺术的保护工作，扶持对老少边穷地区和中西部地区的文化发展”。这“四个扶持”基本上涵括了各类文化公益事业，体现了党和国家对重要新闻媒体、社科研究机构、重要艺术院团、重大文化项目、文物保护和优秀民间艺术及老少边穷地区和中西部地区文化建设的重视，也反映了经过20多年改革开放的积累，我国的综合国力大幅度跃升，已经基本具备了支持文化公益事业的财政实力。同时，报告还强调要加强文化基础设施建设，发展各类群众文化。

二是文化产业政策。报告对发展文化产业给予了高度的重视，指出，“发展文化产业是市场经济条件下繁荣社会主义文化、满足人民群众精神文化需求的重要途径”。将发展文化产业写进党的报告，这在党的全国代表大会还是第一次，充分反映了文化产业蓬勃发展的现实，也反映了全党全社会对文化产业重要性认识的不断加深。近些年来，我国的文化产业发展很快，已经成为一种朝阳产业，许多省市都作出了发展文化产业、建设文化强省的总体规划，出台了政策措施。国家的“十五”计划纲要中也第一次增加了发展文化产业的内容。但与美国等西方国家相比，我国的文化产业还处于比较幼稚的水平，亟须一个大的发展，以应对入世挑战。十六大报告对文化产业的重视，必将促进我国文化产业新一轮的发展。报告还具体提出要“完善文化产业政策，支持文化产业发展，增强我国文化产业的整体实力和竞争力”，给文化产业的发展扫清了政策性障碍。

将文化事业与文化产业明确区分并分别提出不同的文化政策，说明全党对发展不同类型的文化、领导管理不同文化单位的认识的深化，更加符合文化发展的现实状况和客观规律，使我们的文化政策更加成熟、更加全面。

六、基本要求

对建设中国特色社会主义文化，报告提出了如下基本要求：“立足于改革开放和现代化建设的实践，着眼于世界文化发展的前沿，发扬民族文化的优秀传统，汲取世界各民族的长处，在内容和形式上积极创新，不断增强中国特色社会主义文化的吸引力和感召力。”

小康社会的文化建设，必须立足于当前，立足于实践，这是毫无疑问的。我们既不能沉湎于对过去的伤逝，又不能耽于对未来的冥想，而必须脚踏实地，服务现实。中国特色社会主义的伟大事业，全面建设小康社会的壮丽图景，为文化建设提供了丰富的源泉，也提出了现实的课题。生长于改革开放和现代化建设实践大地上的文化艺术，必将枝繁叶茂，硕果累累。着眼于世界文化发展的前沿，是为了向国际一流水平看齐，保持文化的前沿性与开放性，以参与世界性的文化交流与对话。

中华民族在数千年的发展历程中，创造了辉煌灿烂的古代文化，是世界上唯一一个保持了五千年（甚至更久）文明不间断的民族。从五四运动以来，中国人民又创造了轰轰烈烈的新文化。这些，都已成为优秀的文化传统和宝贵的文化资源，必须很好地继承和利用。当今世界，各种文化争奇斗艳，互相融合，文化的多样性特征十分明显。中国特色社会主义文化建设，必须以开放的心态海纳百川，广泛汲取其他民族的长处，以为我所用。这也就是毛泽东同志所说的“古为今用”“洋为中用”。

相对于经济与科技，文化具有更明显的保守性特征。20世纪中国文化思潮中的激进与保守之争，一直延续到现在。但这不能成为我们拒绝创新的理由。在继承优秀传统、维护价值的稳定性的同时，我们必须加快内容与形式、观念与实践、体制与机制创新的步伐，大大增强中国特色社会主义文化的吸引力与感召力，使我们的文化能更好地跟上时代、征服人心、占领市场，赢得与资本主义文化的比较优势。正因为如此，十六大报告把形成良好的文化创新体系也确定为全面建设小康社会的基本目标。

七、根本任务

中国特色社会主义文化的根本任务，是培育一代又一代有理想、有道德、有文化、有纪律的社会主义公民，其核心、其重中之重是弘扬和培育民族精神。民族精神是一个民族赖以生存和发展的精神支撑。一个民族，没有振奋的民族精神，没有高尚的民族品格，没有坚定的民族志向，不可能自立于世界民族之林。中华民族之所以屹立千年而不倒，屡经磨难愈奋起，特别是从近现代“亡国灭种”的危境中走出，重新屹立于世界的东方，就是因为有一种伟大的民族精神维系着。十六大报告把它概括为以爱国主义为核心的“团结统一、爱好和平、勤劳勇敢、自强不息”的十六字精神，这是比较准确的。但是，一段时期内，由于我国相对处于落后状况，由于市场经济的冲击，社会上也出现了民族自信心丧失、盲目崇拜西方、精神失落、物欲泛滥的现象，导致社会整体道德水平滑坡，民族凝聚力降低。这是十分不利于中华民族的现代化与复兴大业的。也正因为如此，江泽民同志才会在各种不同的场合反复强调民族精神的重要性，先后倡扬“64 字”创业精神、“两弹一星”精神、抗洪精神、延安精神、红岩精神、“五种精神”……这些精神都是民族精神的有机组成部分，都为增强全民族的精神力量，丰富全民族的精神世界，作出了重要贡献。

综合国力的竞争，民族凝聚力的较量，以民族精神为内在支撑。面对世界范围各种思想文化的相互激荡，必须把弘扬和培育民族精神作为文化建设极为重要的任务，纳入国民教育和精神文明建设全过程。一是要弘扬，民族的光荣传统要发扬光大；二是要培育，根据新的时代特点与要求，培育民族精神的新质，使之更具活力与竞争力。

八、重要环节

十六大报告将文化体制改革作为文化建设的一项重要任务提出，它也可以说是文化建设的重要环节。报告明确指出，文化体制改革的基本原则是：根据社会主义精神文明建设的特点和规律，适应社会主义市场经济发展的要求，两方面必须兼顾。改革的重点，一是体制，即“理顺政府和文化企事业单位的关系，加强文化法制建设，加强宏观管理”。二是机制，即“深化文化企事业单位内部改革”。改革的目的是“逐步建立有利于调动文化工作者积极性，推动文化创新，多出精品、多出人才的文化管理体制和运行机制”。

近年来，随着我国文化事业与文化产业的发展，随着我国加入世贸组织，大文化范畴的文化体制改革可以说风起云涌，新闻出版广播影视业不断进行着分化与重组，出现了一批大的电影集团、电视集团、出版集团、报业集团。但小文化概念的文化体制改革却在原地徘徊，特别是文艺群团和艺术表演团体，动静不大，某种程度上导致这些机构缺乏活力，作家艺术家的积极性没有充分调动起来，创新不够，精品、人才也出得不多。应该根据中央的要求加大改革力度。一方面，党和政府要更加关心、重视作家艺术家，要扶植民族艺术、高雅艺术，保障公益性文化事业的开支；另一方面，关心、重视、扶持不是把作家艺术家无条件地养起来，不是回到干与不干一个样、干多干少一个样的时代，而是要激活思维、鼓励创造。对文艺群团与艺术表演团体的管理体制可能不需要大的变动，但这些单位的运行机制却可以更加完善。要积极探索合同制、聘任制、项目制，创新投入机制、分配机制、奖励机制，使这些单位能更具活力、更有生气，真正成为文化建设中不可或缺的组成部分，并涌现更多人才，为人民群众奉献更多更好的精神食粮。

（《理论与创作》2003 年第 1 期）

文学与时代的关系

一、因时而生，因时而变

“文章合为时而著，歌诗合为事而作。”（白居易语）法国哲学家泰纳认为文学是种族、环境和时代三因素结合的产物。文艺是时代的产儿，必然要感应时代的变化。刘勰在《文心雕龙》中指出：“文变染乎世情，兴废系乎时序。”

二、反映时代，引领时代

文艺总是要反映时代的精神与情感的，文艺的精神与时代精神之间有一种同构关系。《礼记·乐记》中说：“治世之音安，以乐其政和；乱世之音怨，以怒其政乖；亡国之音哀，以思其民困。”刘勰在《文心雕龙》中分析建安文学风格与时代的关系道：“观其时文，雅好慷慨，良由世积乱离，风衰俗怨，并志深而笔长，故梗概而多气也。”所谓“建安风骨”“盛唐气象”，就是文学与时代关系的生动写照。“五四”文学的冲决网罗，20 世纪 80 年代文学的激情澎湃，正是变革时代的反映。但文艺并非在时代后面亦步亦趋，它可以开风气之先，引领时代潮流。如“五四”前的文学革命运动和鲁迅的《狂人日记》，就对五四运动的爆发起了直接的点火作用。1978 年后的新时期文学，也为改革开放和社会转型起了推波助澜的作用。

三、文艺和时代的不平衡关系

文艺并不和时代绝对同步，也不和时代绝对同构。有时时代很发达，而文艺很平庸；有时时代很混乱，而文艺很繁盛。马克思说：“关于艺术，大家知道，它的一定的繁盛时期决不是同社会的一般发展成比例的，因而也决不是同仿佛是社会组织的骨骼的物质基础的一般发展成比例的。”某些有重大意义的艺术形式只有在艺术发展的不发达阶段上才是有可能的。马克思举例说，古希腊神话只有在人类的童年时期才可能出现，19 世纪的德国政治上极为落后，却在哲学上演奏着欧洲的第一提琴。人们常感叹，“五四”时期中国政治腐败，却成为一个巨人蜂起、文学繁荣的时代；相反，当下的中国，经济飞速发展，社会正在转型，却没有出现很多经得起历史检验的经典之作，其原因也正在于此。

（2004 年 7 月）

文艺与和谐社会建构

迄今为止，人们对和谐社会的讨论主要集中于从利益调节、社会管理的角度思考实现路径，而较少从文艺学、美学、心理学等精神文化的层面上去讨论问题。实际上，构建社会主义和谐社会，是一个系统工程，需要经济、政治、文化、社会多种手段同时实施。在这中间，文艺的作用十分重要，不可或缺。

一、从中国古代艺术理论看文艺与和谐的内在联系

何谓“和谐”?“和”，据《辞源》，其首义为“和顺”“谐和”。《周易》云：“保合大和，乃利贞。”《汉语大字典》释义有十余个，前二者一为“和谐”“协调”，《广雅·释诂三》：“和，谐也。”二为“适中，恰到好处”，《广韵·戈韵》：“和，不坚不柔也。”至于“谐”，《辞源》释为“和合，协调”。《汉语大字典》释为“和谐，协调”，意思相同。《左传·襄公十一年》：“如乐之和，无所不谐。”

《说文·言部》:“谐，洽也。”《玉篇·言部》:“谐，和也。”和与谐，都是指人本身及人与自然、社会那种特别协调、适中、恰到好处的状态。

从和谐的定义来看，它与艺术、与美有着天然的联系。或者说，它与艺术有一种同源关系。“和”的大量出现，最早见于中国古代艺术（音乐）理论中。在很多时候，他们谈“和”是在谈艺术，谈艺术必谈“和”。中国古典美学十分重视“和”对于美与艺术的重要意义，先秦美学一个鲜明的影响深远的观点就是“以和为美”。由此又生发出两个基本观点，一是和谐是艺术与美的重要特征，二是艺术与美能促进人本身及社会的和谐。

（一）和谐是艺术与美的重要特征

从春秋时期开始，中国古典美学就认为艺术的本质是“和”。《国语》提出了“乐从和”的观点:“夫政象乐，乐从和，和从平。声以和乐，律以平声。”（《国语·周语下》）钟的声音要大小适度，小不至于听不见，大不至于为耳朵所受不了，这样才能达到和，给人以美的感受。荀子学派所作的《乐记》对“乐”的阐释也以“和”为核心概念:“乐者，天地之和也”“大乐与天地同和”。庄子认为，乐与和也是有层次的，“与天和者，谓之天乐”“与人和者，谓之人乐”。所谓“天和”“人和”，即人与自然的统一，人与他人的和谐。中国古典美学对于同“乐”相连的“和”的认识，是从生理感官上的和，进到心理、精神上的和，然后再进到整个自然和社会的和，这种和，也就是美。“礼之用，和为贵，先王之道，斯为美。”（《论语·学而》）古人认为，大自然及人类社会按其本性来说就是和谐的，而最高意义上的美就在这种和谐之中。当然，古人说的和并不是单一、同一，而是多样性乃至对立面的和谐统一；不是静态的永恒，而是在有序运动中产生的和谐。“夫和实生物，同则不继。以他平他谓之和，故能丰长而物归之；若以同裨同，尽乃弃矣”“声一无听，物一无文，味一无果，物一不讲”（《国语·郑语》）。从哲学上看，中国传统美学中“和”的观念基础，就是《周易》所阐明的对立面的和谐统一，即所谓“乾刚坤柔，比乐师忧”。它不但要求人与自然的和谐统一，更强调人与社会的和谐统一。

中国古人关于和谐是艺术与美的重要特征的观点并不是孤立的，它在古希腊美学那里找到了知音。古希腊数学家毕达哥拉斯认为：“音乐是对立因素的和谐的统一，把杂多导致统一，把不协调导致协调。”赫拉克利特也认为：“自然是由联合对立物造成最初的和谐，而不是由联合同类的东西。艺术也是这样造成和谐的”“互相排斥的东西结合在一起，不同的音调造成最美的和谐”[①]。虽然关于对立、冲突在和谐中的作用的认识不一样，但柏拉图、亚里士多德等也无一例外地强调和谐对于美的重要性。

以和为美的思想为中国古代的儒家美学定了一个基调，此后，儒家美学又沿着这一思路发展出了诸多概念，例如孔子的“中庸”为美，董仲舒的“天人合一”为美。这些概念的精神实质都是讲究

①北京大学哲学系美学教研室编：《西方美学家论美和美感》，北京：商务印书馆，1980 年。

人与自然及人与人、人与社会的和谐、适度。这些思想对中国古代的音乐、绘画、诗歌、书法等产生了深远影响，形成了平和冲淡、自然从容、宁静悠远的东方艺术精神。

（二）艺术与美能促进人本身及社会的和谐

从以和为美的理念出发，中国古人对艺术的审美功能及社会功能都进行了深入的探讨。《尚书·尧典》云："诗言志，歌永言，声依永，律和声；八音克谐，无相夺伦，神人以和。"和谐的艺术能达到"神人以和"，即人与自然及人与宇宙规律的高度和谐统一。在中国古代美学中，美首先是以一种和谐状态进入人们意识之中的，在这种和谐状态中，主体感受到了他同外部世界（包括自然与社会两者）的统一，外部世界成了他对自我的肯定，从而产生出一种审美的愉悦。

艺术不但能产生审美的愉悦，带来身心的和谐，而且能改良人心道德，促进经济、社会乃至政治的和谐。春秋时乐官伶州鸠在论述"乐从和"的道理后说："乐极和，礼极顺，内和而外顺，则民瞻其颜色而弗与争也，望其容貌而民不生易慢焉。"（《乐记》）这就是和的艺术在伦理教化中的作用。他进而指出："于是乎气无滞阴，亦无散阳，阴阳序次，风雨时至，嘉生繁祉，人民和利，物备而乐成，上下不罢，故曰乐正。……夫有和平之声，则有蕃殖之财。于是乎道之以中德，咏之以中音，德音不愆，以合神人，神是以宁，民是以听。"（《国语·周语下》）和谐的艺术不但能带来风调雨顺、天地化育、物阜民丰，而且能带来社会和谐，人民安居乐业。可见艺术在和谐社会构建中的作用是多么大。古人还把音乐与政治联系起来，说明艺术与社会、与政治有一种对应关系：“是故治世之音安，以乐其政和；乱世之音怨，以怒其政乖；亡国之音哀，以思其民困。声音之道，与政通矣。”（《乐记》）当然这里主要是说明社会政治面貌决定了艺术的面貌，而不是相反。但无论如何，艺术的和谐与否，对社会政治的和谐是有着相当的影响的。

二、为构建和谐社会创造良好文化环境

文艺为构建和谐社会服务，有两层基本含义：一是作为社会的一部分，文艺领域本身一定要和谐；二是要通过文艺来促进社会的和谐。这就要求我们围绕构建和谐社会这个主题，从文艺政策、文化生态、文化理念、文艺创作、文化服务、文化设施建设等多方面去努力，其中前三者就文化环境而言，后三者是就文化条件而言。

（一）创造和谐的文艺政策环境

文艺领域和谐与否，文艺政策至关重要。新中国成立以来文艺工作的经验教训表明，过于严厉或过于放任的文艺政策均不利于文艺事业的健康发展。过于严厉，则气氛沉闷，百花凋零；过于放任，则可能导致思想混乱，主流不彰。当前的文艺政策，应该继续坚持以马列主义、毛泽东思想、邓小平理论为指导，以“三个代表”重要思想统领文艺工作全局；坚持“二为”方向，贯彻“双百”方针；坚持弘扬主旋律，提倡多样化；坚持大力发展先进文化，支持健康有益文化，努力改造落后文化，坚决抵制腐朽文化，创造宽松、和谐、有序的文艺环境，形成一元主导、多样并存、百花齐放、全面繁荣的文艺格局。要继续尊重文艺规律，尊重作家艺

术家的创造性劳动，保障作家艺术家的创作自由和评论自由，鼓励艺术上的大胆探索与创新，形成人人心情舒畅、生动活泼的良好氛围，使作家艺术家的创造活力得以充分释放，艺术才情得以完全迸发。

（二）涵养和谐的文化生态

当前我国的文化领域已出现了较深程度的分化现象，主流文化与非主流文化、精英文化与大众文化、高雅文化与通俗文化、本土文化与西方文化、传统文化与时尚文化，分化较为剧烈，各自形成了自己的文化群落，并且产生了一定的隔膜、壁垒乃至冲突。这也可以说是文化的博弈，这种博弈是有利于文化的健康发展的，但有时，我们看到的并不是理性的博弈，而是激烈的搏杀。例如，一些前卫艺术、先锋文化总是试图挑战主流文化的底线，从而不能不引起主流文化的奋起反击。又如，一些精英知识分子不断指责大众的文化欣赏趣味低俗，并总想用自己的趣味与标准改造他们，而那些歌厅文化、电视娱乐文化、网络文化的发烧友们则对此并不认同。关于湖南卫视《超级女声》节目的激烈争论就是一个典型的个案。当一些精英电视人痛心疾首地指责这档节目低俗乃至恶俗时，却招致了网上一片反对声，并且阻挡不住“超女”粉丝队伍的迅速扩大，短信发送量的节节攀升。最后一场总决赛的短信投票高达 800 多万条。这种现象值得我们深思。当然，主流文化的引导与警示对确保《超级女声》不沦为低俗节目是有帮助的。事实证明，从 20 世纪 80 年代以来，精英分子对于大众文化如牛仔裤、流行音乐、网络语言的指责很多时候都只能加深社会文化人群的对立，而无助于问题的解决。这表明，从宏观层面来看，我国的文化生态还有着不够健康和谐之处。根据构建和谐社会的要求，我们应该努力涵养一种和谐、均衡、健康的文化生态。我认为，在建设中国特色社会主义文化的总框架下，只要不违反宪法和法律，各种声音都应有自己的表达机会，各种文化样式、文化形态都应该有自己的生存空间，可以博弈、竞争，但不能党同伐异，唯我独尊，更不能产生恨不得“灭此而朝食”的心态。须知，和谐本身就是多样性的统一，而不是绝对的同一。马克思在《评普鲁士最近的书报检查令》中热情呼吁对个性的尊重。恩格斯也指出，历史是由无数个力的平行四边形所形成的合力推动前进的，在这个合力中，每一个因素都有自己的作用。文化也是如此，它也有若干个力的平行四边形，在主流文化的有力引导下，各种文化样式、文化形态的激荡与融合，当会去伪存真、激浊扬清，推动整体文化向着健康的方向前进。在我们的文化百花园中，应该有鲜花也有绿草，有乔木也有刺槐，形成高低错落、长短不拘、各安其位、各展其长的景观，而不能过于整齐划一，这样才能形成生生不息的文化生态圈。

涵养和谐的文化生态，还包括在文艺家队伍中建立一种和谐的人际关系。应该克服“文人相轻”、意气之争等有损文艺界团结和谐的习气，大力提倡“和而不同”“群而不党”的风气，确立既讲个性又重共性、彼此尊重、共同进步的新型人际关系，使文艺界的文化生态健康和谐。

（三）倡导和谐的文化理念

文化理念及隐蔽其后的文化心理结构，规范着一个人的行为，决定着一个社会的整体面貌。当前倡导和谐文化十分重要。“和”曾经是中国传统文化的核心理念之一，但是，在生产力水平十分低下和不平等现象广泛存在的情况下，所谓“和”特别是社会政治生活中的“和”是很难实现的。古代草根阶层就经常发出“王侯将相，宁有种乎”的质问，产生“彼可取而代也”的冲动。所以一部古代史，血雨腥风不断，离乱之时常有，所谓政通人和的太平盛世极少。近代以来，帝国主义列强的侵略、统治阶级的腐朽，使古代田园诗般的温情脉脉的宁静和谐生活更是一去不复返。民族要独立，人民要解放，成为时代最急迫的课题，民族战争、阶级斗争和社会革命成为回应这一课题的必由之路。1840 年以后，百余年中回荡在中国大地上的主旋律并不是“和”，而是“斗”，这是有其历史必然性的，也是有其正义性的。但是，新中国成立以后，我们本应较早进入“和”的时代，却由于斗争哲学的滥用和激进主义的惯性，而产生了无休无止的政治运动，乃至陷入十年“文革”的泥淖，使国家政治生活、社会生活中和谐安宁的气氛荡然无存。因此，虽然和谐是传统文化的一个古老概念，也是当代大多数中国人的共同追求，但其基础并不十分牢固。这就需要我们在主流意识形态建设中大力倡导、弘扬和谐文化，培养民族中一种健康、理性的文化人格。这里有一个文化转型的问题，即从破坏型文化转型为建设型文化，从激进主义文化转型为理性主义文化。这一转型正在进行，但并不彻底，需要继续努力。

具体到现实生活中，我们要倡导树立一种理性维权的意识。自己的权利受到侵犯、利益受到损害时，可能有多种选择，但最明智的选择不是采取激进的手段去铤而走险，而是在法律许可的范围内冷静行事。电视剧《水浒传》主题歌中所谓“路见不平一声吼，该出手时就出手，风风火火闯九州”的激烈态度，于现代社会并不合适。总之，在先进文化建设中，应该注意弘扬以和谐为核心价值理念的文化范式，不能认同社会上的极端情绪和偏狭观念。

三、为构建和谐社会提供充足文化条件

（一）推出有利于社会和谐的文艺作品

围绕构建和谐社会，从文艺创作的角度，也有一个转型的问题。首先，从主题表达上来说，应从表达激进主题转换为更多表达爱与和谐的主题。文艺创作一方面要关注底层，另一方面也不必过度渲染社会对抗和利益冲突；要追求公平与正义，但在当前，更要表达人与人之间的理解、宽容、友爱、关心，而不要渲染仇恨、敌意、非此即彼、你死我活。在这一点上，我认为对不同的题材应有不同的主题表达要求。革命历史题材应尊重历史，着力表现革命斗争的波澜壮阔，讴歌人民群众的革命精神，而不可用抽象人性论、唯心史观来解读革命历史，当然重大革命历史题材也需要创新。现实题材则应与时俱进，用新的符合时代潮流和共同价值的观念来处理，而不可沿用革命文学的模式。其次，从题材选择来说，一方面应继续创作革命历史题材特别是重大革命历史题材作品，从中汲取精神资源，另一方面更要大力提倡多创作表达真善美主题的一般历史题材作品，特别要多创作现实题材作品，为建构和谐社会服务。湖南有着丰富的革命历史题材资源，近些年来影视戏剧方面均推出

了一批重大革命历史题材力作，这一优势需要继续发挥；但现实题材创作却是我们的弱项，数量不够多，质量不够好，分量也不够重，特别是少有艺术上有重大突破的现实题材力作，这是需要我们努力弥补的。从这个意义上来说，长沙市新近推出的湘剧《亲亲社区》是一个成功的范例，这个戏写了社区中的各色人等，家家有一本难念的经，人人有自己的小九九，为了获得“低保”，他们暴露了人性的弱点，彼此之间也不无矛盾，但终究，善良战胜了敌意，理解消弭了隔膜。剧中的社区是一个温馨和睦、亲如一家的家园，而没有变成明争暗斗的场所。这台戏尽管还有不完善之处，但这样的作品，对于构建和谐社会，有着特别积极的意义。我以为这是当前文艺创作所要坚持的一个方向。

此外，文艺创作也应十分注意符合“政治正确”的原则，以有利于人与自然及社会的和谐。在当代西方的文化理论中，有一种“政治正确”的学说，这里的政治不是传统意义上的政治，而是一种“泛政治”，包括诸如环保、男女平权、文化多样性、尊重少数族裔如原住民的权利、反对虐杀动物等，这些恰恰对社会和谐影响极大。以此观之，我们的一些文艺作品，政治问题可能没有，但“政治不正确”处常有。如有的作品不符合环保理念，有的作品歧视农民，有的作品宣扬本民族至上，有的作品残忍对待动物。从构建和谐社会的要求出发，文艺创作有必要摒弃对过度开发、征服、改造自然的观念与行为的歌颂，有必要审视是否有意无意地在渲染奢侈浪费、污染环境的不良习惯与短期行为，有必要反省是否流露出种族歧视、男性中心等不正确的观念。我们需要从中国古典美学中吸取营养，对自然抱一种亲切的、人性化的态度，使之成为人类肉体与精神的诗意栖居之所；对他人抱一种“四海之内皆兄弟也”“人饥己饥，人溺己溺”的态度，使世界成为各民族、各界别共有的和谐家园。

（二）提供多层次、多样化的文化服务，促进精神健康与心理和谐

在如何实现身心和谐的路径问题上，中国传统美学和西方古典美学的答案并不相同。中国传统美学中的儒家一派强调把个人的生理欲求导入对社会伦理道德的体认中去实现和谐，强调自我节制与调适（《吕氏春秋》特别提出了“适”的概念，以“适”为“和”）；庄禅一派则强调在对自然的静观感悟中体会美与和谐，所谓“物我两忘”“天地与我并生，万物与我为一”，总之强调一个“静”字。而西方古典美学则强调一个“动”字。亚里士多德虽也称赞古希腊雕塑那种“高贵的单纯”与“静穆的伟大”，但他更强调文艺的宣泄与净化功能，即在欣赏文艺作品时通过引起怜悯与恐惧等激烈的情感来使这些情感得到净化。这两种不同的审美体验都能达到和谐的效果，我们应予以同等的重视。一方面，静观默察、会心一笑这种东方式的审美是必要的；另一方面，也不能排斥充满动感和激情的参与式、宣泄式体验。高雅的交响乐需要倡导和扶持，为普通市民和青年群体所喜爱的歌厅文化、酒吧文化也具有特殊功能。在某种程度上，后一方面对于调适身心更为有效。

当前，面对社会上的一些不公正、不公平的现象，许多人有不满情绪。面对快速的工作节奏和生活节奏，许多人有紧张感、疲惫

感。这些情绪如不加以疏导和缓解，就有可能成为影响社会稳定的定时炸弹。如何疏导和缓解这些情绪？当然有许多途径。提供多层次、多样化的文化服务是一个重要途径。为什么当前的歌厅文化、休闲文化这么火爆？为什么电视中的娱乐节目长盛不衰？就是因为它们起到了宣泄情绪、释放压力的作用。当你在歌厅里和其他人一起鼓掌跺脚、忘情呼喊时，你一定会从紧张的心理压力中解脱出来；当你投入地观看综艺节目时，你至少可以暂时忘却生活的烦恼；当你酣畅淋漓地蹦迪一番后，你的疲惫感可能荡然无存。所以，对一些深受人民群众欢迎的看似俗气和粗糙的文艺样式，我们切不可站在贵族式的立场上去评头品足或加以封杀，而要充分看到它们对社会和谐所起到的积极作用。当然仅有这些是远远不够的。比较而言，高雅艺术一旦为大众所接受，它的陶冶和净化作用更大。所以党和政府应该大力提倡高雅艺术。

（三）加强农村文化建设，实现文化共享，促进社会和谐

当前，我国除了经济上和社会上存在城市和农村的二元结构外，在文化上也存在城乡二元结构。城市吸纳了大部分文化投入，占有相当多的文化资源，拥有众多的文化设施，文化生活丰富到有些过剩；而农村的文化投入偏低，占有的文化资源不足，文化设施简陋，文化生活贫乏而粗陋（脱衣舞一度蔓延于乡村即为一例）。在城市，参与并享受文化生活的大部分也是城市居民，而大多数农民工由于消费不起或缺乏时间，基本没有参与到文化生活中来。

这种文化上的二元结构和分配不公加剧了一部分人的不平等感，影响了社会和谐。在小康社会建设中，如果广大农村成为文化

版图上的不毛之地，广大农民不能共享文化发展成果，那么我们的文化建设就不能说是成功的。对这个问题，文化主管部门和众多有识之士已经意识到了，并且采取了一定措施予以补救，取得了一定成效。当前我国农村文化建设存在一个困局：如果由公共财政投资建设农村文化设施（例如乡镇文化站），几年以后很多都会闲置荒废或挪作他用，于是许多人认为农村文化建设也要探索文化产业之路；而如果真正走产业之路，投资者又因为赢利空间太小而缺乏投资冲动，产业效应尚不明显。造成这一困局的根本原因是目前我国农村在文化方面有需求无市场，有欲望无购买力，有冲动无行动。但这不能成为我们无所作为的理由。事实上，通过加大投入和机制创新，农村文化建设是可能出现一个新的面貌的。湖南省普遍开展的“政府买单，群众看戏”活动就在一定程度上解决了农民看戏难的问题，流动演出车的配送也初步扭转了县级剧团多年萎缩的状况。与此同时，民间职业剧团却十分活跃。湘西自治州保靖县对政府配送的电影放映机实行产权置换，也解决了一方面农民看不到电影，另一方面电影放映机又在仓库睡大觉这一问题。种瓜得瓜，种豆得豆，可以预见，随着农民文化需求的趋旺和购买力的增强，对农村文化建设的投入将会收获丰硕的果实。

（《湖南社会科学》2005 年增刊）

文学创作与新农村建设

社会主义新农村建设已成为当前我国社会生活的热门话题，但在文学领域，似乎还没有引起应有的关注。

从本质上看，文学与乡村有着天然联系。乡土、乡村是文学之土壤、根脉。20世纪以来的多数中国作家，都与乡村有着割舍不断的关系：他们或在乡村出生、长大，或者曾“上山下乡”，在人生的某一阶段亲近过农村。乡村不仅仅是文学创作的题材，更是一种生活方式、一种文化价值，代表着许多作家的精神家园和情感依归。乡村，几乎就意味着祖先、大地、母亲、童年、传统、纯朴、初恋……而这样一些词语、这样一些元素，于文学是必不可少的。

回望乡土、关注农民是20世纪中国文学的优良传统。毛泽东曾经不无激愤地指出，在中国古代文学中，农民几乎缺席。这种情况在20世纪以后有了很大改变。从“五四”新文学开始的百年中国文学历程中，乡村题材逐渐成为重要的题材领域，农民逐渐成为文学的主体。在我看来，百年来农村题材文学有四个明显的逐步深化的阶段：第一阶段是“五四”时期的“乡土文学”阶段，包括鲁迅、王鲁彦、王任叔、冯文炳、台静农、蹇先艾等，以悲天悯人的情怀反映乡村的破产和农民的不幸；第二阶段是从 20 世纪 40 年代解放区文学到五六十年代的农村题材长篇小说高峰，包括《王贵与李香香》《小二黑结婚》《暴风骤雨》《太阳照在桑干河上》《山乡巨变》《创业史》等，表达农民投身土地改革，从封建土地关系重压下获得身心解放的艰难过程与喜悦心情；第三阶段是新时期以来的一批农村题材作品，包括《乡场上》（何士光）、《人生》（路遥）、《平凡的世界》（路遥）等，是农民新的奋斗和新的解放的见证；第四阶段以《白鹿原》（陈忠实）、《梦土》（陶少鸿）、《猿山》（宋清海）等为代表，力图从更深远更广阔的历史文化背景来反思农村与农民，也因此表现出更为厚重、复杂、多义的姿态。

尽管成绩显著，但一个不容回避的事实是，20 世纪 90 年代后期以来，农村题材的作品，特别是真正以农民为主角的作品，已经越来越少，农村题材的优秀作品更是凤毛麟角。与此同时，都市题材、官场题材、历史题材、知识分子题材却十分兴盛。文学在多样化的浪潮中似乎忘记了农村和农民，写农村成了落伍、土气、狭隘的象征，一些作家在努力抹去自己的农村背景，而拼命挤入都市的时尚圈。

人们不能忘记，在中国迈向工业化、现代化的关键时期，农民做出了巨大的贡献，承担了难以言说的牺牲。曾经，他们以微薄的土地收入，承担着供养乡镇政权和农村义务教育（废除农业税和实行农村免费义务教育仅仅是这一两年的事）的沉重负担；他们在二元经济结构下几乎完全靠一己之力解决自身的水、电、路、医疗、教育、养老等重大问题；他们在春节的鞭炮声尚未消失的日子里就肩挑背扛，背井离乡，在极为恶劣的交通条件下来到陌生的城市，在十分简陋的劳动条件下打工，使中国的城市越来越漂亮，商品越来越丰富；他们中一些人的土地和家园在工业化、城镇化的浪潮中以极为低廉的价格失去，留下的是被污染的土地、河流；还有，他们为改变自身命运也改变农村面貌迸发出惊人的创造力，取得令城里人汗颜的成就……这些堪称悲壮而伟大的历史图景，无论从道德的角度还是文学的意义来说，难道不值得我们的作家们去描写、去思索吗？当帝王将相、才子佳人、高官大款、白领丽人乃至“新新人类”在文艺作品中异常活跃时，我们的父老乡亲，这“沉默的大多数”，却寂寂无声。这是作家的失职，文学的悲哀。

那么，在新农村建设中，文学何为？首先是要将打量的目光重新投向乡村，将农民重新作为文学的主体。这需要我们对农村生活的熟悉，对农民命运的倾情关注。你写的可以是老式农民，也可以是新式农民，但必须是真农民，不是“伪”农民（如同许多影视剧中塑造的“农民”那样）。不拔高，但也不刻意贬损，写出他们的真实状态。其次，文学要深度揭示农村的变革。中国的社会主义新农村建设有许多任务，但最根本的任务应该是把农民从相对封闭落后的传统生活方式中解放出来，使其一同走进现代化。这是又一场具有世界影响和历史意义的伟大变革。这场变革于文学的意义是多重的：一方面，农村变革带来的土地关系的变化、生产方式的更替、生活方式的进步、精神领域的嬗变，都给文学带来了无限可能性。另一方面，古老乡村的消失、农民与土地的分离、乡村情感的转化、田园牧歌的渐行渐远，也在另一意义上给予文学以表现空间。此外，文学可以为新农村建设提供参照。新农村建设，作为政治决策、经济行为，必将造福于亿万农民，但如果把握不当，也可能带来无法挽回的损失，如同当年头脑发热的“大跃进”运动，如同当下千篇一律的城市改造。文学直指人的心灵和情感，可以为新农村建设提供一种精神的向度、文化的警示。例如，在新农村建设的隆隆轰响中，古老的村寨不应被拆掉，宁静的田园不应被毁灭，传统的好的仪礼、习俗不应被丢弃，而更重要的，人心的纯朴不应丧失。

总之，一方面，文学应以自己的方式热情关注和投入新农村建设这一历史变革；另一方面，又应吸取 20 世纪 50、60 年代“写中心”的教训，不作肤浅的颂歌，不为盲目的跟附，努力追求自身的价值、立场、深度和独特性。

（《文艺报》2006 年 4 月 4 日）

文艺的泛化与期待经典

与20世纪相比，甚至仅仅与前几年相比，当前我国文艺领域出现了一些新的显著不同的现象，形成了一些新的社会文化思潮，准确把握和理性分析这些现象和思潮，对做好文艺工作、抓好精品生产，具有十分重要的意义。

一、当前文艺的泛化态势及其特征

（一）从四大文化现象说起

从2005年下半年到现在，在全国产生了广泛影响并具有深远意义的文化现象有四个："超女"、郭德纲、"馒头血案"、韩白之争。

"超女"：以"想唱就唱"为口号，以无门槛、原生态、参与性、互动性为特征，打造全新的娱乐选秀方式，制造了短信投票量、收视率、广告额和歌手一夜暴富的神话，也引发了激烈的争议，成为2005年中国最大的文化事件。2006年"超女"的举办，引发了更为激烈的文化冲突。

郭德纲：自称非著名相声演员。“床前明月光，疑是地上霜。举头望明月，我是郭德纲。”让相声回归传统、回到民间，贴近生活、贴近受众。他的相声七分传统，三分搞怪。实际上，郭德纲所走过的路与奇志、大兵走过的路如出一辙。

“馒头血案”：网络电影《一个馒头引发的血案》堪称后现代主义的典型文本，它对道貌岸然的精英电影《无极》的解构是淋漓尽致的，它本身创意的完整、元素的丰富和制作的精良也达到了很高的程度。陈凯歌的反应使他成为笑柄，而胡戈俨然成了新的平民英雄。

韩白之争：以白烨的《80后的现状与未来》和韩寒的《文坛是个屁，谁都别装逼》相继发表为标志。韩寒与白烨之间关于文学、关于文坛、关于评奖、关于评论家的论战绝不仅仅是意气之争或口水之战，实际上是一种新的文学观念对传统的文学观念的全面挑战，在韩寒粗鄙的语言后面表达的是严肃的观点。论战中白烨的左支右绌、狼狈不堪和韩寒的咄咄逼人、无所顾忌都令人印象深刻，也引人深思。

（二）泛化——当前的一种重要文艺态势

描述当前的文艺态势，可以用很多词，如常态化、多样化、大众化、全球化、产业化、边缘化等，但从以上四个文化事件来看，应该说还有一种态势很重要，那就是“泛化”。

1. 何谓泛化

所谓泛化，主要是一个范围或边界的概念。相对于过去的文艺，现在文艺的范围大大拓展了，边界大大延伸了。文学与非文学、艺术与非艺术的界限正日益模糊。首先从作品的角度看，一些传统（或正统）观念认为非文艺的作品事实上已经进入文艺的行列。白烨认为：“从文学的角度来看，‘80后’写作从整体上说还不是文学写作，充其量只能算是文学的票友写作”，因此韩寒的作品“越来越和文学没有关系”。而韩寒认为，“文学是一个很低的门槛”，“文学是文字的学问”，好文学就是“好读的好文章”，“除了说明书和新华社通稿，别的大致上都能成为文学”。很显然，白烨的文学概念是一种传统的概念，而韩寒的文学观却十分宽泛。《一个馒头引发的血案》尽管未进入影院、未获得票房，时间又那么短，但你不能说它不是电影。它的观看人数可能比《无极》还要多，可以说它是比《无极》更得电影真谛的一部电影。胡戈后又制作新网络影片《鸟笼山剿匪记》，引发关于网络影视定性问题的讨论。其次，从创作者的角度来看，传统上认为文艺是文艺家创作出来的，是文坛艺苑中操此职业的人弄的，普通人只有当受众的分。尽管一切文艺家首先是一个读者或观众，但两者之间还是有一条明显的界限。博客写作的兴起使这一界限几乎不存在了。韩寒认为，“在网络时代，每个写博客的人都算进入了文坛”，这话虽然太绝对，但大体上没错。而白烨显然不这么看，他认为“‘80后’这批写手实际上不能看作真正的作家，而主要是文学创作的爱好者，他们虽然进入了市场，但尚未进入文坛”。这就引发了韩寒的粗口：“文坛算个屁，谁都别装逼”“什么是纯文学，什么是不纯文学，文学又不是姑娘，调戏来调戏去。其实，他们调戏的不是文学，文学永远存在于平民之中，他们调戏的是他们自己弄出来的文坛。文坛和文学完全不搭界，文学是雅典娜，高尚亲民，文坛是站街女……”“什么坛到最后也都是祭坛，什么圈到最后也都是花圈”。再次，从传播方式来看，传统上不同的文艺门类有自己特定的传播方式，例如电影通过影院、戏曲通过舞台、美术通过展厅、文学通过期刊与图书，这就限制了文学的传播与发展。而在互联网时代，所有文艺作品都可通过网络传播，而且复制传播速度惊人。这种传播方式的便捷化既是文艺泛化的原因，也是它的一个特征。在这一问题上，白烨的观点落后得令人奇怪。因为“80后”的明星作者很少在文学杂志亮相，他们更多的是通过出书来发表作品，因此他认为他们“进入了市场，尚未进入文坛”。这完全是昧于时势的。以至于吴亮也说：“他的要害是，他基本上不懂文学……白烨批评韩寒在形式上是在讲道理，其实没有道理，韩寒反驳白烨在形式上很不讲道理，其实很有道理。”用韩寒的语言来说，是“有些人，话糙理不糙；有些人，话不糙人糙”。

2. 泛化的文化表征

进一步分析，当前文艺的泛化呈现出如下特征：

（1）平面化。平面化、深度的消失、意义的零度，是后现代主义文化的典型特征，也是最大的特征。当前中国的文艺也出现了平面化的趋势。以《快乐大本营》《越策越开心》为代表的一大批电视娱乐节目，追求的是娱乐至上，在它们当中寻找传统意义上的意义是徒劳的，或者说，没有意义就是它们的意义。《一个馒头引发的血案》更进而对武侠电影、法制节目、电视广告进行意义的消解。因为它嘲讽对象《无极》的可笑，我们不能说它是没有意义的，但它的意义表达方式完全不一样。而且这也很危险，一不小心就会有导向问题或法律问题。署名“胡倒戈”的恶搞片《闪闪的红星之潘冬子参赛记》因受到八一电影制片厂的强烈批评而不得不道歉（但道歉并不严肃），就是一例。文学从来都是追求意义与深度的，特别是批判现实主义作品和现代主义作品。但当前很多作品都在走向扁平化或平面化。所谓新写实小说就大部分缺乏深度，热度持续不减的官场小说，除少数几部外，大多一览无余。网络上的一批写手，也多是在玩文字游戏，以展示浮华纷扰的日常生活为乐，即所谓日常生活的审美化和审丑化。因此，我们已难以看到深入事物的本质或直击人的灵魂的作品。

（2）游戏化。游戏化似乎已成为我们这个时代的一道风景，成为对抗意识形态控制、生存竞争与庸常生活的救命稻草。电视中在玩游戏，网络中在玩游戏，生活中也在玩游戏。“一点正经没有”成为许多人的人生态度，“无厘头”成为许多作品的形式追求，“搞笑”“搞怪”成为使用频率极高的词，甚至“恶搞”也开始流行起来。胡戈的“馒头血案”是有着典型的游戏精神的作品，戏拟和反讽是它最大的特点（黄健翔“解说门”出现多个恶搞版本）。在韩白之争中，当白烨及其支持者被韩寒气得吐血时，韩寒却把争论定性为“赛前消遣”，把它看作一个上海男人 PK 四个北京男人，“如果事情不能够严肃，就要够娱乐”。他还无情地奚落白烨等人：“名人们要坚强，别一朝被强奸，十年不坚强，什么关博客鼻涕眼泪帮爹帮友骂娘卖老的，要改正。”老派人士怎么跟这种又浑又嬉皮的人论战？

（3）日常化。前面我们提到，“日常生活的审美化”是当前文学界的一个口号，写日常已成为许多作家的自觉追求。日常生活、日常经验、日常伦理都在这一范围。网络上和情感类报刊中大量的讲述类和情感实录类的文字都可归于此，博客写作的兴起则进一步推动了这一类写作。已经成书的《老徐的博客》就是徐静蕾日常生活的记录。如果说传统的文学提倡写轰轰烈烈的大事件、顶天立地的大英雄，抒发感人肺腑的大情感，表达醍醐灌顶的大思想的话，那么面对绝大多数人绝大多数时候波澜不兴的生活现状，写日常的兴起就是不可避免的了。百花文艺出版社出了一套“日常写作”丛书，它对日常书写的解释是：那种踏踏实实地贴紧生活的文字……坦率地面对真实的生活，把普通人所经历的、承受的、关心的、焦虑的，毫不矫情地记录下来……日常化的极致是私人化。当日常生活局限于个人的狭窄天地和隐秘情感甚至生理冲动时，日常化写作也就变成了私人化写作，私人化写作的极端是“下半身”写作。在我看来，大多数美女作家的写作都可归入这一类型。

（4）民间化。民间化表现在两个方面。一是民间写作。20 世纪 90 年代《天涯》杂志首开《民间语文》专栏，为过去没有话语权、没有发表机会的民间写作提供阵地，后来渐渐流行开来。现在民间写作当然并不一定需要期刊的恩赐或慧眼，博客的天空可以让他们信马由缰。博客本是民间狂欢的乐园，现在很多时候却成了名人所圈的又一块飞地，一些门户网站还因此受到很多人的批评。但名人博客只是博客的一部分，更多的还是非名人的博客。二是写民间。这与写日常是一个问题的两个方面。过去普通老百姓是“沉默的大多数”（王小波语），他们生活、劳动、死亡，无声无息，默默无闻。当代中国文学虽然提出要写工农兵，要有人民性，要大众化，但能在文学作品中露脸的“人民”先要经过严格的“政审”和意义考究，并且毕竟是少数。20世纪90年代的文艺在写民间方面仍然是做得不够的，帝王将相、才子佳人、高官大款、白领丽人充斥荧屏，宫廷戏、反腐戏、涉案戏、言情戏长盛不衰，以至于评论界提出了“底层意识匮乏的文学”的问题，呼唤“人民文学重新出发”。我们看到，当前写民间的作品渐渐多起来了。做得比较好的一是韩少功，一是何立伟。韩少功的《马桥词典》尽管都是虚构人物，但活动在马桥世界中的那些人无疑都来自民间、生活于民间并且表现了真正的民间状态。何立伟的《大号叫人民》最早在《北京青年报》上连载，引起很大反响，后来结集出版，颇受好评。何立伟是这样解释“人民”概念的：“我们就是人民。你就是人民。我写的就是你，以及你的表情。”“‘人民’其实就是我笔下的这些脸孔，就是具体的你同具体的我，就是我窗前马路上那些匆匆走过的朦胧而又清晰的身影。”他写的就是市井中的芸芸众生、各色人等，这当然是一种写民间。

二、如何看待当前文艺领域的泛化现象

（一）泛化的精神根源：草根的崛起及其对精英的反叛

在我看来，出现文艺泛化现象的最深刻的根源乃是草根力量的崛起，以及他们崛起后的表达冲动和叛逆精神。经济的发展、社会的进步、闲暇的增多以及思想的自由造就了一批新的草根力量，他

们以网络写手、自由撰稿人、漂泊一族的身份出现在文坛，摒弃了传统的科班出身或师授徒承的方式。例如韩寒就高中未毕业即辍学并以赛车手为职业，胡戈也是一个以录音作曲和音像技术销售谋生的沪漂青年。这一类型的人在当前是一个庞大的群体，他们有文学功底，有自信，更重要的是，他们有草根式的力量和年轻人特有的青春冲动和叛逆精神，无拘无束，不知敬畏。他们对 20 世纪 80 年代以来文坛形成的等级秩序和行业规则早就不满了。“王侯将相，宁有种乎”“彼可取而代也”是他们的普遍心态。在这种情况下，如果文坛前辈死抠着传统观念不放，必然与之发生冲突甚至遭到羞辱。韩寒接受采访时表示，他“早就看这些文学评论家不顺眼”，“他们把握了部分话语权，徇私作假，严重阻碍了文学的发展，我没那么多精力，只好挑一个最傻的先来”，甚至说与白烨的论战是“杀一儆百”。我对韩寒的粗鄙和绝对化不敢恭维，但不能不承认他的反抗是有道理的，他的反应是极为敏捷的，而且他不是孤立的，他有一大批追随者。当白烨指点早已不存在的“江山”，当陈凯歌指责胡戈“人不能无耻到这个地步”时，他们只能说已完全脱离了时代。有人说韩寒表现出一种霸道粗暴，就其心态来说确乎如此，但韩寒终究是独生子女政策和全球化时代的产物，也是文学父亲的儿子。韩寒式的伶牙俐齿、不管不顾、没大没小、无理说出有理来的本事，我们在现在的独生子女身上见得太多了。韩寒可以羞辱甚至杀死父亲，父亲却不能杀死儿子。

（二）泛化的文化背景：后现代的表达方式

中国是个社会主义国家，正处在向工业化、现代化迈进的过程中，而且中国幅员辽阔，东中西部差异极大，很难用一种概念涵括整个国度。但在文化领域，尤其是在都市时尚文化领域，中国确实已有了后现代主义的诸多症候。就其普遍的意义而言，后现代就是颠覆主流、消解神圣，就是平面化、无深度，就是游戏化、无厘头。在这方面，王朔是其文学代表，而周星驰是电影界的祖师，汹涌而至的娱乐狂潮和恶搞文化是其直接产物。这种后现代文化和主流文化、精英文化确实形成了截然的对立，大部分时候二者可以相安无事，但冲突是不可避免的。20 世纪 40 年代，一批西方马克思主义者早就预言，随着机械复制时代的来临，艺术的深度，艺术的独创性、反抗性必将面临严峻的挑战。那时的机械复制还仅仅是复印和工业印刷技术，相比起来，随着互联网技术的成熟，其复制的广度、速度、规模、能力不知提高了多少倍，艺术的深度、独创性就更加难以保证了。

（三）泛化的美学意义：文艺大众化时代的来临

从 20 世纪前期开始，大众化就是中国文学的一个梦想。从 30 年代的“大众语”运动，到 40 年代的文艺民族化论争，从 1958 年的“大跃进”诗歌到“文革”中的工农兵写作，中国文学一直在进行着大众化的不懈努力。但是，30、40 年代的大众化浪潮，只是知识精英的自我觉悟与圈内行动，“大跃进”诗歌过于虚浮，而真正成功的工农作家也凤毛麟角。更本质的原因是，在一个前现代社会里，人们的社会身份被打上了先天的烙印并被严格约束，全民的文化水平还普遍较为低下，温饱成为最大的追求，而职业的写作并未真正出现，意识形态控制还过于严格，真正的文艺大众化是不可能实现的。而现在，可以说真正进入了一个文艺大众化的时代。写作不再是专业作家的专利，专业和业余的概念已为职业与非职业的概念所取代，网络写作的发展使人人都可以圆文学梦。卡拉OK的普及、各种平民化歌会的举办使人人都可以一展歌喉，过一把明星瘾甚至一不小心就成了明星。DV的流行、Flash的便捷甚至使许多人成了很不错的影视导演和动漫制作者。虽然水平高下不等，但这无疑是时代的进步。

三、期待经典

我们对文艺的泛化现象进行了详细分析并给予某种程度的肯定，是不是意味着我们不需要经典了或者说不可能产生经典了呢?不是。就前者而言，正因为当前有大量的模仿之作、戏拟之作、自娱之作，平庸之作充斥，经典之作难寻，我们才更加需要经典，盼望经典。经典永远是一个民族精神生活的巅峰，一个时代的代表性作品。就后者而言，我们这个时代很难产生经典，但也并非不可企及，只不过需要为高端的人才付出更多的精力罢了。

经典至少需要具备以下一些素质：

（一）原创性。当前文艺界的原创力、生命力正在下降，充斥于我们眼前的是大量的模仿之作、克隆之作、跟风之作。一部《卧虎藏龙》获奖，《英雄》《十面埋伏》《无极》都出来了；一部《雍正王朝》打响，接踵而至的是《康熙王朝》《乾隆王朝》《汉武大帝》；一部《国画》出版，出来无数部官场小说，书市上经常传来抄袭之声：这些都是原创力下降的标志。都市化生存破坏了创造力，功利性追求助长了浮躁风，人们都追求速成、量大，而不追求品质。原创力包括想象力、思考力、对传统的创造性转化生成能力。想象孱弱，思想达不到一定高度，对传统只能因袭不能转化，都不可能有很强的原创力。

（二）超越性。真正经典的作品必须具有超越性，超越世俗、超越欲望、超越金钱。经典虽然不能超越时代，不能脱离生活，不能漠视底层，但经典不应是身体的展示、欲望的呻吟，不应是金钱的奴隶、市侩的同谋，不应是世相的浮光掠影、时尚的推波助澜。它应坚守理想，保持距离。经典要坚持民族的核心价值、时代的普适观念，不能过于狭隘，过于浅近，过于随波逐流。还有一点，过于功利的、狭隘的意识形态追求，也会对经典的超越性造成伤害。

（三）时代性。这与超越性并不矛盾，真正的经典永远立足于时代，植根于生活，它并非象牙塔里一尘不染的精灵。它洞悉生活的真相，悲悯人性的弱点，它并不拒斥世俗的欢乐，但警惕欲望的泥潭；它因对生活的热爱与熟悉而具有毛茸茸的质感，又因对一切浅薄的远离而维持足够的超越性与理想性。因而它既是世俗的，又是超越的。处于当前的文化背景下，那种复归于古典的所谓经典，那种局于小圈子的所谓经典，那种与当下没有任何关联的所谓经典，都是伪经典。

（2006 年 8 月）

文学与社会主义核心价值体系的确立

《中共中央关于构建社会主义和谐社会若干重大问题的决定》（以下简称《决定》）中，第一次明确提出建设社会主义核心价值体系的问题。这是非常必要和及时的。任何一个国家、任何一种社会制度都有自己的核心价值体系，这是毋庸置疑的。在美国等西方国家的总统咨文中，经常明白无误地宣示诸如“民主”“自由”“人权”等核心价值观，加拿大、澳大利亚明确把“多元化”作为国家战略，俄罗斯提出市场经济、俄罗斯式民主、法治国家等核心理念。我国也有自己的核心价值体系，这就是《决定》中概括的马克思主义指导思想、中国特色社会主义共同理想、以爱国主义为核心的民族精神和以改革创新为核心的时代精神、以“八荣八耻”为主要内容的社会主义荣辱观。现在的问题是要把这一核心价值体系用几个关键词加以表达，如：爱国、和谐、法治、改革、创新……

一个国家的核心价值观，总是或显或隐地存在于其意识形态与文化战略中。显者如总统咨文、政府公告、新闻舆论、国民教育，隐者如文学艺术。人们常常在西方的主流文艺中感受到它们的核心价值观念，即使在似乎很叛逆、很前卫的艺术中也是如此。例如，在好莱坞影片中，不用说《巴顿将军》《泰坦尼克号》等带有鲜明的美国色彩，即使如《野战排》《第一滴血》等反战电影，其主观动机也好、社会效果也好，都不是消解美国的核心价值，而恰恰是对它的一种弘扬。今年（2006 年）的诺贝尔文学奖得主奥尔罕·帕慕克因“在追求他故乡忧郁的灵魂时发现了文明之间的冲突和交错的新象征”而获奖，是文学与核心价值观深层关系的最新例证。

我国的文学曾经经历了为政治服务，甚至为一时政策服务的时期，这是对文学与核心价值体系关系的错误理解。20 世纪 90 年代以来，消解甚至颠覆主流价值观念似乎又成了一种时髦。这又走向了另一个极端。文学必须有价值追求，作家应该有担当意识，这是不需要多说的。作为中国的文学和中国的作家，应当体现中国价值，确立中国身份，这并非狭隘，而是使命所然、生命所系、独特性所在。我们的文学一度羞于承认自己的中国身份，鄙薄自己的价值而热衷于西方价值，但近来也有人仅仅把表象化的中国符号和简单化的中国元素看作中国价值的核心，例如龙、兵马俑、中国结、红灯笼、腰鼓等等。这实际上仍是用西方的眼光反观自身，表现了主体意识的缺失。我们需要文学体现真正的、深层的、健全的、自信的中国价值。

从文学工作的层面来说，如何有效地促进社会主义核心价值体系的确立与传扬？至少有三个方面的工作可以做。一是通过作家培训、理论研讨等方式组织作家加强学习，巩固核心价值观念，明确文学价值追求，树立责任意识和担当意识。二是通过签约作家、重点作品扶持等方式进行调控，把真正能艺术地、高质量地体现中国核心价值观的优秀作家和重大选题纳入关注视野，进行重点扶持，形成有力倡导。三是通过文学评论、评选、评奖等手段进行引导。要在文学评论中形成弘扬社会主义核心价值观念光荣，颠覆、歪曲主流价值观念不可取的主流舆论，各种评选和评奖要向分量厚重、文学价值高的主流文学作品倾斜。

当然，文学之为文学，就在于它不是社论、不是新闻甚至也不同于影视，它不能直截了当地进行主流价值的宣讲，它也不可能千篇一律地只反映某种价值。在这里，尊重文学规律、尊重多样性和差异性仍然是十分重要的。

（2006 年 11 月）

以更高的文化自觉推动中华文化的伟大复兴

文化是一个民族的灵魂，是国家进步和民族赓续的伟大动力。胡锦涛同志6月25日在中央党校发表的重要讲话中强调："加强社会主义文化建设是不断满足人民群众日益增长的精神文化需求的需要，是全面实施党和国家发展战略的需要""我们必须更加自觉、更加主动地推动文化大发展大繁荣……使当代中华文化更加多姿多彩、更具吸引力和感召力"。这段话，既站在新的高度论述了文化建设的极端重要性，又要求我们以更高的文化自觉，加快文化发展，推进文化创新，使中华文化更加充分释放其魅力，堪称推动中华文化伟大复兴的宣言书和行动纲领。

一个简单的事实是，随着经济的持续高速成长、社会事业的显著进步和综合国力的增强，当前中华民族的文化自觉意识也空前高涨。回首20年前，许多国人还处于极大的文化迷茫和文化自卑中：《丑陋的中国人》让人们觉得生为中国人无可救药，西方现代主义思潮席卷大学校园，考“托福”“GRE”出国成为大学生的首选……相信这样的景象凡是亲历者都记忆犹新。然而不知不觉间，20余年过去，风向为之一变：西装不再是时尚的代名词，许多人喜欢上唐装、汉服、改良中山装；英语不再被视为神圣，“海归”光环渐渐减退；孔子学院遍布全球；更多的非物质文化遗产、民族文化遗存得到保护，原生态歌舞受到热烈的追捧；国学复兴，中国历史热持续升温；中国图书、中国影视更多地走向海外，2006年德国法兰克福书展上中国图书版权交易的出口首次超过进口……对于当代中国人来说，和平崛起，民族复兴，不再是一个遥不可及的梦想，而是望得见桅杆的一艘航船，是躁动于母腹中的一个即将分娩的胎儿。今天的中国人，越来越以生为中国人而自豪，以拥有五千年的文明史而骄傲，为中华民族光明的前景而欣悦不已。

民族的复兴必定伴随着文化的复兴，文化的复兴又给民族的复兴以强大的推力。今天的中华文化，已处于全面复兴的关口。有学者呼吁“中国，你需要一场文艺复兴”，引发热烈的讨论。撇开具体的含义不讲，这表明学术界也在自觉顺应文化发展的大势。我认为，从文化工作者到全民族的每一分子，都理当响应胡锦涛同志的号召，以更高的文化自觉和更大的文化担当，为社会主义文化建设添砖加瓦、添薪续火，共同推动中华文化的伟大复兴。

加强文化建设，关键是要做到三个“大力”：大力建设社会主义核心价值体系，巩固全党全国各族人民团结奋斗的共同思想基础；大力培育文明风尚，广泛开展群众性精神文明创建活动；大力推进文化创新，全面推进文化体制改革，最大限度地焕发广大文化工作者勇于创新的积极性。联系实际，有几点值得引起重视：第一，确立科学的文化发展观。要深化对文化建设规律的认知，走出文化误区，避免文化盲动和文化悲剧。以为高楼群、宽马路、大广场就是现代化，弄得千城一面，这是文化误区；到处建名人雕塑、搞复古建筑、办地方节会，这是文化盲动；大拆大建，以文化建设的名义来毁灭古迹，这是文化悲剧。第二，增强主体意识。中国特色社会主义文化是一个开放的体系，要大力增强它的吸纳力和包容度。但也要以我为主，以当代为本，继续提高文化自觉，破除以洋为尊和食古不化。从触目皆是黄头发、大量楼盘取洋名（“托斯卡纳”“左岸”之类）到盲目提倡读经、复古，都是文化不自信、不自觉的表现，应当进一步破除。第三，加强内容建设。无论是社会主义核心价值体系还是具体的文化工程，内容建设都是第一位的，没有坚实、丰富的内容支撑，文化复兴就有空心化、口水化的危险。第四，积极推广传播。酒香也怕巷子深，“养在深闺人未识”。对内要推广，让核心价值体系和优秀文化产品落地、面市、入脑、动心，让文明风尚成为每个人的人生习惯和自觉行动；对外要传播，让优秀的中华文化更好地走出去、传播开。

（2007 年 8 月）

在红色经典文艺创作座谈会上的发言

一、红色经典题材的价值意义

红色经典题材具有重大的价值意义。这主要体现在三个方面。其一，红色经典题材集中承载和释放着社会主义核心价值理念，它们绝大部分既是人类普适的、共同的价值，又具有鲜明的中国特色，对当代国人特别是青少年具有重要的教育、启迪、示范作用，诸如热爱祖国、献身理想、同情贫弱、追求平等、自立自强、个性解放、勇敢无畏、正直无私、珍惜友谊、顾全大局等等。就湖南的红色经典题材而言，还体现着湖湘文化的独特价值和湖南人的个性精神，诸如先忧后乐、敢为人先、经世致用、霸蛮倔强等等。其二，红色经典题材凝聚着中华民族的共同历史记忆，具有广泛的认同度。今天的中国既是那段红色历史的产物，也是那段红色历史的延续。从广义上来说，我们都是红色父祖的儿孙。红色，已经成为无法抹去也不能抹去的共同记忆。将这一共同记忆通过文艺的形式彰显出来、复活起来，是当代文艺工作者的历史使命。其三，红色经典题材具有极大的传奇性，这正是它能深深吸引当代受众的原因。并且随着时间的流逝，这种情况将更为明显。历史上，凡是剧烈的社会动荡、王朝更替，都给文艺创作提供了极大的创作空间。如三国之于《三国演义》、隋唐之于《隋唐英雄传》、两宋之于《杨家将》《说岳全传》《水浒传》。更何况20世纪中国共产党领导的天翻地覆、惊世骇俗的革命呢？而湖南又在这场革命中具有特殊的地位，多少革命人物出生在湖南，多少历史事件发生在湖南？其生动性、丰富性、复杂性、曲折性、传奇性，完全值得文艺工作者大书特书、歌之舞之演绎之。

因此，大力进行红色经典题材文艺创作，既是我们的责任，也是湖南文艺在全国出成绩、争地位、造影响的一个途径，也完全可能成为市场上的良好卖点。

二、以创新意识推进湖南红色经典题材文艺创作

首先，在思想意识上，应追求忠于历史和观照现实的结合，也就是要努力进行既源自题材本身又强烈观照当下的价值发掘。文艺创作不同于历史叙事，如果说历史叙事主要是追求对历史最大限度的真实复现而成为信史的话（尽管“一切历史都是当代史”，历史也要以古鉴今），文艺则要着力打动当代受众。不能打动当代受众，作品就是失败的。历史是静态的、过去式的，其价值往往是多元的，深入发掘它最能吸引、打动当代受众的核心价值，使之复活过

来，是作品得以成功的根本保证。《恰同学少年》的“学生自立自强，老师因材施教”，《老表轶事》的毛泽东既坚决拒绝对亲友搞特殊化，又顾念亲情等等，都做到了这一点。

其次，应大胆进行风格创新，使作品适应当代人特别是青少年的审美需求。这包括语言、造型、影像、表演方式等等方面。《恰同学少年》如果不是将青春励志剧的某些元素加入进来，《老表轶事》如果不是以喜剧化、平民化的方式演绎毛泽东与老表的那一段故事，《历史的天空》《亮剑》如果不是塑造了姜大牙、李云龙这样的另类英雄形象，不会取得那么大的成功。应该摒弃那种一本正经的、教科书般的、唯恐越雷池一步的表达方式，进行最大限度的“从心所欲，不逾矩”的自由创造。

另外，鉴于湖南目前所处的地位和所拥有的实力（包括创作实力和财力），我建议我们的红色经典文艺创作仍采取“小快灵、多样化”的方式，独辟蹊径，以巧取胜，而不要贪大求全。对重要的历史人物，不一定要表现其一生，而要着力演绎他最光彩、最传奇的那一段；对绵延甚久的历史岁月，也最好不要采取全景式的、全称叙事的方式，而可采取片段递进的方式，化整为零、分进合击，这样的结果，往往比一开始就搞全史、大传要好。我们取得成功的红色经典作品，如《毛泽东和他的儿子》《毛泽东和他的乡亲》《秋收起义》《乌龙山剿匪记》《毛泽东在 1925》《老表轶事》《石三伢子》《恰同学少年》等，无不如此。

（2007 年 9 月）

青年兴则文学兴

——关于加强湖南青年作家培养扶持工作的情况与思考

翻开文学史，我们会发现，文学是青春的事业。贾谊年仅33岁，文学成就却堪与屈原并称；王勃28岁就留下了16卷诗文作品；李贺27岁，写下大量脍炙人口的诗篇。鲁迅36岁发表《狂人日记》，郭沫若28岁完成《女神》，冰心23岁完成《繁星》《春水》，丁玲24岁写出《莎菲女士的日记》，曹禺23岁就创作了不朽名剧《雷雨》，31岁之前完成了他一生中最重要的5部剧作，茅盾37岁创作巨著《子夜》……新时期崛起于中国文坛的“文学湘军”，创作其代表性作品并在全国获奖时，绝大部分在30岁左右。毛泽东曾饱含感情地称赞中国历史上那些英年早逝的文学天才；梁启超撰《少年中国说》，断言“少年强则国强”。我们完全可以说，青年兴则文学兴，青年强则作协强。加速青年作家的培养，促进青年文学的勃兴，是作协一项富有战略意义的重大任务。

近年来，湖南省作协高度重视青年作家工作，始终把培养扶持青年作家作为作协工作的重中之重，采取了多项措施，并随着形势的发展不断创新，取得了一定的成效。我们的主要做法是：

（一）成立专门机构，完善工作机制。2005 年底，省作协召开了全省第五次青年作家文学创作会议，对青年文学创作进行再动员，对青年文学工作进行再部署，收到良好效果。会上成立了省作协新一届青年文学委员会，负责对全省青年作家的联络协调工作，并出台多项利好政策，集结湖湘青年文学精英，扬帆出发。

（二）举办青年作家研讨班，培养造就文学后备人才。从 2003 年开始，在省委宣传部的支持下，省作协利用毛泽东文学院这个基地，连续举办了 6 期中青年作家研讨班，培训青年作家 300 多人，他们中的田耳、邓宏顺、谭进军（楚荷）等，已成为湖南文学创作的骨干力量。这个班将长期办下去，并将在授课内容、办班方式等方面不断改进创新。去年以来，我们还先后推荐汤素兰、阮梅、谢宗玉、马笑泉、米米七月等青年作家进入鲁院学习。

（三）扶持青年作家创作，助推重点作品。青年作家创作活跃，潜力巨大，但他们出名之前也存在创作环境不够好、作品发表出版困难的问题。为了助推青年作家创作，从 2006 年开始，我们启动了重点作品创作扶持工程，这个工程主要面向青年作家。2006 年重点扶持和重点关注的 16 部作品中，有 12 部是青年作家的；2007 年确定的 10 个重点扶持项目中，又有 6 个是青年作家申报的。与此同时，省作协主办的《文学界》《小溪流》等文学期刊也将刊发青少年作家作品作为重点。《文学界》出了青年作家专号，《小溪流》设置了少女作家专栏。

（四）完善激励机制，奖励拔尖人才。早在 1985 年，省作协就设立了湖南省青年文学奖，该奖原则上每年评选一位创作成绩突出的青年作家，评奖对象年龄最初限定在 35 岁以内，后放宽至 40 岁。迄今共评选 22 届 31 人。当年文学湘军的中坚力量，如韩少功、彭见明、蔡测海、何立伟、刘舰平等，在其崭露头角之初，都获得过湖南省青年文学奖。近年的获奖者，如田耳、皮朝晖、马笑泉等，都活跃在全国文坛。实践证明，湖南省青年文学奖已成为青年作家的检验器和激励棒。省委宣传部还对近几年获全国性文学大奖的汤素兰、田耳、皮朝晖进行追加奖励。与此同时，省作协积极推荐青年作家申报中华文学基金会的“21 世纪之星文学丛书”。去年，青年作家田耳的《一个人张灯结彩》入选该丛书的 2007 年卷。迄今湖南共有 8 位青年作家入选。

（五）研讨青年作家创作，促进青年文学健康发展。2007 年 7 月，我们和中国作协创研部联合举办了“文学湘军五少将”创作研讨会，陈建功副主席和全国各地的 50 余名作家、评论家、文学期刊负责人与会，对谢宗玉、田耳、马笑泉、沈念、于怀岸五位“70 后”青年作家的创作进行了充分研讨，既肯定了他们的成绩，又指出了他们的不足，提示了他们的努力方向，使他们受到很大的触动和启发。今年 1 月，我们又和中国作协创研部、花城出版社联合举行了陈启文长篇小说《河床》研讨会。

（六）开门办会，吸收青年作家加入作协组织。发展青年作家会员一直是省作协组织联络工作的重点。近年来，随着社会的发展变化，作家身份、队伍构成、创作方式发生了深刻变化，出现了文学网络化、身份自由化、创作低龄化的趋势。面对新情况新问题，省作协与时俱进，因势利导，积极稳妥地在网络写手、自由撰稿人、少年作家中发展会员。2006—2007年，省作协吸收了8名网络写手入会，先后批准了7名即将高中毕业的少年作家入会，在文学界引起了强烈反响。长沙市作协和省作协还先后召开网络作家座谈会和少年作家座谈会，对他们在充分肯定的同时积极进行引导。对优秀的青年作家，大力推荐他们加入中国作协。过去5年中，湖南作协加入中国作协的会员60人，其中青年作家占38人。

在一系列措施的推动下，近年来，湖南青年作家呈现出人才辈出、佳作迭出的良好局面。据调查，全省2481名会员中，45周岁以下（1962年以后出生）青年作家共880人，占35%。青年文学领域出现了“三多”的喜人态势：青年作家人数多，青年作家创作成就突出的多，青年作家在全国较有影响的多。同时形成了四个大的创作群体：

一是“60年代作家群”。以王开林、王跃文、陈启文、薛媛媛等为代表。他们创作十分旺盛，成为继20世纪40、50年代出生的作家后湖南文坛的又一股中坚力量。

二是“儿童文学作家群”。以汤素兰、庞敏、谢乐军、邓湘子、皮朝晖、王树槐等为代表的青年儿童文学作家群，创作上既互相切磋，又你追我赶，形成集团态势，他们的作品受到全国青少年读者普遍喜爱。其中汤素兰两次，庞敏、皮朝晖一次获全国优秀儿童文学奖。

三是“70后作家群”。以谢宗玉、田耳、马笑泉、沈念、于怀岸等为代表，被称为“文学湘军五少将”。他们迅速崛起，有的已在全国文坛引起关注。田耳获第五届鲁迅文学奖，目前正在上海市作协举办的研究生班学习。谢宗玉的乡土散文创作风格独具。马笑泉的《愤怒青年》已由法国橄榄树出版社出版，并在《收获》发表了长篇处女作《民间档案》。

四是“网络写手群”。匪瓢大哥、米米七月等一批35岁以下的网络写手以红网、湖南作家网为依托，网络写作十分活跃，有的作品产生了一定影响。

尽管我们在培养扶持青年作家方面进行了一些探索并取得了一些经验，但也面临不少困难和问题。一是在新的形势下，青年作家在价值体系方面出现了对主流的疏离，有时甚至会出现混乱和模糊，如何加强对他们的政治、思想引导，有待研究和探索更有效的工作方法；二是一夜成名一夜暴富的浮躁心理和名利观念对少数青年作家的健康成长形成冲击，个别甚至出现“自我恶炒”的情况；三是文学的整体环境仍不够乐观，作品发表难、出版难仍然困扰着一些青年作家。这些都是作协需要认真回应的问题。

（2008年3月）

文艺界应增强历史自觉与文化自觉

种种迹象表明，当下中国来到了一个重要的历史关口。年初的冰灾和5月的汶川大地震极大地唤醒了国人的灾难意识，促进了信息管制的放松和公民社会的建设；“藏独”分子的喧哗骚动和奥运火炬传递的受阻使国人认识到多民族国家分裂的危险和中国在国际上面临的复杂险恶局面，激发了民族认同意识和爱国主义热情；即将举办的奥运会有助于国人在中国与世界的互动中更清楚地认识自身的方位，以及其坚守与顺变之道；对改革开放30年的纪念与反思将让中国更好地重新出发。2008年，注定是中华民族复兴史上具有特殊意义的重要一年。

对这一点，我们的文艺家认识到了吗？准备好了吗？起而行动了吗？

从总体上看，应该说文艺界在积极行动，从冰灾到地震，湖南的文艺家没有缺席，他们创作发表了一批诗歌、散文、报告文学、歌曲、摄影、美术、书法作品；纪念改革开放30周年和庆祝新中国成立60周年，也有一批选题在实施。但是，与这样一个特殊年份相比，与这个年份所承载的历史内容相比，与这个年份所发生的惊心动魄的大事的深刻性和深远意义相比，我们的文艺家的作为、文艺创作的表现则还有不尽人意之处。

当此之际，有必要呼吁文艺家极大地增强历史自觉和文化自觉，提高使命意识和担当意识。“文章合为时而著，歌诗合为事而作”，古今中外那些重大的历史事件和重要的历史关口，总要催生一批与之相称的伟大的文艺作品。“国家不幸诗家幸，赋到沧桑句便工”，平庸的年代只会造就平庸的文艺，感时忧国、苍生社稷，从来就是中国文艺的不朽主题。50年不遇的冰灾和历史罕见的大地震，是全体中国人之痛，也是全世界、全人类关注的大事件，理应得到文艺家更大的关注与更深的反思，从而创作出更有震撼力的大作品。

30年来波澜壮阔的改革开放历程，60年来中国一波三折、柳暗花明的前进道路，100多年来中华民族艰难求索、愈挫愈奋的复兴历史，呼唤着史诗性的鸿篇巨制。不要说和1840年相比、和1911年相比、和1949年相比，就是和1978年相比，相信绝大多数中国人都有翻天覆地、恍若隔世之感。这中间无数的悲欢、无数的面孔，都值得我们铭记并抒写。

湖南的文艺家，从来就有着敏锐的时代意识、敢为人先的开创精神和舍我其谁的担当情怀，理应在这样一场历史性的大抒写中一展身手。也许，面对这样一种召唤，我们该把那些个人的小计划先放一放，把按部就班的生活状态破一破，投身到这样一个历史性的大行动中去？非常之事，必待非常之人，行非常之举！

（2008 年 12 月）

在坚守与通变之间再创湖南文学的辉煌

——在省会文艺界纪念改革开放30周年座谈会上的发言

在纪念改革开放30周年之际，回顾文学湘军所走过的波澜起伏的历程，我深刻地感到，30年来，我们的作家凭借杰出的才华，通过不懈的努力，取得了比诸其他领域毫不逊色的成就。文学湘军，已经永远地写进了当代湖南的历史，写进了新时期中国文学的历史。同时，面对文学创作和文学工作所处的当下语境，我又深刻地感到，湖南文学要再创辉煌，必须牢记两个关键词：一为坚守，二为通变。

何谓坚守？文学作为一种古老的艺术形式，作为一种精神创造活动，坚守是至关重要的。韩少功说过，文学艺术不同于物质产品，并没有新胜于旧，或者新的一定要取代旧的这样的逻辑。唐诗宋词永远是不可企及的高峰，今人的书法绘画也不一定就胜过古人。不能用进步主义或者线性论的眼光来看文艺。如果说在经济建设和物质生产领域，除旧布新具有永远的正当性的话，那么在文学领域，有时坚守更重要。

坚守什么？

要坚守文学本身。当今时代，文学的常态化、作家的常人化已经是一个不争的事实。除了极少数人能通过文学写作获得丰厚的回报外，大多数文人或者作家都过着比较平淡甚至惨淡的日子。在这种情况下，很多人对文学丧失信心，自我放逐，甚至完全背弃了文学。而对于真正热爱文学的人，文学是我们永恒的精神家园，创作是我们安身立命的皈依。不管社会潮流如何变化，一个真正的作家都会对文学不离不弃。30 年来，湖南有许多作家很有才华，也曾经在全国获过奖或者产生过重大影响，但后来转向了，或者再也不写了，而他们在别的领域也并没有做出什么成就，这是令我们深为惋惜的。相反，有一批作家始终像中国传统农民一样，在文学的园地不停地耕耘，日出而作，日落而息，甚至日落也不息，终于取得了大成就，成为一代大家。

要坚守基本价值。文学有自己的基本价值，这就是对真善美的追求，对正义、善良、仁慈、悲悯、忠诚、勤劳等等人类美好品德的张扬，对土地、人民、祖国的热爱。文学的基本价值，是社会主义核心价值的文学化表达，是对人类古老价值的继承与光大。应该承认，文学的基本价值，是一种普适价值，尽管它可能带有某种中国特色和时代特色。回顾 30 年来的中国文学和湖南文学，那些能留存下来并传之久远的作品，都是弘扬文学基本价值的作品；而那些虽然轰动一时但早已湮没无闻的作品，都过多地受了一时一地的政策或社会潮流的影响，因而其生命是不能持久的。

要坚守创作规律。文学创作规律有很多，其中重要的一条是反复锤炼、精益求精。除了极少数天才可以一挥而就而又不可移易外，绝大多数伟大的作品都是反复打磨、精益求精的结果。不说古人的“两句三年得，一吟双泪流”“披阅十载，增删五次”，当今一些严肃的作家，也十分注重艺术上的精益求精。贾平凹获第七届茅盾文学奖的长篇小说《秦腔》，就先后写了四稿：“完成了一稿，不满意，再写，还不满意，又写了三稿，仍是不满意，在三稿上又修改了一次。”这需要多大的甘于寂寞和自我超越的精神！贾平凹自述他的写作状态是：“每日清晨从住所带了一包擀成的面条或包好的素饺，赶到写作的书房，门窗依然是严闭的，大开着灯光，掐断电话，中午在煤气灶上煮了面条和素饺，一直到天黑方出去吃饭喝茶会友。”这种精神也就是路遥“早晨从中午开始”的精神。正是这种精神成就了《秦腔》，成就了《白鹿原》，成就了《平凡的世界》。30 年中我们的一些好作品也是这么磨出来的。而现在，一些写作者太过浮躁，太过急于求成，有的作品基础很好，但缺乏打磨，甚至在有着明显的缺陷的情况下就匆匆忙忙拿出去，没有达到应有的高度，没有造成应有的影响，这也是很可惜的。

现在大家都感到，每年出的文学作品很多，但可读的不多，优秀的更少；书店里琳琅满目，但可买的不多。恐怕还是忽视文学规律，缺乏坚守精神的结果。

当然，坚守不是唯一的、万能的。文学要发展繁荣，除了坚守，还需要通变。

通变之一：适应读者需求的变化。应该承认，21 世纪的读者和

19世纪及20世纪初的读者已经有很大的不同，他们的社会环境、生活节奏都完全不一样了。因此21世纪的文学也必然和19世纪的不同。文学是需要作者和读者来共同完成并确认自己的价值的，它不能不考虑读者的阅读习惯和审美需求。在这方面，20世纪90年代以后的唐浩明、王跃文、阎真都做了很大的努力，取得了很好的效果。他们的小说虽然篇幅浩繁，但都叙事流畅，节奏明快，具有阅读的快感。当然我所说的读者并不只是少数读者或青年读者，而是指主流读者。我并不赞成为了吸引青年读者或迎合潮流，就故意把作品弄得很时尚、很嘻哈或者很玄幻。但无论如何，文学需要发挥自身的优势，与其他艺术样式争夺主流受众。

通变之二：适应文学媒介的新变。互联网的迅猛扩张、多媒体技术的飞速发展，使文学的传播方式、生存环境发生了巨大的变化，这对文学既是挑战，又是机遇。网络既使文学流失了一部分读者，又吸引了一部分读者；既使文学期刊面临更为窘迫的局面，又使文学阅读变得更为方便；既让精英写作更为孤独，又使草根写作有了更大的舞台。网络还催生了新的文学形式，如短信文学等。网络不仅是一种载体，也是一种全新的文学生存方式。我认为，网络与严肃的文学写作并不是天敌。网络既可以为草根所用，也可以为精英所用。新世纪的文学写作，不应该对网络敬而远之，退避三舍。

通变之三：创新作家组织、管理、服务方式。当前，作家队伍中除了一大批传统意义的作家外，出现了不同于以往的显著变化，表现为：身份自由化、写作低龄化和传播网络化。这就要求我们创新对作家的组织方式、管理体制和服务手段，实现三个转变：由重点服务专业作家转向联系更广大的文学写作者，由解决作家身份为主转向资助项目为主，由重点抓期刊转向期刊与网络并重。为此，我们要逐步改革专业作家体制，实行签约作家制度；继续实施重点作品创作扶持工程，催生优秀作品；加强对青年作家的培养扶持和宣传推介，如继续举办中青年作家研讨班，评好毛泽东文学奖、湖南青年文学奖，吸收更多优秀的网络写手和青年作家加入作协，向全国文学界推介优秀青年作家等。这些工作将使我省的文学队伍后继有人，充满活力，佳作迭出，硕果累累，始终保持在全国文学界的前列地位。

（2008年12月）

文学与文化强省

文化强省是我省富民强省的三大核心战略之一，它正在以高层领导强力推动、职能部门闻风而动、从业人员积极响应的态势在推进。我所思考的是，在这一宏大战略的实施过程中，文学何用？作家何为？

所谓文化强省，有它的战略构想和目标体系，但一言以蔽之，无非就是通过大力发展文化事业和文化产业，完善公共文化服务体系，繁荣文化市场，提升湖南的文化软实力，增强湖南的文化影响力，既丰富人民群众的精神文化生活，又以此拉动经济的发展。而无论是文化事业还是文化产业，无论是文化实力还是文化影响力，都离不开文学。应该说文学在文化强省建设中具有基础性地位。这个问题又可从文学和作家两个方面引而申之。

一、从文学角度而言

（一）文学是龙头

在文学似乎已经“边缘化”的今天，说它是龙头，不是吹牛吗？不是。尽管当下文学已不复20世纪80年代的轰动效应，但我们仍然确信，文学在各文艺样式中仍居于龙头地位。文学的受众最多。这是其一。单个地看，一部小说的读者可能没有一部热播的电视剧的观众多，但从整体来说，文学的受众仍是最多的。在国民教育体系中，文学的分量是最重的。我们从小就要读唐诗、宋词，名家名作，而且会反复阅读。书店里的文学经典名著总是常销不衰，当前的一些畅销文学作品，发行量、点击量也以上百万计。文学的参与者最多。这是其二。尽管作家似乎已褪去头上的光环，但爱好文学的人口、从事文学写作的群体却在持续扩大。互联网海量的帖子中相当多的具有很强的文学性，庞大的博文中主要是随笔、杂文、小说、评论，文学网站人气旺盛，网上写作、手机写作十分活跃，自费出长篇小说、出作品集的不计其数，我国每年出版的长篇小说上千部。有人说，现在已进入全民写作的时代，这种景象，在电视、电影等其他大部分艺术门类中都难以见到。大概只有搞摄影的人可以媲美。文学的影响最深远。这是其三。文学作品，潜移默化，润物无声，陶冶性情，塑造心灵。一首千年前的古诗，让人一辈子受益；一部经典名著，可以感动无数人。许多人在年老回忆往事时，印象最深的还是青少年时代读到的某部作品，还在说是读着谁谁谁的书长大的。

（二）文学是母体

在文学、电影、电视、戏剧、美术、摄影、书法等诸多文艺门类中，文学是母体。影视戏剧以文学为基础。剧本剧本，一剧之本，没有剧本，就没有影视戏剧。有的剧本直接就是名家名著、畅销小说改编的；有的剧本虽非改编，但其文学水平如何也决定了二度创作的质量高低。美术、摄影、书法等看似与文学无关，但作者的文学修养、文学情怀，对作品的境界影响极大。中国古人讲究诗书画合一，许多大诗人同时是大画家、大书法家，许多大画家、大书法家同时有着极高的文学修养和阔大的文人襟袍。王羲之、苏东坡、齐白石、毛泽东、郭沫若等，莫不如此。古往今来，文学滋养、催生了多少艺术家和艺术作品啊。

（三）文学是上游

在整个文化产业链中，文学生产居于上游。一些优秀的文学作品，在首先赢得市场、受到读者的热捧后，迅速被改编成电影、电视剧、动漫，形成一条文化产业链，获得了可观的综合效益。人们所熟知的英国女作家 J. K. 罗琳创作的《哈利·波特》系列小说，被翻译成 70 多种语言，在全球 200 多个国家累计销量达到 3.5 亿册，成为有史以来最畅销的出版物，其中《哈利·波特》第五部出版后 24 小时内就收到了 500 万册的订购合同，根据这部小说改编的电影，全球票房达到 9.84 亿美元。丹·布朗的《达·芬奇密码》，自出版以来，荣登过全美所有主要畅销书排行榜的榜首，同名电影在全球首映，票房达 2.24 亿美元。改编自法国作家加斯东·勒鲁同名小说的歌剧《剧院魅影》，从 1986 年上演以来，全球总门票收入达

327亿美元，1999年改编为电影后，也大获成功。在我国，由《西游记》改编的同名电视剧成为许多电视台每个寒暑假都要拿出来播放的保留剧目，其改编的电影动画、电视动画及衍生的图书、文具、玩具也不计其数。《三国演义》也不断被改编成电影、电视剧、戏剧，2008年由吴宇森执导的《赤壁》在中国、日本、韩国及东南亚都大受欢迎，总票房高达6亿元。当代的作品，也有不少被成功地开发为多种文化产品，如长篇小说《芙蓉镇》《尘埃落定》《抉择》《苍天在上》等。但比起国外来，我们的优秀文学作品改编、开发的力度还不够大，产品还不够多样。

不管怎么说，文化产业作为一种创意产业，如果没有作为上游产业、作为第一道工序的文学作支撑，就很可能成为无源之水、无本之木，成为基础缺失的瞎折腾。

二、从作家角度而言

（一）作家是内容提供者

文化产业是内容为王、创意制胜。没有内容，一切都无从谈起。而作家就是内容的创造者、提供者。我们经常看到一些影视项目，题材很好，但剧本薄弱，先天不足，虽然花了钱，制作豪华，但很不理想。许多平面媒体，其设计、纸张、印刷、版式不可谓不时尚不高档，但绣花枕头稻草心，内容一无可看，难以为继。正因为这样，真正有内容有底蕴的东西还是真金不怕火炼，具有可持续性。《收获》《当代》《十月》等文学名刊发行量为什么能长期保持稳定？就是因为它们刊发的作品质量很高，代表中国当下文学的最高水准。《南方周末》《文汇读书周报》《体坛周报》版式并不花哨（后两者还是小报模样），但内容丰富，文章可读，有些文章有极高的文学性，所以发行量很大。现在文化市场上报刊林立，特别需要内容填充，这就轮到作家发挥用武之地了。有些名家的随笔、小品，可以同时在全国十几家几十家报刊发表。有些名家的作品，像余秋雨、易中天、唐浩明，既畅销又常销，可以出数种版本，什么绘图本、精选本、文集本，其实内容还是那个内容。即使是像新浪这样大的门户网站，也要拼命拉名家（特别是名作家）在那里开博客。为什么？网站除了一打新闻牌，二打论坛牌，此外恐怕就是博客能吸引眼球了。而新闻都差不多，博客的数量多少、质量高低就看各自的本事了。

（二）作家是民族的良心

伟大的作家，因其对真善美的不懈追求，对正义、善良、仁慈、悲悯、忠诚、勤劳等人类美好品德的张扬，对土地、人民、祖国的热爱，对人类最真实灵魂的书写与表达，而成为一个民族的良心，成为民族核心价值的承载者和传播者。谁也不会否认，屈原、鲁迅是中华民族的民族魂，巴金因为“讲真话”而成为中国当代知识分子的良心的代言人。托尔斯泰、索尔仁尼琴是俄罗斯民族的良心。在道德隐遁、价值失范、欲望膨胀、急功近利的今天，我们仍然需要一批人坚守人类的基本价值，需要他们仰望星空，追求终极关怀。而作家就是这类人中的代表。当然也会有一些作家为欲望所奴役，为世俗所俘虏，而随波逐流，甚至等而下之。但真正伟大的作家，必定是人类灵魂的工程师，是基本价值的坚守者，是终极关怀的承载者。而且优秀的作家通过对想象世界的精心营构，通过引人入胜的文学表达，将基本价值和终极关怀潜移默化地传递到读者心中，成为传承民族精神、推动民族进步的重要力量。

（三）作家是文化形象

优秀的作家，是一个地区、一个省、一个国家的文化形象、文化品牌。人们一提到印度，就会想到泰戈尔；一提到日本，就会想到川端康成；一提到以色列，就会想到纪伯伦。莎士比亚之于英国，巴尔扎克、雨果之于法国，海明威之于美国，也是如此。2008年西藏“3·14”事件之后，学术界在热议国家形象公关。这种公关，如果能通过包括文艺家在内的社会精英来进行，效果会更好。当年英国派驻印度的殖民官说，英国宁愿失去印度，也不愿失去莎士比亚。

在国内，当前，全国有26个省市都提出了文化强省（市）战略，在文化领域展开了激烈的竞争。在某种程度上，文化的竞争，除了体现于文化产业增加值、文化基础设施外，也体现于文化品牌的多少及其影响力、号召力的高低。张贤亮之于宁夏，韩少功之于海南，王安忆之于上海，陈忠实、贾平凹之于陕西，唐浩明之于湖南，就是这样一些有着巨大影响力的文化品牌。他们对提升一个地域的文化形象，厥功至伟，甚至本身已成为地域文化的代言人。千万不要小看了人的因素，袁隆平的品牌价值超过1000亿元，齐白石的影响遍及全世界，一个杰出人物的出现，对一个省美誉度的提升、影响力的扩大，其作用远远超过GDP、高楼大厦。

三、文学界如何为文化强省作贡献

文化强省大幕开启，各个领域风起云涌，文学界不能无动于衷，不能甘居人后。我们应该主动出击，积极发挥自身优势，适应市场经济和高新技术带来的新变化，多出优秀作品，造就文学名家，真正成为文化强省战略中一支基础性的、不可或缺的力量。

（一）推出一批既有文学价值又有市场潜力的文学精品

作家靠作品说话，出作品是文学界永恒的主题。从温总理到季羡林，都在呼唤“大作品”。当前全国出的作品并不少，但一是好作品少，二是能成为畅销书的、能衍生出电影电视剧等其他文化产品的作品更少，三是既有重大的思想艺术价值又有市场号召力的大作品则少之又少。在这个问题上，我们提倡思想性、文学性、可读性的统一，提倡作家既重视作品的思想艺术含量，也重视作品的市场潜力。过去作家普遍有一种孤芳心态和名山情结，认为我的作品不可能为世俗所理解，只能留待后人去欣赏，所谓藏之名山，传之后人。有的越是别人读不懂越高兴；有的耻于言利，不善于自我推广。现在这种情况有了很大的改变。我们当然反对为了追求卖点而迎合读者的低级趣味，甚至渲染凶杀、暴力、色情等诲淫诲盗的东西，但能让自己的作品有更多人接受，有更多的转化生成空间，总是好的。说到底，市场也在寻找那些有潜力有读者的好书。

文学界所致力追求的大作品，当然首先是《战争与和平》《悲惨世界》《红楼梦》《百年孤独》这样的经典性作品，如果不行，退而求其次，有《哈利·波特》《达·芬奇密码》、皮皮鲁系列、淘气包马小跳系列这样的作品也很不错。

（二）造就一批有着重大社会影响力的文学名家、大家

一个作品的出世，一个作家的生成，主要靠自己，所以有人说，创作不是抓出来的，作家是不大可能培养出来的。先天的禀赋、特殊的经历、后天的努力，是一个作家的构成要件。但这不意味着作协或者相关部门就可以无所作为。对于文学新人，我们有扶持、引导、推介之责，使他们尽快崭露头角；对于创作旺盛的实力派作家，我们有服务、助力之职，使他们能集中精力出成果，能往更高的层次迈进。作协作为作家自己的组织，应该成为催生作品的摇篮、孵化作家的基地、服务作家的大本营。

造就名家需要创新思路和工作方法。当前，作家队伍中除了一大批传统意义上的作家外，出现了不同于以往的显著变化，具体表现为：身份自由化、写作全民化和传播网络化。据此，我们应该创新对作家的组织方式和服务手段，实现三个转变：由重点服务专业作家转向联系服务更广大的文学写作者，由解决作家身份为主转向资助选题为主，由重点抓期刊转向期刊与网络并重。为此，我们要逐步改革专业作家体制，实行签约作家制度；总结经验，实施好重点作品创作扶持工程；加强对青年作家的培训扶持和宣传推介，如办好中青年作家研讨班，评好毛泽东文学奖、湖南青年文学奖，吸收更多优秀网络写手和青年作家加入作协，向全国文学界推介优秀青年作家等。通过这些工作，湖南的文学队伍必将后继有人，充满活力。对于那些名家大家，我们予以充分的尊重、珍惜。郁达夫在悼念鲁迅的文章中写道：“没有伟大的人物出现的民族是世界上最

可怜的生物之群，有了伟大的人物，而不知拥护、爱戴、崇仰的国家，是没有希望的奴隶之邦。”在这样一个作家弱势化的时代，作协要想方设法提高作家的地位，维护作家的权益，扩大作家的影响，使文学名家大家享有民族精英的荣誉和尊严，为文化强省作出更大贡献。

（三）搭建平台，构架桥梁，充分释放文学的产业效应

一部优秀作品创作完成后，为文化产业提供了母体，提供了内容，但要充分释放其产业效应，还必须做大量工作：出版图书，改编成电影电视戏剧动漫作品，作为文化标识推广到各类商品中，等等。这一方面需要作家有这样的意识，另一方面也要架起沟通作家与出版影视机构、与市场之间的桥梁，完善优秀文学作品的转化衍生机制。很多作家不擅此道，也没有很多精力忙于此道。这需要有那么一批具有专业水准和公信力的评论家、文化记者，利用传媒在国内外宣传推介优秀作家作品；需要建立作家经纪推广机构，进行点对点的服务，让作家从文学领域走向产业领域；需要有那么一些“二道贩子”，把纸上作品包装转化为影视作品、网络作品甚至手机作品。如此，作家就不但能以自己的身份自己的方式作用于文化强省，更能充分发挥在文化产业中的母体效应、上游效应、放大效应。

（2009年3月）

关于文化软实力的思考

兴起社会主义文化建设新高潮，推动社会主义文化大发展大繁荣，提高国家文化软实力，是胡锦涛同志在党的十七大报告中提出的一项重要任务。其中关于“文化软实力”的提法，立足于国际视野、国家战略和人民需要，立论新颖，思想深刻，具有重大的理论意义和实践价值。

一、什么是软实力

谈论文化软实力，首先要了解什么是软实力。要了解什么是软实力，让我们先从两个事例谈起。这两个事例恰成对比，从消极和积极两个方面说明了什么是文化软实力及文化软实力的重要性。

一个事例是：2008 年 4 月，北京奥运会火炬传递在法国巴黎、美国洛杉矶等城市进行，国际上一些“藏独”分子和反华势力借西藏拉萨“3・14”打砸抢烧事件大做文章，攻击中国政府和人民，干扰圣火传递。尽管中国政府发布了大量拉萨事件的真实信息，尽管中国网民利用互联网对西方媒体歪曲事实真相的报道进行了揭露，但一段时间内，西方主流社会仍然一面倒地偏袒达赖集团，批评乃至攻击中国政府。这种情况令许多中国人十分无奈和愤怒。为什么会这样？为什么经济飞速发展、国力蒸蒸日上的中国政府和人民发出的声音没有人听？为什么谣言不止于智者，公理无处可诉？人们都在寻找原因。除了一些西方政要和主流媒体因不希望中国强大而敌视中国、故意打压中国外，我们自身的某种能力缺失是否也是原因之一呢？我们的主流媒体虽然在不断加强对外宣传，但在西方世界我们的声音还不够响亮，影响力还不够大；我们的网民不断地发起网上抗议浪潮，但大部分是中文表述，西方社会根本感受不到；达赖很擅长公关，而为我们说话的西方朋友还不够多……归根结底，是我们的软实力还不够强大。一个叫“张扬 Alex”的博主写道：“在美国生活的这些年，最强烈的感受就是海外很难听到中国的声音……这个世界的话语权掌握在美国和欧洲国家的手里，美联社、路透社、法新社、CNN 这些西方媒体无处不在，控制了世界的话语权，中国的声音在美国很难听到，加上这些西方媒体非常懂得把新闻做成迎合西方世界口味的‘商品’，比如他们最感兴趣的人权、宗教自由等问题。当中国的声音彻底缺失或者中国的声音不太对西方口味的时候，西方世界很容易一边倒。”

2008 年上半年，崛起的中国与西方的一次短兵相接式的博弈，留给了双方太多的反思。

与之形成鲜明对比的是，当“5・12”汶川大地震发生后，西方媒体的态度突然来了个180度的大转弯。反华的喧嚣不见了，中国政府救灾的迅速有力、灾情披露的公开透明、中国人民众志成城的悲壮的抗灾行动、海内外华人赈灾捐款的热潮成为西方主流媒体报道的重点。连因其新闻主播卡弗蒂发表辱华言论而拒不道歉的CNN也不失时机地向中国人民道歉。2008年奥运会和金融海啸之后，对中国的赞美乃至吹捧到了顶点。事实证明，中国的国家形象、中华民族的形象，有着相当的正面性和感召力。

什么是冰火两重天，什么是过山车，什么是俯卧撑，中国人民总算体验了一把。

什么是软实力？这就是软实力。

“软实力”（Softpower）是由曾任美国国防部部长助理的哈佛大学教授约瑟夫·奈最早于1990年提出来的。他认为：一个国家的综合国力既包括由经济、科技、军事等表现出来的“硬实力”，也包括文化、教育、意识形态、政治价值观、国民素养的吸引力、感染力、影响力所体现出来的“软实力”。他将“软实力”定义为在国际事务中运用媚惑替代胁迫实现所渴望的结果的能力。加拿大学者马修·弗雷泽在《软实力》一书中说：“通俗地讲，美国的软实力就是美国的生活方式、文化娱乐方式、规范和价值观对全球的吸引力。”软实力的概念一经提出，迅速成为风靡国际关系和文化领域的流行词。人们普遍认为，软实力作为综合国力的重要组成部分，包括政治制度的吸引力、文化价值的感召力、国家形象的亲和力、对国际标准的控制力等方面。所谓文化软实力，是指软实力中与文化相关的部分，它是软实力的主体。被马修·弗雷泽看作美国软实力象征的，就是电影、电视、流行音乐、快餐等文化符号。就文化的广义而言，所谓软实力，就是文化软实力。

我国对软实力问题也十分关注。1993 年王沪宁就发表了《作为国家实力的文化：软实力》一文，探讨了这一问题。其后，“软实力”概念逐步进入高层视野。2006 年 11 月，胡锦涛同志在全国第八次文代会、第七次作代会上发表讲话，称“如何找准我国文化发展的方位，提升国家软实力，是摆在我们面前的一个重大现实课题”。2007 年 1 月，在中共中央政治局第 38 次集体学习时，胡锦涛又指出，加强网络文化建设和管理，“有利于增强我国的软实力”。2007 年 10 月，在党的十七大报告中正式提出“提高国家文化软实力”的命题。

二、为什么要提高文化软实力

当今时代，文化越来越成为民族凝聚力和创造力的重要源泉，越来越成为综合国力竞争的重要因素，丰富精神文化生活日益成为我国人民的热切愿望。因此，提高文化软实力，就越来越迫切。文化软实力可能是无形的，但它是无所不在、坚不可摧的。对当代中国而言，提高文化软实力，是增强综合国力的重要内容，是实现科学发展的迫切需要。对湖南而言，它还是推进富民强省的战略选择。

（一）增强综合国力的重要内容

传统意义上的综合国力的构成要素，一般认为是经济、科技、军事、人口。但当今学者普遍认为文化是综合国力的重要组成部分。西方学者指出，按50年前的传统标准，美国在21世纪的实力比不上它在20世纪中叶的水平，但如果加上文化实力，情况则截然不同。美国仍是世界唯一超级大国。软实力是美国实现全球统治的一个关键的战略资源。

西方学者和西方政府高度重视发挥软实力的作用。马修·弗雷泽指出，在20世纪的绝大部分时间里，美国一直在引导美国的软实力为国家利益服务。美国是如何引导的呢？它通过把好莱坞电影和美国电视推向全球，让唐老鸭担任“世界大使”，让米老鼠实施“睦邻政策”，让迪士尼公园体现美国主题，“向世界传播美国的核心价值：个人主义、资本主义、自由主义和民主政治等”。美国还让爵士乐成为为美国外交服务的美国式音乐，让可口可乐和麦当劳风靡全球。通过这些，美国的软实力成为一种虽然软性但却极为有效的全球性统治力量。

美国学者弗里德曼还提出了一个“金拱预防冲突理论”：一个国家的经济发展到了一定水平，拥有了一个足以支持麦当劳网络的中产阶级，它就成了一个麦当劳国家。而麦当劳国家的人民再也不愿打仗，他们更愿排队买汉堡。这也是通过软实力不战而屈人之兵的例证。

文化软实力不但是综合国力的重要内容，而且是综合国力实现的重要形式。文化实力是在物质实力的基础上产生、发展起来的，但文化实力又深刻渗透到经济实力、科技实力、国防实力等“硬实力”之中，成为决定这些实力的水平和质量的关键因素。美国学者亨廷顿说：“纵观历史，一种文明实力的扩张，通常总是与它的文化鼎盛同步发生，几乎总是与它运用实力向其他社会传播价值观、习俗和制度有关。”随着世界多极化、经济全球化的深入发展和科学技术的日新月异，文化与经济、政治相互交融的程度不断加深，经济的文化含量日益提高，文化的经济功能也越来越强。英国文化产业的年产值近 600 亿英镑；美国文化产业的产值占 GDP 的 27%，其音像制品出口超过航空航天业，是全美第一大出口贸易产品，占据 40% 以上的国际音像市场份额；韩国已成为世界第五大文化产品与服务出口国，其电视剧形成的韩流文化，不但大大地提升了韩国的国家文化形象，也为韩国赚取了巨额外汇。

文化软实力还是综合国力实现的重要条件。硬实力要发挥作用，需要运用这种实力的人具有相应的思想道德素质和科学文化素质，以及相应的精神状态和精神动力。中国的唐朝国力强盛，那时的中国人也拥有着极高的素质和极为强大的精神力量：大气、自信、博学、多才、文采风流。李白、杜甫、颜真卿、怀素、玄奘、鉴真是他们的杰出代表，给当时和后世带来重大影响。20 世纪美国崛起的背后，有一些至关重要的因素：永不停息的创新精神、发达的教育体系以及超前的科学战略等。创新、教育、科学，被称作美国人的三大立国之本。甲午战争前的中国，无论是经济总量还是海军实力，都不低于日本（当时清朝年财政收入 8000 万两白银，为日本的 3 倍；其舰队亚洲第一、世界第六），但由于文化衰败、精神颓败、制度腐败，在甲午海战中一败涂地。可以说，只有加强文化建设，造就具有相应素质的人以及有利于硬实力发挥作用的体制、机制和精神条件，硬实力才能在综合国力竞争中发挥强大的作用。

由此可见，要全面增强我国的综合国力，必须大力提高文化软实力。

（二）实现科学发展的迫切需要

当前，全国上下都在深入学习实践科学发展观。科学的发展，是以人为本，全面、协调、可持续的发展，是经济、政治、文化、社会的共同发展，普遍发展。这其中，文化的发展至关重要。甚至，从广义的角度来看，文化的发展是最重要的。1998年联合国教科文组织《文化政策促进发展行动计划》指出："发展可以最终以文化概念来定义，文化的繁荣是发展的最高目标。"日本、韩国甚至提出了"文化立国"的国家战略。

国民之魂，文以化之；国家之神，文以铸之。文化是民族的血脉和灵魂，是国家发展、民族振兴的重要支撑，是民族凝聚力和创造力的重要源泉。文化的发展为经济的增长、政治的进步和社会的发展提供重要的推力；没有文化的极大发展，经济的发展也将失去支撑，必将陷于停滞。没有文化的发展是畸形的发展。当今一些国家，虽然富得流油，但文化落后、人民精神状态不佳，沦为文化沙漠，这种现象值得我们深思。

我国自改革开放以来，针对经济上比较落后、人民生活水平不高的现状，先后提出了"以经济建设为中心""发展是硬道理"的指导口号。同时，在国家政策的层面上，对精神文明建设、文化建设一直比较重视。从最初的"两手抓，两手都要硬"，到"三个代表"（中国共产党始终代表中国先进生产力的发展要求，始终代表中国先进文化的前进方向，始终代表中国最广大人民的根本利益），到十六大的“三个文明”（物质文明、政治文明、精神文明），到十七大的“四位一体”（经济建设、政治建设、文化建设、社会建设），文化始终都居其一，这表明中央对文化作用的认识是清醒的，对文化建设是重视的。然而在实际操作的层面，却没有彻底将这种认识贯彻下去，出现了“先经济、后文化”“经济至关重要、文化无关紧要”“经济是硬指标、文化是软任务”“文化说起来重要，干起来次要”等现象。“两手硬”变成一手硬，一手软；“发展是硬道理”中的发展被片面理解为经济发展。文化投入偏低、设施老化、阵地萎缩、队伍涣散成为一段时期内的普遍现象。这表明，从科学发展的角度来看，文化发展远远没有受到应有的重视。有的地方甚至以牺牲文化为代价来换取经济的一时发展，如在大规模的旧城改造和土地开发中，以为高楼群、宽马路、大广场就是现代化，古老的文物和历史文化街区被破坏，弄得千城一面，文脉尽失；有的对历史文化遗产进行过度的商业开发，文物成为旅游开发的牺牲品；有的则大造假古董，毁灭真文化，如中华祖龙公园、中华文化标志城。凡此种种，都是对文化没有科学而正确的认识的结果。

文化发展是实现科学发展的迫切需要，还可以从另一个角度来理解。科学的发展是以人为本的发展，而人是宇宙的精华，万物的灵长。人不但有物质需要，还有精神文化需要。丰富的精神文化生活是人的全面发展的内在需要。健康丰富的精神文化生活能够陶冶情操、愉悦身心、温润心灵，可以提高生活质量，充实精神世界，舒缓心理压力，有助于实现个人的全面发展。

文化需求是海量的、永恒的、无止境的。物质的需求可能会心满意足、无欲无求，但没有一个人可以说，我的快乐到了头，我的知识到了顶。根据国际经验，如果人均 GDP 达到 3500 美元，恩格尔系数将下降到 30% 以下，文化消费将占到个人生活总消费的 20% 以上。到 2020 年，我国人均 GDP 将达到 3500 美元，文化消费需求总量可能超过 4.5 万亿元，而现在我们只有 5000 亿元左右，只有未来需求量的 1/9。2008 年北京奥运会主题歌《我和你》演出后一小时，全国手机下载该歌曲超过 24 万次；24 小时后，超过 573 万次；到 9 月 1 日，超过 1000 万次。这是真正的井喷与海量。所以，今后我国的文化消费和文化发展有着广阔的增长空间。

（三）推进富民强省的战略选择

富民强省，是湖南省第九次党代会提出的宏伟目标，已成为回响在当今三湘大地上的主旋律。无论是富民还是强省，文化都不可或缺。

富民，不仅是物质之富、经济之富，还包括精神之富、文化之富。富裕不只是物质富裕，还包括精神生活的充实，生活品位的提高，幸福感的增强，等等。这一切，都离不开文化。正如湖南省委书记张春贤所说，强化富民强省观念，就是要“努力实现好、维护好、发展好最广大人民的根本利益，让人民群众得到实惠、共同富裕、享受幸福”。一个家财万贯而精神空虚的人是不幸的，一个坐拥金城而品位低劣的人是可怜的。富而有文、富而思进，心物平衡、灵肉双修、义利兼得，这才是真正的富与福。

强省，既是经济之强，又是文化之强；既取决于经济实力，又取决于文化实力。首先，没有良好的文化氛围，没有鼓励创新发展的体制机制，没有人民精神生活的极大充实和精神力量的充分振起，要实现经济之强是不可能的。其次，文化产业本身是经济的一部分，文化强省是造就经济强省的重要途径。2007 年，湖南省文化产业总产值为 870 亿元，增加值达 443.8 亿元，分别比 2006 年增长 203 亿元和 107 亿元，增速达 21.5%，文化产业增加值占 GDP 的比重达 4.9%。2007 年，湖南 GDP 在全国排在第 12 位，中部第 3 位，但是文化产业处于中部第 2 位、全国第 8 位。从 2004 年开始，湖南文化产业增加值占 GDP 比重连续三年位居中部第一。可见，文化产业在湖南富民强省、实现中部地区率先发展的战略中充当了急先锋的角色，有着举足轻重的地位。

没有文化的繁荣发展，富民强省就是不全面的，甚至就会落空。推进富民强省，必须大力加强文化建设，努力提高湖南文化软实力。

三、如何提高文化软实力

文化软实力是一个综合体系，我认为它至少包括四个方面，即核心价值体系的凝聚力、人文环境的亲和力、国家形象的感召力、文化发展的创新力。因此，提高国家文化软实力，是一个系统工程。重点是要加强核心价值体系建设，增强凝聚力；推动形成和谐人文环境，增强亲和力；弘扬中华优秀传统文化，增强感召力；激发文化发展创造活力，增强创新力。

（一）加强核心价值体系建设，增强民族凝聚力

任何国家、任何民族都有自己的核心价值观，以此凝聚人心，整合社会，推动发展，它构成这个国家和民族的灵魂，也是其文化

软实力的核心。中国古人的核心价值观是儒家文化体系中的“仁义礼智信”“礼义廉耻”等，美国等西方资本主义国家的核心价值观是资本主义意识形态中的自由、民主、平等、人权等。当代中国也有自己的核心价值体系，这就是马克思主义指导思想、中国特色社会主义共同理想、以爱国主义为核心的民族精神和以改革创新为核心的时代精神、社会主义荣辱观。这四个方面把党的主张、国家意志和人民意愿统一起来，把政治与伦理、理想与现实结合起来，是当代中国的普适价值，是冶铸国民之魂、彰显我国文化软实力的根本。

社会主义核心价值体系的现行表述，结构完备，逻辑缜密，但这不意味着提出它以后我们就万事大吉。要将之转化为软实力，形成凝聚力，还需要做艰苦的工作。具体来说包括以下三个方面：

1. 阐释与宣传。社会主义核心价值体系是一个理论体系，包含着丰富的理论内容和众多的理论概念，需要理论工作者面对大众进行深入细致的理论阐释，让他们了解这一理论体系的基本内容和核心概念，了解其历史渊源和形成过程，了解其现实目标和实践要求。我们要把社会主义核心价值体系融入国民教育和精神文明建设全过程，贯穿到理论武装、新闻出版、广播影视、文学艺术、社会科学等各个方面，特别要运用大众媒体的独特优势，采取多种形式，营造浓厚的舆论氛围。在阐释与宣传过程中，应力避烦琐，要像古代中国和当代西方那样，提炼出若干既简洁又经典的核心价值理念，使之通俗易懂、好学易记。

2. 实践与推广。对于普通老百姓来说，核心价值体系更多的是一个实践问题，而不是一个理论问题。如果不能将之转化为人们的自觉行动，所谓凝聚力就无从谈起，也不能上升为文化软实力。这种实践与推广，只有和中国传统文化的承传及团队文化的建设结合起来，才能产生扎实的效果。就湖南来说，一是要和湖湘文化精神相结合，二是要和各个部门、单位、团队的具体情况相结合。将社会主义核心价值体系和湖湘文化精神结合起来，可以确保核心价值体系在湖湘大地上生根开花。既要将优秀的湖湘文化因子注入国家的普适价值，又要用世界的、国家的普适价值来涤荡湖湘文化中的某些痼疾。湖湘文化中的心忧天下、敢为人先、经世致用、实事求是等优秀的精神品格，湖南人中那种不服输、不怕苦、不安于现状、不甘于平庸的倔强性格，是湖南加强核心价值观建设的宝贵资源，是湖南人引以为自豪和引人注目的精神之源，应当受到我们的重视。但是，存在于湖湘文化中的某种落后观念和湖南人中的某种不良习气，也在影响我们的软实力，必须引起我们的警惕。比如以天下为己任但却不屑于小事实事，不甘人后、互不买账因而常有内耗，热心政治时局而不愿投身实业商业，充满自信但有时不能正视自身不足，山湖四塞道统悠久经常导致保守封闭，灵活机变却又缺乏持守定力，等等。

和各个部门、单位、团队的具体情况相结合，是确保社会主义核心价值体系能延伸和转化为实践追求、不致沦为语词空转的关键。当前机关文化、企业文化、社区文化、乡村文化、团队文化的建设方兴未艾。这种建设，毫无疑问是以社会主义核心价值体系为内核，但又各具不同的特点和侧重点。例如有的机关以“学习型、和谐型、服务型、节约型”为追求，有的企业以“至诚无息、博厚悠远”为理念，有的团队以“人和为本，诚信天下”“共建和谐，追求卓越”为口号……这些结合了历史传统、自身定位和员工实际的文化理念，能切近而有效地凝聚民心，激发活力。只有深入开展千千万万个这样的鲜活生动的实践，才能使社会主义核心价值体系具体化、普及化、可操作化。

3. 丰富与完善。实践在发展，时代在进步。建设社会主义核心价值体系，不是静止的和一劳永逸的，而是一个动态的、不断丰富的历史过程。特别是作为社会主义核心价值体系灵魂的马克思主义和中国特色社会主义理论体系，本身在不断丰富和发展。我们要更广泛地从中华优秀传统文化中吸取营养，借鉴世界上其他文明和社会制度中核心价值观的普适价值，根据我国国情和新的时代要求，进一步丰富社会主义核心价值体系的内涵，使社会主义核心价值理念更为明晰、简洁、可操作，在不断积累中壮大主流意识形态，增强其吸引力和凝聚力。

（二）推动形成和谐的人文环境，增强亲和力

文化软实力非常重要的一个方面是亲和力和美誉度，这主要是由其环境决定的。如果一个地方恶名在外，人人提起摇头，唯恐避之不及，可以说是软实力建设的极大失败。古人讲“近者悦，远者来”，特别重视亲和力。建设和谐文化，优化人文环境，树立良好形象，是提高文化软实力的重要一环。

和谐是中国传统文化的核心理念之一。中国古代哲学中有以和为美、以和为贵的思想，天人之际、人我之际、人自身的和谐，一

直是中国古人的理想与追求。和谐也是当代中国人的自觉追求，在经过“阶级斗争扩大化”的痛苦岁月之后，中国进入了建设的年代、理性的年代、和平的年代，人们倍觉和谐之可贵。党中央审时度势，顺应时代潮流和人民意愿，提出构建社会主义和谐社会的目标，大力加强和谐文化建设。我们应努力在全社会培育和谐精神，倡导和谐理念，涵养和谐生态，营造和谐氛围，不断巩固社会和谐的思想道德基础，增强全国、全省的亲和力。

推动形成和谐的人文环境，特别重要的是要培育文明风尚，优化社会环境。公民的文明素质、社会的文明水平如何，直接影响到一个地方的亲和力。没有高水准的公民道德素质，和谐文化建设就会失去支撑，中华民族文化软实力的提升就会因缺乏后劲而难以持续。这些年，由中央电视台举办的“感动中国”年度人物评选、由中央文明办牵头举行的全国道德模范评选、由众多网络媒体举行的“感动中国平凡人物”评选，都产生了比较大的影响，取得了良好效果。其次，培育文明风尚，还必须广泛开展各种形式的群众性精神文明创建活动。要把和谐社区、和谐校园、和谐家庭等和谐创建活动同群众性精神文明创建活动结合起来。通过创建活动，推动形成知荣辱、讲正气、树新风、促和谐的文明风尚。从湖南来说，要在全体公民中开展培育文明风尚和遵守社会公德的教育与实践活动，树立文明、开放、包容、诚信、和谐的社会形象，使湖南成为礼仪之省、诚信之乡、和谐之境、文明之区。

（三）弘扬中华优秀传统文化，增强感召力

在我国文化软实力的打造和提升工作中，弘扬中华优秀传统文化是一项极为重要的工作。中华传统文化源远流长，博大精深。它是中华民族共有的精神家园，是中华民族安身立命的皈依、身份归宿的标志，是中华民族独特气质和价值取向的集中体现，是中华民族凝聚力、生命力和创造力的源头活水。在全球化趋势深入发展的今天，随着古老中国的和平发展，随着世界各国文化交流的深入推进，光辉灿烂的中华传统文化正以其独特的魅力为世界上越来越多的国家和人民所感知。为了更充分地释放这种魅力，我们要做好三个方面：

1. 保护。这就是对文化遗产的保护，包括物质文化遗产和非物质文化遗产。文化遗产，是民族传统文化的标志，是一个民族文化身份的象征。对文化遗产的保护，就是对古老家园的呵护，也是民族文化可持续发展的必然要求。当前世界各国都特别重视对文化遗产的保护。意大利全国 8000 多个市镇中，有 900 个“法定历史中心区”。韩国 1962 年就颁布了《文化财（产）保护法》，设立了专门的无形文化财产厅，对韩国传统的说唱、假面舞、摔跤、拳击、韩纸艺术、宫廷御膳、魔术、礼仪、传统医药等进行管理。印度堪称世界保存最完好的“人种、宗教、语言的博物馆”，国家级文保单位有 5000 多处，列入联合国教科文组织世界文化和自然遗产目录的有 22 处之多。我们要学习这些国家保护文化遗产的经验，倍加珍视凝聚着各个民族独特文化的风俗、技艺、服装、信仰、传统等。既要重视物质文化遗产的保护，又要着力加强对非物质文化遗产的保护，做好文化典籍整理工作，切实保护好中华民族文化瑰宝，使之代代相传、荫泽后人。

2. 宣教。在保护的基础上，还必须加强对民族传统文化的宣传、教育。民族文化的生命力植根于人民。中华文明之所以经久不衰，从未中断，一个重要原因就在于它已经融化在中国人民的思想意识深处，成为他们的文化人格。要面向大众开展民族优秀传统文化的宣传普及教育，通过新闻媒体、文学艺术等各种形式，阐释民族文化精神，促进民族文化认同。要把民族文化教育渗透到群众性文化活动、精神文明创建活动中去，在创建活动中彰显传统文化的独特魅力。要善于利用各种纪念日进行优秀文化传统和革命传统教育。现在，清明、端午、中秋等传统节日被确定为法定节日，要善于利用好这些传统节日，挖掘其文化内涵，充分发挥其文化传承功能。在这方面，可运用各种节日仪礼，开展丰富多彩的民间民俗活动，吸引人们广泛参与，增强传统节日的感染力和吸引力，让更多的人喜爱优秀传统文化，成为优秀传统文化的自觉承载者、传播者。

3. 塑形。这是塑造国家形象的简称。国家形象是一个国家的国民素质和精神风貌的显著特征，它由最具该国特色的文化符号、元素组成，是一个国家国际影响力的重要标志。在全球化时代，提升国家文化软实力，塑造良好的具有感召力的国家形象至关重要。因为，国家形象不完全是客观存在，在某种意义上，它是被塑造出来的。

当今世界，所有的主权国家，都把国家形象的塑造当做一项系统性、战略性和基础性的工程。“9·11”事件之后，美国政府专门成立了“全球传播办公室”，重塑“山巅之城”的美国形象；英国

1997 年开展了以“酷不列颠”为主题的英国形象国际宣传活动；德国在 2006 年世界杯足球赛期间策划了“德国——创意之国”大型宣传活动；俄罗斯在《华盛顿邮报》刊登国家形象广告。

国家形象的塑造，离不开优秀传统文化。许多国家都在他国举办文化节、文化周，展示其传统文化和民族文化。如韩国就非常善于打传统文化牌，其“江陵端午祭”被列为联合国非物质文化遗产，而韩国电视剧《大长今》塑造了朝鲜民族坚韧、执着、善良、彬彬有礼的形象，弘扬了韩国的服饰文化、医药文化；日本的饮食率先响应政府提出“软实力”战略，希望以“生鱼片”和“寿司”为先导，将日本料理打造成继中华美食和法国佳肴之后的第三大饮食文化；印度 2007 年启动了重建那烂陀大学计划，以重现古代印度文化的辉煌；德国打歌德牌，在国外创办了许多歌德学院；西班牙打塞万提斯牌，创办了塞万提斯学院。

与这些国家相比，中国有许多颇具世界影响的文化符号，值得大力开发。2006 年 5 月，美国的《新闻周刊》根据美国和加拿大两国的网民投票，评选出 21 世纪以来世界最具文化影响力的一些国家文化及其形象符号，其中中国有 17 个，分别是：汉语、北京故宫、长城、苏州园林、孔子、道教、孙子兵法、兵马俑、丝绸、石器、瓷器、京剧、少林寺、功夫、西游记、针灸、中国烹饪。应该说，这都是一些正面的符号。这些年，中国对汉语推广十分重视，现已在全球开设以推广汉语为主要目的的孔子学院 238 所，计划到 2010 年开设 500 所；我国在国外已推出汉语水平考试，报名者甚众；《少林寺》《卧虎藏龙》等电影的放映使中国功夫走向世界；奥运会各种标志，用上了中国印、书法、祥云等中国元素；2001 年上海 APEC 领导人峰会，各国领导人穿上了唐装。这些符号和元素的使用，使中国作为文明古国的独特魅力得以充分彰显。

（四）激发文化发展创造活力，增强创新力

创新是一个国家进步的源泉，是一个民族生生不息的不竭动力。殷商铭文中说“苟日新，日日新，又日新”，《周易》说“日新之谓盛德，生生之谓易”，《诗经》云“周虽旧邦，其命维新”。没有创新，就没有活力，没有生气。改革创新，是当今中国的时代精神。大力增强自主创新能力，建设创新型国家，是中国的国家战略。在文化领域，既需要继承，更需要创新，否则文化就会停滞僵化。

激发文化发展活力，需要大力推进文化的内容形式、体制机制、传播手段的创新，解放和发展文化生产力。当今的社会生活给文化创造提供了无比丰富的内容，给文化形式的创新提供了广阔的空间。在体制机制方面，要敢为人先，只要有利于社会主义文化的繁荣发展，什么体制好、什么机制管用，就用什么体制和机制。现代科技的发展、信息时代的来临，给文化传播手段带来了革命性的变化。网络文艺、博客写作、手机文学等，都是新的传播方式和新的文化样态。提高国家文化软实力，要特别注重利用网络技术传播我国的主流文化，提升国际影响力，占据网络文化发展制高点。2008 年上半年，我国网民已达 2.53 亿，宽带网民 2.14 亿，CN 注册域名 1218 万个，均居世界第一，但在整个因特网的信息输入和输出流量中，我国分别仅占 0.01% 和 0.05%，这与我国的国际地位极不相符，也与中华文明在世界文明中的地位和影响极不相称。我们必须充分认识互联网在文化传播方面的巨大潜能和不可估量的影响，推进文化传播方式和手段的创新，把发展中国特色网络文化作为推动文化建设的新引擎，努力使互联网成为传播社会主义先进文化的新阵地、公共文化服务的新平台、健康精神文化生活的新空间。

激发文化发展创造活力，需要营造鼓励创新的制度环境。要像在科技领域、军事领域那样鼓励创新，使广大文化工作者的一切才华都有展示舞台，一切创造都有实现的空间，一切贡献都得到充分尊重，推动文化工作者的创造激情和创造活力竞相迸发，充分涌流。

激发文化发展创造活力，需要尊重个性，鼓励原创。"学我者生，似我者死""文似看山不喜平"，文化是最需要挥洒个性的领域。当前文化界的原创力正在下降，同质化现象严重，充斥于人们眼前的是大量的模仿之作、克隆之作。一部《卧虎藏龙》获奥斯卡金像奖，《英雄》《十面埋伏》《无极》都出来了；写狼的书成功了，马上出现一个狼系列；写狗的书成功了，狗系列立刻上市；有了《鬼吹灯》，就有《盗墓笔记》；有了《纪委书记》，就有《组织部长》。同质化、大路货的东西如此之多，以致书店里虽然琳琅满目，但却很难买到一本好书。

四、实施文化强省战略，提升湖南文化软实力

当今时代，无论国际国内、东部西部，文化竞争日趋激烈。许多国家提出"文化立国"方针，国内许多省市纷纷提出文化强省目标，欲在文化领域一争高下。据统计，目前全国已有 26 个省市提

出文化强省（市）战略。我省为实施富民强省的宏伟目标，也提出了经济强省、教育强省、文化强省三大战略。

文化强省战略的主体目标是：坚持先进文化的前进方向，加快推进区域特有的文化资源综合开发，努力把我省建设成为社会文明程度高、文化事业和产业走在前列、在国内外享有较高知名度和影响力的文化强省。其具体目标体系是：文化事业全面繁荣，文化产业形成规模（文化产业增加值 2010 年达到 700 亿元，2012 年突破 1000 亿元），文化设施基本完善，文化市场繁荣有序，文化影响日益增强，文化实力全国居前（由目前的全国第 8 位上升到第 6 位，主要指标在中部省份全面领先）。

实施文化强省战略的基本思路是：树立国际视野，在国际文化大发展的背景下加以谋划，加入国际文化竞争；确立大文化概念，大力提升文化与经济结合、文化产业与其他产业相融合的程度，不断推进经济文化一体化；坚持湖湘文化特色，深入研究区域文化、民族文化、世界文化发展的相同与不同之处，突出特殊性、民族性，使其更具普遍性、世界性。

实施文化强省战略，提高湖南的文化软实力，既要繁荣文化事业，又要发展文化产业。

（一）以完善公共文化服务体系为重点，努力繁荣文化事业

加强公共文化服务体系建设，是繁荣发展社会主义先进文化、构建社会主义和谐社会的必然要求，是实现好、维护好、发展好人民群众基本文化权益的主要途径，是实施文化强省战略的主要标志。这些年，在省委省政府的重视下，湖南的公共文化服务体系不

断完善。(1) 实施基层文化扶持工程。启动乡镇综合文化站点的试点工作；推进广播电视“村村通”，全省广播电视覆盖率分别达到 88.38%、94.01%；推动农村出版物出版发行“三百工程”，首批 50 台新华汽车书店投入使用；持续实行“政府买单，群众看戏”举措，并给各县市剧团无偿配备了流动演出车。(2) 社区文化、企业文化和校园文化建设成效显著，“广场文化”“公共大戏台”等文化活动形成规模。(3) 精品生产异彩纷呈。电影《青藏线》、电视剧《恰同学少年》、动漫《虹猫蓝兔七侠传》、图书《吴冠中全集》影响全国。田耳的短篇小说《一个人张灯结彩》、欧阳友权的文艺理论著作《数字化语境中的文艺学》获第四届鲁迅文学奖，实现湖南作家原创作品在该奖中零的突破；皮朝晖的长篇童话《面包狼》获第七届全国优秀儿童文学奖；瑶族诗人黄爱平获全国少数民族文学骏马奖；3 幅摄影作品获全国金奖。

但是，和全国先进省市相比，我省的公共文化服务体系建设还有很大差距，必须有一个更大的发展。要坚持政府主导、社会参与、群众共建共享的原则，把建设重心放在农村，同时兼顾社区、企业、校园等基层文化建设。加大投入力度，改进投入方式，加强公共文化设施的使用和管理，创新公共文化服务方式，切实保障人民群众看电视、看电影、听广播、看书报、进行公共文化鉴赏、开展大众文化活动等基本文化权益。“十一五”期间，全省将重点推进基层文化阵地建设工程、广播电视村村通户户通工程、农村出版发行“百千万工程”、文化信息资源共享工程、农村电影放映工程、农家书屋建设工程等六大文化民生工程。扎实做好博物馆、纪念馆对社会免费开放工作。

（二）以培育壮大市场主体为重点，大力发展文化产业

这是实施文化强省的主要途径。近年来，湖南文化产业发展迅速，广电、出版、动漫在全国占据优势地位，手机动漫、电视购物、数字媒体和文化物流迅速崛起。文化产业产值增长迅速，占GDP比重不断上升。品牌影响不断扩大，2006年到2008年，《中国文化品牌报告》发布133个文化品牌，其中“湘字号”文化品牌29个，占21%。“走出去”步伐不断加快，湖南广电逐步开拓美国、加拿大、澳大利亚和东南亚市场，湘版图书21个项目入选中国图书对外推广计划，蓝猫系列动漫产品走进了36个国家和地区。如今，湖南正以更大力度，积极推进文化产业实现新跨越。

1. 以推进上市为手段，做优做强骨干企业。目前湖南有关部门已规划“三大三小”的上市辅导对象。“三大”是指广电、出版、报业三大产业集团；“三小”是指宏梦（三辰）、拓维、体坛三家文化企业。

2. 以信息技术为推动力，大力拓展新兴业态。顺应信息技术变革和拓展文化产业生产方式的新趋势，以湖南金鹰卡通频道为龙头，整合省会骨干动漫企业，组建湖南动漫产业发展公司；培育网络出版、电子图书、手机报刊、网络视听、移动电视、在线娱乐新业态；大力发展网上文化交易，引导网吧连锁经营。

3. 以振兴印刷为重点，扩张传统文化产业。抓住当前本省需求快速增长、珠三角印刷产业加速向内地转移的机遇，力争到2010年，将全省印刷复制业产值做到200亿元。同时，通过组建湖湘文

化产业集团、做大歌厅酒吧产业、整合电影院线、搞活艺术品经营、扩大艺术培训等措施，盘活省文化厅系统所属传统产业存量，为提高全省文化产业总量做出新贡献。

4. 以现代物流为载体，拓展产业发展空间。加快构建以湖南日报发行有限公司为龙头的党报发行网络、以湖南有线电视网络公司为龙头的数字电视网络、以新华书店连锁经营平台为龙头的大文化销售网络、以快乐购和华瑞物流为龙头的文化产品物流网络以及会展业。

5. 以长株潭为核心，建设文化产业集聚区。要抓住长株潭获批“两型”社会建设综合配套改革试验区这一重大机遇，把文化产业摆到更加突出的位置，将三市文化事业和产业一并规划、一体发展，培育文化产业集群，建设一批文化创意产业园区和基地，形成与国内其他新区差异化的竞争优势，力争成为具有全国影响的文化产业高地。

（三）深化改革，打造品牌，实现文化发展新跨越

无论是繁荣文化事业，还是发展文化产业，都必须深化改革。刘云山同志在 2008 年全国文化体制改革工作会议上强调，当前，要推动文化体制改革在面上展开，向纵深发展，要进一步加大力度，加快进度，务求实效；既有路线图，又有时间表，两年内基本完成试点工作任务。

1. 要围绕改善服务、增强活力，努力在深化文化事业单位改革上取得新的进展。深化文化事业单位内部人事制度、收入分配制度和养老医疗等保险制度的改革。推进党报党刊采编和经营分开，深

化湖南日报发行体制改革。抓好电台、电视台制播分离的改革。总结试点工作经验，全面推进全省农村数字电影放映服务体制改革。

2. 要围绕转变政府职能，努力在加强和改善宏观管理上取得新的进展。推动文化行政主管部门转变政府职能，实现由办文化向管文化转变，破除仍然存在的政企不分、政事不分、管办不分的体制性障碍。

3. 要围绕培育合格文化市场主体，努力在推进经营性文化单位转企改制上取得新的进展。重点要抓好快乐金鹰集团的组建；做大做强出版集团；推进湖南日报采编与经营分开，建立具有市场主体地位的华湘传媒集团公司；推动体坛周报理清资产关系和转企改制，尽快组建体坛传媒集团。

4. 要加快省直文艺院团和潇湘电影集团的改革，通过组建湖南演艺集团、推动文艺院团转企改制，启动潇湘电影集团转企改制工作、组建股份制电影集团公司。

5. 要建设好动漫公共技术平台，促进宏梦（三辰）、拓维等动漫企业技术升级和做大做优。同时要进一步采取有效措施，改变目前文化企业公多民少、公大民小、公强民弱的状况，积极鼓励和大力支持各类民办文化企业发展壮大。

无论是繁荣文化事业，还是发展文化产业，都要以提高影响力为目标，以打造品牌为重点。品牌就是吸引力，品牌就是影响力，品牌就是软实力。品牌既可以是人，也可以是产品。名人名品构成了品牌的核心，也是文化软实力的亮点之所在。

从名人的角度，我们要充分认识到文化名人对文化软实力的创造和提升作用。袁隆平的品牌价值超过1000亿元，齐白石的影响遍及全世界。一个杰出人物的出现，对一个地方美誉度的提升、影响力的扩大，厥功至伟。因此，人的因素，是软实力中至关重要的因素。要把文化名人、文化大家的培养造就作为品牌建设的核心，全力推进“五个一批”人才工程，即一批名理论家、一批名作家名艺术家、一批名记者名编辑名主持人、一批名出版家、一批文化领域懂经营会管理的复合型人才。

从名品的角度，经过多年的悉心经营，我省已有一些品牌叫响全国乃至海外。其中比较突出的有湖南卫视、湘版图书、《体坛周报》、“长沙歌厅”“快乐购”“蓝猫”“虹猫蓝兔”等。提升湖南的文化软实力，应该积极开展文化品牌的整体营销，进一步打造核心品牌。为此，一要提高品牌的自主创新成分，提升品牌的文化含量，实现文化品牌由“湖南制造”向“湖南创造”转变，由“湖南创造”向“湖南创意”升华；二要完善品牌的支持、维护、发展体系，使文化品牌保持可持续性和旺盛的生命力，不至于出现“其兴也勃焉，其亡也忽焉”的现象；三要加大新品牌的策划、创造、推广工作，使我省的文化品牌源源不断、精彩纷呈，为文化软实力提供新的品牌支撑。

（2010年1月）

更好地发挥文学的基础性作用

推动社会主义文化大发展大繁荣，文学具有基础性作用。文学是龙头。一首千年前的古诗，让人一辈子受益；一部经典名著，可以感动无数人。尽管当前文学已不复 20 世纪 80 年代的轰动效应，但它在各种文艺样式中仍居于龙头地位。有人说，现在已进入全民写作时代，这种景象，在电视、电影等其他大部分艺术门类中都难以见到。文学是艺术之母，这是谁也不会否认的。文学还是上游。文化产业作为一种创意产业，如果没有作为上游、作为第一道工序的文学作支撑，就会成为无源之水、无本之木。一些优秀的文学作品，在受到读者的喜爱后，迅速被改编成电影、电视剧、动漫，形成一条文化产业链，获得了可观的综合效益。人们所熟知的英国女作家 J. K. 罗琳创作的《哈利·波特》系列小说，被翻译成 70 多种文字，在全球 200 多个国家累计销量达到 3.5 亿册，成为当今最畅销的出版物。

文化的发展繁荣离不开作家。作家是文化内容和创意的提供者。内容为王、创意制胜。没有内容，一切都无从谈起。优秀的作家，是一个国家的文化形象、文化品牌。人们一提到英国，就会想到莎士比亚；一提到俄罗斯，就会想到托尔斯泰；一提到法国，就会想到巴尔扎克、雨果。鲁迅之于中国，泰戈尔之于印度，川端康成之于日本，都是如此。作家是民族的良心。伟大的作家，因其对真善美的不懈追求，对土地、人民、祖国的热爱，对人类最真实灵魂的书写与表达，而成为一个民族的良心，成为民族核心价值的承载者和传播者。

在当下纷繁喧嚣的文化语境中，文学界没有理由妄自菲薄，也没有理由无所作为。提高文化自觉和文学自信，更好地发挥文学的基础性地位和自身的独特优势，加入推动社会主义文化大发展大繁荣的宏大交响，这是作家的责任。为此，首先必须推出一大批既有文学价值又不乏市场潜力的文学精品。作家靠作品说话，出精品力作是文学界永恒的主题。要提倡思想性、文学性、可读性的统一，提倡作家既重视作品的思想艺术含量，也重视作品的接受面。其次要创新工作方法，造就一批具有重大社会影响的文学名家大家。作协应该成为催生作品的摇篮、孵化作家的基地、服务作家的大本营。面对身份个体化、写作全民化和传播网络化的文学现状，有必要对作家的组织方式和服务手段进行创新，将更广大的文学写作者纳入我们的联系服务视野。同时，对于那些名家大家，要予以充分的尊重、珍惜。要想方设法提高作家的地位，维护作家的权益，扩大作家的影响，使文学名家大家享有民族精英的荣誉和尊严。此外，还要搭建平台，架起桥梁，充分释放文学的产业效应。文学走向社会，赢得市场，一方面需要作家有自觉的意识，另一方面也要建立创作、出版、影视戏剧生产联动机制，架起沟通作家与出版影视机构之间的桥梁，完善优秀文学作品的转化衍生机制。这需要有一批具有专业水准和公信力的评论家、文化记者，利用传媒在国内外宣传推介优秀作家作品，还需要建立作家经纪推广机构，进行点对点的服务，让作家更顺利地从书斋走向文化市场，更好地实现自己的价值。

（《文艺报》2010 年 8 月 6 日）

当代中国文艺工作者的历史方位与价值追求

在当代中国，怎样才能成为一个优秀的受人民欢迎的文学家、艺术家，一个有理想有抱负的文艺工作者究竟该怎样作为，才能安身立命，是一个非常重大的问题，也是一个众说纷纭的问题。胡锦涛同志在中国文联第八次全国代表大会、中国作协第七次全国代表大会的讲话中，从文艺与时代、文艺与人民、继承与创新、道德与艺术四个方面对此进行了深刻论述，对文艺工作者提出了殷切希望，为当代中国的文艺工作者标识了历史方位与价值追求，值得文艺工作者认真学习，深刻领会，并起而行之。

一、担当时代赋予的神圣使命，积极投身讴歌时代的文艺创造活动

文艺与时代有着互相作用、互相影响的复杂的关系。时代对文艺有决定性作用，文艺则反映并且影响着时代。一个时代有一个时

代的文艺，时代决定着文艺的精神气质、基本面貌、艺术风格乃至文体特征。马克思、恩格斯认为，“统治阶级的思想在每一时代都是占统治地位的思想”。文艺也不例外。法国著名美学家丹纳在他的《艺术哲学》中也认为，影响文艺的三要素是时代、环境、种族。但文艺在面对时代时并不是完全消极被动的，一个时代的艺术生产和物质生产之间可能存在正比关系，也可能出现不平衡现象。文艺有可能是时代精神的传达者、引导者、推动者，文艺也有可能是时俗的思考者和批判者，以异己的姿态构成时代交响曲的一个复调。进步文艺，刻写着一个民族的希望，昭示着一个国家的未来，深深影响着一个民族的精神和一个时代的风尚。也有的文艺，则有意与时代拉开距离，体现出对过去的迷恋，对个人内心的执着，对新兴事物的质疑、排斥和批判。

一切伟大的文艺家，总是能敏锐发现时代变革的风气之先，自觉响应社会发展的客观要求，以极具精神高度和历史洞见的创作引领时代的发展，昭示未来的希望。巴尔扎克对资本主义原始积累时期资产阶级贪婪、吝啬、血腥、虚伪的批判，托尔斯泰对俄国农奴制弊端的深刻揭示，都给予他们所处的时代以巨大的影响。李白豪放不羁的浪漫主义诗歌是盛唐国力强盛、精神飞扬的生动象征，曹雪芹的《红楼梦》则是封建末世大厦将倾、盛景不再的真实写照。这些文学史上的大师，因为有对时代的深刻洞察和准确把握，而能在文学上驾驭这个时代，推动时代前进。而在精神高度上低于时代的人，只能跟在时代后面亦步亦趋；那些逆历史潮流而动的人，则只会淹没在历史的洪流之中。

当前，我国处在建设中国特色社会主义的历史时期，这是一个迅速变化的时代，是一个由农业社会向工业社会和信息社会，由前现代向现代转型的时期；这也是一个激动人心的时代，中华民族在经受百年屈辱和百年奋斗后将实现伟大复兴，中国人民将真正实现从物质到精神的现代化。无比的生动性、剧烈的变动性、异常的复杂性是这个时代的显著特征。生活在作家、艺术家面前呈现丰富多样的面貌和维度。先进与落后、科学与愚昧、高尚与卑鄙、善良与邪恶进行着激烈的较量。有让人泪流满面的感动人物，也有让人触目惊心的贪腐巨蠹；有因交不起学费而梦断高校的寒门学子，也有出手豪阔一掷千金的煤矿老板；有人在“血汗工厂”挣扎求生，也有人在灯红酒绿中醉生梦死。东部的繁华富庶已经堪比欧美，西部的贫瘠荒凉一如非洲。但所有这种种，都是转型期的特有现象，都可能是稍纵即逝和难以复现的。无论在政治意义上还是文学意义上，这都是一个伟大的时代。生逢这个伟大时代的文艺家，应当正确认识和牢牢把握我国社会发展的正确方向，深刻体现人民前进的准确信号，与时代同步伐，与历史同节奏，踏准时代前进的鼓点，回应时代风云的激荡，领会时代精神的本质，反映人民最深刻的心灵呼唤和时代最迫切的前进要求，推动社会的变革。应当坚持把个人的艺术追求融入国家发展的洪流之中，把文艺的生动创造寓于时代进步的运动之中，以充沛的激情、生动的笔触、优美的旋律、感人的形象，升起更加昂扬的理想风帆，描绘更加美好的生活蓝图，激励更加坚定的奋进信心，满腔热情地讴歌时代主旋律，努力为发展社会主义先进文化建功立业。

二、密切同人民群众的血肉联系，积极反映人民的心声

在马克思主义文艺观中，人民占有十分重要的地位。人民群众是历史的创造者，是推动历史进步的动力，也理应成为文艺的主体。列宁和毛泽东更是确立了文艺的人民性原则。“人民性”是由19世纪俄国革命民主主义批评家首先提出的概念。别林斯基称赞果戈理的小说有“最高度的人民性”，杜勃罗留波夫要求诗人“最充分地表现对人民的纯洁的爱”。恩格斯则为“近十年来在小说性质方面发生的一个彻底的革命”而欢呼，因为“先前在这类著作中充当主人公的是国王和王子，现在却是穷人和受轻视的阶级了……”列宁在《党的组织和党的出版物》一文中大声疾呼：“这将是自由的写作，因为它不是为饱食终日的贵妇人服务，不是为百无聊赖、胖得发愁的‘一万个上层分子’服务，而是为千千万万劳动人民，为这些国家的精华、国家的力量、国家的未来服务。”毛泽东同志吸收了这一思想精华，并且基于对劳动人民的深厚感情，基于中国共产党的根本宗旨，把文艺为什么人服务的问题看作文艺的核心问题。早在青年时代，毛泽东同志即对中国古代文学中下层人民的缺席深感不满。1944年，他在观看平剧《逼上梁山》后，兴奋不已，连夜提笔给两位编剧写信致贺，称“历史是人民创造的，但在旧戏舞台上（在一切离开人民的旧文学旧艺术上）人民却成了渣滓，由老爷太太少爷小姐们统治着舞台，这种历史的颠倒，现在由你们再颠倒过来，恢复了历史的面目，从此旧剧开了新生面”。以后，他正式提出了文艺为人民服务的思想。毛泽东的这一重要思想，为邓

小平、江泽民等党的第二代、第三代领导核心所继承和发扬。中共十一届三中全会后，“为人民服务、为社会主义服务”成为我国文艺工作的根本指导方针。

在文艺与人民的关系中，有这样三个层面需要把握。首先，文艺源于人民。人民创造历史的活动，是文艺创作的丰厚土壤和源头活水。正如邓小平同志在第四次文代会的《祝辞》中所说的：“人民是文艺工作者的母亲。一切进步文艺工作者的艺术生命，就在于他们同人民之间的血肉联系……人民需要艺术，艺术更需要人民。”人民的创造实践每时每刻都发生着令人感奋的变化，人民的生活舞台每时每刻都产生着五彩斑斓的素材，人民为文艺创造提供着丰富营养。脱离了人民，文艺创作就会成为无本之木、无源之水。

其次，文艺表现人民。“文学是人学”，文艺应该始终以人为表现主体，将人置于中心地位，多角度、深层次地描写人、揭示人。而人不是抽象的，人民是人的主体。关注人民命运，赞颂人民奋斗，激励人民前进，是我国进步文艺的优秀传统，必须始终坚持和大力发扬。一切受人民欢迎、对人民有深刻影响的艺术作品，从本质上说，都必须既反映人民精神世界又引领人民精神生活。作家、艺术家应当把笔触和镜头对准广大人民群众，特别是普通百姓，描写他们的生活和命运，反映他们的欢乐和痛苦，歌颂他们的美好情感。文艺家要通过形式多样的艺术创造，为人民放歌，为人民抒情，为人民呼吁，成为如毛泽东所说的“群众的忠实代言人”。有一段时间，在文学领域和影视屏幕上出现了一种脱离人民群众甚至鄙视人民群众的风气，一些作品将目光转向大款、丽人、豪宅、香车宝马或者帝王将相、神仙鬼怪，大肆渲染，乐此不疲，表现出浓厚的贵族情调、封建气息；另一些作家则一味写自己作为“都市宝贝”“欢场玩家”的病态人格和畸形情感，漠视人民群众；还有一些人在功利和欲望的驱使下走入“身体写作”“媚俗化文本”和“粗口秀叙事”，以至堕入色情和恶俗一流。这种不良倾向，应该引起高度重视。人民的文艺家，必须从情感上体察底层民众诉求，关怀弱势群体。只有真情热爱人民、真正了解人民、真诚理解人民，才能创作出深受人民欢迎、对人民有深刻影响的优秀作品。要贴近实际、贴近生活、贴近群众，深入改革开放和现代化建设第一线，深入企业、乡村、社区、军营、校园生活最前沿，使自己作品中的人物是鲜活的、真实的。

最后，文艺为了人民。文艺必须以人为本，为人民服务。为人民服务是社会主义文艺的根本方向。尽管随着时间的推移，“人民”的内涵已较毛泽东时代的“工农兵”有所变化，其阶级阶层已大大扩充，但文艺为人民服务的原则仍没有过时，并且结合“以人为本”的思想而拥有了新的内涵。“以人为本”当然要覆盖所有法律上的公民，但更要注意向人民大众倾斜，以穷人为本，以弱势群体为本。文艺为人民服务，首先要让文艺作品为人民群众所喜闻乐见，使他们获得审美的愉悦和心灵的慰藉；文艺为人民服务，要面向基层、面向群众，大力实施文化下乡、文化扶贫工程，使最基层的人民群众共享文化发展成果；文艺为人民服务，还要改革文艺评奖的标准和机制，改变少数文艺精英垄断话语权和评奖权的情况，以人民群众满意不满意、高兴不高兴、喜欢不喜欢为根本的评价标准。

三、大力发扬创新精神，积极开拓文艺的新天地

改革创新，是当今中国的时代精神。大力增强自主创新能力，建设创新型国家，是我国的国家战略。在文艺领域，同样需要大力发扬创新精神。古往今来的艺术大师，无一不是勇于创造、敢于创新的典范。齐白石衰年犹在求变，毕加索一生都在探索，终成20世纪的一代宗师。但文艺领域的创新，和科技等其他领域的创新又不一样。科技总是新胜于旧，后胜于前，而文艺则不能用这种简单的进化论和线性思维模式来看待。今天的文艺，不一定优于古代；今天的文艺家，也不一定超过古人。

推进文艺创新，必须处理好继承与创新的关系。胡锦涛同志用精辟的语言阐述了继承与创新之间的相辅相成、不可或缺的关系："推进文化发展，基础在继承，关键在创新。继承和创新，是一个民族文化生生不息的两个重要轮子。"的确，古今中外，闻名于世的文艺大师，脍炙人口的传世之作，无一不是善于继承、勇于创新的结果。不朽的文艺经典，往往既渗透着历史积淀的体验和哲理，又蕴含着时代孕育的理想和精神；既延续着传统艺术的特点和优势，又创造着新颖鲜活的内容和形式。不善于继承，创新就没有基础；不善于创新，继承就缺乏活力。在继承基础上的创新，往往是最好的继承。我国是文艺遗产极为丰富的国家，诗经、楚辞、汉赋、唐诗、宋词、元曲、明清小说及渊深博大的诸子文章、浩瀚绵长的史传文学，都是中国文艺长河中的璀璨明珠，历千百代而仍熠

熠生辉，可与日月争光也。作为当代中国的文艺工作者，这些都是我们的宝贵资源和文化底蕴之所在。没有这方面的修养和底蕴，要成为一代大家是不可能的。除此之外，五四运动以来的革命文艺成果和古往今来域外的文艺经典，也是我们学习借鉴继承的对象。但当代中国文艺要发展，光跟在前人后面亦步亦趋又是不可能的。入乎其内还要出乎其外，尊重前人还要突破前人。特别是当今文艺的时代背景、科技条件，人民群众的审美风尚和接受心理都发生了变化，不创新就会脱离群众，不创新就是死路一条。

推进文艺创新，主要包括两个方面。一是文艺观念、内容、题材的创新。随着时代的发展，出现了一些新的文艺观念，如“日常生活的审美化”对文艺对象的拓展，如以“想唱就唱”为代表的草根文艺运动带来的文艺的大众化和普泛化。相对于过去的文艺，现在文艺的范围大大拓展了，边界大大延伸了，文学与非文学、艺术与非艺术的界限正日益模糊。文艺创作的内容越来越丰富，题材越来越多样，这给文艺的发展开辟了广阔的空间。二是文艺体裁、形式、风格、手段等的创新。现在出现了许多新的文学样式，如网络文学、博客写作、手机文学，它们与传统文学的不同主要是媒介、载体方面的，同时也包含着文体、接受方式、审美趣味的变化。当前，也出现了一些新的文学体裁，除了传统的小说、诗歌、散文、报告文学、文学评论以外，一些糅合了两种或三种以上文体特征的新文体也出现了，例如韩少功的《马桥辞典》是长篇小说还是系列小说？他的《暗示》是小说还是文学论文？都很难界定。当前还盛行一些新的文学风格，如以搞笑、搞怪为目的的无厘头风，像《武林外传》《一个馒头引发的血案》等都是。这些新的文艺现象，也可看作是文艺创新的产物，决不能简单地加以批评或否定，而应进行认真的研究分析，肯定其因时而变受人欢迎的一面，也警惕其走向恶搞的可能。

推进文艺创新，需要文艺家和社会共同努力。从文艺家的角度，需要增强创新意识，焕发创造激情。要特别重视原创能力的提高。原创力包括想象力、思考力、对传统的创造性转化能力、对新事物的创造性生成能力，这是文艺家最可宝贵的能力。齐白石先生说过，“学我者生，似我者死”，跟风赶浪、拾人牙慧是最没出息的。当前文艺界的原创力正在下降，同质化现象严重，充斥于我们眼前的是大量的模仿之作、克隆之作。一部《卧虎藏龙》获奥斯卡金像奖，《英雄》《十面埋伏》《无极》都出来了；一部《雍正王朝》打响，接踵而至的是大量同类型的历史剧。这种现象亟须克服。从社会的角度，需要营造鼓励创新的良好环境。社会各界要为文艺创新创造条件，使广大文艺工作者的一切才华都有展示舞台、一切创造都有实现空间、一切贡献都得到社会尊重，推动文艺工作者的创造激情和创造活力竞相迸发、充分涌流。

四、做到德艺双馨，积极履行人类灵魂工程师的职责

文艺具有强大的社会感染力，文艺作品给人民群众以深刻影响，也要接受人民群众的检验。文艺工作者的社会责任问题和文艺作品的社会效果问题，始终是文艺的重要问题。尽管有人存有疑义，但大多数人认为，文艺家是人类灵魂的工程师，创作不仅仅是

自我宣泄的个人行为，他必须时刻考虑作品的社会效果。高尔基说过，“诗人是世界的回声，而不仅仅是自己灵魂的保姆”。巴金也说过，“如果不是想对我生活在其中的社会贡献一点力量，如果不是想对和我同时代的人表示一点友好的感情，如果不是想尽我作为一个中国人所应尽的一份责任，我为什么要写作？”文学大师的这些话语已经清楚地表达了写作的目的和作家的社会责任。中国的先贤认为文章乃“经国之大业，不朽之盛事”，“笔落惊风雨，诗成泣鬼神”，文学的力量如此之大，不可不格外慎重。我们当然要避免把文艺的作用提得太高，以至于认为“一言可以兴邦，一文可以丧国”，给文艺家戴上沉重的精神枷锁，但也要反对那种认为文艺地位无足轻重，文艺家可以随心所欲想怎么写就怎么写的观点。

要做人类灵魂的工程师，必须先使自己的灵魂高尚起来；要让自己的作品有良好的社会效果，必须先有高远的精神境界。德在艺先，做人为本。古人说“太上有立德，其次有立功，其次有立言”，把立德看作最重要、最不容易的事情。可见，文艺工作者应把修身立德放在第一位，最大程度地提高精神境界，锤炼高尚人格。

当前文艺界的风气总的是好的，巴金、常香玉这样德艺双馨的大师令人无限景仰，但毋庸讳言，当下文艺界也存在一些不良现象。剽窃抄袭者有之，专揭隐私者有之，滥炒自我者有之，以粗鄙为时尚、把肉麻当有趣者有之，见钱眼开、愚弄观众者有之，制黄贩黄、炮制垃圾者有之……这些，虽非主流，但都玷污了人类灵魂工程师的光荣称号，造成了不好的社会影响。因此，需要在文艺界大力提倡德艺双馨、人文并美的良好风气。

文艺工作者追求德艺双馨，必须恪守职业道德、弘扬职业精神，这就要坚定信念、志存高远，就要忠于祖国、热爱人民，就要知荣明耻、品行高洁，就要倡导真善美、鞭挞假丑恶，就要加强团结、以和为美，就要专心致志、孜孜以求，努力攀登人生和艺术的高峰。归结到一点，就是要作文先做人，在道德方面要让人高山仰止，景行行止；就是要严肃认真地考虑自己作品的社会效果，传播先进文化，弘扬人间正气，塑造美好心灵，风成化习，果行育德，为人民奉献最好的精神食粮，努力以自己的作品丰富人民群众的精神生活，增强人民群众的精神力量。

（2010 年 8 月）

重焕文艺的理想之光

一

谁也不会否认，当下中国的文学艺术处于空前活跃或者说繁荣的状态；但谁也都感觉得到，文艺的现状并不令人完全满意。在数量的急剧膨胀、市场的热气腾腾背后，是普遍的降格以求和过目即忘，是大家隐遁，经典难寻。这已经成为我们的软肋和隐痛。原因众说纷纭，我以为，一个根本性的原因是，文艺的审美理想出现了严重的缺失和畸变。主要的表现是：

（一）低俗泛滥。这是最突出最明显的问题。一段时间中，网络、影视、图书以及大众娱乐场所中的低俗、鄙俗乃至恶俗现象比比皆是。网络上“芙蓉姐姐”“凤姐”之类人物你方唱罢我登台，以暴露身体、发布艳照、自揭家丑、制造负面新闻之类手法博出名的事情频频发生，许多博文和帖子脏话连篇，粗口频出；一些娱乐节目很少思想性、益智性，变成为乐而乐，“愚乐”至上；文学创作中“欲望化叙事”“下半身写作”仍乐此不疲，除了偷情还是偷情，三页不离性事；大众媒体中的交友、丰胸、壮阳等涉性广告十分露骨；一些歌厅和剧场中的节目，无论是北方的“二人转”还是南方的脱口秀，无论是荤段子还是脑筋急转弯，都粗鄙得让人无法忍受。以恶搞为卖点，拿肉麻当有趣。这股低俗之风，有时给人的感觉不只是偏离先进文化的前进方向的问题，而且是背离了公序良俗、丧失了基本的道德底线的问题。

（二）怪诞流行。早些年，“行为艺术”曾经“前卫”得吃死婴、钻牛腹、胡萝卜上套避孕套，这几年见得少了，但书法绘画领域的怪诞之风仍很盛行，以怪为美，以玄为尚。一些媒体特别是网络媒体对一些亚文化和畸形现象津津乐道，例如同性恋、性错乱、变性人、异装癖、虐待狂和受虐狂等。大千世界，无奇不有，在一个社会中，存在这些现象并不奇怪，在私人空间中，我们应对此给予一定的理解与宽容，但作为公共媒体，有必要对之津津乐道、大肆渲染吗？我这样说，可能会被人批评为“政治不正确”，但我坚持认为，在中国，对待最大多数人的主流价值和个别群体的亚文化，还是应有所区别，这不是保守，而是持守之道，是恰如其分。

（三）造假成风。诚信缺失是当代中国社会文化领域的最大问题。商业领域的造假蔓延到文艺界，假唱假演、假文凭假履历、假嘉宾假交锋、移花接木、PS，乃至赤裸裸的抄袭剽窃，连博士论文都可以购买。这些成为顽症，以致人们见惯不惊，习以为常。耸人听闻的推荐语，牛皮吹尽的广告词，过度的包装术和签售会，在图书出版领域尤为常见，以致你经常以为买到了一本惊世之作，原来是稻草一包。年年在搞诚信教育，可是虚假却无处不在，而且很少受到惩罚。

（四）无耻无畏。东方文化本是一种耻感文化，一个人做了不道德的事、违背公序良俗的事、破坏行业规范和职业伦理的事、违法乱纪的事，至少要感到羞耻，感到愧疚，并有改正的愿望，这才是正常的文化心理。是之谓“是非之心，人皆有之”“羞恶之心，人皆有之”，也就是正确的是非观、荣辱观。可是在当前的社会文化领域，我们看到的却是“我是流氓我怕谁”的无赖，“死猪不怕开水烫”的硬撑，“老夫独不信之，汝奈之何”的痞子腔。法院判决为剽窃，可以大言不惭地说“绝不道歉”，而且得到粉丝的一片叫好；明明是弟子动粗打人，师傅却标举为英雄，并且声称在现在这个社会，就是要带点狼性——这也正是《狼图腾》所倡导的核心价值。过去有人只是说无知者无畏，现在是无耻者无畏。以堕落为美，以挑战公共道德底线为乐：这就是某些人的精神现状。古人念兹在兹的是非之心、羞恶之心哪去了？

二

从20世纪90年代开始市场经济改革以来，不可否认，我们在文化建设特别是其中的核心价值体系建设、道德建设上下了很大的功夫，也取得了不错的成绩。理想泯灭、利欲泛滥、人文精神失落的现象，在90年代前期曾经十分严重。面对这种局面，文艺界、知识界在短暂的溃不成军后开始稳住阵脚，自我纠错。经过艰苦努力，进入新世纪后情况开始好转。但是，精神领域的某种滑坡、价值观的某种失范和无序的现象似未得到根本改观。“文革”对传统文化破坏的后遗症、中国式市场经济的负面因素的叠加，使民族的精神仍在十字街头中寻找方向，寻找支点，寻找安身立命的所在。而一些新的观念误区，或者说一些本来正确但强调过分的观念，又造成了新的问题。例如弥漫全社会的GDP崇拜，越来越把文化裹挟其中。尽管科学发展观已成为社会的指导思想，也成为全民共识，但唯GDP论仍有市场，体现在文化领域，就是只热衷文化产业不重视文化事业，只讲经济效益不讲社会效益，只想一朝把文化产业做成支柱产业而不管是否真正留下了文化经典。又如所谓“注意力经济”或者“眼球经济”，体现在文化领域，就是挖空心思提高收视率、点击率、上座率、发行量，而不注重文化产品是否有思想含量和艺术品质，是否有益于世道人心，以致出现了娱乐至上、票房毒药、同质化竞争等现象。再如成功学的滥用。有人说现代社会有三粒毒药：消费主义、性自由和成功学，成功学是危害最大的一粒。它以速成为噱头，以名利为药效，误导急于走捷径成为人上人的年轻人投身其中。延及文艺领域，便是普遍的浮躁，普遍的急功近利，希望一夜成名，一夜暴富。于是以大嘴毒舌博出位者有之，以虚假宣传给自己贴金者有之，以抄袭剽窃牟取名利者有之。虽说是“全民写作”，其实泥沙俱下；虽说是每年长篇过千，但经典寥寥；虽说是频道数百，但一眼看去都在办晚会、造娱乐、播风格雷同的电视剧。

一方面，这是社会大环境的问题；另一方面，之所以出现审美理想的失落与畸变，文艺界主体精神的失落摆脱不了干系。出于对“文革”中假大空的反拨，在80年代末90年代初，理论界出现了不少为文艺家减负的理论，如提倡“躲避崇高”，如不赞成文艺家是“人类灵魂的工程师”的提法，如认为社会功能是文艺的外部功能，作家只需要“写内心”，等等。这些片面的理论和市场经济初起步时泛起的拜金主义、利己主义合流，造成了知识界剧烈的道德滑坡和大面积的精神溃败。个性的解放被提到空前高度，不过那不是心灵的解放，而只是肉体的放纵；自由的概念被滥用，但那只是一己的自由，却是他人的不自由；文艺界的“欢乐颂”不是真善美的颂歌，而是金钱的颂歌、身体的颂歌、为所欲为的颂歌；文艺家的特殊身份被强调，不过不是强调要承担特殊的社会责任，而是拥有超越于芸芸众生的道德特权；坚守理想、追求崇高的作家被看成新左派、独断论者和专制主义者，遭到冷嘲热讽而孤立无援。精神上的侏儒化和庸人化，道德上的乡愿化，不但是许多国人的精神现实，也是部分知识分子的精神追求。这样一种自我放逐和自甘堕落，使许多文化人不再有超迈的思想、广博的心灵和宏大的把握能力，即使他们想这么做的时候，也往往是有心无力。思想的滑坡和艺术把握能力的下降是同步的，由此造成了深度的缺失，造成了对鄙俗的追逐与沉湎，造成了表面上的热热闹闹轰轰烈烈而经典阙如。从90年代以来，我们看到了太多的“新写实”作品，但几乎无一达到批判现实主义经典的高度；看到了许多的“写日常”，但只是日常生活的鸡零狗碎，看不到“日常生活的审美化”，更看不到日常背后的不平常；看到了层出不穷的官场小说，但除了欣赏式、教科书般的官场揭秘和登龙术路演，看不到多少深刻的人性批判和政治批判；看到了许多的国产大片，但除了豪华布景和高科技下的借尸还魂和魅影幢幢，我们又能看到什么？

三

人类需不需要理想？这是不言而喻的。人类没有理想，就同行尸走肉、同为活而活的低级动物没有区别了。文艺要不要审美理想？这也是不言而喻的。人类之所以要创造文艺，就是因为现实生活的残缺、不理想、不完美。人们需要文艺，就是因为在文艺的创造与欣赏中可以克服现实的种种不足，憧憬理想的人性与生活。在这个意义上，文艺永远高于生活，大于生活，而不会等于生活，更不会低于或小于生活。这些年，原生态的艺术、新写实主义的写作，的确风行一时。有人说，生活永远比小说更精彩，现实永远比艺术更丰富。就生活与艺术的源流关系来说，确乎如此。它提醒我们的作家、艺术家，在丰富生动的现实生活面前，永远要保持谦卑的态度，虚心学习、认真体察的态度。但从艺术的本质来说，它从来都比粗糙的生活原貌更本质、更理想，更引人入胜，更激动人心。尽管在解构主义盛行的今天，一些写作者或前卫艺术家已经不承认这一点了，但一切真正的、伟大的作家都不会否认这一点。秘鲁作家略萨在《给青年小说家的信》中就说："现实世界——这实在的生活——比起小说家编造的生活不知庸俗多少。"因此，他认为艺术家要像堂·吉诃德举起长矛刺向风车那样，创造一个虚构的天地，“通过幻想的方式来代替这个经过生活体验的具体和客观的世界”。

那么，文艺的审美理想应该是什么样的理想呢？是丑陋的、怪诞的、庸俗不堪的、厚颜无耻的审美理想，还是以真善美为追求的永恒的审美理想？这本来也是不言自明的。但是，在经过现代主义思潮的颠覆、后现代主义思潮的解构、商品化大潮的冲击后，情况变得复杂起来。以真善美为最大追求的严肃的文艺家和文化机构仍然不少，但似乎已经被视为老土，被判定为落伍者，事实上被边缘化和小众化了。在台面上十分活跃的、既混了个眼熟又赚了大把银子的，是那些出位、搞怪、粗鄙不堪然而大言欺世之徒，是那些想象力贫乏、价值空虚但善于包装炒作的开卷榜首、票房“毒药”、收视冠军。这不能不说是我们这个时代的悲哀。

文艺有多重功能，我们过去过分强调文艺的教育功能、社会功能乃至政治功能，把文艺弄得太严肃、太沉重、太小心翼翼战战兢兢，这当然是不可取的。但当前的问题是，我们是否矫枉过正？是否太过重视和开发了文艺的娱乐功能、休闲功能，而忘记了文艺的审美功能、教育功能和社会功能？泛娱乐、浅阅读、一次性……是否让我们的文艺变成了营养稀薄的快餐和用过即扔的纸巾？而那些庸俗低俗媚俗的网文、图片、段子、小品、恶搞节目，是否培养着恶劣的审美趣味，传播着不良的价值观，从而会持续损害整个民族的精神文化素质？

文艺作品应该有益于世道人心，文艺家应该担当道义责任，任何时候，这都应该是一条对文化从业人员和文化机构的基本要求。

伟大的作家、艺术家、因其对真善美的不懈追求，对土地、人民、祖国的热爱，对人类最真实灵魂的书写与表达，而成为一个民族的良心，成为民族核心价值的承载者和传播者。屈原、鲁迅是中华民族的民族魂，巴金因为“讲真话”而成为中国当代知识分子良心的代言人。托尔斯泰、索尔仁尼琴也被公认为俄罗斯民族的良心。美国作家福克纳在1950年获得诺贝尔文学奖的演讲中明白无误地说：“人不仅能挺住，他还能赢得胜利……作家的天职在于使人的心灵变得高尚，使他的勇气、荣誉感、希望、自尊心、同情心、怜悯心和自我牺牲精神——这些情操正是昔日人类的光荣——复活起来，帮助他挺立起来。”在道德隐遁、价值失范、欲望膨胀、急功近利的今天，我们仍然需要福克纳式的作家、艺术家坚守人类的基本价值，需要他们仰望星空，超越世俗，高扬人性的勇敢、善良与美好，投放出审美理想的灿烂光芒。

四

重焕文艺的理想之光，抵制和反对庸俗低俗媚俗之风，这不是要让文艺回到单纯的政治说教，回到纯而又纯的状态，或者尽是不食人间烟火的阳春白雪、空谷幽兰。在这里，处理好通俗与高雅、低端与高端、普及与提高、适应与引导、大众化与精英性等一系列关系，是文艺界永恒的课题。而其核心，我以为是要树立马克思主义的群众观和“人民性”的文艺观。在马克思主义文艺观中，人民占有十分重要的地位。人民群众是历史的创造者，是推动历史进步的动力，也理当成为文艺的主体。列宁和毛泽东更是确立了文艺的人民性原则。胡锦涛同志在中央政治局第22次集体学习时指出："人民群众是文化产品的创造者和享有者，文化精品来源于人民群众，服务于人民群众，最终应该由人民群众来评判。"这是马克思主义群众观在文化建设上的体现，也可以说是对文艺的人民性原则的重申。

因为有这样的群众观和文艺观，所以我们要根据时代的变迁和社会文化思潮的变化，适时调整我们的文艺观念。不可否认，当前的中国文化，已经出现了多样化、泛化和平民化的趋势。首先，社会文化的多样化乃至多元化是一个不争的事实，精英文化与大众文化、高雅文化与通俗文化、本土文化与西方文化、传统文化与时尚文化形成了共生共存、适度博弈的局面，多种文化之间有分有合，有重叠有差异，有互补有竞争，它们动态地处于一个文化共同体中。泛化是我用的一个概念，王蒙称之为"泛漫化"。其特点是文学与非文学、艺术与非艺术的界限被打破，纯文学、纯艺术的概念遭到质疑，文艺的范围正在扩大，文艺的边界正在延伸，文艺作品在数量上如洪水漫滩，九派横流。再说平民化。从20世纪前期开始，平民化或者说大众化就是中国文艺的一个梦想。从30年代的"大众语"运动，到40年代的文艺民族化论争，从1958年的"大跃进"诗歌，到"文革"中的工农兵写作，中国文艺一直在进行着大众化的不懈努力。但是，在一个前现代社会里，当人们的社会身份被打上了先天的烙印并被严格约束，当温饱仍然是大多数人的最大追求，当全民的文化水平普遍较为低下而传播途径被垄断，真正的文艺大众化是不可能实现的。而现在的情况已有极大不同，文艺不再是上流社会的专宠，而为广大的平民百姓所共享；创作不再只是专业作家、艺术家的专利，而成为有文化有创意的普罗大众均可一试的爱好。专业与业余的概念已为职业与非职业的概念所取代。在这样的情况下，文艺必须眼光向下，强化底层意识，体现平民情怀，做到雅俗共赏、喜闻乐见：这样一种精神，这样一种理念，我想是应该继续倡导的。不能因为反对“三俗”、呼唤文艺的审美理想而让文艺回到说教文艺、贵族文艺、小圈子文艺的老路上去。

但也正因为有这样的群众观和文艺观，我们不能任由文艺领域理想失落，低俗泛滥。为了弘扬五千年的文明传统，为了提高中华民族的整体素质，为了真正成为当今世界的文化大国、文化强国，我们太需要提升文艺的品位和质量了。大师断代，经典匮乏，高端不举，深度缺失，这不是一两个精英分子的个人遗憾，而是人民大众的普遍感觉。在这样的情况下，还一味为世俗化唱赞歌，就真有点“拎不清”了。说到底，通俗无罪，但不能低俗甚至恶俗，应该俗为雅用，雅不远俗；适应大众的欣赏水平是对的，但引导也不可或缺；文艺的门槛在降低，但文艺精品的标准不能降低；文艺应该走入市场，成为产业，但社会效益永远是第一位的。

重焕理想，反对“三俗”，文化主管部门肩负重大责任。人们所期待于他们的至少有两点：一是要有正确的指导思想和文化理念，坚持先进文化的前进方向，坚持文化事业和文化产业协调发展，公益性和商品性不能偏废，社会效益和经济效益有机统一；二是要加强管理，“一手抓繁荣，一手抓管理”两手并举。在市场经济中，逐利性是所有商品的共同特点，文化产品也不例外。作为管理部门，鼓励和支持文化产业是应该的，但更要强调和维护的恐怕是社会效益和公共利益。

（《文艺报》2010 年 10 月 13 日）

“求是”：追求真理、经世致用的湘人传统

何谓“求是”？“求”，追求、探究；“是”，真也。在“忠诚、担当、求是、图强”的湖南精神表述语中，“求是”主要体现了湖南人特别崇尚知识、追求真理、探求宇宙人生的大本大原的思想特质与精神追求。它是湖南精神的精髓之一。在实现富民强省乃至追求中华民族伟大复兴的“中国梦”中，“求是”精神不可或缺。

一、“求是”的三个层次

第一个层次是“求知”。这是“求是”的前提。2000 多年前的伟大爱国诗人屈原，就是求知的典范。他在流放湖南、行吟泽畔的苦旅中，除了牵怀故国、抒发愤懑外，还对天文地理、古往今来发生浓厚的兴趣，创作了长诗《天问》，全诗 373 句，1560 字，自始至终以问句构成，一口气对天、地、自然、社会、历史、人生提出了 173 个问题，被誉为“千古万古至奇之作”。屈原的求知精神对

后世湖湘文化产生了重大影响。湖南人崇尚知识，热爱学习，尊重一切有学问的人。格物致知、耕读传家是湖南士人的传统，曾国藩将“早扫考宝，书蔬鱼猪”定为教育子弟的八字真言，其中“考”“书”皆是读书做学问之意。毛泽东一辈子都在学习，临终不辍，且涉猎广泛，无所不包，为我们树立了“求知”的榜样。

第二个层次是“求是”。光求知还不够，还要探求真理，掌握规律。因为一来古往今来的知识很芜杂，真假莫辨，甚至有很多谬误，这就需要我们去粗取精，去伪存真；二来一般人只能掌握知识的皮毛，知其一不知其二，知其然不知其所以然，这就需要我们透过现象看本质，深入内部找规律。这就是“实事求是”的本义。史书上最早出现“实事求是”是班固所撰《汉书》之《河间献王刘德传》，那里说河间献王刘德“修学好古，实事求是”。实事求是、经世致用一直是以岳麓书院为代表的湖湘文化的主要学风。1917 年，湖南工专并入岳麓书院办学，其校长宾步程撰“实事求是”匾，悬挂于讲堂之上，对青年毛泽东产生了重大影响。“实事求是”是毛泽东为中国共产党确立的思想路线的灵魂，也是湖南人的精神内核之一。毛泽东说：“‘实事’就是客观存在着的一切事物，‘是’就是客观事物的内部联系，即规律性，‘求’就是我们去研究。”毛泽东一辈子都在通过实践探索中国革命的规律、中国历史的规律、社会主义建设的规律。

第三个层次是“求道”。“求道”即探求宇宙人生社会的根本规律，这可以说是“求是”的最高层次。历史上，湖湘文化的“求是”，不是满足于一般性地掌握研究对象的规律，而是着眼于探究宇宙之道、心性之谜。孔子说，“朝闻道，夕死可矣”，但儒家的“道”主要是人道，不是天道。重视天道的是道家。宋明理学的创始人周敦颐融合儒道，着力于探讨宇宙的本源、道德的本源。他在《太极图说》中写道：“自无极而太极。太极动而生阳，动极而静；静而生阴，静极复动。一动一静，互为其根；分阴分阳，两仪立焉。”这是在讨论宇宙自然的成因以及变化规律，包含有深刻的辩证法思想。他在《通书》中提出道德的起源是“诚”：“大载乾元，万物资始，诚之源也”“乾道变化，各正性命，诚斯立焉”“诚，五常之本，百行之源也”。周敦颐对宇宙人生大道的探求深深影响了湖湘士人，此后湖湘文化中的杰出人物无不具有这种探本求源、探索微言大义的精神。宋代大儒胡宏孜孜以求的是治天下的“大本”“大体”，认为“学贵大成，不贵小用。大成者，参于天地之谓也；小用者，谋利计功之谓也”。通经才能致用，小用不如大成，这是一种至为高远的追求。他的弟子张栻也主张研究“极天地”的大学问。明代王夫之提出“道器之辩”，以唯物主义的哲学立场，解释了“道”“太虚”“诚”“理”等根本概念。曾国藩坚持“义理”之学是其他一切学问的根本，寻求内圣外王之道。

受他们影响，青年毛泽东立志探求宇宙的大本大原。1917 年，年仅 24 岁的毛泽东在给黎锦熙的信中高举“大本大原”的旗帜：“夫本原者，宇宙之真理。……今吾以大本大原为号召，天下之心其有不动者乎？天下之心皆动，天下之事有不能为者乎？天下之事可为，国家有不富强幸福者乎？”他还认为，“圣人，既得大本者也；贤人，略得大本者也；愚人，不得大本者也。圣人通达天地，明贯过去现在未来，洞悉叁界现象，如孔子之‘百世可知’，孟子之‘圣人复起，不易吾言’”。毛泽东的“大本大原”，是从改造社会、改良人心着眼的，这一追求贯穿了他的一生。他的发起成立新民学会，创建中国共产党，开辟革命道路，无不如此。毛泽东是非常重视实践，反对读死书，拒绝空谈，鄙弃教条主义的，但对哲学的爱好、对从大本大原处改造社会与人心的执着，也是他显著的文化性格。青年时期，他就特别欣赏曾国藩这样的“办事”而兼“传教”之人。在抗战的艰苦环境中，他写作了《矛盾论》《实践论》等哲学著作，奠定了他作为党内一流理论家、哲学家的地位。新中国成立后，他仍然不懈探索社会主义革命与建设的根本规律，有成功，也有失误。在林彪封他的所谓“四个伟大”中，他对其他的“伟大”都很讨厌，唯独看重“伟大的导师”这个称号，其实反映了他想成为“万世师表”的心理。他极为重视并反复修改四卷《毛泽东选集》，表明他希望“为民立极”，做一个“哲学王”，成为立德立功立言“三不朽”的人。这样一种追求，当然是“求是”的最高层次。在湖南，虽然不是人人都需要或者能达到“求道”的境界，但湖南的杰出人物，是以此为人生的最高目标的。

二、“求是”的精神内涵

“求是”作为湖南精神的一个重要方面，具有丰富的精神内涵。

（一）怀疑意识。怀疑是探索的前提。正因为有怀疑，才要去“求是”。自古以来，湖湘文化就有深刻的怀疑意识。屈原问天，就是一种强烈的怀疑。宋代哲学家张载说：“于不疑处有疑，方是进矣。”岳麓先贤正是循此开展辩驳诘难，乐此不疲，如朱熹、张栻在著名的“朱张会讲”中论辩中庸之义，“三日夜而不能合”。湖南人从来不迷信，不盲从，毛泽东是这方面的代表。他经常引用孟子的话，“尽信书，则不如无书”，强调大胆怀疑，独立思考。他反对本本主义、教条主义，即使是马克思主义的经典著作和共产国际的一些指示，他也并不迷信盲从。对中国历史上的许多定论，他总是以怀疑精神重新审视之，例如关于秦始皇、曹操，他都一反前人的一味贬斥，而大作翻案文章。要“求是”，首先必须怀疑。只有具备怀疑意识，才能进入真理之门。

（二）探索品格。从怀疑出发，要想求得真知真理，必须经历艰苦的探索。“路曼曼其修远兮，吾将上下而求索”，这是屈原的探索。从发出“问苍茫大地，谁主沉浮”的慨叹，经历“犹记当年烽火里，九死一生如昨”的艰苦奋斗，到“萧瑟秋风今又是，换了人间”的新变，这是毛泽东的探索。从怀疑李森科的无性杂交遗传理论，到千辛万苦发现“雄性不育株”，培育杂交水稻，成为世界“杂交水稻之父”，这是袁隆平的探索。

（三）务实风范。湖湘文化的“求是”，是实事求是、经世致用，并不是皓首穷经、空谈心性。两宋之际，经由书院这个平台，重内圣之道的理学和重外王之术的实学，在湖南交织、扎根，经学子们薪火相传，不断阐发，形成了强调经世致用、主张躬行实践的湖湘士风。在这种风气熏陶下，湖南人大多关心时务，热衷于投身政治，经邦济世，从而涌现了一大批有影响的政治家、军事家、思想家、革命家。明清之际的王夫之主张“理在气中”“行先知后”，参加抗清斗争；清中期以降，陶澍、魏源进一步发扬了经世学风，继之以曾国藩、左宗棠、彭玉麟、胡林翼等“中兴名臣”，谭嗣同、唐才常等维新志士，黄兴、蔡锷、宋教仁等资产阶级革命派，再到毛泽东、刘少奇、任弼时、彭德怀、胡耀邦等无产阶级革命家，都是实干家、行动派，他们把湖南人不尚空谈、重在实干的精神发挥得淋漓尽致。身处内陆、生存条件恶劣的湖南人，本来就有质朴、实在的特点，再加上这些精英人物的言传身教，更加强化了务实为本的群体性格，形成了湖南精神中的一个显著特点。

三、弘扬“求是”精神，推动湖南发展

“求是”精神，源自湖湘历史文化，扎根于湖湘大地，蕴藏在8000万湘人身上，是今日湖南的宝贵财富。大力弘扬“求是”精神，对于增强湘人精神力量，推动湖南发展，具有重大意义。

“求是”精神昭示我们很多，关键性的有两条：

（一）要探索规律，坚持科学发展之路。科学发展观已经成为我们党的指导思想，湖南也初步找到了一条具有中国特色、湖南特点的科学发展道路，但如何夯实这条道路，完善这条道路，还需要经过艰苦的探索。这些年，省委省政府集中全省人民智慧，围绕“科学跨越、富民强省”的总目标，提出了“四化两型”“四个湖南”的发展思路，取得了不俗的成绩，很多方面走在全国前列。但科学发展之路永无止境，未知远远超过已知。新型工业化如何持续，新的增长极在哪里？新型城镇化如何推进，如何既让农民变市民，又不造成农村的凋敝和城市的不堪重负？“两型”如何大面积

落地，成为民众的自觉？都需要我们继续探索。特别需要各个地区、各个部门根据自身领域和特点创造性地进行细化、延伸、完善，形成一整套实事求是的政策体系、制度框架和工作路径。

（二）要力戒空谈，形成实干兴湘风气。实干兴邦，空谈误国。湖南人向来实诚办事、老成谋国。但不可否认，这些年我省干部队伍中也存在种种与之背道而驰的不良习气。有的人夸夸其谈，笔下纵有千言，胸中实无一策；有的人泡会议，赶场子，成天像华威先生忙个不停，但就是没干几件实事；有的人事没做多少，风头倒出了不少，一天到晚抛头露面，上电视，做广告；有的人做了一点事后就开始钻门子，跑关系，谋划着竞进之道，汲汲于升迁之途……凡此种种，都丢掉了湘人的好传统，也违背了共产党的优良作风。如今，从中央到省委都出台了改进工作作风的具体规定，这正是恢复共产党人做老实人、办老实事的优良作风，也是回到湖湘文化不尚空谈、躬行实践的传统美德，需要全省广大干部身体力行，好好落实。

（《新湘评论》2013 年第 3 期）

雷锋精神：点燃湖湘传统，烛照心灵未来

50年前，雷锋牺牲。50年来，雷锋不死。

今天，雷锋在更大程度上复活了。生活上富裕起来但精神上仍然不无迷茫的国人，越来越怀念雷锋，呼唤雷锋。

今天，重温雷锋事迹，解读雷锋精神，我们可以得出如下结论：

雷锋是一个中国式典型，但具有世界性影响；雷锋是一个过去年代的英雄，但具有烛照未来的意义。

雷锋是一个永恒的精神符号，构成这个符号基石和底色的，是湖湘大地。他的身上，刻写着湖湘文化的深深烙印。

赤诚是雷锋最大的性格特点，也是湖南人性格的显著特点。自古以来，湖南人处四塞之地，守农耕传统，遵儒墨文化，在长期的历史演进中养成了朴实诚恳本分的性格。湖湘文化特别重视一个“诚”字。周敦颐说：“诚，五常之本，百行之源也。”曾国藩反复宣讲的是“血诚”“拙而诚”。毛泽东特别强调一个革命者忠诚磊落

的品格。生长于湘江之滨、经历了苦难童年的雷锋，最大的人格特征是“赤诚”。在雷锋日记中，经常可读到他对共产党毛主席发自肺腑的热爱与忠诚，读到他对新社会由衷的欢欣报答之情，读到他对领导、战友、同志淳朴动人的赤子之心，读到他对需要帮助的陌生人毫不犹豫施以援手的拳拳之心。雷锋的这种行为举止，在当时就被一些人看作“傻子”。然而雷锋表示甘心当这样的“傻子”。在某些心机深重、利字当头的现代人看来，雷锋是假的，雷锋在作伪，然而通观雷锋日记，说实话，我找不到雷锋伪饰的痕迹。他多年如一日的高尚、助人、利他、奉献的行为，可以说是赤诚、淳朴的本性使然，绝不是那些别有用心的作假者所能做到、所能坚持的。

“螺丝钉精神”是雷锋精神的象征。雷锋甘做宏大事业和集体机器上一颗最小的螺丝钉，表面上看，这似乎与湖湘文化中“舍我其谁”的霸气、“敢为人先”的勇气、“永争一流”的豪气不相契合。但从“赤诚”二字出发，你便可理解雷锋的“螺丝钉”情结。事实上，在湖南历史上，虽然伟人贤哲、英雄豪杰辈出，但构成湖南人主体的，不还是千百万默默无闻又不可或缺的“螺丝钉”吗？何况雷锋做的是一颗永不生锈的螺丝钉，一颗对人民对社会有价值的螺丝钉，他把一颗螺丝钉做到了极致，做出了境界，做成了永恒的世界性的品牌，这不也是“舍我其谁”的霸气、“敢为人先”的勇气、“永争一流”的豪气吗？

“钉子精神”是让我们联想到雷锋的又一个专有名词。“钉子精神”就是刻苦钻研的精神，顽强坚韧的精神，不达目的誓不罢休的精神。雷锋文化基础薄弱，可他硬是凭借顽强的毅力，像一颗钉子那样挤时间学习，抓住一切机会提高自己。他在一切方面都不自卑，不放弃，都要做到最好。他的日记，尽管没有华丽词句，但也经常有精辟之语，成为流传广泛的名言警句。“人的生命是有限的，可是，为人民服务是无限的，我要把有限的生命，投入到无限的为人民服务之中去。”“我们吃饭是为了活着，可活着不是为了吃饭。”诸如此类，成为烛照人生的精神火把，是当今励志大师矫情的布道式话语所不能比拟的。连毛泽东都称赞“此人懂点哲学”。雷锋的“钉子精神”，不正是湖南人“吃得苦，霸得蛮，耐得烦”的“骡子精神”的时代体现吗？不正是以勤补拙、坚忍不拔、百折不挠的湖湘精神吗？

助人为乐是雷锋精神中最能穿透时空的品质。中华传统美德中的乐善好施，西方社会中的志愿者精神，都可以浓缩到这四个字里。但雷锋的助人为乐，不是一般性地做点好人好事，不是阵发性地表现自己，他是时时、处处做好事，真正做到“毫不利己，专门利人”。“人民的困难，就是我的困难，帮助人民克服困难，贡献自己的一点力量，是我应尽的责任”。他是这么说的，也是这么做的。周总理肯定他的“言行一致”是他四种值得学习的品德之一。雷锋是把做好事既当作帮助别人，也据此完善自我人格的一种自觉，是真正在实践毛泽东提出的“一个人做点好事并不难，难的是一辈子做好事”，追求做一个高尚的人、纯粹的人、有道德的人、脱离了低级趣味的人、有益于人民的人。而毛泽东对完美人格的这种倡导，与湖湘文化中重视精神作用、追求人格完善的传统一脉相承。

周敦颐的以诚为本，王阳明的“致良知”，杨昌济对高尚道德品质的追求，是毛泽东提出“为人民服务”“毫不利己专门利人”的文化源头，同时也深刻影响了湖南人的精神世界，更成为雷锋精神的核心价值。

今天，随着综合国力的增强、国际地位的提升，中国人迫切需要文化的自觉、精神的自觉。一股为心灵寻找家园、为生命确立魂魄的潮流正在涌动，三湘大地也在广泛开展“湖南精神”表述语大征集、大讨论。湖南精神，深深植根于湖湘历史文化传统，集中体现于历代湖南仁人志士身上，流淌奔腾于今日湖南人的血脉之中，并且引领着未来湖南人的精神航向。雷锋精神，既源自湖湘文化传统，又丰富着湖湘精神内涵，是湖南精神不可或缺的组成部分，是波澜壮阔的精神洞庭的一条重要支流。今天的湖南人，今天的中国人，仍然可以而且应该创造性地从雷锋身上汲取精神营养，加以转化、弘扬、传承。

国家至上，团队为先。时至今日，雷锋对国家、对人民、对共产党、对毛主席的无限热爱仍让我们为之动容。在他那里，祖国、人民、革命、党、领袖言说的是一个东西，那就是个人之外的一个宏大的母体、一个归属。雷锋用了很多比喻来类比个人和团队的关系，如丝与线、独木与树林、鲜花与花园、溪流与大海、细胞与身体、螺丝钉与机器……也许身为孤儿的雷锋，特别渴望融入团队之中，享受集体的温暖。今天，我们不能对毛泽东加以神化，不一定要有那么浓烈的革命情结，也不提倡绝对的大公无私、毫不利己，但国家意识、社会关怀、团队精神，仍是对一个公民的基本要求。

面对一些人的自我中心、个人第一，面对大面积的损人利己、损公肥私、坑蒙拐骗、以邻为壑，重拾雷锋的国家至上、团队为先、他人第一，应该说是治世良方。

朴诚为人，笃实于行。雷锋是典型的做老实人，说老实话，干老实事。这本是湖南人很大的一个优点。雷锋之外，毛泽东十分赞赏的徐特立也是如此："你是心里想的就是口里说的与手里做的，而在有些人他们心之某一角落，却不免藏着一些腌腌臢臢的东西。……你是革命第一，工作第一，他人第一，而在有些人却是出风头第一，休息第一，与自己第一。你总是拣难事做，从来也不躲避责任，而在有些人则只愿意拣轻松事做，遇到担当责任的关头就躲避了。"（毛泽东致徐特立的信）与徐特立、雷锋的老实人品格、"傻子"精神相比，现在社会上的"聪明人"太多了，言不由衷、言行不一的现象太普遍了。这对于民族精神的振起、国家形象的树立无疑是很不利的。在大力塑造民族精神、湖南精神的今天，我们需要回到原点、回到先贤、回到未受污染的人性，多一份赤子之心，多一份责任担当，多一点脚踏实地。

义工本色，诗意人生。雷锋是中国最优秀的义工，这一点大概没有人怀疑。年年学雷锋，主要是学他的助人为乐；活跃在重大灾难现场、艰苦边远地区的志愿者，心中闪现的图腾也是雷锋。然而，虽然社会上永远有好人，但病倒的老人没人管，被碾压的弱小生命在冷漠的视而不见中凋零，乃至善行隐遁，不义嚣张，也已经成为司空见惯的现象。才几十年过去，我们的社会怎么就变成这样？如果起雷锋于地下，他必定百思不得其解。正因如此，人们觉得光怀念雷锋、呼唤雷锋已然不够，还需要复活雷锋。2011年，香港和北京先后出现了“紫荆侠”，艺术家创作了微电影《雷锋侠》，这些“侠”们惜老怜贫，扶危济困，以微弱的个体力量，延续着雷锋的精神之火。

雷锋绝非苦修者，他是诗意人生的追求者、享有者。我们现在经常讲要诗意地栖居在大地上。可究竟什么是诗意的生活？是吃好、穿好、玩好？可很多人锦衣玉食、香车宝马，却并不幸福；是吟诗弄赋K歌出国游？可众里寻他千百度，又找到了多少诗意？相反，雷锋在那个物资匮乏劳动艰辛的年代，却真正过着诗意的、充满激情的生活。原因何在？在心态、在价值观。在雷锋眼里：“战士那褪了色的、补了补丁的黄军装是最美的，工人那一身油渍斑斑的蓝工装是最美的，农民那一双粗壮的、满是厚茧的手是最美的。劳动人民那被烈日晒得黝黑的脸是最美的，粗犷雄壮的劳动号子是最美的，为社会主义建设孜孜不倦地工作的人的灵魂是最美的。这一切构成了我们时代的美。”这些话语今天许多人已无法理解。他们在茫然寻找着美、快乐、幸福的真义，可他们永远也找不到。但雷锋找到了，他在劳动中欢笑，在给予中快乐，在为他人排忧解难中幸福，在“使世界一天天变得更美丽”中体会到诗意的人生，也书写着人生的诗意。

雷锋的生命，不仅诗意，而且如鲜花般怒放。

（《新湘评论》2012年第5期）

03 第三辑

二十年来湖南的文化艺术事业与精神文明建设互动的关系与预测

中国共产党十一届三中全会以来的二十年，是湖南的文化艺术事业稳步前进、全面发展的二十年。二十年来湖南文化艺术所呈现的生动景观和所取得的骄人成绩，使它成为湖南精神文明建设整体格局中一个极为重要、极富活力的部分。经过二十年的积累与发展，湖南的文化艺术已跻身于全国的先进行列，正朝着文化大省目标迈进。

一、二十年来湖南文化艺术的发展轨迹

新时期以来湖南文化艺术的发展大致可分为以下四个时期。

第一时期（1979—1984）：勃兴期

这一时期，由于政治上拨乱反正，经济上的迅速恢复和发展，思想解放运动的持续开展，文学艺术创作获得了巨大的动力。以文学为前导，湖南的文艺创作如在地下奔突已久的熔岩一朝喷发，其

势迅猛，蔚为壮观。

勃兴突出表现在文学方面。共创作、出版长篇小说 22 部（其中有的是在此前“文革”的恐怖岁月中的冒死犯难之作），其中两部（古华《芙蓉镇》、莫应丰《将军吟》）获茅盾文学奖；中篇小说 210 多部，其中 4 部获全国中篇小说奖；短篇小说近 3000 篇，其中 9 篇获全国优秀短篇小说奖；儿童文学作品 900 多篇（部），其中 5 篇、3 部获全国优秀少年儿童文学奖和优秀儿童读物奖；诗歌 6000 多首，其中 1 首（未央《假如我重活一次》）获全国优秀诗歌奖；散文、报告文学 400 多篇，其中 2 篇获全国优秀报告文学奖；少数民族文学作品近 800 篇，其中 5 篇获全国少数民族文学奖；民间文学作品近 1000 篇，其中 2 篇获全国优秀民间文学奖；传记文学 5 部；文艺理论论文和专著近 4000 篇（部）。文学“湘军”的称谓就是随着这种创作人才的集团性崛起和文学作品的大面积获奖的情况而出现的。在戏剧方面，传统戏曲迅速恢复，新创剧目大量出现，4 部剧作（陈芜《牛多喜坐轿》、陈健秋《梅子黄时》、水运宪《为了幸福，干杯》、甘征文《八品官》）获全国剧本奖，戏剧湘军初露端倪。影视、广播剧创作开始起步；电影事业快速发展，潇湘电影制片厂从 1971 年开始筹建，1979 年建成，开始生产影片。发行放映方面，到 1984 年底，全省城镇电影院、影剧院、电影俱乐部共 1937 个，放映单位 11641 个，农村放映单位 9076 个。文物保护工作全面恢复，1983 年 10 月，省人民政府公布了省级重点文物保护单位 154 个，并逐步落实了文物保护单位的“四有”措施（有保护范围、有标志说明、有文物档案、有保护机构）。

第二时期（1985—1989）：探索期

1985年以后，文艺理论批评新观念新方法异常活跃，现代派文学思潮及创作方法开始引进，全国的文艺创作进入了一个多向发展和全面探索阶段。杂花生树，群莺乱飞，标新立异之作不时出现，“离经叛道”之举频频发生。湖南也不例外。与此同时，坚守传统现实主义园地的也不乏其人，通俗文学、儿童文学得到发展，以江堤、彭国梁、陈惠芳为代表的年轻诗人开始“新乡土诗”创作。文学湘军的整体势头有所减弱，而创作个体则更为鲜明。美术方面，全国“85新潮”的猛烈冲击对湖南美术界特别是油画界影响较大。戏剧创作保持强劲势头，有12台大型剧目晋京演出，11个剧本在《剧本》月刊发表（至1989年），3个剧本（叶一青、吴傲君《喜脉案》、陈亚先《曹操与杨修》、冯柏铭《深宫欲海》）获全国剧本奖。由省文化厅指导和扶持、陈健秋任社长的谷雨戏剧文学社于1985年10月成立，成为全省剧本创作的旗帜和核心；戏剧演出方面，几年中举办了全省戏剧季、歌话剧观摩演出等多种演出交流活动，特别是1987年在长沙举办的全省首届“洞庭之秋”艺术节，共推出专业艺术、业余戏剧等10个项目，28台演出，180多个剧节目，2800多人参加演出、展映等，可谓20世纪80年代湖南艺术的大汇聚、大展示。影视、广播剧创作进一步活跃，其中电影《湘西剿匪记》、电视剧《走向远方》、广播剧《桃花湾的娘儿们》等在全国产生了较大影响。电影、电视、文化博物馆、图书出版等事业建设有了长足进步。文化市场开始生成，农村文化比较活跃。

第三时期（1989—1991）：调整期

经过1989年春夏之交的政治风波，全国的政治、经济、文化都进入了一个调整时期。“一手抓整顿，一手抓繁荣”成为这三年文艺工作的指导方针。在这种大背景下，湖南的文艺创作和文艺工作也在进行必要的调整。1989年，中宣部文艺局在湖南召开“主旋律与多样化”研讨会，正式提出“高扬主旋律，发展多样化”的口号，成为指导文艺创作和文艺工作的又一重要原则。1990年，省文联开始举办文艺界夏季读书会，组织全省知名文艺家、省直文艺主管部门及地市文联负责人集中学习马列主义、毛泽东思想、邓小平理论及党的文艺方针政策，以后形成惯例。经过一系列的理论研讨和座谈学习，创作思想得以端正，现实主义开始回归。

三年中，全省共创作、出版长篇小说65部，中篇小说300多篇，短篇小说3000多篇，散文和报告文学集29部，诗歌集30部，创作数量虽然不少，但创作局面略显沉闷，文艺湘军整体上人气不旺，但仍出现了一批有影响的作品。1990年，省委宣传部、省文化厅举办“湖南地方戏曲大汇唱”，取得良好效果。后来产生巨大影响的长篇历史小说《曾国藩》，也于这一时期创作并陆续出版。

1989年，省作协从省文联分离出去，单独建制，在此前后，叶蔚林、韩少功去了海南，古华流寓国外，莫应丰去世，还有一批作家到沿海特区，文学湘军渐渐流散，以致文坛有人惊呼“湘军怎么了？”

1989年，中共湖南省委宣传部牵头，组织省文联、省作协等单位编辑出版《湖南新时期十年优秀文艺作品选》。该书共11卷，410万字，较完全地反映了湖南新时期文艺创作成果。

第四时期（1992—1998）：新的发展和转型期

以邓小平1992年初南方谈话为标志，我国进入了新一轮改革开放的时期。1992年秋，党的十四大召开，正式确定建立社会主义市场经济体制。从此，持续十余年的经济体制改革取得了突破性进展，社会生活急剧变化，中国社会真正进入转型时期。一方面，经济迅速发展，人民群众生活水平显著提高，精神文明建设获得了强大的物质基础和经济支持，因而获得长足进步；另一方面，生活方式和价值观念的冲突日趋激烈。这一时期湖南文化艺术事业取得显著进步，但转型也很明显。文学在重振雄风的悲壮努力中悄悄出现更替，戏剧创作仍有实绩但观众锐减，电影在艰难时世中突击，娱乐性电视文化兴盛一时，农村文化稍有成效，文化市场在混乱与整治的轮回中扩张，文物考古成就斐然，硬件建设进步明显。

下面分专题论述。

（一）文学：重振雄风的努力与新生代的崛起

纯文学的陷入困境是全国自20世纪80年代后期以来的普遍现象，而对于湖南来说，还有一个令人揪心的问题。80年代初文学湘军的火爆和90年代湖南文坛的相对沉寂反差太大。为了重振湘军雄风，造就大家力作，从1990年开始，省委宣传部、省文联、省作协、湖南文艺出版社等有关单位多次举办座谈会、研讨会、笔谈等活动，采取多种措施，改善创作环境，扶植文学新人，使湖南文坛在90年代出现了一些有影响的作品。《曾国藩》（唐浩明）入围第四届茅盾文学奖，长篇小说《杨度》（唐浩明）获国家图书奖、中国图书奖，长篇小说《玩古》（彭见明）获全国“八五”期间优秀长篇小说奖，散文集《人生路弯弯》（谭谈）获第四届全国优秀青年读物优秀图书奖，儿童文学集《淡淡的白梅》（庞敏）获全国第五届儿童文学奖，此外，陶少鸿等的中长篇小说，叶梦等的散文也在当前中国文坛占有一定地位。

（二）戏剧：剧目的频频获奖与戏剧的生存危机

湖南是全国的戏剧大省，共有地方剧种 19 个。20 世纪 90 年代湖南的戏剧创作，承继 80 年代的辉煌，仍保持较高的创作水平，在全国占有一席之地。1993 年后，尽管由于受到市场经济的冲击，新的娱乐文化的挤压，戏剧观众日益萎缩，演出市场持续低迷，影响到剧本创作的数量和质量，仍有一批剧作家痴心不改，坚守戏剧家园。至 1998 年底，新时期湖南共有 19 部剧作获曹禺戏剧文学奖（含其前身全国剧本奖）和文华剧作奖。湖南的剧本创作，除少数改编自传统戏曲外，绝大多数为新创作的剧本，从题材上可分为现实题材和历史题材两种。现实题材的作品坚持现实主义道路，贴近时代，贴近生活，富于泥土气息和地域风情。至 1998 年，共有 6 台戏剧获全国“五个一工程”奖，11 台戏剧获文华奖，其中《边城》获文华大奖，9 人获中国戏剧梅花奖。

在戏剧频频获奖的背后，隐藏着深刻的危机，这主要表现在：戏剧市场严重萎缩，戏剧观众流失殆尽；艺术表演团体体制存在弊端，艺术生产力受到制约；优秀剧本创作和优秀剧目生产举步维艰；艺术人才青黄不接，后继乏人，等等。

（三）电影：艰难环境中的突围表演

电影所遭遇的命运和戏剧差不多。电影真正陷入困境，是从1992—1993年开始的。1991年，全省电影发行收入4761万元，放映收入11651万元，达到历史最高水平。1992年以后，由于录像、走私影片（影碟）的冲击，电影观众急剧减少，电影发行放映收入直线下降；1998年，全省电影发行收入2146万元，放映收入4165万元。1991—1993年，潇湘电影制片厂的《毛泽东和他的儿子》《刘少奇的四十四天》《秋收起义》获得全国“五个一工程”奖，其中前两部还获得政府奖。

（四）电视文艺：兴盛与局限

电视文艺的兴起，是改革开放以后出现的一种全国性的文化现象。1992年以后，湖南的电视剧制作有了一个较快的发展，其中湖南电视台电视剧制作中心生产的《乡下人·城里人·外国人》等在全国产生了较大反响。1996年，湖南经济电视台成立，创办《幸运3721》栏目。该栏目一经推出，即成为广大市民和少男少女追逐的对象。受此启发，湖南电视台在1997年开始推出《快乐大本营》，形成竞争局面。由于湖南卫视在1997年上星，《快乐大本营》迅速蹿红全国，其他省市台竞相模仿，引发了综艺类节目的一次革命。1998年，湖南卫视又推出《玫瑰之约》，湖南经视推出《故事酒吧·杨五六外传》等，均产生了广泛的影响。上述栏目的成功，加上《雍正王朝》《还珠格格》的火爆，使1998年中国电视中出现了“湖南现象”，电视湘军异军突起。

《快乐大本营》式的综艺节目和《杨五六外传》式的栏目化电

视剧，其走红有它的必然性，但是，这些栏目也存在着较大的局限。作为一种文化时尚，这类节目渲染的是俊男靓女、美酒咖啡，精心包装的明星效应，千篇一律的鼓掌欢呼，这对于青少年正确认识社会、养成独特个性，都有一定的负面影响。因此，如何适应形势的发展，加强对这类栏目的引导，促进其创新，是一个亟须解决的课题。

（五）农村文化：滑坡与拯救

湖南的农村文化建设在 20 世纪 80 年代一直保持较快的增长势头。但从 1992 年开始，全省农村文化事业出现严重滑坡。据省文化厅 1993 年的调查，当时全省农村文化设施严重萎缩，农民人均看电影由 1991 年的 13 次，下降为 6 次，不少乡村全年看不上一场电影；农民看戏难，读书难，文化生活贫乏，民间职业剧团只有 309 个，县级剧团只剩 59 个，每个农民平均 5 年才看到一场戏。

为遏制农村文化滑坡，从省委、省政府到各级宣传文化部门，均作出了不懈努力。1995 年 8 月，省委、省政府出台《关于进一步繁荣文化艺术事业的若干意见》。9 月，省委办公厅、省政府办公厅转发了省文化厅《关于加强农村文化工作的意见》，使严重滑坡的农村文化出现转机。但是，由于我省各级财政对农村文化的支持有限，因而农村文化相对贫乏的现状并无根本好转。

（六）文化市场：阳光与阴影

湖南的文化市场生成于 20 世纪 80 年代后期。20 世纪 80 年代末、90 年代初，全省文化市场发展迅猛。1992 年以后，受经济热潮的带动，文化市场更是过热发展。文化市场的繁荣，对于丰富人民群众的精神文化生活，起到了积极的作用。但是，由于发展过快，管理失控，1992—1996年的湖南文化市场出现许多问题：音像市场体制不顺，盗版侵权现象严重，低级黄色音像制品泛滥；娱乐市场鱼龙混杂，藏污纳垢，治安恶化，消防隐患多，等等。这些现象，毒化了社会空气，迟滞了精神文明建设的步伐，引起社会各界的强烈不满。

为了整顿文化市场，净化社会空气，1992年来，湖南宣传文化部门根据“一手抓繁荣，一手抓管理”的指导方针，开展了接连不断的治理行动。1995年，省委办公厅、省政府办公厅出台《关于加强我省文化市场管理的意见》。1996年初，省委宣传部、省文化厅、省广播电视厅、省新闻出版局联合发出《关于对全省音像制品经营单位实行总量控制的意见》。1997年，省委办公厅、省政府办公厅发出通知，决定全省音像市场归省文化厅管理。到1998年，全省文化市场面貌较之前年有了较大好转。但走私电影、影碟侵权盗版现象仍较严重，娱乐市场的不良文化现象尚未得到根治，治理整顿任重道远。

（七）文物考古：对湖湘文化的重新认识

20世纪90年代是湖南省继70年代马王堆汉墓出土后文物考古的又一个丰收时期。澧县城头山新石器时代遗址的发掘、长沙西汉王室墓的发掘出土、长沙走马楼三国孙吴纪年简牍的出土，分别被评为1992年、1993年、1996年全国十大考古新发现之一。1992年及此后，持续十余年的澧县城头山新石器时代遗址的发掘陆续获得重大成果，在这时发现了距今8000年前的栽培稻种和陶器，距今

7000年前的古城址，均为目前世界上最早的发现。这些发现将湖湘文明的历史大大向前延伸了一步，彻底改变了湖南古为“蛮荒之地”的说法。1993年，长沙西汉王室墓中出土了多种珍贵文物，其中3件漆筑为全国首次发现“筑”这一古代乐器实物。1996年，在长沙走马楼挖掘出土的三国孙吴纪年简牍，多达17万余片，是全国历年来一次性出土简牍最多的一次，有的专家认为这一发掘其意义不亚于当年敦煌经书的发现。1997年，在湘阴发掘的岳州窑，出土了大量东晋、南朝至隋代的瓷器，将湖南制瓷的历史提前了100多年。这一连串重大考古发现既轰动了全国，更给湖南人民以强烈的震撼。它们一再证明，湖湘文化历史悠久，积淀深厚。

在重视考古发掘的同时，湖南加强了对重点文物保护单位和革命纪念地的维修、建设、利用与管理。1995年全省公布了45处爱国主义教育基地。1996年，全省重点文物保护单位增加至211处，其中22处为全国重点文物保护单位。1997年，韶山、花明楼、炎帝陵、屈子祠被列为全国爱国主义教育基地。20世纪90年代以来，借助于毛泽东、刘少奇、彭德怀、贺龙等老一辈无产阶级革命家的一百周年（贺龙为九十周年）诞辰纪念活动的举行，韶山、花明楼、乌石、洪家关等革命纪念地都加强了建设。

二、文艺与精神文明建设的互动

文化艺术是精神文明建设的一个重要组成部分，在精神文明建设的整体格局中占有举足轻重的地位。文艺与精神文明建设之间存在着一种互动的关系。文化艺术的繁荣能推动精神文明建设的进步，反过来，精神文明建设的高涨又总能带来文艺创作的活跃。在90年代湖南文艺与精神文明建设的关系史上，下述几点引人瞩目。

（一）“五个一工程”推动精品创作

精神文明建设“五个一工程”是党中央提出的一项旨在繁荣文化艺术、理论研究和图书出版，推进精神文明建设的工程。在迄今为止进行的六届评奖中，湖南共有《毛泽东和他的儿子》（1991）、《刘少奇的四十四天》（1992）、《秋收起义》（1993）等3部电影，《无声的歌》（1994）、《乡下人·城里人·外国人》（1995）、《回家》（1996）等3部电视剧，《桃花汛》（1991）、《将军谣》（1992）、《世纪风》（1994）、《布衣毛润之》（1995）、《红藤草》（1996）等5台戏剧，《征母》（1996）等1部广播剧，《甜甜的山歌》（1995）等1首歌曲，共13件文艺作品获全国“五个一工程”入选作品奖，为省委宣传部三获组织工作奖（1994、1995、1996）作出了贡献。

精神文明建设“五个一工程”的实施，既促进了各门类尤其是文艺类作品的创作生产，推出了一大批思想精深、艺术精湛、制作精致的优秀文艺作品；更重要的是，将这一批导向鲜明的优秀作品向全社会辐射和伸展开去，有利于形成良性的社会环境，推动精神文明建设的进步。

（二）创作环境改善推动文化事业繁荣

1995年，省委省政府出台了《关于进一步繁荣文化艺术事业的若干意见》，这是湖南新时期以来文艺方面第一个以省委省政府名义发出的文件，文件就湖南文艺的指导思想和奋斗目标、文艺创作、群众文化建设、文化市场、文艺体制改革、文艺队伍建设、文艺传播和宣传、文艺投入、文化设施建设、加强对文艺事业的领导与支持等十个方面，提出了指导性意见和具体措施。文件宣布，设立毛泽东文学奖励基金（200 万元）、田汉戏剧创作奖励基金（100 万元）、“芙蓉”戏剧表演奖励基金（100 万元）和出版基金（500 万元）。是年，省委办公厅、省政府办公厅还就加强文化市场管理、农村文化建设发出两个文件。这些文件的出台，为文艺创作和文艺事业营造了良好的宏观政策环境，并解决了一些实际问题。

（三）文化经济政策的落实推动硬件建设的加强

1997 年，省人民政府出台了《关于进一步加强社会主义精神文明建设完善有关经济政策的通知》。《通知》决定在全省范围内开征文化事业建设费，鼓励社会力量资助文化事业，规定纳税人对公益性文化事业单位、重点文物保护单位、剧团、电影厂、“五个一工程”重点作品和精神文明建设重大活动及精神文明建设重点工程的捐款，等等。这一文件为文艺创作和文化建设获得更多的财政支持和社会赞助开辟了道路。据粗略估算，文件实施后，每年全省可征收 3000 万元以上的文化事业建设费，从而推动全省硬件建设加强。1992 年以来，全省精神文明建设 12 项硬件工程建筑面积共 30.68 万平方米，计划总投资 12.5 亿元。全省宣传系统立项和在建项目 300 多个，总投资近 20 亿元。这些文化艺术设施的建成，既标志着全省精神文明建设上了一个新台阶，也为文化艺术事业的进一步发展打下了基础。

三、未来展望与对策分析

经过二十年的持续发展和积累，新时期湖南的文化艺术事业以较好的面貌，同时也带着许多困惑，进入了世纪之交。展望新世纪，湖南文艺事业既拥有希望和机遇，同时也面临严峻的挑战和困难；旧的矛盾将会解决，新的矛盾将会形成和暴露；既有顺利发展的条件，又充满不可知的变数。因此，要作出准确的估计是十分困难的。我们的下述预测仅为一家之言。

文艺创作与生产将保持平稳发展态势，个别门类可能出现突破。现实生活的剧烈变化将给创作者以强烈的刺激，湖湘文化的浸润濡染使湖南作家、艺术家拥有独特的历史使命感和忧患意识，在这种情况下，拥有光荣传统的湖南文艺创作不可能面对现实沉默无言。在文学方面，老一代作家有可能潜心打磨出一两部充满智慧与沧桑之作，中年实力派作家将保持一定的创作势头，20 世纪 60 年代出生的作家将全面崛起，70 年代出生的作家也将登上文坛，后二者构成了文坛的新生代，将全面接过湖南文学创作的火炬。电影电视生产受经济实力的制约，不大可能出现大面积的丰收，但也不可能颗粒无收，每年总会有一两部质量、影响都不错的作品。电视剧生产仍处于上升势头，人才与资金相对汇聚将促使一批优秀电视剧作品的出现；电视文艺在克服了现存的局限之后仍会继续走俏。戏剧的整体衰退将持续下去，21 世纪芸芸众生观赏戏剧的兴趣、热情和精力将更加低落，但经典之作是不会缺乏观众的。政府文化主管部门的努力和戏剧演员的执着将顽强地宣布戏剧的存在，并推出一台又一台好戏。其他如美术、音乐、舞蹈、曲艺、杂技等门类也会出现一些好作品。总的来说，纯文学和高雅艺术的边缘化趋势将进一步加剧；主旋律创作仍会是文艺创作的主流，但多样化和个人化倾向也会更加明显。

文化市场经过持续的扩张之后将出现一段时间的低迷，但新型市场将兴起。现有文化市场已较饱和，大众文化娱乐消费的热情将降低；“三讲”教育的开展，反腐败的深入，将进一步堵塞文化娱乐场所公款消费的渠道；加上宏观经济发展速度的调整、文化娱乐业投资亮点不够，将使对文化市场的投资减少。在这种情况下，文化市场将不可避免陷入一段时间的低迷和冷清。但适应社会发展和大众需求的新型文化市场将会逐步扩大其覆盖面，如网吧等。可以肯定的是，整治文化市场违规违法活动的达摩克利斯之剑将继续高悬，管理力度将加大，文化市场特别是音像市场的环境将有进一步的好转。

文化艺术体制改革继续进行，有可能出现较大调整。现行文化艺术体制有比较集中、易于管理、比较能体现主流文化意志的优点，但也存在较大弊端，如文联、作协机关化趋向严重，驻会作家、艺术家与公众生活隔绝，创作源泉枯竭；国办剧团大多无法适应市场需求，排戏难，演出难。这些都妨碍了艺术生产力的发挥。目前情况下还不可能实行西方式的艺术管理模式，但随着经济、政治体制改革的深化，文化艺术的体制改革将继续在探索中进行，不排除在时机成熟时出现较大调整的可能。

农村文化建设动力不足，小步慢进。农村文化的面貌与经济发展特别是农村经济发展的水平一致。文化下乡的声势虽大，但数量太少、范围太窄，不能从根本上解决农民经常性文化生活贫乏的问题。

文物考古工作将获得持续性发展，湖湘文化的研究将更加深入。由于湖南地下文物十分丰富，考古力量比较强大，政策支持力度也较大，未来几年湖南的考古工作将继续取得新进展，不排除获得震惊海内外的发现的可能。这将为重新认识和研究湖湘文化提供实证基础和强大动力。因而，关于湖湘文化的研究将突破原来概念界定和知识普及的层面，而深入探究它的一些本质性特征、发展流变及与北方文化的关系等问题。文化艺术硬件建设和文艺生产的资金投入继续增加，但力度不会太大。湖南的文艺基础设施与全国相比是较为落后的，文艺生产投入也很有限。20 世纪 90 年代以来，这种状况有所改善，今后也会继续改善，但财政支出紧张，社会投资不足，短时期内不可能根本改变文艺设施陈旧落后的面貌和文艺生产投入乏力的局面。

针对上述情况，为使未来湖南的文化艺术事业获得更加健康、更为顺利的发展，我们提出如下对策和建议：

（一）尽快确定湖南的文化发展战略。目前许多省市已确定自己的文化发展战略，湖南虽也制定过精神文明建设“九五”规划，但始终没有一个全面、明晰的文化发展战略。面向新世纪，要将湖南建设成为全国一流的文化大省，必须尽快制定自己的文化发展战略。其步骤是，先进行大规模的调查摸底，再在知识界、文化界开展广泛深入的讨论，集思广益，然后组织各职能部门提出方案，最后集中起来，公之于众。文化发展战略制定后，必须采取一切措施予以实施完成。

（二）提高主流文化的水平和质量，以保持其在全社会的主导地位。要创造条件不间断地推出一批又一批优秀的主旋律作品，占领文化市场，引导审美潮流。应当尽可能吸收知识精英和文艺人才加入主流文化阵营，认真借鉴大众文化的成功之处，扩大主流文化覆盖面。为此，仍有必要坚定不移地贯彻文艺的“二为”方向和“双百”方针，及“弘扬主旋律，提倡多样化”的原则。同时，也要对大众文化的消极低俗成分保持高度戒备，并适时采取对策予以纠正和引导。

（三）大力延揽和培养文艺人才，充分调动文艺人才的积极性。必须把大力延揽和培养高水平文艺人才作为一项重要的文化发展战略。大力改善社会和文化环境，增强湖南文化的吸引力和凝聚力。提供优惠政策和优裕生活，吸引并留住文化精英。应有目的、有计划地培养各方面文艺人才，并充分调动其积极性。

（四）加快文艺体制改革步伐。应根据社会主义市场经济发展的新形势，按照有利于发挥艺术生产力，有利于出人才出精品的原则，加大文艺体制改革的力度，包括文联、作协的运转机制，艺术表演团体的管理体制，艺术生产的投资体制，文艺作品的生产体制等。

（五）加大文艺基础设施的投资力度。一流的文化大省必须有一流的文化设施。必须大幅度增加对文艺基础设施和设备的投资。这种投资既包括财政投入，也包括社会投入。在当前社会资金庞大、投资又缺乏亮点的情况下，可出台优惠政策鼓励社会资金投向文化艺术领域，以弥补财政投入的不足。

（六）跟上全国文化主潮，展示文化大省形象。面对全国性的文化现象和文化话题，湖南人要发出自己的声音，要在其中占有一席之地。可适时承揽几项全国性乃至国际性的文化艺术活动，这样既可借机改善湖南文艺的软硬件环境，又可开阔湘人的视野，提高公众的文化素质，树立湖南作为文化大省的形象。

（《湖南精神文明建设红皮书》湖南人民出版社 1999 年）

1995年湖南文化与社会思潮的基本走向

1995年的湖南，在文化艺术领域继续加强思想引导与宏观调控，推动繁荣与加强管理成为全年的基本主题。一方面，文学艺术的精品创作得到高度的重视；另一方面，对文化市场的整顿进入较为规范的阶段。与此同时，在思想道德领域，全民中的爱国主义教育，以及对社会主义市场经济条件下的价值准则和人格典范的探索，进入一个新的阶段。

一、文学：在徘徊中爆发

1995年的湖南文坛，在经过多年的徘徊之后一朝爆发，形成了异常活跃的局面。这首先是因为文学的软、硬件建设得到前所未有的重视。年初，省委书记王茂林经过多方努力，筹集资金200万元人民币，设立毛泽东文学奖励基金；接着，他与长沙市委商议，由长沙免费提供土地40亩，筹建毛泽东文学院；他还提出，要举全省之力建好毛泽东文学院。12 月 25 日，毛泽东文学院正式奠基。省委宣传部也决定，向省作协提供 5 万元的资助，并将每年一度的湖南青年文学奖奖金由 1000 元提高到 8000 元（增加部分由省委宣传部资助）。来自党政官员及意识形态部门的这种努力，与文学界长久的愿望相碰撞，产生出一系列火花，刺激着文学创作的发展。其中长篇创作格外活跃。省作协与湖南华凌文化发展公司、作家出版社签约，出版集中展示湖南作家长篇小说创作成就的丛书“华凌文库”，韩少功、彭见明、蔡测海、何立伟、何顿、姜贻斌、金国政、陶少鸿等湘军健将纷纷加盟，投入重振湘军雄风的事业中。此套丛书中何立伟的《你在想什么》、何顿的《我们像葵花》、蔡测海的《三世界》已先期出版，其余几部正由有关方面筹措资金，争取出版。至 9 月，已有 12 名作家的长篇新作列入计划，其中 2—3 部达到了相当的艺术高度。9 月底，省作协与《当代》文学编辑部联合举办的笔会在零陵召开，以推出湖南作家中篇小说专辑。

在宣传文化部门重振湘军雄风的努力中，1995 年有三次会议值得一提，一是 5 月召开的全省重点作家会议，会议提出了“重振湘军雄风，再造文学辉煌”的口号；二是 7 月中宣部与中国作协联合在长沙召开的全国文学创作会议，在这次会议上，湖南的毛泽东文学院被确定为全国 6 个文学创作基地之一；三是 12 月份的全省第四次青年作家代表会议，会议全面提出了培养跨世纪青年文学人才的课题。三次会议重新集结了文学创作队伍，推动了文学事业的发展。

为了适应这种形势，1995 年湖南的文学刊物均进行了较大程度的人员调整和内容革新，将眼光更多地关注在本土作家身上。《湖南文学》第4—6期集中推出了“湘军展示系列”，将80年代以来文学湘军众多好手的新作陆续展示，显示了湘军雄厚的整体实力。该刊第6期开办“湖南文学缺什么”笔谈专栏，由凌宇、胡光凡等批评家撰文，从文化与精神的角度直言不讳地指出湖南作家的严重缺陷，在湖南文学界引起相当大的震动；第9期推出“湖南作家七人谈”，发表了谢璞、张扬、刘勇、彭见明、聂鑫森、何顿、王开林七位作家的笔谈，提出了繁荣文学创作的多样主张，同样引起了很大的反响。大型文学刊物《芙蓉》也在第3期推出“湘军大阅兵”专辑，将近30名湘军宿将的新作集中检阅，显示了关注本土、追求精品的方向。儿童文学刊物《小溪流》打出“回归儿童本位”旗号，从展示儿童审美天性、培养儿童审美情趣、服务儿童审美需求出发，发表一系列名家精品和少儿童话，特别是吸引小读者参与童话“接力跑”活动，令人耳目一新。

1995年，刘春来的小说集《石板路　水竹林》和彭学明的散文集《倾听湘西》入选中华文学基金会“21世纪文学之星丛书”，表明湖南文学创作仍然保持着强大后劲。这一年，长沙青年作家何顿仍然保持着旺盛的创作势头，他在《收获》《大家》《湖南文学》上发表的一系列中长篇小说，显示了他对当代都市生存状态的持续关注和在叙事方法上的不断探索。残雪出版长篇新作《思想汇报》，风格一仍其旧。翁新华描写农村初中教育和初中生生活的中篇小说《痴虎》发表后，引起强烈反响，有多家刊物转载，并被改编成电影，由潇湘电影制片厂投拍。

但总的说来，1995 年湖南文坛仍是文学造势大于创作实绩，湘军重新崛起还仅仅只是初见端倪。

二、艺术与出版：艰难中前进

1995 年湖南的艺术事业，整体上呈现在艰难中前进的状况。由于商品大潮的冲击和经济实力的贫弱，艺术创作缺乏稳定的受众面和足够的资金投入，因而举步维艰。但也有一些艺术门类来势较好。

戏剧创作进入调整期。相对于 1994 年的红火，1995 年戏剧明显呈现出疲软的状态。省直剧团上半年几乎没有排演新剧目，为全国戏曲现代戏汇演而准备的现代戏剧本迟迟难以出笼。由于观众审美口味的变化，主要依靠政府行为支撑而不能适应市场的戏剧显得活力不足。在普遍的不景气中，根据沈从文同名小说改编的舞剧《边城》一枝独秀，不但享誉湖南，晋京演出也获得好评。

电影生产在连续几年的辉煌之后，1994 年陷入低谷，这种状况一直延续到 1995 年的上半年，除了合拍片外，潇湘电影制片厂没有独立生产一部影片；下半年几部关注现实、主题严肃的影片相继投产，电影生产开始爬坡。反映农村基层干部生活的影片《这方水土》受到电影局的高度评价。电影发行放映在持续三年的滑坡之后，1995 年开始好转。主要由于十部大片的拉动，同时也得力于文化市场的整顿，进电影院看电影的人增多了。几部大片在长沙放映时，电影院出现了连续爆满的现象，这是多年未有的。据统计，五部已在湖南上映的大片，共创票房 700 余万元，其中以《红番区》最高，达 400 万元；其次是《真实的谎言》，150 万元；《亡命天涯》

《狮子王》《阿甘正传》分别为72万元、50万元、40万元。五部大片的票房收入占湖南全省年发行收入的1/4左右。但是，进口大片受到走私激光、录像的严重冲击，而国产影片仍然上座率不高。

电视剧生产与1994年相比，数量猛增。但除少数作品外，大多质量平平。1994年拍摄、1995年完成后期制作的29集连续剧《乡下人·城里人·外国人》是其中的佼佼者。这部湖南历史上规模最大、投资最多的电视剧被认为是一部思想性、艺术性和观赏性结合得较完美的作品，叙事流畅，表演出色，音乐精良，画面考究。此外，单本剧《少年棋手》《太阳花》也可圈可点。电视荧屏的面貌变化不大，充斥其中的电视剧仍相当部分是外国片和港台片，湖南电视台的《焦点95》质量有所下降，但该台策划的《省长与人民》节目开省长与人民群众直接对话的先例，受到观众好评；《乡村发现》确有发现，《3·15广角》始终为消费者鼓与呼。湖南有线台在抗洪期间最先采用滚动播出方式，将洪水情况和抗洪斗争作快捷、真切的报道，这使它吸引了大批观众。1995年，湖南文艺广播电台、湖南经济电视台先后开播，使人们的视听生活更为丰富。

1995年的三湘乐坛出现了两个并行不悖的现象，一方面是严肃音乐的稳步回升，另一方面是流行音乐的本土化追求。由于舆论的有力引导和外省市高雅音乐的影响，也由于严肃音乐界的不懈追求，湖南的严肃音乐氛围逐步形成。湖南省歌舞团交响乐团在高校及社会进行了多场演出，其中5月份的两场演出出现了爆满现象。由我省有关人士策划创作的大型协奏组曲《洪湖》在上海、武汉、长沙等地演出，反响强烈。1994 年，湖南通俗乐坛有一首MTV 在中国音乐电视展播中获奖，这极大地增强了湖南通俗音乐界的自信，推动了本土音乐创作的发展。新年伊始，通俗乐坛便在贺龙体育馆举行了“其实你不用去远方”音乐会，场面极为火爆。“其实你不用去远方”也由此成为湖南通俗乐坛的年度主题。8 月，通俗音乐界又举行了两场原创音乐展示演出，并在三湘校园巡回演出。但是，从整体上来说，无论是严肃音乐还是流行音乐，在 1995 年都有点虎头蛇尾，这与演出市场的不景气有关。

1994 年，湖南杂技从困境中崛起；1995 年更是在获得商演丰收的同时推出了几个高水平的杂技节目，《技巧造型》《抖扛》分获第四届全国杂技比赛金、银奖，这在湖南历史上还是第一次。美术、摄影等虽偶有佳作，但整体仍不尽如人意。

图书出版由着重数量向追求优质高效进行阶段性转移，出版了一批文化品位与学术价值较高的图书。如洋洋 30 卷 1500 万字的《曾国藩全集》，学术价值极高；8 卷本的《湖南民间美术全集》是文化积累的重要文献；《科学家谈物理丛书》（第三辑）全部由著名科学家撰写，为科普读物的出版树立了典范。另外，像《船山遗书》、《世界短篇小说精华》（第二辑）、《黑眼睛丛书》、《20 世纪著名妇女人物》、《攀登计划普及丛书》（第一辑）等，都分量厚重，影响有加。在精品图书不断涌现的同时，出版利润也稳步增长。但是，由于全球性的纸张涨价，图书出版受到严重冲击。至 8 月底，合同外胶印卷筒纸达每吨 8000 元。与 1994 年底的每吨 3850 元相比，上涨了 107.79%，这个百分比超过了出版系统平均利润增长率。

估计纸张价格仍将上扬，1996 年出版形势不容乐观。

1995 年湖南读书界一个令人兴奋的话题是《书屋》杂志的创刊。由湖南省新闻出版局创办的这份读书杂志，以悠久的湖湘文化为背景，立足实力雄厚的出版湘军，汇聚三湘众多才华超卓之士，办出了浓厚的文化底蕴和逼人的灵气，从而在全国如林的读书杂志中独具一格。如能使自身的文化定位更加明确而坚定，必将成为湖南读书界的一面旗帜。此外，《三湘都市报》的创刊使湖南终于有了一家省级晚报，但如何办出自己的个性和较高的质量，仍有待进一步的探索。

三、宏观引导与调控的加强

1995 年湖南文艺界的宏观引导主要体现为“五个一工程”的全面实施，而宏观调控加强的标志是一系列文件与规定的出台。

由中宣部开展的精神文明建设“五个一工程”包括一本好书、一台好戏、一部优秀电影、一部优秀电视剧（片）、一篇或几篇有创见有说服力的文章。作为一项导向工程，它在全国已开展 5 年。1994 年，这项工程在湖南全省展开，并扩大到一首好歌、一幅好画、一个好节目等等。但是，工程并未引起各地足够的重视。为了扩大“五个一工程”的影响，刺激组织者和创作人员的积极性，1995 年 5 月，省委宣传部举行了全省首届“五个一工程”评奖，对获奖的地市厅局和个人进行大张旗鼓的表彰，举行了电视文艺颁奖晚会，开展了“五个一工程”宣传周活动，对获奖作品进行推介和展播、展演。此后，“五个一工程”在全省升温，各地组织“五个一工程”的热情高涨。各厅局和地市都组织了一批有分量的电影、电视剧、戏剧、图书和理论文章。

1995年，在全国第四届“五个一工程”评选中，湖南继前三届8部作品入选后，又有3部作品获奖，即戏剧《世纪风》、电视剧《无声的歌》、图书《中国农村大写意》。

“五个一工程”在实施过程中也出现了值得注意的偏向，较为突出的一点是某些地市热衷于拍电视剧，而对其他项目兴趣不大。据统计，除省直电视剧生产单位外，全省半数以上的地市拍摄了电视剧，质量大多一般，造成了资源的浪费和工程结构的失衡。另外，由于对主旋律概念某种程度上的误解和误导，也造成了创作人员的畏手畏脚、无所适从和创作中的概念化、图解化倾向。

1995年，是党政部门继续加大宏观调控力度的一年。这一年，省委批准了第六次文代会的召开，调整充实了文联领导班子。省委省政府发出了《关于进一步繁荣文化艺术事业的若干意见》，省委办公厅、省政府办公厅相继就加强文化市场管理、新闻出版工作和农村文化工作发出4个文件。文化艺术方面如此规格、如此频密的文件发布，表明党政部门对文艺事业的高度重视和加强管理的决心。这也正是中央“一手抓繁荣、一手抓管理”精神的体现。

《关于进一步繁荣文化艺术事业的若干意见》是湖南新时期以来文艺领域第一个以省委省政府名义发出的文件，文件就湖南文艺的指导思想和奋斗目标、文艺创作、群众文化建设、文化市场、文艺体制改革、文艺队伍建设、文艺传播和宣传、文艺投入、文化设施建设、加强对文艺事业的领导与支持等十个方面，提出了指导性意见和具体措施。文件提出繁荣湖南文艺事业的奋斗目标是：在20世纪末，推出一批优秀文艺作品，造就一支过硬的“文艺湘军”，建成一批先进的文化设施，建立一种新型的文艺体制。文件宣布，设立毛泽东文学奖励基金（200万元）、田汉戏剧创作奖励基金（100万元）、“芙蓉”戏剧表演奖励基金（100万元）和出版基金（500万元）。对成绩卓著的老文艺家由省委、省政府授予荣誉称号；开展文艺“十佳”评选活动，表彰杰出文艺人才。文件提出，“九五”期间，省里要重点建好湖南省广播电视中心、国际电影城、潇湘影视城、出版大楼、毛泽东文学院、湖南图书城、省文艺家活动楼等重点工程。

《关于加强我省文化市场管理的意见》就文化市场各个部分的管理归宿和管理办法作出了相当具体的规定，但音像市场的管理仍沿用分而治之模式；《关于加强和改进新闻出版管理工作的意见》首次确定在各地市州设立新闻出版（版权）局，与文化局合署办公；《转发省文化厅〈关于加强农村文化工作的意见〉》明确：乡镇文化站是国家最基层的全民所有制文化事业单位，隶属乡镇领导，并接受上级文化主管部门的指导与群艺馆、文化馆的辅导。从而解决了乡镇文化站的地位问题。所有这些都表明，面对前两年相对混乱的文化市场和调控乏力的新闻出版状况，面对日益衰颓的农村文化现状，意识形态主管部门逐步摸索出了一套引导与管理的办法。但是，如何把这些文件落实到基层的实际行动中，真正促进湖南文化事业的发展和文化市场的管理，仍是一个艰巨的课题。

1995年，作为宣传文化部门加强宏观调控的另一种方式，精神文明的硬件建设得到前所未有的重视，在建项目共10个，总建筑面积33.9万平方米，总投资10.2亿元。这十大精神文明建设重点工程是：湖南广播电视中心、湖南新闻大厦、湖南出版大楼、湖南国际电影城、潇湘友谊影视商贸城等老五大工程，及毛泽东文学院、湖南图书城、省社科活动中心、省文艺家活动楼、省地方志馆等新五大工程。

四、文化时尚讨论形成热点

1995年5月，湖南省委宣传部邀请尹世杰、凌宇、陈健秋、罗成琰、龚曙光、钟友循、吴康等专家学者，召开了文化时尚研讨会。这次几乎是学术沙龙式的座谈会，其成果由《湖南日报》以纪要的形式发表后，引起巨大的社会反响。8月，《湖南日报》开辟《我看文化时尚》专栏，吸引社会各界参与讨论。讨论一直延续了5个多月，发表文章20余篇，形成湖南文化界一大热点。

文化时尚之所以成为人们关注的焦点，是因为随着社会主义市场经济体制的逐步确立，人们的价值观念与文化消费方式发生了巨大的变化。特别是长沙这样的城市，一方面保留着湘楚文化的流风余韵，另一方面受到了港台消费文化的近距离猛烈冲击，使文化时尚中出现了许多混乱畸形的现象。无论是意识形态主管部门，还是知识界，都对这种现象深表忧虑，感到有必要联手起来加以矫正和引导。

讨论在三个层面展开。首先是概念的辨析与界定。关于文化，有的学者认为，文化是社会历史发展过程中人类创造的结果，文化是美的，低级丑恶的东西不是文化；而有的学者则认为，文化的概念是宽泛的，不能说低级庸俗的东西就不是文化，这与要从价值导向上筛汰和净化这种文化不是一回事。关于文化时尚，有的论者指出，文化时尚是一种深层次的文化倾向，是可以稳定一个时期的文化。另有论者指出，文化时尚是一个中性概念，它在一定时期内流行，在一个封闭的社会里，文化时尚可能比较长久；在一个开放的社会里，文化时尚常常变化；而在后现代社会里，则根本没有文化时尚。也有学者强调，文化时尚是一个实践问题，而不是理论问题。

讨论的第二个层面是对文化现状的分析与评估，在这方面仁者见仁，智者见智。有人认为，现阶段我国存在着三种并行不悖的文化形态：以马克思主义为指导、以四项基本原则为核心内容的主导文化，以追问人的价值、表达对人的终极关怀为己任的精英文化和以功利性、世俗性为主要特征的市民文化。三种文化彼此独立又互相渗透。与这种冷静的分析不同，多数讨论者对时尚文化中的负面因素反应强烈。如当前盛行的消费主义倾向，日益流行的流氓文化、泡沫文化和迷信文化，只重形式不管内容的媚俗心理，一掷千金的暴发户倾向，崇洋媚外的贵族情调，等等。也有论者对时尚文化持基本肯定态度，认为时尚作为“年轻的风景”，是社会发展的标志。有人则为当前新兴的节日文化唱赞歌。

深入的分析和评估之后是对文化建构和文化引导的呼唤。针对文化时尚中存在的大量消极现象，人们一致认为，进行扎实的文化建构，引导文化时尚朝健康的方向发展，是当前十分紧迫的任务。有的学者认为，理想的文化形态应由四个部分构成：马克思主义文化、西方人本主义文化、中国传统文化、地域文化。另有学者强调主导文化、精英文化和市民文化都是一个成熟的社会所需要的，可以并驾齐驱。如何正确引导文化时尚？有人呼吁“让理性之树常青”，有人试图唤醒国人的本土文化意识，有人倡导现代新型礼俗文化，有人欣赏现代休闲文化，有人呼唤“绿色时尚”的流行，有人要求确立市场经济下的文化法则。许多人期待意识形态部门积极发挥引导和调控的职能，进行正确的价值导向；也有的学者强调知识分子的责任，认为知识分子担负着文化传承的任务，应当摆脱沙龙意识、圈子意识，增强文化使命感，激浊扬清，引领时尚。

这次对于文化时尚的大规模研讨是由意识形态主管部门发起，文化人积极参与的一次对低俗市民文化进行清算的努力，它与前述意识形态主管部门对文艺事业的宏观引导和对文化市场的深化管理，在精神上是一致的，从而共同构成1995年湖南文化界的主要风景。这次讨论的意义远不止讨论本身，从中人们看到了官方文化和精英文化的真诚对话与协调一致，看到了文化良知的觉醒和人文精神的高扬。从而，人们有理由对转型时期中国文化的前途与命运持乐观态度。

五、爱国主义教育进入新阶段

自1993年底开始的大规模爱国主义教育在1995年继续得到加强。3月，湖南省第一批爱国主义教育基地公布，包括革命纪念地、博物馆、重要文物保护单位和风景名胜，共45个，并举行了授牌仪式。接着拍摄了《湘天楚地——湖南省爱国主义教育基地巡礼》的专题片，出版了介绍爱国主义教育基地的书籍，标志着爱国主义教育进入新阶段。

为了强化对少年儿童的爱国主义教育和道德教育，有关部门组织编写了《“五五”教育读本》。“五五”教育是指五爱（爱祖国、爱人民、爱劳动、爱科学、爱社会主义）、五旗（党旗、国旗、军旗、团旗、队旗）、五心（忠心献祖国、热心献社会、孝心献父母、爱心献亲属、诚心献朋友）、五讲（讲文明、讲礼貌、讲卫生、讲秩序、讲道德）、五种精神（解放思想、改革创新精神，尊重科学、真抓实干精神，顾全大局、团结协作精神，谦虚谨慎、崇尚先进精神，艰苦奋斗、无私奉献精神）的教育。

《“五五”教育读本》的问世，使中小学生的爱国主义教育和道德教育规范化、系统化，受到教育界的欢迎。

在文学艺术方面，1995 年以爱国主义教育为宗旨的活动主要有两个：一是“我是中国人”文学征文。这次征文由多家省级单位发起，《湖南日报》《湖南文学》《芙蓉》《小溪流》《湖南教育报》等十余家报刊参加。自 1995 年 4 月至年底，共收到征文 3000 余篇，发表近百篇，产生了很好的社会影响。二是爱国主义新歌征集评选活动。活动收到应征新歌近 300 首，评出获奖作品 45 首，其中金奖 5 首，均表现了强烈的爱国主义感情。10 月，活动组织者举办了“湘魂颂”爱国主义新歌颁奖文艺晚会，集中演唱获奖新歌，并通过电视向全社会推广。

1995 年爱国主义教育的另一个重点是纪念抗战胜利 50 周年系列活动的开展。这次纪念活动规模盛大，项目很多。其中湖南省各界纪念抗战胜利 50 周年大会、“烽火颂”文艺晚会、美术摄影书法图片展览、抗日题材电影电视剧展映展播等活动都有较大影响。由省新闻出版局组织的纪念抗战胜利50周年图书音像出版活动，共推出23种图书和一种音带。其中湖南出版社出版的《山河呼啸——中国共产党武装力量抗战纪实丛书》一套五种，全方位、多角度地展现了中国共产党领导的抗日战争，被中宣部、新闻出版署列为全国纪念抗战胜利50周年的十八套重点图书之一。此外，长沙举行了"百万青少年向抗日英烈和遇难同胞默哀、宣誓大会"，益阳举行了悼念厂窖惨案遇难同胞仪式和4000人合唱比赛，芷江也举行了纪念大会。湖南的这些纪念活动，与全国举行的各项活动一起，汇成了纪念抗战的宏大交响曲，在全体人民中奏响了爱国主义的强音。

作为爱国主义教育的一种形式，长沙市在1995年开展了长沙精神的讨论，这是1994年开始的为把长沙建设成为现代化国际性大都市努力的一部分。长沙是一座历史文化名城，思想上屡屡开全国风气之先，文化传统深厚，然而近些年，长沙在全国的地位却逐渐下降，这引起了有识之士和长沙党政官员的忧虑。要振兴长沙，首先需要精神上的振兴。在通过传媒开展广泛的讨论后，长沙有关部门散发了23万份关于长沙精神的问卷。大多数答卷者对长沙精神的体认是：心忧天下，敢为人先。

六、道德重建的努力

面对商品大潮冲击下人们理想的失落、道德的滑坡、价值观念的混乱和社会秩序的失衡，从党政部门到知识群体，都在努力确立新的价值规范和道德理想。1995年春，全国性的学习孔繁森活动迅速展开，这一活动在湖南也形成很大声势。稍后，湖南也推出了自己的道德楷模，他们分别是：李常水、沅陵县落坪乡抗灾抢险英雄集体、莫贤章、许照约等等。

李常水是湖南宜章人，毕业于湖南农业大学。作为一名拥有大学学历的机关干部，他本可以像多数人那样捧着铁饭碗安安稳稳过一辈子。可是80年代初期，他却不顾劝阻，辞去公职，回家乡传播科技知识，带领群众开垦荒山、栽种果树，用自己的专业知识和劳动汗水来改变山村贫穷落后的面貌。李常水的事迹从形式上看类似于六七十年代的上山下乡，但跟那种仅凭热情冲动的盲目的“战天斗地”又有着质的不同。他这种将知识与劳动、个人与社会、理想与现实、热情与科学紧紧结合在一起的人生模式，在当代社会中具有极大的示范意义，理所当然受到意识形态部门的重视。《湖南日报》为此发表长篇通讯《光彩人生路》，其他各大新闻媒体也对他开展了广泛深入的报道。

1995年6月底至7月初，多年不遇的特大洪水席卷湖南中西部，在抗洪救灾中，出现了一批英雄集体和个人。其中，沅陵县落坪乡的罗学先、李明贵等8位烈士是最突出的。他们在抢救因山体滑坡被埋在废墟中的民工时，突遇第二次山体滑坡而英勇献身。他们的英雄事迹经传媒披露后，产生了巨大的社会反响。7月20日，湖南省委、省政府、省军区联合发出通知，号召全社会向这个抗灾抢险英雄集体学习。

莫贤章是城步苗族自治县儒林镇法庭庭长，从事法院工作20余年，先后六次立功。1995年，最高人民法院授予他“全国法院模范”称号，中共湖南省委发出向他学习的决定。许照约是湘潭市保险公司的一名普通干部，以极其忘我的精神投身工作，最后因患癌症去世。中国人民保险总公司发文向他学习，有关部门组织了许照约事迹报告团，剧团排出了表现许照约事迹的新戏。

上述模范人物较多地体现着中华民族的传统美德和社会主义道德规范，同时也部分地体现了市场经济所需要的新道德新理想，尽管他们可能还不具有雷锋、焦裕禄、孔繁森那样的影响力，但他们的事迹，已足以使那些腐败分子和道德沦丧者无地自容。对广大的普通群众来说，他们是可亲的、可信的、可以效仿的。总的来说，这些新典型产生了一定的社会效应。

1995 年，湖南加大了“希望工程”的工作力度。由省委书记王茂林倡议的，得到省直机关、个体工商户和全社会广泛响应的援建湘西 100 所希望小学计划和“1+1”助学活动顺利实施。至 1995 年底，湖南省青少年发展基金会已筹集基金 3000 多万元，救助 15 万名失学儿童，建设希望小学（15 万元以上）近 200 所，援助希望小学（5 万元以下）100 多所。对普通民众而言，参与希望工程不仅仅是金钱的支出，更是一次道德的自我完善；对贫困地区而言，希望小学的兴建使他们看到了发展的希望，让人们感到社会在整体上仍是温暖的。因此，希望工程不仅具有教育方面的意义，更具有道德建设方面的意义。

七、1996 年的预测和建议

1996 年湖南的文化艺术，将呈现稳步发展的态势。由于省委文件的出台和自上而下对文学艺术的重视，文学艺术的发展获得了政策的支持和精神的动力。但是由于经济投入的乏力，文艺的发展仍将受到极大的制约。文学在经历了 1995 年的前期努力后，1996 年可能会出现丰收的局面，文学湘军有可能形成集团性崛起的态势。其他艺术门类也将有所发展，但不会有太多惊人之作。文化市场将在某种程度上得到整顿，但由于体制仍然不顺，管理力量薄弱，文化市场特别是音像市场比较混乱的状况似难以从根本上好转。图书出版由于政策的紧缩和纸价的暴涨，仍将继续进行优质高效的阶段性转移，但书刊价格将使工薪阶层难以承受。传播媒体将继续发挥舆论导向的作用，但由于缺乏根本性竞争，质量平平和形式呆板的面貌不会有太大改变。在社会思潮方面，将继续维持比较稳定向上的局面，正义和良知的声音整体上将对丑恶现象保持强大的压力。随着思考的深入，某些思想领域可能会比较活跃。

为了求得文化的更快发展和社会的更大进步，我们建议：

（一）继续保持宽松的文化艺术环境。“二为”方向和“双百”方针应始终得到贯彻执行。对主旋律的概念尚需作进一步的阐释，以消除文艺界在这个问题上的误解。主旋律始终是一个宽泛的概念，只要在中央领导同志所言“四个有利于”的框架下，无论题材、反映年代、体裁、形式、媒介、风格如何，都应得到鼓励和肯定。同时，多样化应得到真正提倡。

（二）加大文化投入力度。湖南的文化设施建设与资金投入在全国来说是较少的，这已严重制约了湖南文学艺术发展的速度。以剧场为例，省会长沙至今尚没有一个功能齐全的现代化剧场（会堂），使全国性大型文化艺术活动很难在湖南举办。在注重经济发展的同时，文化投入必须同步增长。

（三）理顺管理体制，加大文化市场整顿的力度。应抓住修改《湖南省文化市场管理条例》的时机，彻底理顺文化市场的管理体制；同时，加大对文化市场中混乱现象的整顿力度，堵源截流，对走私贩私、制黄贩黄、盗版侵权等违法行为保持高压态势，使文化市场进入良性循环。

（四）确立文化发展的整体战略目标。在建设有中国特色社会主义的大背景下，湖南文化如何树立自身的形象，如何形成整体的发展思路和长远的战略目标，是一个亟待解决的问题。在这方面，仍需调动知识界的积极性。考虑到湖南的历史与现实，有必要设立大规模的“湖湘文化与今天”高层论坛，对湖南文化进行深层次的反思与定位。

（五）道德建设避免短期行为。道德建设是根本性的人的建设，面对道德混乱的现状，既不能坐视不管，也不能急功近利。对传统道德的呼唤应与对它的创造性转化结合起来。随着市场经济体制的确立，应注意总结与之相适应的道德准则和道德体系，并形成稳定的、制度化的道德教育模式，避免头痛医头，脚痛医脚。道德典范的树立应有真正的示范意义。

（1995 年）

1996 年湖南文化与社会思潮的基本走向

1996 年的湖南，文化艺术事业的宏观环境进一步改善，精神文明建设逐步升温。文艺创作实施精品战略，“五个一工程”深入人心，农村文化出现转机，出版湘军继续保持大省声誉，电视形成多台竞争格局，文化市场经过艰难努力趋于净化。社会思潮平稳中不乏活跃，形成有利于精神文明建设的良好态势。

一、文艺创作：呼唤精品

1996 年，湖南文艺创作领域出现了一个引人注目的变化，即精品意识的强化。这在很大程度上要归因于全国电影工作会议的刺激。3 月，汇集了全国各省市区党委宣传部主管部长、文化厅厅长、广播电视厅厅长、电影厂厂长的全国电影工作会议于春寒料峭中在长沙召开，中共中央政治局委员、书记处书记、中宣部部长丁关根等高层领导亲临会场。这次会议除解决了一个电影厂划属广播电视厅的问题外，更重要的是出台了旨在繁荣电影的“九五五〇”工程，即在“九五”期间，全国每年推出10部精品电影，五年共50部，以重振国产电影雄风。丁关根在会上大声疾呼：不是人民群众离电影远了，而是电影离人民群众远了。他还提出了电影精品的三条标准：“思想性、艺术性和观赏性的高度统一，深受广大群众欢迎，经受历史检验。”

对精品的迫切呼唤，实际上包含了上自中央领导下至普通受众对近年来平庸之作充斥文坛艺苑的不满，它理所当然引起了文艺工作者的强烈震动。呼唤精品，成为1995年湖南文艺创作的年度主题，全年几次专门会议均围绕这一主题而展开。5月召开的全省影视文学创作座谈会，试图借全国电影工作会议的东风，网罗编剧高手，组织优秀剧本。6月初的儿童文学创作会议在一定程度上重新集结了全省的儿童文学作者，同时就如何适应新的形势推出儿童文学精品的问题进行了探讨。6月底的全省艺术创作年会出现了较往年更为活跃和热烈的气氛，各地戏剧作者交流了较多的好题材。9月，全省广播剧创作座谈会召开，试图扭转近年来湖南广播剧创作的颓势。10月，全省长篇小说创作研讨会推出了一项雄心勃勃的计划：用3—5年时间，每年推出3—5部代表湖南文坛最高水平的长篇小说，形成“湘军长篇小说精品系列”。为此，省委宣传部、省新闻出版局、省作协共同成立了长篇小说创作出版协调小组，决定每年筹集20万元的专项经费，以支持长篇小说的创作与出版，设立了两年一度的长篇小说创作大奖。此前，为夯实创作基础，谭谈、何立伟、何顿、陶少鸿、翁新华、向本贵等几位颇具实力的作家已挂职深入生活。

从1995—1996年湖南的文艺创作实绩来看，虽然平庸之作仍然不少，却也出现了一些精品之作和优秀之作。舞剧《边城》自推出以来，誉满三湘，轰动京华，蜚声全国，被认为是国内近年来一部真正意义上的舞剧，该剧因此而获全国1995年度“文华大奖”，实现了湖南戏剧在文华奖评奖中大奖零的突破。电视连续剧《乡下人·城里人·外国人》立意高远，大气磅礴，一扫近年来湖南电视剧创作的小气沉闷格局；《少年棋手》以其从容的气度和浓厚的文化底蕴征服了观众。歌曲《甜甜的山歌》以少儿歌曲的形式，歌颂优美的自然风光和美好的劳动生活，极富艺术感染力。在1996年5月23日召开的1995年度全省精神文明建设“五个一工程”表彰会上，包含上述作品在内的20件文艺作品、《科学的历程》等8种图书、《论邓小平决策思想的基本特征》等6篇理论文章获奖。9月，1995年度全国“五个一工程”奖评选揭晓，《布衣毛润之》（戏剧）、《乡下人·城里人·外国人》、《甜甜的山歌》、《科学的历程》、《中国革命史话》、《论邓小平决策思想的基本特征》等6件作品入选，入选作品量位居全国前列，湖南省委宣传部也因此而继1993年后再次获中宣部“五个一工程”组织工作奖。

1996年的文艺创作，基本上呈良性发展态势。潇湘电影制片厂推出的电影《埋伏》塑造了一个看似散漫不羁实则讲正气重责任的“当代英雄”，在电影局审查时获高度评价。湖南电视台拍摄的电视剧《亲情》表现了毛泽东寓原则于亲情中的博大情感和伟人风范，立意深刻，富有现实意义。郴州排演的歌剧《无手的军礼》描写舍己救人的英雄刘志艳的感人事迹，在哈尔滨全国歌剧观摩演出中获得好评。湖南台推出的 MTV《兵哥哥》主题积极，旋律优美，演唱动人。通过组织“潇湘颂”歌曲创作活动，还推出了一批好歌。省花鼓戏剧院的小品《求诀》在全国小品大赛上获金奖，庞敏的儿童文学作品集《淡淡的白梅》获第三届全国儿童文学奖。

精品战略在图书出版中的实施取得了辉煌的成果：两部图书同时入选全国“五个一工程”奖，参加中国出版成就展和中国少儿出版成就展均出尽风头。新闻出版署署长于友先称赞湖南图书获奖率高、重版率高、市场占有率高。

但总的来看，1996 年的文艺创作步履艰难，创作精品的呼声虽高而真正的精品却难以出现。这是因为两个至关重要的条件不完全具备：一是创作能力，二是资金保证。相当一部分创作者思想穿透力不强，缺乏生活，艺术观念陈旧，导致好的剧本难以出现。即使有好的剧本，简陋落后的设备和捉襟见肘的投入也无法保证它们能成为精品。这两个问题不解决，湖南的文艺创作难以出现整体性的突破。

二、农村文化：从滑坡到复苏

进入 20 世纪 90 年代以来，湖南的农村文化工作出现了严重滑坡。据 1994 年的情况，全省 3108 个乡镇文化站有一半以上处于半瘫痪状态；8533 个农村放映单位减少到 7802 家，农民年人均看电影由 1990 年的 13 次下降到 6 次；全省民间职业剧团由 419 个减少到 309 个，平均每个农民 5 年才看到一场戏。这种状况引起了各级文化部门的焦虑，也引起了省委、省政府领导的重视。

1995 年 8 月，湖南省委、省政府发出《关于进一步繁荣文化艺术事业的若干意见》，《意见》把农村文化工作纳入湖南文化艺术事业的总体战略目标。9 月，省委办公厅、省政府办公厅转发了省文化厅《关于加强农村文化工作的意见》。12 月，以省政府名义召开了全省农村文化工作会议。这就是在湖南农村文化工作史上具有重要意义的“两文一会”。“两文一会”的主要精神是一致的。一是要求各级党委和政府要把农村文化建设列入当地经济、社会发展总体规划，纳入县、乡镇党委和政府工作目标管理，并将年终考核结果作为衡量领导班子政绩的重要依据之一；二是明确乡镇文化站是国家最基层的全民所有制事业单位，隶属乡镇领导，文化专干享受与其他乡镇工作人员同样的待遇。这两条规定稳定了日益流散的农村文化工作队伍，使严重滑坡的农村文化建设出现转机。

1996 年 3 月，省委书记王茂林在湖南西部山区考察时提出了乡镇文化建设的“五个一”思路，即每个乡镇要办好一个文化站、一个广播站、一个电影队、一个业余剧团、一个图书室，同时提出要特别重视墟场文化，把墟场建设成为农村精神文明建设的阵地。省委常委、宣传部部长文选德也在多种场合强调文化工作要重基层、重农村、重普及。

来自上层领导的重视，使农村文化工作活跃起来。湘西在全省率先解决了文化专干的招工、录取和待遇的问题；长沙在“九五”期间决定实施小康文化工程；益阳开展“六百里干线文化工程”建设；郴州举办首届艺术节；株洲决定连续三年每年拨款 50 万元投入乡镇文化站硬件建设。

省直文艺工作者积极参与了这场振兴农村文化事业的活动。1995年冬至1996年春，省委宣传部等8家单位联合发起了声势浩大的文化下乡活动。从省直6个剧团中抽调精兵强将组成的文艺轻骑队，于春节前到老区送戏，行程600公里，演出14场。据统计，仅春节前后，全省各专业剧团下乡演出近1600场，各地电影部门下乡放映电影近10万场。1996年，省委宣传部等6家单位又开展了为农村儿童送戏工程。上半年，省话剧团到湘西为百所希望小学演出，历时一个月，行程3400多公里，共演出50场课本剧，观众达44000人；下半年，省木偶皮影艺术剧团带着近年来创作的几十个木偶皮影戏精品，赴湘南一带为农村儿童演出。对贫困地区的人们来说，这两项活动的开展，无疑给他们荒芜的精神生活添上了一抹绿色；而对于城市里的艺术家们来说，这既是一次艺术与真情的付出，也是一次精神的历练与升华。

为进一步活跃农村文化生活，省文化厅于下1996年半年组织了全省性的“乡土艺术大联展”活动。活动内容主要有三个，一是民间绘画展，二是皮影戏调演，三是农民歌手赛。8月，民间绘画展在民间绘画之乡麻阳举行，共有159件高水平的民间绘画作品参加展出，显示出湖南作为民间绘画大省的雄厚势力。9月初，在衡山举行了皮影戏调演，20副皮影担子、99名皮影艺人把古城衡山搅得热闹非凡，显示出皮影戏这一古老艺术形式在当代的艺术活力及在丰富农村文化生活中的重要作用。9月底，邵东响起了农民歌手们那醇美、质朴、充满表现力的歌声。总体来看，这儿项活动适应复苏农村文化的大趋势，抓住了繁荣农村文化生活的三个重要环节，取得了良好的效果。

10月，第四届中国（湖南）“映山红”民间戏剧节在长沙举行，来自全国11个省市、15个剧团的30余台戏剧参加了演出。这也是“映山红”民间戏剧节首次由省级活动发展为全国性民间戏剧活动，充分显示出“映山红”民间戏剧活动的生命力及在全国的巨大影响。戏剧节因此被中国戏曲学会授予“学会奖”。

1996年，湖南的南县、浏阳被评为“全国文化先进县”，填补了我省在这一评比中的空白。南县、浏阳、湘乡、新化4县则被省文化厅与省人事厅授予“全省文化先进县”称号。

三、音像市场：艰难的治理

文化市场的勃兴是20世纪80年代以来中国文化领域的重要现象。自90年代以来，由于多媒体技术的飞速发展及开放力度的加大，电子出版物从无到有，从稀有到普及，以至于出现了一个庞大的音像市场，几乎占领了人们精神生活的半壁河山。文化市场特别是音像市场的迅猛发展，在满足了人们精神文化生活某些需求的同时，也带来了一系列问题，突出的是：走私贩私、盗版侵权现象严重；许多音像制品格调低下，甚至淫秽反动；某些娱乐场所鱼龙混杂，藏污纳垢；有奖电游不仅刺激赌博，靡费时光，而且损害身心健康。这些现象，毒化了社会空气，迟滞了精神文明建设的步伐，引起社会各界的强烈不满。1994—1995年，湖南音像市场的混乱到了相当严重的程度。

为了整顿文化市场，净化社会空气，促进精神文明建设，1995—1996年，湖南宣传文化部门开展了接连不断的治理行动。1996年，有奖电游被完全禁止，激光视盘（故事片）的营业性放映被取缔，学校周边的文化娱乐场所得到整顿，电影市场中走私电影泛滥的趋势得到遏制，演出市场基本健康有序。而治理的重点则是音像市场。

年初，省委宣传部、省文化厅、省广播电视厅、省新闻出版局联合发出《关于对全省音像制品经营单位实行总量控制的意见》，对全省音像制品的总批发、二级批发、发行、零售、放映、出租等经营单位严格规定了开办条件，实行总量控制。具体规定为：

	省级总批发	地市州二级批发	县（市）发行站	零售	出租	放映
文化系统	6	45	210	1040	285	800
广电系统（文化以外部分）	4	14	110	1560	285	600
合计	10	56	320	2600	570	1400

文件要求将以上总量控制数层层分解至各县（市、区），从严控制，以调整布局，优化结构，提高质量，增进效益。这个数字与我省音像市场的现状相比，总批发、二级批发、发行站基本未变，零售与放映点大大压缩（现有零售点近5000个，放映点2811个），出租点则有所增加（后来又将文化系统与广电系统的出租点各增加200个）。减少放映点，增加出租点，符合当前世界上音像市场的发展趋势。

5月，文化部等4部门发布了《关于严厉打击非法音像制品，整顿音像市场经营秩序的通告》；据此，6月，省委宣传部等7家单位联合发出了《关于集中治理音像制品市场的紧急通知》，要求在6、7、8三个月对音像市场进行集中治理。文件下达后，全省文化、广电系统迅速组织了一场声势浩大的严厉打击非法音像制品的紧急行动。仅全省文化系统就出动车辆800余台（次），执法检查人员4960多人（次），收缴和销毁非法音像制品20多万盒（盘），其中非法录像带18万余盒、非法视唱盘3234盘；烧毁淫秽书刊18000多册，淫秽扑克3500余副。全省各级党政领导均参加了这次行动。10月，省委宣传部又发出《关于进一步加强音像市场管理有关问题的通知》，对音像市场的管理作了明确、周密的分工，解决了音像市场管理中几个悬而未决的问题。经过全年的持续努力，全省音像市场布局渐趋合理，经营秩序逐渐正常，音像制品得以基本净化。

但是，音像市场的治理并不平衡。由于几家主管单位在思想认识、管理标准、实施步骤、执法尺度上的差异，音像市场的混乱现象在某些地方、某种程度上依然存在，违法经营现象尚未得到根治。这种情况，迫切要求几家主管部门统一标准，加强协调，通力合作，共同促进音像市场的健康发展。

四、电视：包装意识的觉醒与多台竞争格局的形成

1996年新春伊始，片头多年一贯制的湖南电视台推出了栏目新包装，着重在片头创意、制作及栏目包装上进行改造，使人耳目一新。此前，湖南经济电视台乘着创新之机，借鉴国外、港台电视吸引受众的经验，已经在栏目包装上进行了一次革命。全新三维动画

片头，给人以清新、明亮、活泼之感；同时，经视还特别注意播出时的自我宣传、自我包装。与此同时，湖南有线电视台的包装也在原来的基础上进行了重新设计。三个电视台不约而同的行动表明湖南电视人的包装意识终于觉醒了。

电视包装上的你方唱罢我登台，侧面反映了湖南电视台多台竞争格局的形成。当今世界上电视大战愈演愈烈，国内电视台有 500 多家，在湖南的上空，就覆盖有中央、浙江、山东、四川、云南、贵州、西藏等十余家电视台的信号。而湖南本省，也开办有省级三个台。湖南电视台作为湖南电视的支柱与母体，历史最久，实力雄厚，曾经独步一时，但近年来停滞不前，面孔陈旧，面对其他台咄咄逼人的态势，已到了不变无以生存的地步；湖南有线电视台借助有线优势，后来居上；湖南经济电视台机制灵活，思维创新，异军突起。至 1995 年底，湖南电视终于完成由一花独放到鼎足三分的裂变。可以说，在多台竞争的格局下，1996 年湖南的电视一开始便呈现出生机勃勃的景象。

但是，包装只是电视的一个方面，决定电视台生死存亡的关键还是栏目质量。在这方面，几个台参差不齐。湖南经济台棋高一着，《经视新闻》快捷丰富，《经视商业街》创意不俗，《幸运 3721》作为自办综艺节目，尽管有格调不高之时，但贴近受众、形式活泼，大受欢迎；“常青藤剧场”则难如人愿。湖南有线台的《流动记者站》《有线大看台》依然保持较高的收视率，电视剧则为港台言情、武打所充斥。湖南台上半年面孔依旧，仅《乡村发现》《时代》维持较高水平。下半年锐意改革，新栏目《新闻汇报》一炮打响，困扰多年的播出效果问题也得到解决，使节目收视率稳步提高。从根本上说，湖南三台的栏目，无论是新闻专栏还是文艺节目，都大有改进余地。

1996 年湖南电视多台竞争还有一个焦点，那就是洪灾报道。7、8 月之交，湖南资、沅、澧三水遭受历史上罕见的特大洪灾，新闻媒体迅速作出反应。湖南经济台立即派出四组记者奔赴前方，每天以六次新闻播出的频率滚动播报前方记者发回的现场报道，其报道迅速、真切、全面，新闻密度大、纪实性强，充分体现了电视新闻的优势，赢得了极高的收视率。相比之下，湖南台、有线台的报道略逊一筹。不过，湖南台举办的“情系三湘”赈灾晚会却为它赢得了声誉。这台晚会以在洪水肆虐中受难和奋争的人为关注对象，策划到位，编排精湛，动情点把握准确，使整台晚会主题突出，情感冲击力强，获得巨大成功。晚会演出时，湖南台及十四个地州市台同时直播，以后又多次播出。这台晚会是湖南台 90 年代以来水平最高、影响最大的一台晚会，被专家誉为“爱的大纛、情的丰碑”，而“情系三湘”也成为湖南新闻界在 1996 年夏季的宣传主题。

五、精神文明建设逐步升温

1996 年，由于中共中央在年底召开的十四届六中全会集中讨论精神文明建设特别是思想道德与文化建设问题，引发全社会对精神文明建设的关注。精神文明建设逐步升温。突出表现在：

（一）新闻媒体加大对精神文明建设的宣传力度。从年初起，各报刊、电台、电视台纷纷开辟专栏，宣传精神文明建设的典型，探讨精神文明建设的内涵及其表现形式。其中尤以《湖南日报》的“精神文明建设巡礼”和湖南有线电视台《流动记者站》的“记者观察”为突出。从 4 月开始，《湖南日报》在头版头条位置连续刊登多篇重头文章，为精神文明建设造势，其中介绍零陵卷烟厂两个文明建设经验的《社会主义企业的价值追求》影响较大。湖南有线台在每晚的《流动记者站》中，从社会现象着手，联系实际提出精神文明建设的诸多现实课题，经常给人以启发和震动。

（二）出现赴张家港学习热潮。张家港作为全国两个文明共同进步的典型，于 1995 年底推出后，在全国产生极大的示范作用，一时，赴张家港学习取经成为热潮。湖南也不例外。上至省直各部门，下至各乡镇，一批又一批干部组织赴张家港学习考察，呼吸这片昔日沙洲上吹来的文明之风、开放之风、富裕之风。不管这种热潮含有多少追风赶潮的因素，对湖南的精神文明建设总是一种触动。

（三）精神文明建设在各级党政官员心中的地位提高。一段时期以来，由于狭隘理解“以经济建设为中心”，精神文明建设在各级党政官员那里或多或少遭到冷落。这种状况从 1995 年开始有所变化。省委书记王茂林一贯重视精神文明建设，1995 年发起建设毛泽东文学院，设立毛泽东文学奖励基金，提议省委党务例会讨论文艺问题。1996 年他又在怀化提出加强农村文化建设的具体指标。在他的影响下，全省各级党政领导普遍较为重视文化艺术事业。“五个一工程”深入人心，得到来自各级领导的强有力支持。在这方面，郴州、零陵、怀化、株洲等地市较为突出。

（四）在全国率先清理不良文化现象。1995 年下半年以来，由于文化殖民主义、封建主义幽灵作祟而在店堂牌匾、商品名称中出现的不良文化现象引起从官方到学术界的高度重视。1996 年 4 月，长沙在全国率先清理文化娱乐场所及商业行为中的不良文化现象，将“帝”“王”“将”“相”及洋店名、洋招牌从城市中清除，代之以富于中国作风与中国气派的新名称，这一行动立即在全国引起连锁反应。稍后，郑州、武汉、四川、广东等省市相继采取类似行动，一时之间，清除不良文化现象成为新闻媒体追踪的热点。不良文化现象的清除，有助于长沙恢复它历史文化名城的风采，同时也拉开了清算低俗市民文化的序幕，为精神文明建设的升温进行了必要的心理及舆论准备。

1996 年 10 月 7 日至 10 日，中共十四届六中全会在北京召开，通过了《中共中央关于加强社会主义精神文明建设若干重要问题的决议》。随即，湖南各界广泛开展了学习《决议》的活动，精神文明建设出现热潮。

六、社会思潮面面观

1996 年湖南的社会思潮，平稳中不乏活跃，分散中见出主题，整体上呈现良性发展态势。

（一）“先导工程”的实施。由省委书记王茂林倡议，在全省范围内实施的“先导工程”，于年初启动。“先导工程”以“解放思想，转变观念”为主题，被认为是湖南继“实践是检验真理的唯一标准”大讨论和 1992 年邓小平南方谈话后湖南的第三次思想解放运动，对湖南的思想文化界产生了一定的震动。广泛的讨论表明，省委领导的忧虑和市民百姓的愿望完全一致。人们共同在思考：湖南为什么发展不快？湖南怎样发挥自己的优势，加快发展，不被兄弟省市甩在后面？“先导工程”的实施，除了它本身的意义外，也有助于消除高层领导与市民百姓之间长期形成的某些隔阂，从而使全省上下统一思想，共谋发展。

（二）“情系三湘”：由水灾引发的行动与思考。1996年夏天，全湖南都在关注一个焦点：水灾。特大洪水不但冲毁了我们的家园，卷走了无辜的生命，也极大地冲击着人们的心灵。人们在为抗洪救灾中所涌现出来的英雄事迹而感动的同时，也为洪水所造成的巨大损失和牺牲而痛心。为什么几年来湖南特大水灾不断？天灾之外，有无人祸？这样一些问题被思考与讨论着。在这种思考中，社会的水患意识增强了。与此同时，社会各界向灾区伸出了援助之手，“情系三湘”成为全省民众的共同情结。1996年各单位及个人因水灾而捐款捐物的次数之多、数额之大是历年来所少有的。全省各级宣传文化单位举行了多次赈灾义演。省委宣传部则发出了利用抗洪救灾中的众多英雄事迹开展爱国主义、集体主义和社会主义教育的通知，力图以精神的力量鼓励人们恢复生产，重建家园。

（三）学济南交警活动的开展与承诺制的引进。1996年，湖南交通警察开展了大规模的学济南交警行动。在长沙，这一行动使交警形象和交通秩序均产生了较大的变化。长沙交通秩序一向以混乱著称，交警形象也不佳。开展学济南交警活动以后，长沙交警的精神面貌为之一变，对交通秩序的维护规范、认真、有力。由于媒体大规模的宣传，市民的交通意识也增强了。两方面的相互配合，使长沙的交通秩序有一定好转。人们对这一活动的期望是：持之以恒，勿稍松懈。与此同时，烟台市的社会服务承诺制也为湖南某些服务行业所引进。虽然媒体也推波助澜，但并未产生预期效果。学济南交警活动的开展与社会服务承诺制的引进，最初涉及的可能只是行业风气，但产生的效应却是社会性的，它有助于人们思考怎样建立一种文明、健康、自尊的现代生活方式。

（四）湖湘文化与二十世纪湖南文艺的研讨。湖湘文化的深厚传统是湖南进行当代文化建设尤其是文艺创作的宝贵财富。1995年，湖南成立了高层次的湖湘文化交流协会，旨在深入挖掘湖湘文化这一人文资源，为今所用。1996 年 11 月，省委宣传部、省文联理论研究室、湖湘文化交流协会在长沙共同举办了“湖湘文化与二十世纪湖南文艺”研讨会。为配合这次研讨会，《理论与创作》杂志从 1996 年第 4 期起开辟专栏，约请省内知名的学者与批评家撰写文章，就湖湘文化的内涵、特质、流变、与二十世纪湖南文艺的关系及在未来的作用等问题进行广泛的探讨，产生了较好的社会反响。

（五）方言相声的火爆与本土文化意识的高扬。1995—1996 年，用湖南话（主要是长沙方言）表演的相声、小品突然火爆起来。由湖南文化音像出版社策划，杨志淳、周卫星合说的方言相声专辑《“湘”音难改》《搭中巴》相继出版，发行数万盒，风靡大街小巷，成为一个不大不小的文化热点。杨奇志、大兵在湖南经济电视台《幸运 3721》栏目固定的相声节目也很受欢迎。7—9 月，湖南省曲艺家协会、湖南经济电视台联合举办了“笑在湖南”相声喜剧小品电视大赛。9月，湖南省群众艺术馆、湖南有线电视台又举办了“湘言俚语”曲艺小品电视大赛。方言相声与小品的火爆，其催生者可能是夜总会文化，其深层原因则是由于湖南人本土文化意识的高扬。对方言相声、小品的喜爱包含着对三湘土地、风物、生活、文化的迷恋与喜爱。从某种意义上说，何顿那些夹杂大量长沙话的小说的风行，也导源于此。这种现象是值得肯定的，但如何避免低俗化、自足化，又是一个必须加以重视的课题。

七、1997年：预测与建议

由于中共十四届六中全会的召开和《中共中央关于加强社会主义精神文明建设若干重要问题的决议》的颁布，1997年，湖南的精神文明建设将有一个较大的提高。文艺创作平稳推进，长篇小说由于几位颇具实力的中青年作家的深入生活和潜心创作，有可能推出上乘之作；儿童文学创作将会有大面积收获；戏剧在推进剧团体制改革的同时，将以较多优秀剧目迎接全省汇演的举行。但电影、电视剧如不解决剧本创作薄弱和资金投入不足的问题，将难有作为。群众性文化活动将继续得到发展。农村精神文明建设在社会大环境的拉动下将出现一个活跃局面。出版将继续保持全国领先地位，湘版图书继续吃香。新闻将更加强调舆论导向，同时也将探索更加灵活多样的形式。随着社会整体上文明程度的提高和文化需求的增长，低俗文化将受到进一步的遏制，文化市场将更趋净化，黄色淫秽音像制品将成为过街老鼠，而走私侵权行为也将继续减少。在社会思潮方面，经济的发展和市场经济体制的完善将使人们的精神状态更为明朗；由于党的十五大的召开，社会正义的声音将更为宏大，人们对社会主义、对共产党的信心也将增强；随着香港的回归，民族自信心和民族自豪感将得到空前的强化，爱国主义将成为社会的强音。

为了加快文化大省的建设，推进湖南的社会进步，我们建议：

（一）文化建设上坚持农村文化和城市文化并重，推进文化整体水平的提高。鉴于湖南是一个农业大省，文化建设一刻也不能忘记农村，要通过丰富多彩、亲切有味的文化活动将农民从打牌赌博、封建迷信等文化垃圾和文化饥渴中解救出来。同时，由于城市文化的示范性与影响力，由于城市文明水平更能代表一个省的文化形象，城市文化的建设不但不能放松，而且要进一步增强。

（二）加强对社会文化的引导。特别是对城市文化，要调整结构，增加层次，加强导向。通过强有力的宏观调控，继续控制高消费娱乐场所，逐步清除低俗文化现象，将高雅、健康、精良的文化引进城市，提高城市的文明程度。借鉴上海等城市的广场文化经验，建设长沙等中心城市各具特色的文化广场。

（三）加强文艺人才的引进和培养。近几年湖南文艺创作的徘徊不前与小步慢进，除了经济上的制约外，归根结底是人才的老化和匮乏所造成的。要把文艺人才的引进和培养当作一项战略任务来抓，壮大湘军队伍，使文艺创作精品战略的实施有充足的人才保证。

（四）在思想道德建设上，将先进性要求与广泛性要求紧密结合。一方面大力宣传典型，另一方面要比以往更为重视对普通群众的社会公德、职业道德和家庭伦理教育，重视传统美德的熏陶和公民意识的养成，形成制度化的道德教育模式，以提高民众素质。

（五）在坚持马列主义、毛泽东思想和邓小平建设有中国特色社会主义理论为指导的前提下，进一步活跃湖南思想界的气氛，调动潜藏于三湘子弟身上的积极性和创造性，使全省上下都能为振兴湖南而献计献策，为繁荣文化而畅所欲言。对全国性的文化热点，湖南要有自己的声音，要在全国一流的学术领域占有一席之地。

（1996 年）

1997年湖南意识形态与文化的基本走向

1997年，在意识形态与文化方面，湖南保持着与中央的一致和与全国的同步。主流意识形态进一步巩固和强化，文化建设更加受到重视，湖湘文化资源得到更大程度的挖掘和利用；文学艺术创作自觉与主流意识形态保持一致，关注现实，追求精品；主旋律色彩鲜明的导向性文艺活动持续开展，社会文化基本上沿着正确的轨道前行；湘版图书精品迭出，湖南成为全国重要的出版基地；文化市场与民间文化中阳光与阴影并存，文化的世俗化成为一个引人注意的话题。

一、主流意识形态的巩固与强化

每一个社会、每一个国家均有自己的主流意识形态。当代中国的主流意识形态无疑是马克思列宁主义、毛泽东思想和邓小平理论，是爱国主义、集体主义、社会主义。在价值取向日益多元化的今天，这一主流意识形态的存在对于统一思想、凝聚民心、稳定社会、发展经济具有重要意义。1997 年，湖南和全国一样，为巩固和强化这一主流意识形态进行了不懈努力。

（一）邓小平理论深入人心

邓小平理论成为党的指导思想和全国人民的精神支柱经历了一个过程：中共十一届三中全会以来，尽管中国的改革开放都是由总设计师邓小平一手设计的，中国经济的迅速发展离不开邓小平建设有中国特色社会主义理论的指导，但在一段时期内，人们并不认为邓小平有什么系统理论，社会上甚至充斥着普遍的怀旧情绪和“端起饭碗吃肉，放下筷子骂娘”的现象。直到党的十四大，才系统提出邓小平建设有中国特色社会主义理论这一概念，经过几年来党的宣传文化部门坚持不懈地用这一理论武装全党，教育干部和人民，邓小平建设有中国特色社会主义理论开始深入人心。1996 年底，专题片《邓小平》的播出，对这一理论进行了形象化阐释和大众化宣传；1997 年初，小平同志的逝世，引起举国悲悼，邓小平同志最终完成了他作为中国人民的精神领袖、情感依归和力量源泉的形象。党的十五大，正式提出邓小平理论这一概念，与马列主义、毛泽东思想一起成为中国共产党的指导思想和中国人民的共同信念。

在湖南，1996 年以来，实施以“解放思想，转变观念”为核心的“先导工程”，1997 年 8 月在娄底召开了全省实施“先导工程”现场经验交流会；评选了学习邓小平理论的“十佳集体”“十佳个人”；开展了邓小平理论的“四进四入”（进学校入课堂，进街道入居民，进厂矿入班组，进乡村入农户）活动；在全省普遍开展了邓小平理论的广播电视宣传，进行了首次全省广播电视理论优秀节目（片）评选颁奖，推出了邓小平理论电视宣传片《先导》；12 月召开了“邓小平发展战略思想与加快湖南发展研讨会”；编辑出版了《高举邓小平理论伟大旗帜加快湖南发展》论文集……所有这些，较好地促进了邓小平理论在全社会的普及和深入。

（二）新闻舆论同声相应

1996 年，江泽民同志在视察《人民日报》时提出了著名的“祸福论”：“舆论导向正确，是党和人民之福；舆论导向错误，是党和人民之祸。”这一观点成为今天我国新闻工作最重要的原则。1997 年，湖南各大新闻媒体紧密配合党和政府的中心工作，打了几个大的宣传战役，形成了几次舆论高潮，在邓小平逝世、香港回归、党的十五大等几个关键时刻，湖南的主要新闻媒体步调一致、同声相应，以高强度、密集型、多视角的新闻报道，较好地完成了舆论导向的任务。《湖南日报》发表的大量评论员文章产生了积极的社会作用。1997 年湖南的新闻宣传还有一个特点：加大了经济宣传的分量。湖南卫视的专题片《湖南大趋势》，湖南经视的《经济环线》等都产生了一定影响。经济报道的增加是社会经济生活日益占据主导地位在大众传媒上的必然反映。当然，如何增强新闻的时效性、可视（读）性，增加思想深度，提高文化含量，仍有待于不断探索。

1997 年，湖南卫视经过几年努力，终于上星，其覆盖范围遍及全国，但其节目的质量和数量都还有待提高。

（三）爱国主义推向高潮

1997 年，主要由于香港回归的实现，全国人民潜藏于心的爱国主义情绪得到了一次酣畅淋漓的释放与爆发。回归前新闻媒体的不断造势、回归时令人扬眉吐气的驻港部队入港和政权交接仪式、回归前后各种各样的迎庆活动，乃至《鸦片战争》等影片的发行放映，都为爱国主义情绪的爆发创造了契机，这种情绪对于振扬民气、建设现代化是极为有利的。

（四）李常水事迹引起强烈反响

湖南省宜章县东风乡笠头村支部书记李常水，十几年前辞职回乡，凭果树栽培技术带领乡亲致富，成为远近闻名的农村科技带头人。李常水的事迹经中央新闻媒体的集中宣传，在社会各界引起强烈反响。中国农业大学向他颁发“青年学生政治辅导员”聘书，将笠头村定为该校社会实践基地；湖南 18 位农业科技专家联合发出《向李常水学习的倡议》；湖南农大授予李常水“名誉教授”称号，省农科院聘请其为“客座研究员”。李常水作为典型的推出，在理论与实践的结合上弘扬了时代精神。

二、文学艺术：弘扬主旋律与关注现实

1997 年 1 月，《中共中央关于进一步做好文艺工作的若干意见》出台，对文艺工作的形势和任务、文艺工作的指导思想和方针原则进行了最新阐述，提出大力繁荣文艺创作，深化文艺体制改革，加强文艺事业的管理，建设高素质的文艺队伍，加强和改善党对文艺工作的领导等任务。这是一个指导全国文艺工作的纲领性文件。

1997年湖南文学艺术创作有一个显著特点，即自觉靠拢主流意识形态，弘扬主旋律。由于各级宣传部门和社会舆论的有力引导，也由于主旋律是一件作品引起关注、获得资助从而最终获得成功的必要条件，主旋律已经成为文艺界自觉追求的目标。7月，电影《埋伏》,《回家》《亲情》《春阳》等7部电视剧,《红藤草》《无手的军礼》等5台戏剧,《征母》等3部广播剧,《湘江风光带》(组雕)、《总设计师邓小平》(雕塑）等5件美术作品,《兵哥哥》《阿公的酒碗》《绿色的小兵》等15首歌曲获湖南省1996年度“五个一工程”优秀作品奖，这些作品无一不是弘扬主旋律之作。其中，花鼓戏《红藤草》以载歌载舞的形式，歌颂中华民族坚韧不拔、九死不悔的民族精神,《回家》以朴素的影像语言歌颂普通人身上的美好品德,《征母》于轻松幽默中寓含弘扬中华民族传统家庭美德的主题。1997年度的作品，更鲜明地体现这一特点。电影《秋天的花鼓》是“人民需要艺术，艺术更需要人民”的形象注解；电视系列剧《望月湖的故事》(20集)、《国道警雄》(20集）均一反前些年某些系列剧调侃生活、消解崇高的弊端，着力张扬社会正义和人间真情，向主旋律靠拢；向本贵的长篇小说《苍山如海》成功塑造了一个为移民搬迁不辞辛劳而又一身正气的县委领导形象，歌颂为水电站建设而抛离家园的普通百姓。

1997年湖南文艺创作的另一个主要特点是关注现实。“现实主义冲击波”是两年来全国文艺界的热门话题，“分享艰难”+“学习微笑”是这一冲击波的共同模式。这一创作潮流和创作模式也对湖南产生重要影响。以戏剧为例，1997年湖南省新剧（节）目会演上，参加会演的28个新剧（节）目有18个是现实题材，占总数的64%；在获田汉大奖的6台戏中，现实题材有3台，占50%。夺得田汉大奖和“巨州怀文化记者奖”两个第一名的祁剧《走廊窄，走廊宽》，通过一条老式宿舍的内走廊里发生的平凡而令人深思的故事，展示了当前工厂停产、工人下岗、私营业主咄咄逼人、意志不坚定者走向沉沦等社会现象，敢于正视现实，同时又给人希望。在文学创作方面，向本贵的《有病流行》、王跃文的《今夕何夕》《夜郎西》以及何顿的市民小说，已经融入全国现实主义文学创作的主潮中。影视作品在继续挖掘湖南重大革命历史题材的资源（以电视剧《陶铸的故事》《黄克诚》为代表）的同时，将目光更多地投注于现实，这就是前述系列剧和《李常水》《太阳雨》《赵宁的故事》等作品。

1997年，省委宣传部出台了《湖南省“五个一工程”工作暂行办法》，对全省“五个一工程”的组织机构、工作要求、任务分工、工作进度、宣传推介、经费投入、奖惩措施等作了明确规定，促进了这一工作的开展。1997年，中共湖南省委宣传部因戏剧《红藤草》、电视剧《回家》、广播剧《征母》、图书《精神之火》《九亿农民健康教育读本》、理论文章《提高民族素质的基础工程——湖南省汨罗市13年全面推行中小学素质教育的调查与思考》6件作品入选第七届全国“五个一工程”而再度荣获“五个一工程”组织工作奖。

1997年，湖南以两办名义转发了省文化厅《关于进一步深化省直艺术表演团体改革的意见》，从而在艺术表演团体的体制改革上又迈出了较大的步子。其总体思路是：一团一策，重点扶持；一团两体，转换机制；面向观众，促进“三出”（出人出戏出效益）；进一步完善院团长负责制，实行考评聘任制和等级工资制；改革院团的财务管理办法。这一改革方案对促进省直艺术表演团体努力创作新剧目和扩大演出，起了较好的作用。

1996—1997 年，以独立制片人方式运作的湖南电视台光前影视制作社，接连推出《蝴蝶兰》《梦幻天使》《风雨梅家楼》等长篇电视连续剧。这些电视剧以 30 年代旧上海为背景，采用言情+商战模式，故事扑朔迷离，爱情缠绵悱恻，同时又不乏主旋律色彩，在竞争日趋激烈的电视剧市场上走出了一条新路，《蝴蝶兰》《梦幻天使》在上海的收视率均超过 30%，有关方面领导及电视界专家也给予较高评价。在第一系列三部均获成功的基础上，总题为“千重恩怨上海滩”的第二系列三部《无花的夹竹桃》《相思年代》《明月女儿心》正在运作之中。光前影视制作社运行机制上的特色与活力已引起文艺界有关人士的浓厚兴趣，对其他电视剧生产单位具有很大的示范作用。不过，《蝴蝶兰》模式的电视剧能在市场上走红多久，尚有待时间的证明。

1997 年，受国产电影日益低迷的气氛影响，潇湘电影制片厂电影生产出现较大滑坡，全年仅完成 3 部（全国也仅 60 部左右），其中 2 部还是合拍片。

三、导向性文化活动波波相接

开展导向性文化活动，既能丰富人民群众的文化生活，更是对阵营庞大、内容驳杂的社会文化进行导向的有效方式。1997年，围绕一些重点部署和重要节庆，湖南的导向性文化活动声势浩大，接连不断。

1月，根据中宣部等十部委下发的《关于开展文化、科技、卫生“三下乡”活动的通知》，湖南省委宣传部等11部门结合本省实际，将“三下乡”内容进行扩充，发出《关于开展理论、法律政策、文化、科技、卫生“五下乡”活动的通知》。1月23日，在浏阳市官渡镇举行了声势浩大的省直部门“五下乡”活动启动仪式。“五下乡”活动在湖南取得了较大成效，据统计，上半年有关部门向农民赠送各类理论书籍、资料20多万册；印发法律、政策宣传资料150多万份（册），提供法律、政策咨询100多万人次；赠送农村科技图书和资料200多万册；举办科普展览500多场，科普讲座400多场，科普集市800多次，开展科技培训53000多人次（短期培训77万人次）；送戏下乡7000多场，送电影1万多场，建立和恢复乡镇图书室500多个、文化站2000多个；免费举办乡村卫生、医务人员培训班100多期，培训乡村医务人员1万多人，组织2万多名医务人员下乡巡回医疗，为农民义诊10万多人次。（资料来源：《湖南宣传动态》1997增刊第3期）

4月，省委宣传部组织了为期13天、行程1000余公里的“重走毛泽东湖南农村考察之路”新闻采访和文艺演出活动。新闻记者和演艺人员追寻毛泽东大革命时代的足迹，途经湘潭县、韶山市、湘乡市、衡山县、醴陵市、长沙县6个县市，发回百余条报道，演出12台节目。

6月，为迎接香港回归这一中华民族的百年盛事，湖南全省上下举行了多种多样的文化艺术活动：（1）迎接香港回归知识竞赛、知识抢答赛；（2）“祖国万岁”大型文艺晚会；（3）大型图片展；（4）爱国主义教育电影展映；（5）优秀歌曲征集大赛和全国青年歌手大赛湖南选拔赛；（6）大型焰火晚会。此外，还有美术书法摄影展、迎回归诗歌朗诵会、演讲比赛、龙狮灯会、方队游行、花卉展、盆景展等。这些活动对激发潜藏于民众身上的爱国主义热情，起了很好的作用。

7—8月，庆祝建军70周年暨秋收起义70周年文艺晚会在浏阳和平江进行。把这样的文艺晚会安排在秋收起义和平江起义的故地进行，是为了从前人的身上吸取力量、获得灵感。

9月，在长沙举行了庆祝十五大企业职工文艺晚会、民族音乐演唱会，两台晚会均通过湖南卫视向全国播出。

10月，先后举行了1997年湖南省新剧（节）目会演和中央电视台“心连心”艺术团赴湘演出。1997年湖南省新剧（节）目会演是继1994年以来湖南省规模最大的戏剧艺术活动，在这次为期13天的会演中，全省23个艺术表演团体演出了21台28个新剧目，涉及13个艺术品种，演职人员近2000名。中央电视台“心连心”艺术团演出主体安排在韶山，2万余人抱着过节的心态观看了演出。艺术团另外安排了3个小分队赴花明楼、乌石、浏阳演出。

接连不断的导向性文艺活动使湖南的文化舞台活跃异常，对日渐抬头的低俗文化进行了有效的抵制。但是，这类演出有时难免给人以匆促和粗糙之感，如何提高其质量，增强其吸引力，以保证各项功能的最大释放，是导向性文艺活动今后面临的课题。

四、湖南成为全国重要出版基地

1997年，湖南出版界精心组织图书精品生产，全面推进出版繁荣，湖南由出版大省向出版强省转变。湖南人在全国享有“能吃辣椒会出书”的盛誉，新闻出版署副署长杨牧之在《新闻出版报》上撰文，正式将湖南列为全国新的出版基地。

在1997年举行的全国性图书重大评奖中，湘版图书频频折桂，获奖数量居全国前列。湖南美术出版社的《齐白石全集》、岳麓书社的《船山全集》、湖南文艺出版社的长篇历史小说《杨度》获第三届国家图书奖，与上海并列全国第一；湖南少儿出版社的《精神之火》获国家图书奖提名奖；《精神之火》和湖南科技出版社的《九亿农民健康教育读本》获中宣部“五个一工程”奖；湖南科技出版社的《杂交水稻育种栽培学》获国家科委颁发的“国家科技进步奖”（全国仅四种）；《敦煌愿文集》《旷代逸才》《有限元高精度理论》《远程火箭精度分析与评估》4种图书获第十届“中国图书奖”；《第一推动丛书》和《科学蒙难集》获第三届全国优秀科普作品奖。

在产生巨大的社会效益的同时，湖南图书也取得了良好的经济效益，市场占有率近几年一直稳居全国前列。在1997年长春举行的全国第八届书市上，湘版图书订货码洋达4320万元，在全国各省市中位居第二。1996年，图书重版率达58%。在1997年全国印刷行业质量评比中，湖南新华印刷一厂、三厂分别获得金奖。

鉴于湖南出版工作近年来所取得的巨大成就，1997 年，中共湖南省委以《我省出版工作成绩斐然，为精神文明建设作出重要贡献》为题，向全省发出通报，对出版工作的成绩进行了表彰。新闻出版署特批湖南可以引进一条光盘生产线。

为了促进湖南出版事业的持续、快速、健康发展，省新闻出版局提出了“三十字”工作思路和“五大”发展战略。“三十字”工作思路是：讲政治，讲大局；上质量，上效益；出精品，出人才；争大奖，争市场；促繁荣，促发展。“五大”发展战略是：精品名牌和精品群战略，出版产业经济发展战略，出版高科技发展战略，出版经营管理战略，跨世纪人才培养战略。在“五大”战略中，精品名牌和精品群战略是重中之重。“九五”期间，湖南实施“123”出版工程，即年出新版图书 1000 种，精品图书 200 种，精品名牌图书 30 种。

在湘版图书精品迭出的同时，湖南的报刊也在全国占有一席之地。《体坛周报》发行量超过 130 万份，成为全国期发量最大的综合性体育报；《今日女报》《当代公安报》等也位居全国前列；《书屋》以其灵秀的风格和浓厚的湖湘文化底蕴在全国读书类杂志中独树一帜；《湖南文学》有近十篇作品为《小说选刊》等期刊转载；《理论与创作》每期推出的“中心话题”，切入当下文学与文化的重要现象，其敏锐性和文章的高质量都引人注意。《散文诗》继续在全国如林的文学期刊中摇曳生姿。

1997 年，按照“控制总量，调整结构，提高质量，增进效益”的原则，湖南正式对全省的报业、期刊业、广播电视业进行治理。

报业、期刊业治理的重点是：转化内部报刊，建立内部资料登记制度，控制报刊总量，压缩行业、社团报刊，合并内容重复的报刊，优化报刊结构。

五、湖湘文化浮出海面

1996—1997年，湖南考古获得重大发现。其一是在长沙走马楼发掘出土的三国孙吴纪年简牍，多达17万余片，是全国历年来一次性出土简牍最多的一次。这一发掘被评为1996年全国十大考古新发现之一，有的专家认为其意义不亚于当年敦煌经书的发现。其二是澧县城头山古文化遗址的发掘，在这里发现了距今8000年的栽培稻种和陶器，距今7000年的古城址。其三是在湘阴发掘的岳州窑，出土了大量东晋、南朝至隋代的瓷器，将湖南制瓷的历史提前了100多年。

一连串重大考古发现既轰动了全国，更给湖南人以强烈的震撼。在马王堆汉墓以后，人们又一次深切地感受到，湖湘文化的积淀是多么深厚，湖湘文化的传统是多么悠久。进而，人们在思考：既然先人创造了如此绚丽多姿的湖湘文化，今日的湖南人该怎么办？湖南在走向现代化的过程中，该如何有效地转化和利用湖湘文化资源？

正是在这一背景下，1997年3月，中共湖南省委宣传部、湖南省文联和湖南省湖湘文化交流协会在长沙联合召开了“湖湘文化与二十世纪湖南文艺研讨会”。来自湖南省高校、学术研究机构和文艺单位的60余位专家、学者、文艺家参加了会议。

研讨会上，人们对湖湘文化的内涵、源流与特质进行了热烈的讨论。大部分学者认为，湖湘文化作为一个地域性概念，是由先秦至近代在“湖”（洞庭湖）、“湘”（湘江）这块土地上所创造的文化成果的总称，它由流寓湖湘的外籍人和湖湘本土生长的学人共同创造而成。湖湘文化既包括形于文字、载于典籍的文人文化，即湖湘文化的显性层面；也包括口耳相传、相沿成习的民间文化，即湖湘文化的隐性层面。从湖湘文化的源流来看，与会者指出，湖湘文化上起远古，下迄民初，源远流长，影响深远。有的学者还勾勒出一个炎帝文化、九嶷文化、三苗文化、荆楚文化、南蛮文化、湖湘文化的文化世系表。关于湖湘文化的特质，是会议讨论的焦点。以领导和研究者双重身份参加会议的中共湖南省委常委、宣传部部长文选德概括了湖湘文化的三大特质：“经世致用重原道”的务实作风、“忧国忧民思天下”的爱国情怀；“博学拼死建功业”的奋斗精神。一些学者还就湖湘文化革故鼎新的历史观和社会观，日新其身、与时俱进的开拓精神，直披血性、汪洋恣肆的浪漫主义激情，格物究理、上下求索的“天问”精神，以及湖湘理学与程朱理学的区别进行了阐述。

与会代表就湖湘文化与湖南文艺特别是二十世纪湖南文艺的关系进行了广泛深入的探讨。大家认为，湖湘文化忧时伤世的爱国主义传统、关心民众的现实主义精神，以及上天入地的浪漫主义情怀，都对湖湘文艺产生了巨大而深远的影响。二十世纪湖南文艺的巨大成就更是与湖湘文化密不可分。无论是小说还是诗歌，无论是美术还是音乐，无论是影视创作还是通俗文艺，以及文学批评，都深深打上了湖湘文化的烙印。毛泽东、齐白石、田汉、丁玲、沈从文、周立波……二十世纪湖南文艺创作中的巨匠和大家，无一不是湖湘文化哺育的产物，无一不带有典型的湘人特点。新时期的湖南文学，一方面承传着先秦以屈原、庄子为代表的楚文学的浪漫主义精神，同时又承传着近世湖湘文化“经邦济世”的“参政”精神，从而表现出“沉重的浪漫”的特点。

10 月，有关方面在安化县梅城镇召开了中国梅山文化学术讨论会暨湖南省第二届梅山文化研讨会，来自海内外的学者 40 余人参加了会议。会议对古梅山文化的特点、对如何实现梅山文化由传统向现代的创造性转化进行了深入的探讨。

在进行研讨的同时，湖南陆续出版了一些有关湖湘文化的论著：湖南文艺出版社出版的《长沙历史文化丛书》和湖南大学出版社出版的《湖湘文化纵横谈》等。这一切都表明，湖湘文化在经过一段时间的沉寂后，已浮出海面，挺立潮头。

1997 年，湖南的韶山、花明楼、炎帝陵被辟为全国首批爱国主义教育基地。

六、“讲文明，树新风”形成声势

中共十四届六中全会后，精神文明建设在全国逐渐升温，湖南的精神文明建设也出现了一个新局面。1997 年 5 月，湖南省精神文明建设指导委员会成立，在衡阳召开了全省精神文明建设现场经验交流会。7 月，根据中央精神文明建设指导委员会会议精神，湖南部署在全省开展“讲文明、树新风”活动。活动提出了在文明言行、环境卫生、服务质量、交通秩序等方面的具体要求。此后，全省各地闻风而动，掀起了“讲文明，树新风”的热潮。

长沙市针对城市中存在的“不遵守公共秩序、不爱护公共设施、不讲究公共卫生、不使用文明语言、不实行优质服务”的“五不现象”和“乱搭棚子、乱摆摊子、乱停车子、乱倒屑子、乱竖牌子”的“五大乱源”，在全市人民中广泛开展远离“五不”和告别“五乱”活动；同时筹集1000万元对五一路进行改造、整治。

株洲市对“讲文明、树新风”活动作了逐月安排：8月份为环境卫生整治月，9月份为交通秩序管理月，10月份为服务质量提高月，文明言行教育贯穿于活动全过程。株洲市委宣传部、团市委等18家单位联合成立了株洲市青少年“讲文明、树新风”主题活动指导委员会，以提高青少年文明素质为目标，以“雷锋家乡学雷锋”主题活动为总揽，以“青年志愿者行动”“青年文明号”“手拉手”等活动为载体，动员全市青少年积极参与“讲文明、树新风”活动。

岳阳深入开展“文明在岳阳”活动，确定南湖大道为全市“文明示范路”。郴州市确定把人民路建成“商品质量文明一条街”，集中整治环境卫生，提高服务质量。

“讲文明、树新风”活动得到社会各阶层的积极响应和广泛好评，一段时期内湖南各地市的精神文明状况确有好转。但是，依靠群众运动和短期突击的方式使全社会的精神文明状况发生根本变化，是不现实的。如何保持活动的连续性、渐进性，防止松懈和反复，是“讲文明、树新风”活动今后要解决的课题。

在开展“讲文明，树新风”活动的同时，湖南还在全省范围内开展了文明小区、文明街道、文明窗口单位、文明村镇、文明家庭、文明公民的评比，评出文明小区 10 个、文明街道 10 个、文明村镇 20 个、文明窗口单位 30 个、文明家庭 40 个、文明公民 100 人。

在农村，有关部门进行了“农村精神文明之星”的评比表彰活动。最后评出李常水等 10 人为湖南省农村精神文明十佳明星，12 月底在长沙举行了隆重的表彰活动。

七、文化经济政策与硬件建设的新进展

中共十四届六中全会和党的十五大把精神文明建设和文化建设提到十分突出的地位，受此推动，1997 年，湖南从上到下更为重视文化建设，加大了落实文化经济政策的力度，也加快了文化设施建设的步伐。

1997 年，在文化经济政策方面出台了两个重要文件，一是湖南省人民政府发出的《关于进一步加强社会主义精神文明建设完善有关经济政策的通知》。该通知决定在全省范围内开征文化事业建设费，其来源为两个 3%，即各种营业性歌厅、舞厅、卡拉 OK 歌舞厅、音乐茶座和高尔夫球、台球、保龄球等娱乐场所营业收入的 3% 和电台、电视台、报刊等广告媒介单位以及户外广告经营单位经营收入的 3%，同时规定各级财政部门不能因征收文化事业建设费而减少对宣传文化部门的预算拨款。该通知还鼓励社会力量资助文化事业，规定纳税人对公益性文化事业单位、重点文物保护单

位、剧团、电影厂、“五个一工程”重点作品和精神文明建设重大活动及精神文明建设重点工程的捐款，在年底应纳税所得额3%以内的部分，可以在计算应纳税所得额时予以扣除。这一文件为文化建设获得更多的财政支持和社会赞助开辟了道路。据粗略估算，这一文件实施后，每年全省将征收3000万元以上的文化事业建设费。因而，文件的出台受到文艺界的热烈欢迎。第二个文件是省委宣传部、省财政厅、省文化厅共同发出的《关于进一步支持农村电影放映工作的通知》，该通知决定对县级电影公司购买16mm拷贝给予一定比例的经费补助。这一文件对于解决农民看电影难的问题，扭转农村电影放映滑坡的局面，具有重要意义。

1997年，湖南精神文明硬件建设取得重大进展：湖南新闻出版大厦于年初竣工；毛泽东文学院于12月26日正式落成，举行了隆重的开院仪式；湖南文艺出版社出版了17卷19本的《当代湖南作家作品选》；湖南广播电视中心、多功能影剧院（省人大会堂）、省文艺家活动楼接近完工，将于1998年初交付使用；投资1.2亿元的湖南图书城已动工兴建；省博物馆陈列大楼、方志馆正进行施工前期准备；省群艺馆综合楼准备立项。据统计，十四大以来，我省精神文明建设的12项硬件工程建筑面积共30.68万平方米，计划总投资12.5亿元。全省宣传战线立项和在建项目300多个，总投资近20亿元。

八、大众文化：阳光与阴影并存

大众文化是存在于最广大的民众之中的文化，一方面它接受来自主流文化和精英文化的辐射和影响，另一方面它又具有相对的自足性和独立性。1997 年，湖南的大众文化分化日趋严重，呈现出多元、芜杂、易变的特点，可以说是阳光与阴影并存。

由于文艺精品的辐射，“讲文明，树新风”活动的开展，导向性文艺活动的持续不断，大众文化受到有力的引导和调控，基本上沿着主流意识形态的轨道运行。丰富多彩的社会文化，健康有益的休闲文化，特色鲜明的民俗文化，成为大众文化的主流。在城市，文化市场进一步净化，私人书店如雨后春笋，各种情调健康的茶屋、酒吧不断出现；在农村，农村文化滑坡的现象得到遏制，有的地方还出现繁荣活跃的好势头。但总的来看，大众文化中的消极阴暗因素不容忽视，表现在如下几个方面：

（一）走私影片屡禁不止。由于国产电影市场低迷，少数影院在利益驱动下，公开放映走私、淫秽影片，邵东、东安、桃江、新化、会同、平江等县市均出现违法放映走私、淫秽影片现象。

（二）娱乐场所格调低俗。在娱乐业走向萎缩的情况下，一些文化娱乐场所靠节目的低俗化招徕观众，打情骂俏的作态、黄色下流的笑话、暴露过分的演出充斥于这些节目中，其粗鄙、低俗有时到了不堪入耳、不堪入目的地步。

（三）有奖电游死灰复燃。有奖电游早已取缔，但 1997 年湖南一些地方一度出现了一种名为“开心啤酒乐园”的有奖游戏，实际是一种变相的赌博活动，经文化行政部门和公安部门紧急查处，得到控制。

（四）农村电影机构萎缩，阵地丢失。据统计，1992 年全省有农村放映单位8534个，从业人员14000人，集镇电影院600家，而1995年全省能坚持正常放映的农村放映单位仅2870个，从业人员约5000人，农村电影空白乡近400个，空白村近10000个，个别县除县城有一家电影院外，农村已无电影放映活动。

（五）封建迷信蔓延，邪教组织猖獗。农村参加迷信活动的涉及各个层次，据对常德市鼎城区灌溪镇的调查，100名参加封建迷信活动的农民中，男性41人，女性59人；高中文化35人，初中文化40人，小学文化18人，不识字的只有7人；党员23名，团员15名，一般群众62名；家境较好的31%，家境一般的27%，家境较差的42%；外出经商的32%，外出打工的37%，农村干部11%，务农的20%。而在益阳市赫山区，邪教组织打着宗教的幌子从事封建迷信和违法犯罪活动，十分猖獗。这些邪教组织有“门徒会”“呼喊派”“被立王”“观音法门”“全范围教会”等，其中“门徒会”在8个乡镇成立教会25个，册封“执事”28人，发展信徒上千人。这些邪教组织散布谣言邪说，蛊惑人心，甚至冲击农村基层政权，攻击党和政府，对社会稳定构成威胁。

大众文化中的这些消极、阴暗面，目前还形不成气候，但必须引起有关方面的高度警惕，采取有力措施，积极加以遏制、分化、瓦解，把它们消灭在萌芽状态，以利于主流意识形态和主流文化的健康发展。

九、1998年的预测与建议

1998年，随着十五大精神的贯彻落实，湖南的主流意识形态将更趋强化，邓小平理论将如同一面旗帜飘扬在湖湘大地。由于文化经济政策的进一步落实，湖南的文化艺术生产将获得更有力的财政支持，精品战略的实施将有更大的物质保障。戏剧、电视剧、长篇小说、图书都将可能出现精品；虽然举步维艰，电影创作也仍将超过 1997 年的水平。湖南作为中西部出版基地的地位将更加突出。众多文化设施陆续交付使用，将在一定程度上改变湖南宣传文化部门在硬件设施上寒酸困窘的现状。纪念田汉、刘少奇、彭德怀诞生 100 周年活动的陆续举行，将使人们一再回想起先辈们的英名和伟业。湖湘文化的研究将取得更多成果，湖湘文化资源在湖南文艺创作中的含量将更大。大众（民间）文化芜杂混乱的状况不会有根本性改观，但仍不至于对社会稳定形成重大威胁。为了创造更好的精神生态环境，促进文化事业发展，我们建议：

（一）采取更有效的手段宣传邓小平理论。这种宣传应紧密结合湖南的实际，防止进入经院式的考究；应着眼于其精神实质，防止将这一理论中的片言只字教条化、神圣化；应指向丰富生动的实践，而不应流于形式主义。

（二）继续保持宽松的文化艺术环境，同时加大投入，组建强力集团，奋力推出两三部能震撼全国、流传久远的大制作大精品，与湖南悠久的文化传统相匹配。

（三）导向性文化活动宜采取“少而精”的原则，通过少量高水平的文化活动在全社会产生强烈影响，真正对社会文化产生示范作用。避免频繁地举办那种规模小、套路老、内容单薄的活动。

（四）对消极芜杂的民间文化、通俗文化保持高度戒备，防止它们对主流文化产生严重冲击，影响社会稳定。总的来说应加强调研，密切关注，研讨对策，采取措施。对消极庸俗的娱乐文化，要加强引导，予以控制；对邪教和黄、赌、毒等阴暗腐朽的东西，应坚决取缔。

（五）充分利用近年来我省的重大考古发现，结合原有的湖湘文化资源，加强对全省人民爱国爱湘的教育，培养民众的文化自豪感和加快湖南发展的紧迫感。适当时候，可组织全省范围内的湖湘文化大讨论。

（六）继续兴建一流的文化艺术设施，争取 21 世纪前能承揽一两项全国性乃至国际性的文化艺术活动，把长沙建设成为中国中部文化重镇。

（1997 年）

2000年湖南意识形态与文化的走向及2001年的预测

2000年的湖南，思想文化领域涌动着阵阵潮流。对百年历程的回眸，对未来岁月的期盼，以及世纪之交的躁动与变革，交织在一起，形成色彩斑斓的图景。思想文化多样化的趋势日益凸现，而主流文化的声音仍然宏大。思想政治工作的加强与改进，“三个代表”的贯彻与落实，文化意识的觉醒与文化经济的崛起，成为本年度湖南思想文化领域的三大主题。

一、思想政治工作：传统法宝的重拾

2000年，无论是在全国还是在湖南，思想政治工作都是宣传思想领域的一个中心话题。一方面，思想政治工作本是中国共产党的传统法宝，然而在近些年来，这一法宝逐渐锈蚀，乃至在有些地方被干脆放弃；另一方面，当前纷繁复杂的社会矛盾又迫切需要党的各级组织重拾这一传统法宝，并积极探索创新。1999年，中共中央发出《关于加强和改进思想政治工作的若干意见》；2000 年 6 月 28 日—29 日，中央思想政治工作会议在北京举行，江泽民同志对思想政治工作的作用给予高度重视：“党的思想政治工作，是经济工作和其他一切工作的生命线，是团结全党和全国各族人民实现党和国家各项任务的中心环节，是我们党和社会主义国家的重要政治优势。”为响应中央号召，湖南宣传思想部门在年初即将加强和改进新形势下党的思想政治工作作为全部工作的“重中之重”，将理想信念教育作为思想政治工作的中心环节，提出要帮助干部群众坚定对马克思列宁主义的信仰、对社会主义的信念，增强对改革开放和现代化建设的信心、对党和政府的信任，即所谓增强“四信”。4 月，湖南省委宣传部、省直机关工委、省高校工委、团省委联合发出《关于在全省广泛开展理想信念教育的通知》，提出要用两年时间，集中对广大干部群众和青少年进行理想信念教育。省委将思想政治工作摆在全年工作的突出位置。省委先后出台了《关于加强和改进农村思想政治工作的意见》《关于加强和改进企业思想政治工作的意见》等文件，召开了全省农村精神文明建设现场会、农村思想政治工作会议、企业思想政治工作会议。5 月，省委在长沙召开全省思想政治工作现场经验交流会，重点推介长沙市望月湖小区等单位和个人思想政治工作的经验。8 月，为贯彻落实中央思想政治工作会议精神，省委召开了大规模的思想政治工作会议，岳阳市、益阳市、湘潭钢铁集团有限公司、岳阳师院、资兴市、桃源县、吉首市个协等地市和单位从不同角度介绍了做好思想政治工作的经验，省委书记杨正午作了重要讲话。为加强思想政治工作，省委专门成立了全省思想政治工作领导小组（吴向东任组长，文选德、戚和平、唐之享任副组长），建立了思想政治工作联席会议制度。

在普遍高涨的思想政治工作氛围中，湖南推出了一个重大典型——沅陵县艾头坪乡武装部部长周福坤。周福坤从事乡镇工作几十年，凭一把嫁接果木的剪刀带领农民致富，化解乡村矛盾，人称“剪刀书记”。周福坤的事迹经中央新闻媒体报道后，在全国产生强烈反响。周福坤也成为湖南20世纪90年代以来继李常水、彭楚政后的又一个全国性典型。

为增强思想政治工作的现实针对性，各级党组织大兴调查研究之风，省委书记杨正午、省长储波等带头深入基层调查研究，省委宣传部在充分调查的基础上先后推出了长沙市望月湖小区思想政治工作、衡南县农村思想政治工作、益阳市“十星级农户”创评活动、东安县农村思想政治工作“雨露工程”等调查报告，经新闻媒体宣传后，在社会上产生较大反响。

湖南加强思想政治工作还有一个突出特点是强调干部作风的转变。省委、省政府联合发出了要求各级领导干部转变作风的文件，规定省直各单位领导每年下基层不少于45天，市、州及直属单位领导干部下基层不少于100天。这一行动在岳阳、益阳两市创造了较为突出的经验。干部作风在一定程度上得以转变，起到了平衡心态、理顺情绪、化解矛盾的作用，使思想政治工作在双向交流中收到实效。

7月，由省委宣传部组织编撰的理想信念丛书《什么是封建主义，怎样肃清封建主义》《什么是资本主义，怎样对待资本主义》

《什么是社会主义，怎样建设社会主义》《什么是共产主义，怎样实现共产主义》出版，为全社会的理想信念教育提供了一套较为系统的读本。

二、艰难中前行的文艺创作：先进文化之一

2000年初，江泽民同志在广东高州正式提出“三个代表”的重要思想，即中国共产党要始终“代表中国先进生产力的发展要求，代表中国先进文化的前进方向，代表中国最广大人民的根本利益”，在随后赴江苏、浙江考察途中，他又将其提到中国共产党的立党之本、执政之基、力量之源的高度予以阐述。“三个代表”重要思想的提出，在思想文化界引起巨大反响，特别是“先进文化”概念的提出，使当前日趋多样化、复杂化的思想文化格局中，有了一根鲜明厚重的主线。

2000年湖南的文艺创作，按照创造先进文化的要求，遵循“弘扬主旋律，发展多样化”的原则，在艰难中努力前行，平稳中寻求突破。1999年，为庆祝新中国成立50周年，各精神产品门类都推出了一批优秀作品，形成了精神产品生产的一个高潮。在2000年11月举行的全省第六届精神文明建设“五个一工程”表彰大会上，电影《国歌》、电视剧《屈原》、话剧《水下村庄》、广播剧《与共和国同龄》、歌曲《军中花》、美术《森林的报告》、摄影《生命》等39件文艺作品，《邓小平国防理论研究》等21种图书，以及14篇理论文章、3部理论文献电视专题片获得“入选作品奖”，长沙、岳阳、衡阳、常德、益阳、怀化等6个市州党委宣传部和省新闻出

版局、省文化厅、省广播电视局、省文联、省社科院、省委党校、湖南师大、湖南大学等 8 个省直厅局级单位获得“组织工作奖”。电影《国歌》1999 年推出后，先后获得中宣部“五个一工程”奖、金鸡奖（特别奖）、华表奖、百花奖，实现大满贯，达到了湖南电影前所未有的高峰。

相比于 1999 年的辉煌，2000 年的一些文艺门类犹如波峰过后的波谷，略显沉寂。电影重点推出了叙述郑成功反清复明和收复台湾故事的《英雄郑成功》，电视剧重点拍摄了歌颂基层干部一身正气和人民群众牺牲精神的 20 集连续剧《苍山如海》和电视戏曲片《乡里警察》，电视片推出了由中共中央文献研究室和湖南省委、省政府联合拍摄的电视专题片《毛泽东与湖南》。除此之外，乏善可陈。广播剧陷入低迷状态，文学创作除邓宏顺、肖仁福的几个中篇被《中篇小说选刊》《中华文学选刊》等转载外，尚无更多亮点。在本年度揭晓的第五届茅盾文学奖评选中，湖南作家再一次榜上无名。

戏剧是一个让人兴奋的领域。经过精心筹备，省文化厅举办了第三届新剧（节）目会演。会演于 11 月 25 日—12 月 8 日举行，推出 18 台大戏、10 个小戏小品、1 台民族管弦乐音乐会。此届会演有三个显著特点：一是推出了一批有较高思想艺术品位的优秀剧目，“三并举”的原则得到很好的贯彻，多样化的态势明显，但弘扬主旋律、反映现实生活的剧目仍是主流。经评选，《水下村庄》《天家孽》《老板何来》《阿弥石》《沥沥太阳雨》《荆钗记》《赵乡长转圈》《太平公主》《假如今生再来》《旋转的钞票》《秋天的花鼓》

等 11 台大戏及 5 个小戏小品获优秀新剧目（节）奖，6 台剧目及另 5 个小戏小品获新剧（节）目奖，两台演出获特别奖。二是几乎所有剧（节）目都有强烈的剧场效果，得到观众的认同与欢迎，有良好的市场前景，扭转了过去某种程度上存在的为会演而会演、为评奖而创作的倾向。三是会演在全省各市州分别举行，既减轻了各地的压力，又使剧场的观众得到保证，真正促进了全省戏剧演出的活跃。

2000 年，湖南戏剧在全国性评奖中取得佳绩，湘剧《马陵道》获文华大奖，这是湖南戏剧继舞剧《边城》之后的又一个文华大奖。花鼓戏《乡里警察》获文华新剧目奖，其剧本获曹禺戏剧文学奖。该剧代表湖南参加了在南京举办的第六届中国艺术节。丝弦戏《旋转的钞票》作为第五届中国“映山红”民间戏剧节优秀剧目之一赴北京进行了汇报演出。

2001 年是中国共产党成立 80 周年，为迎接建党 80 周年，各文艺单位及早准备，正抓紧创作生产一批献礼作品，如电影《毛泽东在 1925》、电视剧《红杜鹃》《苍山如海》、话剧《水下村庄》《沥沥太阳雨》、广播剧《黎明的歌》等。此外，为迎接新世纪的到来，省委宣传部等单位举办了“迈向新世纪”征歌大赛，推出了《土家汉子》《十月的礼花》等一批优秀歌曲，促进了全省歌曲创作。预计在 2001 年建党 80 周年前后，湖南的文艺创作将出现一个新的高潮。

三、广场文化的勃兴：先进文化之二

除了优秀的文学艺术作品，先进文化的另一个内容应该是健康有益、参与广泛的群众文化活动。湖南省的群众文化工作一直有着鲜明的特点和较好的绩效，但也存在基层特别是农村文化生活相对贫乏，群众文化设施简陋落后，不健康的文化活动时有出现，宗族文化、迷信文化甚至邪教文化还有一定市场，群众文化工作人员素质不高、队伍不稳等问题。针对这种情况，2000 年 10 月，省委办公厅、省政府办公厅联合发出了《关于进一步加强群众文化工作的意见》，文件明确了新形势下群众文化工作的指导思想和方针原则，提出要大力开展健康向上的群众文化活动，努力繁荣群众文艺创作，加强群众文化设施的建设和管理，探索新形势下群众文化工作的新路子，建设一支高素质的群众文化工作队伍，切实加强对群众文化工作的领导，等等。但文件出台后宣传不够，尚未产生更大影响。

近年来，源起于全国一些大中城市的广场文化流入湖南，成为城市群众文化活动的一种重要形式。从 1999 年开始，省直艺术院团与湖南大剧院联手，每逢双休日在湖南大剧院前的广场（即假日文化广场）搭台演出，吸引不少路人驻足观看。广场文化活动开展得较为规范且形成气候的是株洲。该市从 1998 年 11 月以来一直坚持在炎帝广场举办每周一次的“周周乐”周末广场文化活动，演出近百场，观众几十万人次。“周周乐”成为闪烁在株洲夜空的一颗闪亮的文化之星。为总结推广株洲的经验，2000 年 4 月，省委宣传部、省文化厅在株洲联合召开了全省群文工作座谈会暨广场文化活动现场会。会后，广场文化活动逐渐在各中心城市推开，其中比较突出的是常德、长沙、岳阳、湘潭等地。广场文化的勃兴，使先进文化在城市有了一个新的较有影响力的阵地。

2000年，为活跃老年文化生活，省委宣传部、省委老干部局、省文化厅、省老龄委联合在全省开展了“金秋颂”老年合唱活动；在此基础上，9月底在长沙举行了“金秋颂”老年合唱比赛，来自省直及长沙、株洲、湘潭、常德、衡阳的11支合唱队千余名合唱队员参加了比赛。

农村文化是群众文化的一个重要组成部分。2000年，省直各单位继续开展“五下乡”（理论、法律政策、文化、科技、卫生下乡）活动，于1月在汉寿县围堤湖乡举行了“五下乡”活动的启动式。活动取得了成功，但对于文化生活相对贫乏的农村，一两次集中活动并不能从根本上解决问题。广播电视“村村通”工作取得重大进展，基本实现预定目标。本年度全省农村文化呈现参差不齐的状况。怀化市继续推进乡镇文化“五个一”（一个文化站、一个广播站、一个图书馆、一个农科教中心、一个电影队）阵地建设，70%的乡镇文化阵地设施得到加强和改善，全市323个乡镇中有万册图书馆41个，5000册图书馆213个，220个乡镇建成有线电视网，农民业余剧团228个，省级“百强集镇文化站”9个，“百优艺术之乡”8个，在全省居于领先地位。但由于目前农村经济处于徘徊阶段，乡镇财政状况恶化，也有的市州出现了文化设施瘫痪、文化专干基本待遇得不到保障的情况，农村文化大幅度滑坡，这种状况应引起有关部门的重视。

四、文化意识的觉醒与文化经济的涌动

文化意识的觉醒与文化氛围的高涨是近年来湖南社会的一个显著特点。随着湖南文物考古一批重大发现的面世（2000年沅陵虎溪山一号汉墓发掘被评为全国十大考古发现之一），湖湘文化研讨的深入，文化在经济建设和社会发展中作用的日益凸现，湖南全省的文化意识逐渐高涨。在这方面，有关主管领导奔走呼吁，其功甚伟。1999年10月，省委常委、省委宣传部部长文选德首次提出“发展文化经济，建设经济文化”的口号，认为“文化不仅是一种社会事业，更是一种经济产业”，“文化经济和经济文化从本质上来说，仍然属于精神文明范畴，既具事业属性也具产业属性，既要讲经济效益更要讲社会效益”。“文化经济”的概念一经提出，立即在全省宣传思想界产生强烈反响。2000年上半年，文选德同志针对湖南文物资源丰富而旅游文化、旅游产业均不够发达的现状，实地考察了许多县市的文物、旅游工作，提出“繁荣旅游文化，发展文化经济”的主张。8月，在省委思想政治工作会议上，他就县域文化建设的问题做了系统阐述。10月，在“面向21世纪的湖南文艺”研讨会上，他又郑重提出“弘扬先进文化，建设文化大省”的口号。这一系列讲话，起到了为湖南的文化建设理顺思路、廓清迷雾、推波助澜的作用，既有理性深度，又具实践品格。

2000年湖南全省文化意识高涨主要表现在如下方面：文化不仅成为知识界而且成为大众的一个重要话题；各新闻媒体普遍增加文

化含量，加强对文化热点的讨论和对文化建设的介入，湖南经视、湖南卫视先后邀请海内外文化名人在岳麓书院开坛讲学，使这一沉寂已久的古老庭院重又充满活力；大部分媒体开辟专栏讨论文化问题，如湖南卫视的《新青年》、湖南经视的《城市语文》、湖南有线的《影视俱乐部》、《三湘都市报》的《文化娱乐》、《长沙晚报》的《橘洲·文艺零谈》；演出市场持续火爆，高雅演出在长沙等中心城市你方唱罢我登台，吸引了大批观众；文化产业迅速升温，取得可观效益。其中，文化产业的异军突起是一个引人注目的现象。

湖南 2000 年较为突出的文化产业有四个方面：

（一）出版业。经过二十年的奋斗与积累，湖南已成为全国继京、沪之后的又一重要出版基地，“九五”期间，湖南出版产业发展迅速，共出版 9000 多种图书，20% 获省级以上各种奖励，湘版图书市场占有率居全国前列。在 1995 年以来的历届全国书市以及中南地区订货会上，湘版图书订货码洋均居全国前列；1999 年居全国第一；2000 年在南京书市上订货码洋近 6000 万元，居全国第三，预计 2000 年出版产业总产值近 50 亿元。

（二）报业。《湖南日报》在接收《当代商报》《现代消费报》《大众卫生报》《科技导报》后，加上原有的《三湘都市报》《家庭导报》《文萃周报》，已具备成为报业集团的条件。《长沙晚报》广告收入近九千万元，已跻身全国报纸类 50 强。尽管如此，湖南报业与京、沪相比，可以说仍处幼稚水平。

（三）电广产业。湖南电广传媒股份有限公司自 1999 年上市以来，发展迅速，已成为“中国传媒第一股”，目前公司净资产为 24

亿元；2000 年 10 月又增发新股 5300 万股，共募集资金 15.9 亿元。受益于湖南电视的声名鹊起，各大媒体广告收入增长很快，2000 年 1 月至 10 月，湖南广播电视局经营总收入 4.8 亿元，比 1999 年同期增长 65%，全局总资产由 1992 年的不足 4 亿增长到 32.06 亿元。占地 2200 亩、投资 37.25 亿元的长沙新世纪文化城已初具规模，将成为全国重要的影视产品生产基地和文化产业基地。

与此同时，电广传媒斥资 1000 万元人民币，永久买断大众电视金鹰奖的举办权，将其改造为金鹰电视艺术节。于 2000 年 10 月下旬举办的首届金鹰节，共推出开幕式、颁奖酒会、明星演唱会、高层电视论坛、闭幕式、狂欢夜等六大主体活动，湖南卫视、湖南经视等六大媒体 52 小时联动直播。尽管秋雨绵绵，整个节会商业气息过浓，一些活动失误不少，因而招致部分文化界人士的诟病，但总的来说，这届金鹰节是成功的，特别是在商业方面，实现了较好的综合效益：节会本身实现收支平衡；电广传媒股票每股上涨 2 元，增加总市值 1 亿多元；15 万观众云集长沙，为长沙第三产业增加近 3 亿元的收入。在产业大发展的同时，广播电视事业也得到长足发展，特别是湖南卫视，已成为全国省级电视台的佼佼者，其《新青年》《有话好说》《乡村发现》《玫瑰之约》《快乐大本营》等已成为脍炙人口的名牌栏目。

（四）以演出业、电影业、娱乐业为主体的狭义文化产业。“九五”以来，长沙先后建成长沙电影城、湖南大剧院、田汉大剧院、东风影视城等功能齐全、设备先进的影剧院，由此带来长沙演出业、电影业的火爆。2000 年 1—10 月，湖南大剧院、田汉大剧院共接待国内外40多个团体的近百场演出，上座率8成以上。9月下旬，王菲长沙演唱会举行，引入风险投资400万元。目前长沙已成为仅次于北京、上海、广州的全国第4个重点演出城市，且演出票价有时还超过上海、武汉。电影业方面，湖南大剧院首屈一指，1999年度电影票房收入532万元，2000年可望突破800万元，占长沙市场的50%，全省市场的1/3，进入全国影院10强行列。娱乐业方面，近几年，长沙歌厅演出盛极一时，由此衍生出全国独一无二的长沙歌厅现象。上半年，文化部首次在长沙召开了全国娱乐市场节目交流会。但受有关部门加强对娱乐场所的管理的影响，娱乐业在下半年呈现出收缩态势，也进入更理性的发展轨道。

五、风起云涌的新闻出版影视改革

2000年，湖南新闻出版影视方面的改革风起云涌，动作频频。这首先是因为近年来虽然湖南的新闻出版影视事业发展较快，但就自身的潜力而言，尚没有实现最大化，必须通过改革加快发展；其次，与国内一些先进省市相比，改革的深度、广度和力度都还存在一定差距，三大传统媒体除电视能在全国占有一席之地外，报纸和广播只处于中等水平；三是加入WTO脚步的临近，文化全球化的挑战，更让业内人士寝食难安。

改革首先在出版界打响。与机构改革同步，省新闻出版局成立了湖南出版集团，集团由湖南省出版公司和湖南教育出版社构成核心层，其他局属出版社组成紧密层。集团与省新闻出版局两块牌子，两套人马，一个党组。

电视的改革正在酝酿之中。20 世纪 90 年代以来，湖南电视已经历几次改革的震荡：有线台的成立打破了无线台的一统天下，经视的诞生冲击着旧电视暮气沉沉的运行模式，卫视的上星使电视湘军走向全国，电广传媒的上市使湖南电视走上资本运营的快车道。与此同时，电视制作能力显著增强。1999 年，省属各电视媒体年生产电视节目 5839 小时，电视剧 17 部 192 集，分别为 1992 年的 9.6 倍和 2.1 倍。2000 年，湖南电视酝酿深化改革：成立湖南电视总台，由卫视、经视、有线、生活、文体、影视、信息 7 个省级电视频道组成。以湖南电视总台为核心层、以湖南人民广播电台和潇湘电影制片厂为紧密层的湖南广播影视集团也在酝酿之中。集团的成立必将进一步促进湖南广播电视“大广播、大电视、大宣传、大产业”格局的形成。

面对风起云涌的改革形势，电影发行部门也按捺不住。2000 年 6 月，广电总局、文化部联合下发了《关于进一步深化电影业改革的若干意见》，其主要精神是分层次地引入竞争机制，形成多元投资格局。这一重大政策调整在湖南立即产生回应。6 月，由省电影公司所属影院及株洲、湘潭、岳阳、衡阳等电影公司组成的省直院线成立。7 月，由潇湘电影制片厂及长沙市若干影院组成的潇湘院线挂牌成立。潇湘院线的出现，打破了省电影公司多年来在湖南独家经营的格局，引发了电影发行放映的有序竞争，激活了湖南电影市场。8 月，东风影视城被省电影公司委托香港嘉禾公司经营。

报业是另一个硝烟弥漫的战场。《湖南日报》在形成日报为主、多子报并存的格局后，报业集团已呼之欲出。《长沙晚报》接收

《新创作》《中小学音乐报》《军事博览报》，并于10月推出《东方新报》，进一步占领省会报业市场。《长沙晚报》将组建另一个报业集团。湖南出版集团创刊《潇湘晨报》，报纸虽尚未出笼，但宣传先行，其多方位多轮次的造势行动使人们对之充满了期待。《文化时报》被电广传媒收购后，移师北京，由一份局限于狭义文化范畴的对开小报变成关注大文化现象的多版面大报，其视野之广、器局之大、气象之新令人为之一振。《今日女报》《体坛周报》继续占据了在全国同类报纸中的领先地位。

期刊改版是2000年另一个众说纷纭的现象。大型文学双月刊《芙蓉》自1999年主编易人后，风格大变，它集中推出南京、上海等地新锐作家的创作与评论，着力打造"70年之后"新生代作家，连续推出以摇滚乐为主的"北京新声"，其版式、字体也变得花哨繁复，成为一本前卫文学期刊。《湖南文学》在电广传媒注入大笔资金后，改名《母语》，迁往北京，虽仍由省作协主办，但它已由一本纯文学刊物变成一本另类文化杂志，即由另类作家写作，反映另类生活，以另类人士为阅读对象。上述两个刊物的改版，在湖南文学界引起激烈反弹。特别是《母语》，由于其对文学的背弃，受到许多人的强烈批评。而两本杂志中一些文章的过分前卫与放肆，也引发有关主管部门的批评。相比之下，由长沙市文联主办的《新创作》在改名《创作》后，由于主管部门的支持，继续坚守在纯文学的阵地上；省作协主办的通联刊物《湖南作家》改版后，也成为一本大开本纯文学期刊（内刊）。

2000年，湖南新闻界在全国性新闻评奖中取得突破：湖南卫视主持人李兵获第四届“范长江新闻奖”，这是湖南新闻界的第一次。

六、宏观引导的加强与理性思考的深入

2000 年，宣传文化部门继续加大宏观引导与管理的力度。针对当前各种思想文化相互激荡，社会文化多样化、复杂化的现状，加强宏观导向与调控管理已成为宣传文化部门一项十分重要的工作。新闻通气会的制度继续实施，文艺通气会的制度得以建立。上半年，新闻媒体、文艺期刊、图书出版、文化市场出现多起违纪违规现象，有一些还受到中央、国家主管部门的批评。针对这种情况，4 月底，省委宣传部召开了宣传工作通气会，对各领域出现的带倾向性的问题进行了严肃批评，使这些领域自行其是和违纪违规的势头得到遏制。为加强对期刊与出版领域的管理，新闻出版署制定了黄牌警告制度，对严重违规的报刊社和出版社处以黄牌警告直至取消报（刊）号、吊销出版物经营许可证的处罚。下半年，省委宣传部在坚持新闻阅评制度的同时，建立了文艺阅评制度，以加强与文艺媒体的沟通。

由于年初外省文化市场连续出现重大恶性案件和违规现象，文化部、公安部等部委联合开展了娱乐服务场所和电子游戏经营场所两个专项治理行动，严厉打击娱乐服务场所的丑恶现象和电子游戏经营中的违规行为，消除安全隐患。为此，省文化厅下发了《关于加强电子游戏经营管理的紧急通知》，成立了专项治理工作办公室，决定将电子游戏经营场所压缩 50%，娱乐服务场所压缩 20%，规定电游室经营不得超过晚上 12 点，娱乐场所经营不得超过次日凌晨 2

点。长沙市重点整治学校周边电游，益阳市重点查处了一些娱乐场所跳脱衣舞的丑恶现象。此次集中行动，声势浩大，措施有力，有效地加强了对文化市场的管理。

与此同时，有关部门也加强了对韶山、雷锋纪念馆等革命纪念地和爱国主义教育基地的管理。

由于20世纪刚刚结束，21世纪已经来临，因此，回顾总结百年经验，分析当前形势，研讨进入新世纪的对策，成了许多领域的共同选择。3月，省作协召开“知识经济时代的文学策略”研讨会，来自全省的30余名作家、艺术家、学者共同研讨了文学在进入知识经济时代的走势与应对策略。10月，首届金鹰电视艺术节设立金鹰论坛，来自海内外的电视人就21世纪电视的走向及中国电视加入WTO后的对策进行了热烈讨论。同月，省委宣传部、省记协联合召开新闻改革与舆论监督研讨会（这是一系列新闻改革研讨会、座谈会中最重要的一次），60多名新闻界人士在浏阳一起研讨了新闻改革的可能、内容与办法，明确了舆论监督的意义与原则。稍后，省委宣传部、省文化厅、省广电局、省新闻出版局、省社科院、省文联、省作协在长沙共同举办了“面向21世纪的湖南文艺”研讨会，省内近70名专家、学者、文艺家参加了研讨会。与会代表结合当前湖南文艺面临的形势与任务，研讨了湖南文艺进入21世纪的发展前景与发展战略，为21世纪湖南的文艺工作与文化发展描绘了宏观轮廓，提供了理论支持。文选德同志在研讨会上作了题为《弘扬先进文化，建设文化大省》的讲话，指出当前学术文化工作者面临两个严峻的历史任务：一是如何使有中国特色社会主义文化建设跟上时代步伐，与经济协调发展，从而延续、发展中华五千年的古老文明；二是如何确保文化事业代表先进文化的前进方向，在与其他各种文化的竞争中赢得优势。中国文联副主席李准应邀出席研讨会，并就当前我国文艺发展态势和文艺思潮作了学术报告。大会收到论文近 40 篇。

这几次研讨会的举行，表明宣传思想主管部门为提升工作水平，有意识地凝聚学术智慧，增强理性思考，同时，这也是加强宏观引导的一种方式。不过，要使这些学术成果在实际决策与操作中发挥更大作用，尚需要做更多工作。

七、抗美援朝 50 周年系列活动：精神的呼唤

2000 年 10 月 25 日是中国人民志愿军抗美援朝出国作战 50 周年纪念日。为纪念抗美援朝这一伟大的历史事件，中央有关部门举行了一系列活动，与此相配合，湖南省也举办了 8 项活动：

（一）10 月 20 日，以省委、省人大、省政府、省政协、省军区名义召开了纪念座谈会，部分志愿军老战士、战斗英雄、烈士亲属代表、部分专家学者及学生、现役军人参加了座谈会；

（二）团省委、团长沙市委在长沙烈士公园组织了上千名青少年向烈士纪念塔敬献花圈，并举行宣誓活动；

（三）《湖南日报》发表了由省委党史委组织撰写的长篇纪念文章《高扬爱国主义和国际主义的光辉旗帜》及一批回忆文章；

（四）湖南人民出版社出版了由志愿军老战士撰写的《为和平而战》一书，并举行了首发式和赠书活动；

（五）省文联组织了纪念抗美援朝图片展；

（六）省直院线和潇湘院线均举行了纪念抗美援朝战争电影展映周，各主要电视媒体集中播放了一批抗美援朝影视片；

（七）开展了抗美援朝革命文物征集活动；

（八）老战士、老英雄到大中小学讲述抗美援朝故事。

另外，烈士毛岸英、罗盛教的家乡韶山市和新化县也举行了一定规模的纪念活动。

在和平与发展已成为时代主题、市场经济大潮弥漫整个社会的今天，如此大张旗鼓地纪念中国人民志愿军抗美援朝出国作战 50 周年，是为了教育人民特别是青少年勿忘历史并认清历史真相，是为了在全社会弘扬英雄年代先辈的爱国主义、革命英雄主义、乐观主义、艰苦奋斗、视死如归等崇高精神。在当今物质充盈而精神贫乏的年代，精神的复归、精神的高扬是许多有识之士的热切呼唤，而抗美援朝 50 周年的到来恰恰提供了这样一个契机，这样一种可能。

八、2001 年的预测与若干建议

纯粹从数字本身来看，2001 年与此前或以后的年份没有区别，不过作为新千年的头一年，“十五”计划的开局之年，人们有理由对它充满更高的期许。预计在 2001 年，湖南思想文化领域多样化、复杂化、分散化的局面将会继续下去，主流文化仍然占据话语中心的地位，有着强大的控制力，但非主流文化也仍将自说自话，在自己的领域内生存、发展；新闻出版广播影视领域内的改革将进一步深化，受电广传媒成功上市的启示和鼓舞，出版业、报业的资产重组和资本扩张步伐将加快，报业大战将不可避免，由此可能引发湖南报纸面貌的革命性变革；电视资源的重新配置有可能引发湖南电视的新一轮革命；文艺创作在有了庆祝建党 80 周年这样一个契机后将会推出一批优秀作品，但数量不会很多，而文学的颓势须作出巨大努力才能扭转；城市社区文化更趋活跃，农村文化在主管部门的努力下有可能止住下滑的势头，但尚难从根本上改变困境；思想政治工作的余波仍在，但要取得更大突破仍较困难；文化市场将进入更为理性、平稳的发展轨道，演出市场中除非推出一些确为经典的剧（节）目，否则难以继续维持 2000 年的人气和高票价，娱乐业的景气指数也不会有大的提升；网络文化将扩大其覆盖面和影响力。

为确保 2001 年湖南意识形态的积极、健康、平稳和文化事业的继续发展，特提出如下建议：

（一）尽快编制湖南社会发展和精神文明建设“十五”规划，以使未来五年有一个整体发展目标、思路与措施；

（二）密切关注社会思潮与文艺思潮的发展，采取适当的意识形态策略，限制非主流意识形态，打击反主流意识形态，同时又要鼓励、发展多样化的局面；

（三）扶强与扶弱并重。既要继续鼓励出版、电视、报业的发展，又要加大对电影、戏剧、农村文化、公益性文化事业的支持，使湖南的整个文化事业均衡、协调发展；

（四）加大对文化设施建设的投入。“十五”期间应建设一批高起点高档次的文化设施，以提升城市的品位，促进文化发展；

（五）推进对互联网的认识、研究与利用，对网络文化既要加强监管，又要使其为我所用；

（六）加大人才培养、引进力度，特别是在文艺创作、生产与管理领域，以使 21 世纪湖南文艺事业后继有人。

（2000 年）

后记

这是我的一本文艺论文集。

我在北大读的本科，主修中文系课程，同时修过哲学系的双学位（所有其他课程都修完了，只有一门高等数学没过）；研究生学的专业是文艺学。我的理性思维的偏好就是那时培养起来的，也打下了基本的理论功底。参加工作后，不免要经常起草文稿，进行话语操练；特别是在文化和媒体单位负一定责任后，经常要写一些理论性比较强的文章。虽然年少的我也曾具有幻想和敏感的气质，但终究没在文学创作上搞出什么名堂，文艺评论和理论文章倒写了不少。

本书就是我三十多年来文艺理论文章的汇编。全书分三辑。第一辑是写于大学本科和研究生时期的部分论文，其中包括学士学位论文《论艺术直觉》和硕士学位论文《马克思的主体观与艺术问题》。第二辑写于参加工作以后，是文化文艺方面的论文（其中也包括一些国际时事论文），这是全书的主体。第三辑是我从 1995 年开始为湖南省《精神文明建设红皮书》写的年度观察，共五篇，其中包括一篇 1998 年写的对改革开放二十年来湖南文化艺术与精神文明建设的综述。

重读这些文章，感觉大学时期的文章学院气重一些，工作以后的实用性强一些；其中不乏应景之作，但大多数是我针对社会文化现象和热点话题的思考产物。因为深受梁启超那种“笔锋常带感情”的政论文章影响，我的文章也不免带有寓理性于感性、用情感讲政治的特点。这突出体现在《重塑湘楚文化精神》《文艺的泛化与期待经典》《重焕文艺的理想之光》诸篇之中。尽管书中文章质量参差不齐，但自感基本观点和论述都还成立，从中也可触摸到三十余年来我国文化主题的演进脉络和文化热点的变化轨迹。所以此次汇编除了做必要的文字校订外，基本保留了文章原貌。在我，这是职业生涯的一种纪念；对读者而言，如果在一哂之外略有助益，那我就十分满足了。

龚政文

2023 年 3 月